政协委员文库

Zhengxie Weiyuan Wenku

喜茫茫空阔无边

雷平阳 著

中国文史出版社

目　录

距离东川十公里 ……………………………………………… 1

烟花劫 …………………………………………………………… 3

鹦鹉 ……………………………………………………………… 5

烟云 ……………………………………………………………… 6

短歌行 …………………………………………………………… 8

论个人主义 ……………………………………………………… 9

玩鱼 …………………………………………………………… 11

焦虑 …………………………………………………………… 13

天空里捉鸟 …………………………………………………… 14

埃及 …………………………………………………………… 17

教堂 …………………………………………………………… 18

画卷·母亲的刺绣 …………………………………………… 20

杨长寿夫妇睡眠处 …………………………………………… 27

村里人送葬处 ………………………………………………… 30

周大爷守夜处 ………………………………………………… 33

落日 …………………………………………………………… 37

回乡记 ………………………………………………………… 39

号叫 …………………………………………………………… 44

江水 …………………………………………………………… 48

背巨石下山 ············· 51

槐树 ············· 54

表哥 ············· 57

清晨 ············· 58

习空山中的对话 ············· 60

虎吼 ············· 67

构树小径 ············· 79

天国上空的月亮 ············· 90

放蛊人 ············· 98

丧心病狂 ············· 101

乌鸦之死 ············· 102

日落渡 ············· 107

布朗山记 ············· 113

铁匠 ············· 131

酒宴记 ············· 134

行路记 ············· 146

杀蟒记 ············· 149

桧溪笔记 ············· 152

筑路记 ············· 160

埋魂记 ············· 164

文身记 ············· 167

仙停记 ············· 170

倚邦易武记 ············· 174

南糯山记 ············· 197

西藏高，西藏宽，西藏远 ············· 220

饮空记 ············· 223

西凉山的九十九朵白云 ············· 232

游走的备注 …………………………………… 240

暗色的面 ……………………………………… 243

梦 ……………………………………………… 247

守碉人李长根 ………………………………… 250

白毛记 ………………………………………… 254

自由落体 ……………………………………… 259

临终之夜 ……………………………………… 262

蜘蛛 …………………………………………… 266

山冈 …………………………………………… 268

正午 …………………………………………… 270

一座桥 ………………………………………… 271

迷惑与散落 …………………………………… 273

威信县的灌木丛 ……………………………… 274

宋朝的病 ……………………………………… 275

庄园 …………………………………………… 278

赣南七则 ……………………………………… 282

土城乡鼓舞 …………………………………… 286

建水追忆 ……………………………………… 295

火车与菜市场 ………………………………… 301

三甲村氏族 …………………………………… 305

距离东川十公里

从昭通去东川，在距离东川十公里的路边上，我看见一座巨大的采石场里，只有一个女人在开采石头。我没有把她当成令人哭笑不得的愚公，只是好奇，这采石场里为什么只有她一个人。而且，在她的四周堆满开采下来还没有运走的石头，她一天的开采量少得可怜，甚至可能在一块巨大的顽石下面一无所获。

我走到她身边时，她正高举铁锤，卖力地击打整整一座悬崖。那些石头仿佛有意与她作对，以一座悬崖的身份俯视着她。她的发丛和脸上的皱纹里塞满了石屑，衣服上也扑满了石粉，青筋暴露的双手开了很多裂口，有些裂口还流着血。她转头看我时，那坚毅的目光里，夹杂着对一个陌生来客必有的警惕。

"这个采石场里没有其他人?"明知故问，目的是找出对话的可能性。

"你只看见我一个人，我能看见好多好多的人。"她的回答，提供出来的信息正是我想要的，但还是让我顿时感到背上有一颗铁钉，正被铁锤打入骨梁。我没有再问她什么，她继续挥动着铁锤。当我重新返回到公路上，准备驱车离开，看见她丢下铁锤，挥舞着双手，向我跑过来了。

也许人们都会想，她肯定向我讲述了很多采石场的故事，特别是关

1

于她眼中那好多好多人的去向。事实上，十公里的路程中，我们几乎一句话也没说，她只是搭我的顺风车，到了东川郊外一个打造墓碑的地方，她就下车了。

烟 花 劫

　　大学毕业后没有找到喜欢的工作，赵雨丰又回到了乡下。对乡村生活他早就恨透了，却没有办法绕道走。耕种是体力活，他做不了；喂养牛、猪、鸡是脏活，他不愿干。每天他都只能躺在床上做白日梦，或者在村子里耳朵上插一副耳机，百无聊赖地闲逛。开始的时候，父母对他抱有希望，就算国家翻了脸，不分配工作了，以为歇上一阵，他就会进城谋职，体面地挣钱，还掉供他上学借贷的那一大笔债务，娶妻生子，光宗耀祖。一年后，见儿子仍然在梦游，并且从不跟任何人交流对未来的打算，更不给父母一点希望，纯粹像个魂魄全都散了的废人，父母心里残存的儿子考上大学时的荣耀与欣喜全都没了，相反多了一份不安，多了一份更沉重的压力。

　　距村庄五公里外的狮子山中，住着一个从河南来的道士。村里的很多人去找道士打卦，道士总是一针见血，迷途亮灯，了却了不少人的妄念，治好了不少人的心病，指出了不少人的坦途。赵雨丰的母亲见到道士，道士正带着几个徒弟放烟花。狮子山上晴空万里，烈日白光，烟花上了天空，能听到噼噼啪啪的声响，看不到绚烂的转瞬即逝的图案。

　　道士看了一眼道观的台阶上坐着的农妇，没有再放烟花。叫徒弟从观里抬出一张书桌，铺上宣纸，用毛笔蘸着一盆清汪汪的山泉水，开始专心作画。清水到了纸上，阳光一晒，瞬间就看不到笔画了，画出的崇山峻岭又还给了崇山峻岭，画出的松竹梅又还给了松竹梅。农妇看了几

3

个时辰，什么也没看到，口渴了，就找道士的徒弟讨水喝。徒弟用碗从道士画画的盆里打了半碗水，让农妇喝，农妇犹豫了一下，还是端起来一饮而尽。这时候，太阳开始斜落，道士停止了画画，提着笔，也不看农妇，径直入了道观。一个徒弟抬着那盆水，跟在后面。

道士来到一扇窗前，站住了，就有徒弟抢先一个身位，伸手推开了窗门。黑乎乎的道观里，阳光从窗口照进来，在地上形成了一块长方形的光影。道士蹲了下来，又开始用毛笔蘸着水，在光影上写字，写的内容是他自己的诗，龙飞凤舞，"笔锋杀尽山中兔"。几个徒弟鼓掌叫好，农妇站在一边，如坠五里云中，想着的还是儿子赵雨丰，不知道这位道士能否指点迷津，只言片语点醒梦中人。

太阳快要下到狮子山后面了，道士还未尽兴，赵雨丰的母亲只好趋身向前，拉了拉道士的道袍后襟，道士并不理会，接着写字。又等了大约一刻钟，赵雨丰的母亲又拉了一下道士的道袍后襟。道士把笔递给徒弟，卷起长袖，擦去额上的汗水，这才转过身来，低声问农妇："白日烟花，纸上水画，光里诗书，你还没有看明白？"

赵雨丰的母亲回到家，月亮已经升起来了，家门口的池塘和水沟里万蛙齐鸣。丈夫坐在门边的凳子上抽闷烟，眼睛望着池塘里的月亮。赵雨丰平躺在山墙下的草席上，跟着耳机里的汪峰唱着《硬币》："你有没有看见手上那条单纯的命运线，你有没有听见自己被抛弃后的呼喊……"丈夫看见妻子回来了，本想问一下结果，见妻子神思恍惚，就打消了问的念头。妻子走到丈夫旁边，想坐下，也没有坐，转身进了屋。丈夫先是听见妻子低声哭泣，后来又听见妻子嚼食东西的脆响。嚼什么东西吃才会有这种又有劲、又提神的效果呢？丈夫心想，一定是黄瓜。

鹦　　鹉

　　在乌蒙山通向横断山的一个岔路口上，有一座石头房子，里面住着一个养鹦鹉的男人。他除了养鹦鹉之外，魔鬼交给了他一个任务：凡是经过这个岔路口的女人，他都得强奸她们，然后再把她们杀死。每强奸一个女人，鹦鹉的任务则是诅咒他："你不得好死！"魔鬼的意图很明白，让这些女人在人间怀上身孕，然后把孩子生在冥界，进一步减小魔鬼与人类严重失衡的比例。这个男人后来被拘捕了，审判他的那天，鹦鹉一直在对着法庭的大门叫喊："你不得好死！"但他在接受法官关于他奸杀女人的动机的提问时，他回答说："2014年6月9日11点半，乌蒙山中，那四个喝农药自杀的留守儿童，我认为，他们是在地狱里怀孕，却又降生在人间的孩子，你该审判谁？判谁的死刑？"他的回答，让庄严的法官一下子就慌了神，不知该怎么应对。门外的鹦鹉则仍然在叫着："你不得好死！"法官不关心鹦鹉在诅咒谁，他心里暗忖，这个杀人狂魔，他虽然用魔鬼的口吻在说话，但他似乎说出了事件的真相和法律的困惑。

烟　云

　　抱着石头，我登上了山冈。把石头放在了山冈上面，它的旁边站着一棵松树。松树有着在逆境和孤冷中生长的异禀，也在心里装着火焰与灰烬。石头受雇于时间之外的法术和技艺，早已挣脱了菩萨为其量身定做的所有虚无角色，更喜欢站在广场上或坟地中。它们很多年没碰面了，都以为对方迷失在了裹挟它们的风暴里，或焚毁于闪电与时间，或飞离了地面。

　　消亡学以前是一门比较冷僻的学科，现在的山水课上，它变成了最接近天国的公共知识。看着一群彩色的鸟儿，从天空奋力撞向悬崖，石头拿出了随身携带的凿子、铁锤、打火机和炸药，在松树面前，表演自己被錾成纪念碑和被爆破为尘土的工艺流程。在太初时代，人、鬼、神共同赋予它的那些不朽的元素，比如坚硬、麻木和冷漠，与铁锤和炸药放在一块儿，就像羊羔和老虎，携手出现在国王的冷餐会上。松树身上，则没有藏着古老而又花样百出的利器，它从粗糙的皮肤下，抽出自己的一截肢体，翻动起年轮之书，告诉石头：斧头一直是隐形的，那些公开的暴政无非是狮子统治了丛林，一台晚会上只有不同相貌的狮子，发出令万物瑟瑟发抖的吼叫。而万物可以做自己内心的隐居者，甚至可以遁土，在地窖和防空洞里生活。然后，这棵松树在石头的注视下，变魔术一样，一会儿把自己变成大床、供桌和灵牌，一会儿又把自己变成刀柄、惊堂木和哨棒，还把自己变成了棺材、木偶、审讯室里撬开牙关

6

或击打肋骨的木棍，以及木虎、木象、木鬼、木菩萨、木枪和木阳具。当松树恢复原形之后，石头还沉浸在这出自我预设的死亡戏剧中，松树又开始不停地折断肢体上的枝条，发出一阵阵骨折的响声。

我是这个哑剧的冷眼旁观者。翻过山冈，手上握住的几块碎石和几根松树枝，被我扔在了山下的水库里。碎石沉到了水底，松树枝漂浮在绵绵不绝的涟漪之间。

短 歌 行

　　到观斗山去的人，心里都装满了星斗。在山上看见那些星斗，就是他们安装到天空里去的。他们并不需要额外的发光体，之所以千里迢迢地赶赴观斗山，他们迷恋带着星斗风尘仆仆地赶路的滋味，需要观斗山这样一座有仪式感的瞭望台，需要天空这样一片天花板。

　　我在镇雄县到威信县之间的野草丛生的路上，遇到过很多从观斗山下来的人，从外表上观察，他们普遍有着到天空安装星斗时所获得的孤独与疲惫，少数人似乎还把灵魂安插在了辽阔的夜空里。他们彼此之间没有任何交流，也没有谁坐在路边，给蚂蚁和小草讲授天文学知识。我给一个摔碎了膝盖的老人让路，顺便向他打听如何才能保持长期仰望的秘诀，他斜眼看了我一下，在拐杖的引导下头也不回地走了。很显然，他把我当成了一个恶棍一样的异教徒，而且认定，给他让路，是必须的，只有从他们往来的路面上闪开，我的生命才具有合法性。

　　我目送他们远去，心里难免琢磨，如果造物主把天空交到他们手上，他们会不会在天空上安装监视器，并顺手建起一批火力发电站和义肢厂？可以肯定，如果真有那一天，天文学一定会取代哲学和政治经济学，天空里也必然会挖出一条条黑暗的隧道，一条高速公路将把天国与阴间果断连接起来。

8

论个人主义

　　两个都想剁了对方的人，养育了几十代浩浩荡荡的儿孙，鼓励儿孙们必须剁了对方的儿孙。我住在两个家族之间的一片树林中。树木的品种主要是榉、桤、松、桐，里面没有什么奇怪和名贵的鸟类，都是麻雀、斑鸠和喜鹊。以前有一条大江从我门前流过，后来改道了，不知道从哪一个县流向了太平洋。

　　人们以为，这儿一定有裂谷和悬崖，其实这儿没有，都装在路过这儿的人身上，如果他们拒绝重返人世，这儿就不会有裂谷和悬崖。即使重新出现，也装在后来又出没于这一区域的人身上。

　　孔丘、老子和庄子等人的书，也像莎士比亚、托尔斯泰和博尔赫斯的书那样，都被我烧成灰，拌在大米中，熬成粥，放在林间空地，喂食偶尔出现的野猪和羊群。我不弹琴、不吹箫、不写诗、不练剑术，我只喝酒和遁土。喝酒让我变成一个迷失自己的人，遁土让所有人都找不到我。

　　那两个发誓要剁了对方的伙计，在我的野猪肉或羊肉飘香的晚上，会来树林里找我喝上几杯。他们相谈甚欢，称兄道弟，多次托我带信给他们的子孙，我都把信烧在了他们高耸的坟头，从另一个世界还给他们。

　　这样的次数一多，我也就明白了，那些正在发生的集体主义仇杀，多半是缘起于两个酒鬼在酒后突然生出的杀心和胡言乱语。他们来找我，其实是放不下浮世上的这杯浊醪。后来，他们再把信件摆到我的手心，第二天早上我就将它煮在一锅羊杂碎里，喂食树林中那只个人主义的老鹰，也喂食饿昏了的渡鸦。

玩　鱼

　　玩鱼的少年已经走远，故乡的河岸上只留下满地闪光的鳞甲。疤脸的哥哥拿着渔网，他在河面上心不在焉地吹着口哨，阳光开始斜照，靠阳光抚平过的脸上，又出现了众多的小坑，那脸上的阴影，用歪嘴表弟的话说，它们多像一坨坨鸟粪。疤脸哥哥，疤脸哥哥，你的脸上堆满了鸟粪，我们站在河岸上齐声喊叫；疤脸哥哥，疤脸哥哥，你的脸巴是鸟粪，我们在河岸上一边奔跑一边诅咒。疤脸哥哥心不在焉地继续吹着口哨，没有撒网，也没有往河岸上甩石头，跑得远远的我们，坐在青草丛中，直笑得满地打滚。那个走远了的玩鱼少年却再也没有回到我们中间。河中的鱼类真的少了，就算是天降大雾的清晨，顺着河边的石缝捉摸，冰冷的石缝里也只捉得着闪光的鳞甲，昔日的鳞甲，水的鳞甲。

　　鱼类正在成为河流的异教徒，偶尔捉到的几尾，鳞甲都日渐苍白，那种生机勃勃的色泽很少了。而鲜红的或者黑青的色彩，更是几乎绝迹了，它们被水带走了。这并不是因为河流中暗藏着一支支随时猝然出击的手，也不是因为疤脸哥哥有着结实而美丽的网。它们再不能成为手的敌人，它们再不能被我们处以凌迟，它们被水带走了，留下的鳞甲闪着白颜色的光，在河岸上，在河水中。拉二胡的瞎子，二胡就是他的眼睛，他总是坐在河流的对岸给来往的外乡人讲，这条河流，在他小的时候，河面上全是拥挤的鱼背，那些鱼背像古代战场上齐刷刷地射出的箭。我们坐在河的这边，高声喊叫：拥挤的鱼背，齐刷刷射出的箭。拥

11

挤的鱼背，齐刷刷射出的箭。我们偶尔把捉住的几尾鱼放在手心上，小小的鱼，生命力脆弱，它们跳起来，又落下去，跳起来，多么动人，落下去，多么迅速，在我们狭窄的手心里，直到它们再也不能整体动弹，只剩下尾巴遗嘱似的善良拍打着我们的手纹。然后，我们为它们褪甲，让它们的肉露出来，苍白的肉；我们为它们开膛，死了，它们的血还是红的，热的。它们的尾巴还会动。它们的刺藏在肉中，一把把锋利的刺刀，在最后的时刻，也就是生命没了，肉身也将没了的时刻，寻求报复。这种弱者的尊严，通常被理解为歹毒，被人们随口吐在地上。有时候，偶尔捉住的鱼，它们来自污浊的河流，满肚子脏水，我们把它们放在清水里，撒上一点盐，它们就会痛痛快快地不停地喋水，吞水，吐水，用清水把胸腔以及体内的每一个神秘的角落清洗得干干净净。然后，再把它们放到更多的清水中去，给它们干净的青草或其他饵食，它们恢复元气，让它们更加精力充沛。而就在它们感觉到了生在天堂的那个瞬间，我们已在故乡的河岸上点燃了柴火，一口铁锅里盛满了冰冷的清水，多么好的鱼，放在铁锅里，多清的水，它们在里面欢乐地游来游去。锅下的柴火在燃烧，水在慢慢地变热，我们在手忙脚乱地弄作料。慢慢地，鱼开始疲惫，水滚沸之时，鱼已经熟了，捞出来，蘸水里一过，其味之鲜，叹为极致。在我的故乡，这叫吃"跑水鱼"，也叫玩鱼。

疤脸哥哥和歪嘴表弟今天都离开了河流，他们在都市的饭馆里打工，任务就是为鱼褪甲，为鱼开膛。夜深的时候，饭馆歇业，他们常常端着大盆大盆的鳞甲在街道上，往转角处的垃圾场飞奔。

焦　虑

　　一个卖《圣经》的给博尔赫斯带来了一本无限的书，没有开头，也没有结尾。博尔赫斯开始感到的是幸福，后来恐慌和焦虑就充满了他的生活。

　　电影《魔符》说的是这样的事：一个人在雅典城拾到了幸运女神之符，随后生活就变了，幸运与厄运相继来临。濒死时这人将魔符硬塞给了自己的仇人，仇人因此买彩券中大奖，首次下赌场就赢了二十万美金。可一位先知告诉他：厄运已经开始了。果然厄运开始了，这个身带魔符的人，恐慌和焦虑充满了他的生活。

　　人都一样：跟着诱惑来到世上，再跟着欲望消逝得无影无踪。

天空里捉鸟

读一些强行驱动的文字（比如《惶然录》），是我目前的主要兴趣。与此相背离的充满了丰饶的想象的东西，不适合我的兴趣。我之所以如此，目的是想在别人韧性的叙述中体认文字的"障碍"和为文者的"向死而生"。

以前理解海明威，他站着写，写一些"电报式的语言"，总是以为他仅仅是为了让语言干净些，并没有领悟到他对语言所怀的恐惧。马尔克斯的"重复"，也一度被理解为迷宫似的场景置换，并将其视为"客观"向"迷失"过渡的一种技术手段，我没有察觉到只有语言才有的孤独。读卡尔维诺，他关于祖先的那些篇章让我看见了语言不朽的张力，但我也没有想到他之于语言的奴隶本色，否则他也不会一头扎进《意大利童话》，并在简单、直接、快乐的语言环境中乐不知返……语言的牢狱之灾就这样绵绵不绝地延续着。只有语言的肉体戏剧，只有功利主义的文本炼金术，在变本加厉地吹吐着魔法时代的气泡。新词条、新术语，它们的到来，带来的并不是一种尖锐的插入和撕开，而是暧昧，是折叠，是隔墙的呻吟。它们之所以成为"利器"，是因为我们中的大多数人的灵魂已经睡去，没有睡去的人，味蕾也已经坏死。

我是不是应该撒手了？一、因为蚯蚓只能生活在黑暗的泥土中，我不敢奢求它能像鸟一样在天上飞；二、因为蝎子，它们时刻都在跳交配舞，雄蝎将精液撒在草上，雌蝎再去收取，这种技术活儿，人类先天就欠缺；三、因为蝶螈，它们可以在火焰中自由自在地生活，又能在水中出生入死，我不能；四、因为飞鸟，在它们眼中，人们每天的所作所为都是按时的戏剧表演，人是娱乐的道具，没有灵魂，可我总觉得这是飞鸟的恶意扭曲；五、因为蚂蚁，它们身体细小，却经常幻想着要拉动比它们还大的东西，所以只能累死；六、因为豹子，它们随时都有机会把猎人当成晚餐……当语言以弥撒的形式出现，当语言的偏旁部首之间每时每刻都在举办着大师们悲怆的葬礼，我之于文字，无疑就像一个在别人的婚礼上待到深夜还赖着不走的客人，我独个儿跟新婚的夫妇出节目、玩游戏。你看，我像什么呀？

在云南彝族民间史诗《铜鼓王》中，铜鼓会产崽；在博尔赫斯的书卷里，石头会敷衍。唤醒铜鼓和石头的声音，让铜鼓和石头产生精液和卵子的力量，它们显然没有站在我们这一边。但为此我一再地被时光耗尽，为了非常确切又极其神秘地把身边的物种纠集起来合唱，为了不动声色地让诸神归位，让语言回复原生，我泥沙俱下，我命令天上的雨滴都变成铁钉，我指使纸片包扎山峰，我撕开湖水的皮肤……其结果是我被操纵的东西所操纵，所谓敬畏，所谓体温，全体变成了空气。

有人对我说，在进天堂的时候，如果上帝的提问你无法回答，那你就撒谎，因为人在上帝的注视之下才能变坏。这种体验我不曾有，但我还是决心在别人的婚礼上一直游戏下去，犹如在天空里捉鸟。我知道语言如蛊。

另附：

去年秋天，日本诗人谷川俊太郎来昆明，我曾问他："在你的艺术世界的背后，是否藏着一个村庄？"他告诉我他自小生活在东京。我想因我没表述清楚，从而也导致谷川俊太郎答非所问。其实我想说的是，也许每一个艺术家的身后都存在着一个艺术的源头，犹如生命之于母体。之所以问谷川，是因为我的写作全围绕着与我生命息息相关的具体地点来展开，目前我正在写作的诗歌和小说，无一例外。上文所谈的"强行驱动"，我是想强调自己在由诗歌向小说"转轨"时所面临的叙述难题，这难题还将继续困扰我。比如已完成的短篇《手枪与同志》、中篇《三十八公里》，我始终无力更干净地消解诗意，许多故事性的东西总会被语言所伤。对于所面临的一切难题，我没认真想过，但如标题所言，天空里捉鸟，这可能一无所获。

埃　　及

　　在金字塔的影子里，一只黄脸秃鹰，与一只青脸秃鹰，正合伙玩弄着一个沙漠与河流的游戏：黄脸把沙子丢在水中，沙子不见了；青脸把水滴洒向沙子，水滴就消亡了。它们从不间断地重复着，也不变换运沙取水的姿势，没有争论，没有嫉妒和互相设置的陷阱，也没有谁抬起头来，向金字塔感恩或致意。

　　就这样，几千年来，这个简单的游戏一直持续着。黄脸取沙的地方，仍旧是无穷无尽的沙粒；青脸取水的河流，仍旧是没有尽头的水珠。偶尔有几个骑着骆驼或划船路过这里的人，他们都会停下来，远远地望着，两个子孙浩荡的秃鹰家族，简单的游戏，秃鹰走出的路边，时间的国王们，正专心地数着沙子，数着水珠。

　　一个个娇艳的时间的王妃则躲在沙筑的宫中，痴痴地接受着地中海火红的涛声。

教　堂

　　罗丹的著作《法国大教堂》是人们提得较多的堪称大书的作品之一。1994年初春，在我接触这本书的时候，我正在昆明的西郊工作。那儿是个山头，坐在我每天上班的办公楼东边的那个露天晒台上，我常常望着远处山头上那个造修华丽的殡仪馆发呆，生与死的问题令我一筹莫展。在一首诗中，我把殡仪馆命名为"天堂的站台"，我一直觉得，人一旦途经那儿，就肯定可以抵达一个他曾经恐惧或渴望但又从未去过的地方。对恐惧者来说，说不定他到了那地方才会觉得他其实到了一个乐园；而对渴望者来说，说不定到了那地方之后他才会感到他真正想到的并不是那地方。一切都正是时候，一切都晚了，人世间的规律和秩序从来都是冰冷的，恐惧者的幸福与渴望者的苦难不能抵消，也不关联，苍凉的回首不能成为拯救自身的法宝。

　　我曾经告诫自己，就这么坐着，就这么发呆就足够了。阳光灿烂，树叶鸣唱，那殡仪馆金碧辉煌，为亡灵弹奏的火焰映衬着清亮的溪水，还不够吗？罗丹是个好人，他拒绝了生与死的话题，拒绝了灵魂和信仰，他说的是艺术——多么绚丽的华章，甚至连时间和宗教都掩盖不了，连上帝也歌吟。

　　是的，的确有那么一种时候，我们像一具空壳，仅仅是因为想听听颂歌而走向教堂，一无所知，心无所动地离开之后又深情无比地说起教堂，一切都仿佛真的而自己又虚弱不堪。假如真有上帝，我们往往是在上帝的眼皮子底下变坏的。最终死在上帝那双宽大的手心里，似乎上帝曾经安慰过我们的死却从未安慰过我们的生，而最后，我们顶多只能是一个到过教堂的人，却从未在人间的大道上停过片刻。罗丹是个好人，他留住了我们的影子。

画卷·母亲的刺绣

鼠　　鞋

丝是蚕在结茧时所吐出的一种液体,由丝蛋白和丝胶组成,它遇到空气就凝固为丝缕。它柔软而华美,是楚绣和苏绣几近于梦幻的根本保证。母亲刺绣却不用丝绸,尽管她也有过养蚕史,甚至还知道一条蚕可以吐出一千米左右长的丝。母亲刺绣只用土布或灯芯绒。

现在我所要描述的这双鼠鞋,所用布料就是青颜色的灯芯绒。它鞋底长十五厘米,鞋帮加上鞋底厚度总高为六点六厘米,是一双一到两岁的孩子所穿的鞋子。鞋尖是鼠头,鞋帮上绣着老鼠肥硕的身子,鞋底是云南昭通乡下最常见的"白布底",厚度足有一厘米,用麻线针脚密集地穿缀过,结实得充满硬度。整双鞋子,相关颜色有绿、玫瑰红、紫红、金黄、黑、土黄、白等七种。

按我的分析,做这一双鞋子的时候,应当是暮春,母亲眼中的世界是由千万条流淌着艳丽汁液的河流组成。她先绣的是鼠头,那时候,桃树的叶子绿得直往下掉露,母亲觉得,这理所当然地应该是老鼠的眉毛。绿颜色的眉毛绣成后,母亲的目光肯定投向了屋外的白菜苗,或者说当时母亲看见一只鸡窜进了菜地,正啄食刚刚栽下的白菜苗,于是,她就站起来,口中吆喝着,手舞着,去赶鸡,鸡扑打着翅膀逃开了,可母亲却看见了菜地旁的水沟埂上紫红色的野草莓。等母亲转身坐下重新刺绣，她几乎不假思索，就把野草莓绣成了老鼠的眼睛。接下来是鼻子，平面上的鼻子，母亲将其形状确定为心形，因为这是整双鞋子指向前方的中心，或说是平衡点。其颜色仍为紫红，只有两个鼻孔是黑色，这或许与母亲烧火做饭，在尘土中劳作，鼻孔总与黑色的尘埃有关。老鼠的尖嘴，为了强调其尖利，母亲采用了一个倒三角形，并不果断的线条，使其酷似一把铁锹。最后需要强调的是，当老鼠的头部之上的每一个器官绣完，黑夜已经来临，可老鼠的脸色却没有定下来，是灰？是黑？或者白？或者粉红？

　　一切可能的选择肯定不会像人们想象中那么艰难，因为那是乡下收获玫瑰花的季节，父亲正在灯下舂玫瑰糖，母亲再也找不出比玫瑰红再好的颜色了。然而，这双鞋子，尽管最琐碎的工艺全在鼠头上，母亲所点燃的针尖上的火焰，在此处燃烧得也是最炽烈的，可是让我迷醉的还是鞋帮，那鼠腰部分：母亲让老鼠长了一双翅膀，即两只蝴蝶。蝴蝶的整体形状像翅膀，其身上又分别长着两只翅膀，用帕斯的话说，那是"重复的、金字塔般上升的火焰"。同样的道理，巨大的鼠腰不能让其空着，在绣到此处，也许母亲费过思量，甚至有可能双手局促，脑子里很茫然，可时间绝对没有持续多久，因为一只蝴蝶已经飞了过来。它有着金黄色的身子，白色、土黄色、绿色等色块组成的翅膀。面对这样一双鞋子，有时我想，它俨然是一部搬运春天的机器。这老鼠，在我看来，绝不是黑暗的墙洞中伺机跳出的那只。

猫　　鞋

　　在北欧神话中，春之神弗蕾娅（Freya）总是坐着猫拉的车飞来飞去。这让我想起二十世纪九十年代初期我所写过的一首诗。那首诗中，拉车的不是一群冷飕飕的猫，而是一群肌肤润洁的婴儿，他们是一群燃烧的婴儿，鼓着小小的腮帮，弓着小小的脊梁，用天下最纯洁的力量，拉着一张春天的车辆，与河流赛跑。那是一辆空车，弗蕾娅没有坐在上面，我的母亲也只是远远地看着。那时候，地上的白雪还没有融化，所有的树芽还躲在树心里睡觉，春风的小手曾试图伸进去，穿进树皮，拨开树肉，绕开树骨，敲一敲它们睡扁了的小脑袋，可始终没有得逞。这春天的阴谋，一旦提前实施，巨大的、爆炸性的、传染病似的、不讲道理的力量，也往往会在一些最能呼应它们的物种面前一败涂地。不是树芽或者花朵因嗜睡而甘愿错过脱胎的节令，而是说它们因害怕灭亡，取消了内心中潜藏过的内推力。看天的日子，提前了，天注定是空的；落地的日子，提前了，地注定是冷的。在那一首诗中，我笔下的婴儿，却透支了一切，他们虽然不会在荒芜的大地上累死，像以色列诗人阿米亥所说的成为"一种宗教的起源"，可他们打碎了我的母亲那一颗平静的心：他们被冻得发红的小脚板，应该穿上一双温暖的布鞋！所有的参照只有皑皑白雪、屋檐上挂着的红辣椒、雪地里的蒜苗和火床边那一炉烧得很旺的火，以及火边上呼呼大睡的那一只猫。

因此，母亲所做的这一双猫鞋简单极了，纯白的鞋底和鞋面，丢在雪中。如果没有充作猫耳的那两根长长的红辣椒；如果没有那两根蒜叶一样的眉毛；如果没有火炉一样的那一双眼睛和那一张嘴——它就将消失。而且，这消失，将让我们无法感受到消失的魅力。

猫长长的胡须被母亲省略了，我想，拉车的婴儿愿意透支未来，母亲却不愿拉近新生和衰老的距离。还有猫的尾巴以及毛，也被剔除了……因为在母亲的心目中，人绝对不是动物。

虎　　鞋

在《中国衣经》的第八十三页有这样一段文字："明代妇女喜欢将头巾裁剪成条围勒在额间，以防止鬓发松散和垂落。这种额饰有多种形式：有的用织锦裁为三角之状，紧扎于额；有的用纱罗制成窄巾，虚掩在眉额之间；有的则用彩带贯以珍珠，挂在额部。使用者也不限于士庶妇女，尊卑主仆皆可用之。"除此之外，该书还讲，还有一种抹额，以丝绳织成网状，使用时绕额一周，系结于后，名叫"渔婆勒子"。这种抹额风情，亦是现在都市中的时尚，去前年，昆明的大街小巷，常见一些妙龄女郎以此吸引人们的目光。此处之所以风马牛不相及地说起抹额，是因为认准了引文中的一句话："使用者也不限于士庶主仆皆可用之。"据我所知，明朝是中国历史上最彻底的享乐主义时代之一。照我的想象，那时候的人们绝对不会有谁甘愿瘪着脸、收着胸、静悄悄地走路，他们都像一群快乐的蝎子，生存的意义就在于竭尽全力地在狂欢中把自己变成灰烬。他们藐视一切，比如，他们总把老虎的图案刺在鞋面或者阳具上。老虎出现在鞋面，它燃烧着的金色花斑，它战神般的气质，它腾空扑击的雄姿，都是人们梦寐以求的。而老虎爬上阳具，人们只想借一下它欢喜国度中的嗜杀本性和战无不胜的天生异禀。人们就在那古代的白天或者晚上纵情地作乐，以至于让多少代子孙都为之垂涎三尺，并将其鞋面上刺虎的时尚作为习俗，囫囵吞枣般地承袭了下来，也不管人家隐喻的是什么，更不管人家有何禁忌，反正"尊卑主仆皆可用之"。说来也有些悲凉，老虎"在神话以外的世界上踏遍大地"，可最终它依旧是"大地上行走的众生中的生命"，它获取了种种不朽的象征，但同时它又绝对不是至高无上的信仰的禁区。我的母亲，一个苍老的农妇，不知道明朝，也不知道博尔赫斯如此确凿的诗句："它在太阳或变幻无常的月亮之下／在苏门答腊或孟加拉执行着／它爱情，懒散和死亡的惯例……"但这些并不妨碍她得心应手地把一只老虎的图案，用一根铁针和几团彩线，绣上了一双她赐赠给她的小孙子的鞋面，而且下针时，她根本不知道她未来的小孙子是男还是女！也许，明朝的老虎是象征的那一只，母亲的老虎只是像猫的那一只，至于博尔赫斯，他说他在寻找第三只。

母亲的老虎，静静地卧伏在鞋面上，身长十一厘米，身高四厘米，仿佛通过基因培植并刻意变异了的掌上玩物。而且，它没有华丽的皮毛，也没有突凸的骨架。它的眉毛，按照惯例，同样是张树叶，眼睛是一束灯苗，嘴巴像一朵莲花，胡须像一蓬白色的葱根……猫科物种里的天使，母亲用它装饰或者温暖小孙子的双脚，她甚至不希望它变成丰育神塔穆兹的守护神，因为一切邪恶的精灵，在母亲的世界中已经绝迹。

猪　　鞋

母亲绣鼠鞋，之前肯定没细致认真地观察过老鼠；母亲绣虎鞋，那更是绝对没见过老虎，离她最近的老虎居住在昆明圆通山，距她有四百公里左右的路程。很显然，绣鼠鞋时，她靠的是大致的印象，绣虎鞋时，借的则纯粹是想象。应该说，这些都是不值得大惊小怪的，可是在面对猪的时候，母亲所传达出来的色彩感，却让我非常吃惊。

在母亲邮寄给我的二十双刺绣小鞋中，有九双是猪鞋。猪鞋之所以占了那么大的比重，显然与母亲每天割猪草、煮猪食、喂猪，并把猪的数量的多少和猪的肥瘦视为财富的多寡的经历是有密切的关系的。母亲每天施恩于猪，甚至会把猪视为卑微的神灵，最后又在春节前夕，让猪把自己的生命交出来。照我的理解，这一个人为的恩膏置换的过程，在世俗生活中，只是一种生存的法则，而非从佛者和素食主义者所认定的"黑颜色的灭失之旅"。当然，一切都不是绝对的，我的母亲，在她严格地履行生存法则的同时，潜意识中，其实她还是惯性般地保持了猪的"神灵"的地位。或者说，至少她依然保持着对灭失的生命的敬畏和慈悲。她如此热衷于绣猪就是证明。

猪是离母亲的生活最近，也是母亲最熟悉的生灵之一。她了解猪的成长史、秉性、嗜好和叫声所包含的内容，远胜于对其远走他乡的子女的了解。她可以见证一头头猪从生下来到死去的整个过程，却无法把握子孙的命运。这是生命的饲育史上，无法消除的与自然规律无关的悲哀之一。在母亲们情感的锡安圣地中，母亲们不敢奢望自己永恒，她们只希望自己的子孙——都能永远活在自己的目光里。自己要死去，最大的悲怨却是不能看见子孙活着或死去。我因此做出了这样的推断，当我的母亲无力排解这生死链所编织出来的感情旋涡时，与她密切相关的、她可以把握的生灵，悄然地被置换到了她寄托一生的布面上。如果不做此推断，我将无法说清母亲绣猪的激情究竟源于什么。她不断地重复，在不断的重复中得到安慰。

母亲刺绣的猪鞋，一双是金黄色，一双是白色，一双是赭红色，一双是黑色，一双是大红色，一双是鹅黄色，一双是玫瑰红色，另两双是褐红色，共九双。在段成式所著的笔记体小说《酉阳杂俎》中有这么一则：开元末年，王公贵族都把牡丹视为京城奇赏，常开诗会，吟唱不绝。这时，散文家韩愈有一远房侄儿从江淮来到长安，韩氏让其读书，先在学院，后转寺院，可此人均不思进取，常违规，韩愈很不高兴，说其如此下去，将连谋生的一技之长都没有。可这人却有一技艺，挖土见牡丹根须，用紫矿、轻粉、朱红等颜料，在花根上捣弄，七天之后再将花根用土掩起，次年，牡丹便会开出各种颜色的花，且花朵上还会有韩愈的诗句……读段成式这则短文的时候，我还据此写过一首短诗，其中有一节："此时，我在聆听/那些小小的灵魂/从根须爬向枝头的/清晰的脚步声。"这与黎明诗人聂鲁达聆听母亲的乳汁从肺腑流向乳头的声音，在形式上是相似的，一样的在窥探生命的秘密，一样的在强调神圣的哺乳的流程。但段成式的短文并非如此，在植物嫁接术处于现象阶段的唐朝，他是在以一种客观的叙事手法把人们的愿望导向更加迷离的世界。真实的颜料在某种神秘力量的调遣下，通过牡丹，呈现出了奇异的气象。当单一的花种，开出各种颜色的花，而且花上生着诗句，我们实在找不出正襟危坐的理由。然而，事实又告诉我，这绝对不是没有可能的。你能让一头猪变成金黄色、赭红色、大红色、鹅黄色、玫瑰红色和褐红色吗？你不能，我的母亲能。在我生活的周围，我的母亲比谁都清楚，猪的颜色大抵只有三种，黑、白、黄。除此之外，其他颜色的猪，都只能在神话和传说中出现。

像段成式的牡丹花上生着诗句一样，母亲刺绣的猪身上，也有着异象。九双猪鞋，唯一的共同之处就是，猪的眉心上都有一轮太阳。在此相同之处当然又存在不同。当猪身为大红时，太阳是白颜色的；当猪身是鹅黄，太阳是黑的；当猪身金黄，太阳是绿的……长时间以来，我都把这九双猪鞋单独放在一起，有时候，我感到鞋面上走下来了九头色彩缤纷的猪，我放牧它们。

在它们中间，我像一个超现实主义的牧童，但我又能真切地听见它们的叫唤和用各种颜色的嘴巴拱翻土地的声音。九头可爱的小猪，有的耳朵上长满了星斗般的眼睛；有的两只眼睛差不多占据了整个身躯；有的仿佛整个就是一张嘴……它们紫的、绿的、红色的、藏青色的、黑红相间的、深绿色和金黄色的耳朵，不停地晃荡着，但似乎又没有听见一丝一缕满世界嘈杂的声音。它们欢乐的知足的表情，把对死亡的恐惧毫不费劲地就掩盖了。唉，这些世界之外的走肉，谁也看不到它们生命的尽头。

杨长寿夫妇睡眠处

　　床都是产床和墓床，老人在上面睡最后一觉，婴儿在上面展开一生的睡眠。杨长寿夫妇的床也是一张老床，梨树木做的，床框、床档、床板一律的大家伙，厚、结实、笨重；床头的挡板上，靠头的一边，刻鸳鸯戏水图，靠脚的一头，绘牡丹两朵；四角立起的帐架子，方形、大梁似的，没半点雕栏刻木的意思。这床有多少斤，没人搬过，不知道；这床用了几代人，杨长寿说，至少三代，他们是第四代，他们的儿女是第五代。五代之床，擦干净灰尘，亮汪汪的土漆，仍然可以做镜子。它的每一个楔头，也像新的时候一样，契合严密，仿佛没有经过任何摇荡……这才是真正的床榻啊，有石头的品质，不仅与房屋连为一体，甚至可以说，它就是大地的组成部分。人的欲望可以通过它，感染大地，大地的繁殖力，同样又通过它，启醒人们。人最终的离去，通向土地之路，没有什么距离需要排除；新生命的来临，在它那儿，一如一棵禾苗破土。原生的生命循环，静谧、简单、直接，就好像发生在一个古老的容器之中，是大地的内部事务。

　　杨长寿家的房屋，是典型的滇东北乡下的土坯房，外观看去是一层，进去之后才发现是两层。由于层高极低，很难让人觉得它已从泥土中凸现出来，如果我们站在远处或者空中看它，它其实只是泥土皮肤上的一个疤。房屋的结构呈"品"字形，坐南朝北，由北边的大门进去，是堂屋，左边是火塘，右边是灶，正前方的隔墙下摆一供桌。隔墙左右

27

各开一门，左边是杨长寿夫妇的卧室，右边则是猪厩。二楼上一般都不做任何隔分，杨树地板之上就一屋大的空间，堆粮食、煤炭和形形色色的杂物，四角上，除了一只被楼梯征用外，都是孩子们的地铺。

与许许多多的房屋不同，杨长寿家的房子，除了二楼上正北方的墙壁上辟有一铁锅大小的窗子外，其他地方一个窗子也没有，他们的卧室没有，猪厩也没有，火塘边也没有，黑暗是理所当然的，像在地下，在大地的胸膛里。蚂蚁、臭虫、蚯蚓、老鼠、苍蝇、蚊子，为什么也喜欢把它作为家，这也就不再是谁的意志，纯粹是由人虫相通的命运所决定的。

暗处有暗处的好处。有光的地方，就有艰辛的、无止无休的劳作，就有风、雨、霜、雪，就有单刀直入的、面对面的仇与恨，就有摆脱不掉的、鬼魅般附体的阴影；而暗处，更多的是家人的肌肤，不一定丰盛但能充饥的饭菜，性爱和生育，世界被一堵堵不透风和光的墙隔在外面，人都可以蜷起身体好好睡眠。

……

杨长寿夫妇一生育有三男一女。他们把整整六十年的岁月都关闭在村庄里，也就是说，自其父母将这床空下来，于冥冥之中交给他们，他们便没有离开过这张床。不用点灯，有电了，他们也没在卧室中拉上电线，手一摸，脚一探，任凭身体怎么散架，他们都能不碰响任何东西，便躺到了床上，丈夫找枕头，妻子找丈夫的胸膛，两人同时找梦乡。扣在一起的身体，由孔武、圆润，慢慢地都松弛了，变薄了，缺少激越的立体感了。但有一点却始终没变——他们的耳朵依然听得见老鼠走路的声音，甚至可以听见墙外的细雨和蔬菜叶在风中摇晃的声音。对了，隔着一堵墙，另一房间是猪厩，如果半夜，猪的肚子响，长嘴不停地拱槽，次日，他们一定会责骂儿女，因为儿女没让猪吃饱；如果猪厩里发出脚踩泥泞之声，他们就知道，猪的垫草不够了，猪厩太湿了，第二天必然就会吩咐子女给猪抱上几堆干草；如果猪开始哼膘，他们就明白猪

28

真的肥了，夫妇俩就会在哼膘的美妙音乐中睡得更踏实。人一代代替换，猪一年年换茬，杨长寿夫妇聆听过多少猪的身体语言，他们心里一清二楚。有时，两人会聊几句："唉，那头喜欢在隔墙上擦痒的猪，后来是卖掉的还是做了年猪？""噢，你说的是大儿子出生那年养的那头，唉，那头猪多肥啊，可惜被卖掉了。"

更多的时候，与这张床有关的人们，有着近乎无知的沉默！

村里人送葬处

　　一条沙沟，距村庄二公里左右。沙沟和村庄之间的红土路，坑坑洼洼，雨天留下的牛羊蹄印、人的脚印，天晴了也还在。路的两边，一边栽着垂柳，另一边有一排苍老了的核桃树。垂柳和核桃树一样多毒虫，毒虫常常从树上掉下，或被风吹下，满路都是。路很直（不像乡间的其他路总是弯弯曲曲），而且宽敞，站在村头的路中央往西望，它于树丛之中直直往上翘，到了沙沟，才升到一片高地之上，再伸展，便抵达了陡然隆起的狮子山。狮子山的海拔高度是多少，村里没人知道，它像一个几千米高的屏风，稳稳地顿在那儿。其阳面正对着村庄，阳面的一片斜坡，六十度左右，上面有一片坟地，坟墓的数量，远远多于村庄里的人数。每天，太阳一出来，首先照着的就是坟地，墓碑上镶嵌的小圆镜，也总能把太阳的红光变成白光，闪闪发亮，让许多村庄里往西走或往西看的人们，很难把眼睛彻底、自然地睁开。它们俯视的角度太逼人了，像祖先还端坐于上，而且目光灼灼。

　　沙沟是村庄与坟地的分界点，隐形的界碑立于每个人心中。村里死了人，纸钱是白鸟，上下翻飞；幡是杨树，风一过，便哗哗地响；哭声，先是尖厉而高飘，带着撕裂东西的力量和哀恸，之后，变成抽噎了，最后，则成了心在哭。祭礼很繁琐，由肉而灵、由苦世到极乐的超度更不可能有什么捷径，一一铺开，规模大于一次秋收。只有守灵时的孝歌和跳鼓，因其以乐致哀的品质而流水线一样生产笑声，而且是大笑、狂笑、抱着肚子笑，笑出泪来才能止住。送葬那天，亲人披麻戴孝，邻居唏嘘不已，从红土路往西送，送到沙沟，放一阵鞭炮，便得原路返回，剩八个抬棺人继续西去。"沙沟长啊，沙沟沟高，过了沙沟沟呀，生命到尽头；哎呀呀，哪个死人能回首；哎呀呀，哪个活人不过沙沟沟……"村里的一个牧羊人，他常赶着羊群上狮子山，这首山歌他几乎天天都唱。

　　恐惧和焦虑从来都不是生活的主旋律，但它们存在着。一条沙沟横卧在那儿，像道坎，像生命的阴面和阳面的分水岭，你能忽视它吗？不能。在我记忆的仓库中，天空是打开的，田野是打开的，河流、植物甚至沙沟都是打开的，不管是谁，都有一个向我张开的怀抱。在这怀抱中，我结识了小鸟、蝴蝶、青草、野花、鱼群、鲜艳或暗淡的沙砾、沉默或大叫的虫类……它们给予我的，不止于乐趣，更重要的或许是让我知道了我与它们的关系。作为一个自然之子，一只羊羔和牛犊的同伴，那时，我常去沙沟，类似于来往于两界的牧羊人之子。沙沟其实跟其他沟渠没有什么大的不同，一样地流着溪水，其不同之处仅在于，它的河床就是道路，一条没有脚印的道路，沙砾组成的河床，发紧、发硬，是一个整体，水在上面平整地流，不会泄漏。人行其上，水至脚背，起脚下脚，水花四溅。这水来自狮子山的龙潭，比其他水稍清稍凉。尽管人们在心中都把这水视为净水，我却不这样认为。我用它浇沟缝中深藏的蟋蟀，洗沟沿上遍长的栽秧果和火把果。夏天，我还会脱光衣服，把身体平贴在河床上，或背贴河床，小小的年纪，我便知道，当男人展开身体，身体不是一个"大"字，而是"太"字。以胸贴着河床、脸沉于水中时，我是个沉默的孩子，我没有半点愿望想去弄清道路为什么要置于河床之上，人过此地时，脚印为什么要洗掉；如果我背贴河床时，我则是个快乐的孩子，阳光在飞，白云在飘，沟两边的荆棘丛里有蚱蜢在跳，我眼中有世界，世界很丰富！有一回，几个邻村的小姐姐从那儿路过，我故意闭上双眼，屁股上抬，把小鸡鸡更加地突出出来，几个小姐

31

姐不叫不骂，捧几捧灰，埋了我的小鸡鸡。我吓得翻身而起，抱起沟埂上的衣服就往村里跑，她们在背后大笑，笑声清脆极了。

常去沙沟，我与唱歌的牧羊人关系很铁，但也挨了母亲的几顿臭骂，父亲的几顿毒打。有几次，我患重病，发高烧，说胡话，父母都去请了巫婆，不知疲倦地在我身上捉鬼，而且每次都少不了去到沙沟，脚踩水波，给我喊魂。但过了，我又去，一样地脱光衣服，背贴河床躺在那儿，有时脚朝东，看见村庄，有时脚朝西，看见狮子山上的坟地。

周大爷守夜处

　　秋天是冲着植物而来的。玉米要黄，稻子要黄，瓜果要黄，就连不是食物的小草、杨树和梧桐也要黄，它们刚想黄，有了点黄起来的意思，秋天就来了。先来的是秋风，它侧着身子，挤进阳光的队伍，把随身携带的冷空气传染给阳光，并拼尽全力把阳光的直线撞击为曲线。这样一来，阳光就变得像波浪一样了，仿佛被操纵了似的，一方面用自己的炽热继续抽汲所照之物体内的水分，以相悖于身份的方式成为水的磁场；另一方面，它开始广袤无边地使用肢体语言，事事躬亲，由上而下，绵密地翻弄天下画卷，手到之处，犹如魔法，让世间万物无一缺漏地自己为自己弹奏，敲响自己身体的琴键，拉断自己的弦……之后，秋意便无孔不入了。可爱的玉米，召集起身体中的老残之兵，打鼓敲锣，狂乱的鼓点，破败的锣声，震得自己浑身向内收缩，到了极限，嘎的一声停下，便枯了。稻子与玉米不同，稻子的每一根谷穗都组织了黄灿灿的唱诗班，它们彼此为对方而唱，同时又形成了同声、同韵、同调的大合唱，声音的方向暗示万物：天堂就要到了，是把肉身递给人类之胃的时候了。

　　暮色四合，大地留有一个小小的窗扉——周大爷先是把铁杖放在一个冰冷的石头上，接着点亮了马灯，护秋的土屋子很狭窄，而且湿气很重。床铺是用杨树木搭成的，离地只有五寸。五寸高的空间，是土屋子里最冷最暗的地方，放着几颗发瘪的洋芋和几个青色的玉米棒子，以及一双布鞋和一双胶鞋。床铺上铺了稻草，去年的稻草，稻草上的那床毯子非常旧了，有几个漏洞。被子才洗过，散发着太阳味，被面那大朵大朵开放的艳丽牡丹，一朵和另一朵之间，不是绿色的牡丹叶或者结结巴巴的牡丹枝，是黑颜色的补丁，补丁所用的布料，曾在周大爷的外套上出现过。马灯亮起来，我们就可以将一身黑衣的周大爷看得更清楚些。这个看护着同样辽阔丰厚的秋天夜晚的老人，他的毛发全白了，整个脑袋，如果动用修辞格，那就像一块周身凸凹、落了秋霜的石头，就连毛发，给人的印象，也没一处是柔软的。身体，他的身体，和所有乡下老人没什么区别，所有的骨头都在外力和内力的撞击过程中变弯了，外面的皮，有机会形成皱褶，却很难包住骨头，不安分的骨头，受苦人的骨头，似乎时刻都想戳穿受够了苦的皮……屋外蛙声有些稀疏了；秋虫的翅膀也不像上个月那样有劲了，它们大都把身子贴在稻茎和草茎上，想获取一丝最后的温暖，所以叫声很尖、很涩，而且易碎。

　　世界有一种表面上的安静。黑衣人周大爷置身其间，像一只虫子，他的呼吸和咳嗽声几乎可以等于零。

　　蚱蜢支撑起带齿的长腿，飞不动了，但它还是想再看看黄灿灿的田野。这些构成自己生之天堂的谷禾，它用生命见证了它们的成长史：从青苗到扬花受粉再到大腹如鼓；从细到粗；从羸弱到亭亭玉立再到风韵无极；从底线到极限；从生到死……它多爱谷禾啊，甚至爱上了它们的未来。未来？谷穗与谷秆被分开，谷穗被叫作粮食，谷秆则被叫作草，可对蚱蜢来说，谷穗和草、粮仓和草垛，又有什么区别呢？粮仓像宫殿，草垛何尝不是金字塔？唉，那么多美好的时光，它或飞行于空中，或站在谷穗顶端，或蛰伏于田埂边的草丛，翅膀染上了一层厚厚的花粉，耳朵装满了谷禾怀胎时的躁动，眼睛里全是最美最动人的颜色！它们多么让人怀念，如果一切可以重来，自己一定腾空心胸，哪怕只带走一颗谷粒！重来？一切都重来？自己还愿意与蝴蝶成为密友，再不跟它

34

们比美，彼此结伴，好好走一程。麻雀的确视自己为充饥的对象，为了躲开它们乌云般下扑的庞大身躯，哪一片青草和谷禾没成过自己的避难所呢？可现在真的觉得它们太亲切了，它们飞翔的姿势，视天空为家的伟大心胸，把远处的大树当成驿站的神灵般的风采，噢，还有什么物种可以攀比的呢？对了，还有蛇、泥鳅和鲫鱼，还有七星瓢虫，还有蚂蚁和青蛙，它们都去哪儿了呢？自己还在这儿劳神地等着，它们怎么可以一声招呼也不打，自顾自地就走了？可又能走到哪儿去呢，如此宽不着边的世界，除了泥土，谁又会收留它们呢？有上一代人在，生是隆重的仪典，现在，一切都开始散失，谁都孤身一人，这死却变成了就地凋零、一堆小小的骨架，关节全脱开，紧贴于地，无风时，真的像朵花，可一旦有风，就什么也没了，唉……

　　每天晚上，周大爷都要在守护屋里坐上一阵，吸一袋烟，之后，在屋子外的一小块空地上，于先有的灰烬上，燃一堆篝火，然后才提起马灯，操着铁杖，躬腰巡察于田野。偷稻人十年难遇一个，但周大爷的心中始终有一党贼潜伏着，很显然，只要谁的脑袋刚伸进秋天的夜晚，他肯定就会一杖打下去。不是他对稻谷怀着神化了的情感，相反，他的叹息多数都出于稻谷之累，无止无休、年年反复的累。什么是他的光阴，什么是他的血？他的光阴和血，一年年都被谷粒平均地瓜分着。真的不好统计，从这田里生长并被割走的谷粒，几十年来，究竟有了多少粒，一粒，按平均数，究竟吸纳了周大爷的多少毫克光阴和血。数据肯定是小数据，但肯定存在着。以周大爷的身躯来看，高不过一点六米，重不足百斤，葬它，一丈之土已经足够空荡，但问题不在于此，而在于周大爷身体几十年来绵绵不绝的付出是否可以测量，那每一粒谷子中瓜分了的周大爷又是否可以分析出来！

　　夜，一如既往地黑，周大爷手提的马灯，像天地间唯一的萤火虫……灯是周大爷的肉，周大爷是黑夜的肉。是肉，不是魂。

磨镰刀的声音，如果只有一双手死死按住一把镰刀往磨石上蹭，它应该是寂静的，嚯，嚯，嚯……但天下都在磨镰刀，每一户人家的门口至少有三个男人在磨镰刀，每一条河流上都蹲满了磨镰刀的人，那是一种什么声音？

　　天下的打谷场都腾空了。

　　天下的粮仓都空了。

　　田野也想，空了。

　　空了的田野上只剩下了那间护秋的土屋子。对周大爷来说，这是本年秋天的最后一夜。像往年一样，他天一黑便把被褥用绳子绑结实了，用铁杈撬着，斜靠在墙上。今夜，他不睡，不点马灯，不燃篝火，就枯坐；特意买来的一壶酒，就枯喝，喝到天亮，还剩半壶。也有那么几年，身子骨还硬，到半夜，酒就没了，周大爷便蹿到空田中央，对着黑夜唱："金色的稻浪收光光，白白的月色像秋霜；谷茬刺脚我不喊，天是被来地是床。"歌词没什么意思，声调却让人听了心里有些发毛，平生出许多疼痛。也许，他希望有一个秋天就够了，用不着轮回。但随着轮回的不可更改，他又会因为一个秋天的走掉而若有所失。

　　周大爷坐在夜里，两耳依然竖着。

落　日

　　读过清代云南诗人陈佐才写落日的一首诗。他说，太阳从天空落向大地，是为了反过来把天空照亮。要表达这样的诗意，诗人必须参透天机，洞悉太阳的想法，有一颗玉皇大帝的心脏。

　　2014 年 8 月 3 日下午，昭通市鲁甸县发生 6.5 级地震，造成了 617人死亡和 112 人失踪。几天后的一个黄昏，我从北京辗转赶到作为震中的龙头山镇，混迹在准备撤走的救援志愿者中间。一个个村庄，像被恶童捣碎了又抛弃在垃圾堆里的积木房。折断之后胡乱上翘的那些木头、钢筋和砼构件，则像受到暴力猛然袭击而殒命的死难者外露出来的锋利的骨头。我没有见到一具尸体，身体的本能感受，又让我觉得散发着腐臭的空气中，有一个个阴魂在拉扯自己的衣角。在一座凌乱的废墟上，一位年轻的母亲木偶一样坐着，目光寒凉，瞳仁后面有座冰山。我问她："你为什么不离开？"她木讷地说："儿子还埋下面……"

　　那时候，我看见了废墟上面的落日。它是血红色的，无光，肃穆、悲悯而又遥远。这样的落日，它往往出现在一部部伟大史诗中灭亡与新生更替时的结尾部分，偶尔，它也出现在暗黑之书的开篇，从白日梦里醒来的人们，总会把日落误认为日出。坐在年轻母亲旁边的另一座废墟上，我久久地凝视着它，希望能找到它迟到并转瞬即逝的原因，以及它与灾难现场，为什么总能向人们提供一再地重复的暴力美学的依据。我什么也没有找到，它就静静地从天上走到群山后面去了。

时间史上，8月3日这个日子，435年，君士坦丁堡主教聂斯脱里被狄奥多西二世流放埃及；1492年，哥伦布第一次远航；1904年，英国军队侵占拉萨；1923年，鲁迅先生出版小说集《呐喊》；2008年，苏联流亡作家索尔仁尼琴逝世……也许还有更多的大事件发生过，但都被不同的文字抛弃了，存封于我们不可能重新返回的黑暗空间内。也许只有落日在它离开人世之后，才能发现并照亮它们，给它们一份来自上苍的世俗的平等与尊严。

回 乡 记

一

我家的老屋，是三间土坯房。母亲进城后，便用铁锁一一锁了，屋前屋后全都长出了荒草。

这次我专程去看了一眼老屋。

有人撬了铁锁，一家人住在里面，我不敢扰人，转身就走，一条狗追着我狂吠。进城，我与母亲说起这事，她说："让他们住吧！"

他们是谁？母亲说，她懒得知道。

二

老家的村庄坐落在两条河流的交汇处。那交汇的地方水利局建了一座桥，桥上安装了三道电动闸门。闸门很少提起来，堵下来的水，记忆中清汪汪的。守桥的人换了好几个，其中有一个触电身亡，还有一个勾引村庄里的女人，常常被村庄里的男人打得头破血流。乡下人都信邪，说那守桥人住的房子建在了墓地上，守桥人的身上都附着鬼。

两条河的上游，都有一座城。现在的闸门也像以前那样是关死的，蓄下来的水却是臭的了。上面浮着的垃圾上甚至长出了青草，开出了花朵。我在河堤上走了个来回，一直捂着鼻子。坐在河边上抽烟的一个老人，他是我的堂叔，他告诉我，现在人们想自杀，都喝农药了，想死也不投河，想死得干净点，嫌这河水臭，嫌这河水黑，嫌这河水上的垃圾太厚了，跳下去尸体浮不上来。

三

我问一个与我年纪一样大的叔伯兄弟："娶媳妇了没有？"他回答："娶了个女鬼！"

他是个傻子。我又问："怎么头发全白了？"他回答："我天天吃石灰。"他一边笑，一边脱裤子，他让我看他的阴毛，他的阴毛也全白了。

他已经记不清我是谁了，低声问："你是乡上的，还是县上的？"我还没回答他，他就更小声地跟我说："前几天有人喝醉了，从城里带了个女人回家来，他老婆不准他进门，他一拳打掉了老婆的几颗牙齿。你猜，这个人是谁？"

我递了支烟给他，他把烟夹到了耳朵上。这个人是村子里的游魂，他知道这村庄里无数的秘密，关于通奸、盗窃、诬陷，甚至杀人。少年时代，我们曾经无所事事地在田野上游荡，有一天，他拉着我去看勘探队的钻井架，那些工人正坐在草垛上吃馒头，他指着一男一女，告诉我："就是这两人，昨晚在河堤下干烂事。"不过，给我印象最深的是，当年，只要村子里死了人，他都会去哭丧，哭声尖厉、高飘，荡气回肠。

四

小时候有个玩伴，在一棵电线杆下触电身亡。他的父亲参加过徐蚌会战，还去过朝鲜战场，战争一完，回家当了农民。大饥荒那些年，他家没有挨饿，粮食是用军功章换回来的。我去找那棵电线杆没有找着，那地方建起了几栋鬼头鬼脑的洋房，门上的锁全都生锈了。

五

中午，我去找我的一位初中老师喝酒，他现在是个屠夫，家里挂满了腌制的猪内脏。他是个兔唇，当年教我们的英语。吃着他一桌子的猪心猪肝猪肠子，我问他还记不记得几个英语单词，他指了指墙角的一堆杀猪刀，说只记得一个："knife"。他读出了小刀，不知道杀猪刀，读音也不可能准确。我看着他一个劲地笑，他逼着我喝了满满一钢化杯苞谷酒。

从他家里出来，有几只喜鹊在白杨树上不停地叫。他醉意嚣张，弯腰捡起一块石头，用力地丢了出去。喜鹊纷飞，他长笑不止。

六

父亲曾经告诉我，乌鸦歇脚的树上都有过吊死鬼。我从来没有看见父亲爬过树，而我倒是一直喜欢爬到树上去。父亲还说，只要用乌鸦的血擦一下眼睛，就能在夜里看见满地风一样侧着身子走来走去的形形色色的鬼。

有一天晚上我梦游，第二天醒来，竟然是坐在一棵平常根本爬不上去的梨树上。梨花开得正旺，头上的天空白晃晃的。我看见父亲扛着一架木梯子飞奔而来，到了梨树下，却不急着将我救下。他坐在树底下抽烟，梨花落了很多在他身上。很久他才头也不抬地问："你是怎么爬上去的？"我回答："不知道！"

那些我爬过的树几乎都被砍光了，这一棵梨树还在。父亲死的那年，母亲说这梨树死了一年，第二年又重生了。我不相信，母亲说：

"不相信就算了。"

七

在路上遇到一个中年妇女，她盯着我看了一会儿，欲言又止。我也盯着她看了一会儿，欲言又止。擦肩而过后，我才想起，我们应该是小学同学。转身再去看她，准备打一声招呼，她的身影已经闪进了一片烟草地。

她叫什么名字，我一直没有想起来。倒是牢牢地记住了她那鼓鼓囊囊、头发凌乱的样子。

八

堂哥大我两岁，但从小学到中学，我们都在一个班上，我上高中，他去当了建筑工地上的木匠。我师专毕业那年，他结了婚，很快就有了孩子。他发誓要让自己的孩子都考上大学，有份正当的舒服的工作。二十年的时间说过就过去了，苦头尝尽了，他的两个孩子果然考上了神三鬼四的民营大学，而且又很快地毕业了。令堂哥火冒三丈的是，大学生毕业，国家已经不包分配，两个孩子又没学到什么真本领，好的工作找不到，只能跟着他在建筑工地打工。

我们就着一盘猪头肉喝酒，他把两个孩子叫了过来，一定要给我磕三个响头，说是要托付给我。我问大儿子："学什么专业？"大儿子怯生生地回答："工商管理。"我问二儿子："学什么专业？"二儿子一样怯生生地回答："计算机。"我什么话也没有说，拉开门，走了。门外是白茫茫的月光。

走出很远，听见堂哥的一阵乱骂声。

我读书，有了工作，后来的人以为读了书就会有工作，结果他们没有找到工作。我知道，村子里有很多人一直在骂我，说我带了坏头。让我内心压抑的是，很多家庭，为了供孩子上学，家徒四壁，负债累累。

九

从堂哥家出来，上了河堤，傻子还站在那儿，问我是不是要走了。我说是。

他闻到了我身上的酒气，指着河上的一座水泥桥告诉我，某某前几天喝醉了，从桥上掉到了河里，死了，臭烘烘的。某某也是我的少年玩伴，上学时，成绩比我的还好。没考上高中，变成了村子中最有名的酒鬼。

我问傻子："你去哭丧了吗？"

他答："我去了邻村，那儿也死了酒鬼。"

十

回城的路上，总有摩托从我身边飞驰而过，我相信里面有我认识的人。黑夜里遇上，尽管有月光，谁也认不出谁来，打一声招呼的机缘都没有，这仿佛是生命里就没有让我们重新相认的那个环节，只能任其各赴生死，老死再不往来。到望城坡，想起父亲曾说，1949年以前这儿全是黑森林，常有土匪剪径。又想起父亲去世时，小说家杨昭夜里赶路去陪我守灵，他说在这儿他曾碰上了两个人，一定要与他相伴走上一截。两个人都没有脸，声音直接从胸腔传出。过一片坟地时，两个人就没影了，路上又只剩下他一个人。

号　叫

一

太阳有着灿烂的家世。这是常识。

父亲头也没抬，问："云朵黑了？"

乌蒙山里的云朵，在天上怎么飘、聚散、消失，人们并不在意，也很少有人抬头去看。阳光刺目。即使阳光照射在白岩石上，又反射回来，也还像刀光，还伤人。父亲不是从手中的镰刀片上看见云朵变黑的，他是觉得背心突然一凉。这一凉，像骨髓结了冰似的。天象之于骨肉，敏感的人能从月色中嗅到杀气，从细小的星光里看出大面积的饥荒。父亲气象小，心思都在自己和家人的身上，察觉不到云朵变黑的天机，他只是奇怪，天象与其内心的恐惧纠缠在了一起，撕扯着他，令他的悲伤多出了很多。

父亲问的是母亲，母亲继续在翻找过了很多遍的泥土中，翻找着遗漏的土豆，没有接过话来。那时候，我还是一个对什么事情都无所畏惧的少年，正坐在一茬野草中仰望天空。

我回答父亲："黑了。"

天上的云也的确黑了。之前，这片云朵是白的，有阳光照着，它还白得层次分明，不翻卷，不动，静静地悬浮在乌蒙山之上。父亲从地上

44

看到黑色的阴影那一会儿，乌蒙山的后面突然涌出了大堆大堆的黑云朵，遮住了太阳。那片白色的云朵，也就分解了，不在了。

当我看见父亲提着闪光的镰刀，疯了似的往家里跑，开始的时候我有些诧异。看着他越来越小的背影，我问母亲："他跑回家去干什么？"

母亲冷静地回答："你的爷爷快断气了！"

母亲和我没有跑。我们背着一无所获的竹篓筐，走得不疾不慢。在起起伏伏的石头路上，我能听见母亲肚子里传出来的叽叽咕咕的声响。我的肚子里也在发出相同的声响，母亲装着没有听见。在路过一条溪水时，母亲弯下腰，把手洗干净了，一捧接一捧地喝水。她饱了，才说："你也喝吧，多喝一点。"

至今我都没有想明白，父亲和母亲是怎么预感到爷爷要死了，仅仅因为天上的云朵变黑了？或者因为饥饿，他们知道爷爷承受饥饿的能力在那一天已经耗尽？当我们回到家，爷爷已经躺在一扇卸下来的门板上。父亲坐在爷爷的尸体旁边抽闷烟，见了我们，没叫我跪下，也没有马上跟母亲商议葬礼的事如何操办，就阴沉着那张烟雾中时隐时现的脸。我站在离爷爷有一米左右的地方看爷爷，他的脸上没有肉，头发全白了，而且杂乱、肮脏，死相有说不出来的狰狞。

雨是那个时候开始下起来的，闪电和雷声则把末日的气氛渲染得淋漓尽致。

二

家里只有两张床，到我四岁的时候，母亲就把我从他们的床上抱到了爷爷的床上。爷爷的身体从来就是冷的，冬天的夜里，我在睡梦中抱着爷爷取暖，爷爷没给过一丝一毫的热量，相反我总是在抱着他时被冷醒过来。我们的床就在窗洞旁边，每次醒来，我都看见窗外白茫茫的雪，或者白茫茫的月光。

爷爷问："醒啦?"

我说："醒了。"

爷爷撑起身子，从枕头底下掏出几颗烤熟的玉米粒，让我吃，我就在午夜的被褥中，一边冷得发抖，一边嘣嘣喳喳地嚼食玉米粒。爷爷开玩笑地说："这声音，像坟里面的老鼠咬棺材钉。"

三

爷爷死去的那天，一位伟人也逝世了。

村子里用松枝扎起了悼念的牌坊，把粮种仓库设为灵堂。每一天，父亲和母亲都得去伟人的灵堂守灵，参加悼念活动。只有在那边没有什么大事时，征得生产队长的同意，才回来给爷爷烧些纸钱。多年以后，父亲说，那一段时间，他流出来的泪，左眼流出的为了伟人，右眼流出的给爷爷。

爷爷的死，没敢举行葬礼，几个亲戚把爷爷抬到山梁上，悄悄地就埋了。父亲当然想给爷爷一个葬礼，生产队长是个好人，他问父亲："你葬父是事实，但谁会相信这样一个葬礼，你是在埋葬你的父亲?"

队长还说："全国人民都在痛哭时，你埋葬自己的父亲，会不会有人怀疑你在有意抬高你父亲的身份?"父亲差一点被吓死了，跪在爷爷的灵前，一个劲地号叫，叫了半个晚上。其实，村子里所有的人都听见了父亲的号叫，有些令母亲备感意外，这事却没人去告密。

村子里开伟人追悼会的那天，我去了。我像全村的人一样，哭得很伤心，流出来的泪水，打湿了脖子上的红领巾。送爷爷上山的那个夜晚，棺木下降，土堆升起。父亲和母亲的心里，其实很希望我能跪在坟堆前，痛快地哭一场，我却哭不出来，反而被山梁上风吹玉米林发出的排山倒海的声音，吓得魂不附体。感觉四周的风里、黑暗里，都藏着爷爷和其他更令人害怕的鬼魂。

四

1996 年清明节前的一个晚上，我梦见过一次我的爷爷。他面容模糊地站在我的床前，说他很久没见到太阳了，很冷，衣服和被褥都烂了，没有钱购买新的。次日，我骑车跑到昆明郊外的一个小镇上，买回了几叠纸钱，半夜的时候，偷偷摸摸地点燃在了单位办公楼下的一个转角处。转身离开纸堆时，遇到了单位那个姓林的老保安，我低头疾走，没跟他打招呼，想必他后来也看到了那堆还在燃烧的纸钱。

江　水

　　江上要修电站，淹没区的人都要举家搬走。要搬走的，还有一座座祖上的坟。

　　刘一亮在东莞长安镇上打工。接到家里的电话时是晚上，当时他正在与几个工友在宿舍里"斗地主"。刘一亮对赌钱本来不喜欢，一是怕输，二是工作太累了，心里总觉得，一旦有时间，自己就应该蒙头大睡，好好养体力。但自从来到东莞，每到晚上，刘一亮都无法入睡。干再苦再累的活，再精疲力尽，走在厂区路上时他都有就地躺下睡一觉的愿望，可只要往床上一躺，睡意就没了。工友中，有大学中文系毕业的小伙子，曾告诉他凯鲁亚克说过的一句话：身体疲乏而大脑极度亢奋，就是垮掉。他们理解的垮掉是两个不同的概念，他只是觉得身体里的骨头正一根接一根地抽空，而脑袋里则一蓬接一蓬地长出老家的树木，枝丫乱伸，戳得他颅骨生疼。有一阵，他似乎也弄明白了，之所以晚上难以入睡，就因为听不到江水流淌的声音。那声音他听了几十年，像他的魂儿了，到了东莞，江声没了，他的魂也没了，没了魂儿，身体自然地就飘起来了，睡不着了。来东莞之前，刘一亮哪儿也没去过，白天打理田地，晚上就回江边的小屋，吃完饭，一家人便上床睡觉，屋后的江水声，就是催眠曲。

　　不能入眠，同舍工友们又喜欢玩纸牌，刘一亮先是旁观，看会了，也就加入进去了。那晚，他的手气很好，赢了几十块钱，正在想着找个借口开溜，没想到乡政府的电话就打来了。对方问："是刘一亮吗？"他说："是。"接下来，工友们就看见，刘一亮的脸色一下就白了，手抖得厉害，握着的牌掉到了地上。电话说到最后，他的眼泪出来了，很绝望的样子。刘氏家族曾是江边的望族，民国时期有上百户人家。江边人都知道，刘家营的人山上种鸦片、江上运铜铁、路上赶马帮，富甲一方。但是，某一天，一股四川流窜过来的土匪进了刘家营，见人杀人，见房纵火，一个大家族，除了刘一亮的爷爷外出钓鱼得以幸免而外，全都死于非命。土匪走后，得邻村人相助，刘氏坟山上一下子增加了几百座新坟。

刘一亮的爷爷后来娶妻生子，却只生下一个男丁，男丁长大又娶妻生子，也只生下刘一亮这个男丁。在电话里，他对着电话那边的人说："就我一双手，怎么挖得开那么多的坟，捧得走那么多的白骨？"奇怪的是，那一晚，和衣倒在床上的刘一亮睡着了，睡得很死，仿佛宿舍楼后面奔跑着一条大江！第二天，刘一亮请了假，踏上返乡的旅程。山一程水一程，回到江边，路过一个个村寨的时候，刘一亮觉得自己来到了世界的另一面。拆庙的人用绳索绑住偶像抬着往山顶走；被揭掉盖顶的老屋里坐着发呆的白发老人；那些挖自家祖坟的人赤着上身，飞溅的汗液滴落在一片片白骨上……入家已是深夜，两个孩子睡了，妻子还坐在门边上等着，见到刘一亮，问："吃了没有？"得到回答后便到厨房热饭去了。放下随身带的一个破旧的双肩包，刘一亮坐到厨房门边的草墩上，先是叹了一声气，点燃一支烟，这才将自己在路上想出的办法跟妻子说，有征求意见的意思。但妻子只顾着热饭，没吭声，大抵也就是说，除了这样，还能怎么样？

当夜，屋后涛声鼎沸，好像有成千上万的孤魂野鬼在水面上跑着、喊着，刘一亮却怎么也睡不着，在家中的佛龛下坐了一夜。天亮了，叫上妻儿，把一头牛、几头猪牵了，往集镇而去。接下来的日子，他把卖猪牛的钱和自己在东莞打工挣的钱，除了留下返回东莞的路费而外，全用来请人挖坟和买土罐子。几百座坟，一一挖开，骨头装进土罐，先运回家中，堂屋摆不下，卧室、厨房、猪厩都摆满了，又往门前的空地摆，请来为之超度的老道士，见那阵仗，腿都软了。一生为亡灵超度，从来没有一次性送这么多。老道士念了一夜的经，几百个土罐子这才被背上高高的山顶，分不清谁是谁，胡乱而又悲情地埋成几十排。刘一亮觉得，埋在山顶，刘家营被水淹没了，他们还可以看见白花花的水。

人们都在说，电站修起来，这儿的人们就会过上幸福的日子。刘一亮不想等那一天了，在新埋的坟地上大醉一场后，领着一家人，去了东莞，发誓再也不回来了。走之前，老道士向刘一亮借房，说江边要他帮助的人多，想住到江水升上来之时。刘一亮一脸苦笑，点了一下头，什么也没说。在他看来，江水早就淹没了一切。

背巨石下山

在翻滚的乌云或白云下面，有一个村庄名叫德泽古。里面住着的都是盲人。村庄的右边是一座巨石累累的高山，左边则是一个深不可测的万人坑。很多年以前，一个神秘的慈善机构，花了很多万两白银，在高山和万人坑之间，修筑了一条宽阔的盲道，并设立了一笔数额巨大的基金，以便支持一代又一代的盲人，从高山之上背巨石去填充万人坑。

"德泽古"是彝语，还是苗语，没有人知道，翻译成汉语又是什么意思，一些文化人类学学者一次次拦住背巨石的年老的盲人询问，每个盲人都是先翻翻白眼，然后喘着粗气，背着巨石向万人坑走去。这是一支自己看不见自己的队伍，对累死在路上的同伴或者亲人，他们只能用手去触摸死亡。死亡是什么形状、什么颜色，是怎么来临又怎么走掉的，他们谁都表达不了。他们从来不给死去的人修筑坟墓，尸首也是石头，背到万人坑那儿，用泉水洗一洗，包上一层布匹，便扔了下去。也有的人家，会把这骨肉做成的石头烧成灰，一把一把地撒，让巨石山上吹过来的风，将它们吹过万人坑的坑口，飘到他们没有到过的地方去。有时候，万人坑里也会吹出强劲的风暴，伴着天空的闪电与雷霆，把抛下去的尸首吹到空中，巨鸟一样飞翔。这种飞翔的尸首，飞离了德泽古村的顶空，去到另外的村庄顶上，风暴突然停息了，就噼噼啪啪地往下落，落在人们的房顶上、学校的操场和花园里。当然，这些村庄里一代又一代的人们，同样知道这些尸首的出处，把尸首收集起来，围坐在尸山四周，喝酒唱歌，昼夜不息地狂欢，等到风暴又起的深夜，便把尸首抛向空中，让风暴把它们带回去。

曾经有人丈量过巨石山的高度，也有人下到万人坑里去探险，但这些人都没有准确地测出山有多高，也没有触及万人坑的坑底。他们只测出了盲道的长度，在盲道的两边种上了松树、竹子和梅花，每隔一公里就修一座凉亭。如此一来，天底下热爱松竹梅的人，从四面八方赶到了德泽古村，雅集、野合、找寻神交已久的人、即兴赋诗，快乐得把德泽古当成了世外桃源。他们放浪之后，就坐在凉亭里观看盲道上背着巨石来来往往的盲人。如果夜晚的天空下起细雨，万人坑里磷火如星光般灿烂，他们打着红伞，站在万人坑边，像看烟花一样观看磷火。这种时候，盲人们都回家睡觉了，盲道上死一般寂静。这样的寂静，他们在但丁的《神曲》里碰到过，还能在与这样的寂静相配套的夜色中，看见另一支没有人形的影子队伍。借用万人坑磷火的光芒，影子们一身血红，同样在干着背巨石下山填充万人坑的活计。它们浮在空中，背上的巨石压弯了它们的腰，没有传说中的腾云驾雾，一个个影子步履沉重，都仿佛撑不住了却又顽强地行进着。在外来人的眼睛里，它们把与人世对应的另一个世界像梦境一样呈现出来了。用不着具体地去调查和考证，影子也是盲目的，它们常常被天空里的云团和冷风绊翻，被正在下着的细雨淋湿身子。有好奇的人跑到盲道上，昂着头仰望影子，从影子身上落下来的汗水和血水，把他们的红伞敲击得咚咚响。偶尔，也有影子在空中死去，背上的石头落到人世上来，把平坦的盲道砸出一个又一个的大坑。

丁观鹏是清朝时的著名宫廷画家，受乾隆之托，他到过德泽古村，他的任务是在村庄的每一堵墙壁上画满莲座大士像。在德泽古村，他一住多年，却又觉得只是"俄顷"之间。他并没有按乾隆的意思去办事，而是混迹在盲人群里，背巨石，填万人坑，只在深夜的时候，才铺绢作画。乾隆有一个爱好，经常随身携带着一个小小的"百宝箱"，里面装着精心装裱的小巧玲珑的手卷及文玩，一有空，就拿出来欣赏和遣闷。这些手卷的尺寸大多数为纵二十厘米、横五十厘米左右，样子可人极了。丁观鹏为这种手卷而生，在德泽古村，他把磷火收集起来，装在一个琉璃瓶里，在这种光的照耀下，除了画出惊骇世俗的《烂柯仙迹图》而外，还以盲人为题材，像画连环画一样画了一大批盲人负石图，捎往京都，供乾隆皇帝开心之用。在乌蒙山区的一本野史里，丁观鹏有着伟大的沉默，从他来到德泽古，到他离开，他都是一个哑巴，没有开口说过半句话。村庄里的盲人，没有任何一个知道他来过，更不知道自己背巨石的形象，活在了他的绢本里，后来又在宫廷的一场大火中化为了灰烬。这部野史还说，丁观鹏后来所画的天国景象，应该也取材于德泽古，这种说法不是无稽之谈，但也无法坐实。

　　人们普遍认为，山上的巨石迟早会被搬空，万人坑也迟早会被填平，但对德泽古村的居民来说，真理是可怕的，他们并不希望那一天在几千年甚至几万年之后突然来临。他们希望自己的子子孙孙永远有一条盲道，背巨石下山，填充万人坑，这样的活计，他们没有想过要放弃。

槐　树

　　村庄里有很多人拜槐树为教父。槐树没有给他们取名字，名字都是他们自己琢磨出来的：槐威、槐生、槐霞、槐平……槐树往往都是老树，虽然原地不动，但老得不知熬垮了多少个皇帝。一代又一代的人给它们下跪，用牛头或者猪头供养它们，为它们编造了足以印成十本书的神话与传说。在一些神话与传说中，槐树源自玉皇大帝的御花园，也有人说它们是灵霄殿的柱子；在另外的神话与传说里，它们则是菩提树的孪生兄弟，释迦牟尼在其树荫下讲过经。也有人把它们和太上老君、关云长、赵公明等等联系在一起，既光明磊落，又诡谲殊甚。十八世纪末期，一个英国传教士孤身来到了村庄里，他挨家挨户地去传播福音，甚至还在槐树旁边建了一所学校，但人们并不相信他，深夜的月光里，人们常常看见他背靠着槐树唉声叹气。不过，这个名叫杰克的传教士是一个聪明的人，他很快就从槐树上得到了启示，轻而易举地就把村庄里的人们变成了虔诚的基督教徒：在重新印制《圣经》的时候，他把生命树改成了槐树，还把出埃及时人们食用的救命之物"吗哪"，改成了芬芳可口的槐花。至于《圣经》里的香柏、皂荚、番石榴、野橄榄、松树、杉树、黄杨、橡树和柳树，杰克则根据自己渊博的博物学知识，云遮雾罩，李代桃僵，自圆其说地把它们描述为似是而非的"槐科植物"。人们违背神的命令，耶稣代替人们去受死，在骷髅地，罗马士兵用几颗长长的铁钉，把耶稣的手和脚钉在了十字架上。沾有耶稣鲜血的十字架本来是用黑檀木做成的，但杰克也将其改译成了槐树。

在此之前，人们虽然认定槐树是撑起生命的神物，但那些与槐树相关的神话与传说，毕竟是自己凭虚编造出来的依托，内心没底。杰克人手一册发放《圣经》，并把不识字的人请到教室里来，逐字逐句地教授，这些崇拜槐树的人们，很快也就皈依了基督教，对基督教的教义心服口服。村庄里为数不多的巫师、和尚、尼姑和道士，原先都生活在密室里，彼此间没有什么往来，听到响彻云霄的高唱赞美诗的声音，一下子慌了神，匆匆忙忙地结成统一战线，在槐树底下搞了几次"槐树保卫战"，一点收效也没有，只好离开村庄，箩筐里装着经书和法器，向着地平线走去。村庄成了一座远东的锡安圣地，军阀混战的年代，冒着枪林弹雨前来取经的人也总是络绎不绝。住在里面的人们，则把每一寸土地都种上槐树，用槐树做出来的十字架，小的只有米粒那么小，大的架设在天空里，供虔诚的人们去天空里旅行。

按照我们一贯的思维和逻辑，这样的村庄是不朽的，也应该是不朽的。事实却用一百年左右的时间一再地否认了我们，住在槐树顶上的雄鹰家族，低头的时候看见了一支穿白衣服的大军骑马进入了村庄，一把火就点燃了槐树组成的森林，那些住在十字架上的人，还来不及滑下来，就被烧成了粉末。剩余的人，则用绳子拴在一起，被遣送到东川去挖铜。村庄里后来又有了人烟，槐树也在春天重生，但是，住在地洞里的老鼠家族把头伸出洞口的时候发现，一种新的宗教还没有在村庄里形成，一支穿黑衣服的大军又扛着枪进入了村庄。之后，村庄旁边的墓碑见证了灰衣服、黄衣服和红衣服等等不同颜色的大军对村庄的征服与占领，人丁兴旺的村庄一次次沦为荒无人烟，又一次次牛羊成群，槐树也总是茂密之后毁于刀斧和战火，然后又从地下不死的根盘上抽出新苗。现在，这个村庄仍然名叫槐树庄，住在里面的人们，一部分来自东川，他们的祖上均是私制铜币被砍头的罪犯；另一部分则是一些没有出处的人，他们说话的时候咬着舌头，做事的时候心脏上戴着枷锁，眼珠都统一凹陷在一层灰色铁皮的后面。我们都相信这两种人一定会掀起村庄的排天巨浪，至少会让村庄暗流涌动，然而村庄里一直没有任何动静，每一个人像纸剪人一样，恍恍惚惚地存在着。唯一让人惊讶的是，他们似乎并不知道村庄经历过的兴盛与浩劫，把我们所说的"文明"一点不剩地从生活中全部清除，像第一批建立村庄的人们那样，人人都拜了槐树为教父。村庄里，没有一个人做了和尚和尼姑，也没有人信仰基督教，偶尔有巫师和道士来村庄里帮人们测字、打卦、看风水，人们都视而不见。

表　哥

　　表哥说，从记事起，他每天晚上都在做着同一个梦：他到一座寺庙去烧香，一旦跪下来，肚子就会饿得像饿死鬼抓心。因此，他也总是会一跃而起，不顾一切地去抢菩萨座前的供果狼吞虎咽。这时，总是同一个和尚来到他的身边，拍拍他的肩膀，把他引到一张饭桌前，看着他毫无节制地吃，直到他活活被撑死。

　　表哥最终死于胃癌，活了五十三岁。村子里的人都走光了，他的儿子心想不会有太多的人来参加他的葬礼，从医院的太平间，直接就把他送到了城郊的火葬场。而且，因为乡下正在禁止土葬，就把他的骨灰盒存放在了火葬场的仓库中。昨天晚上，他托梦给我，说他对儿子的安排一点也不生气，人世间的事情再无理再无情，他都释怀了。唯一让他不太舒服的是，他现在的邻居大多数都是公安机关送来的无人认领的孤魂野鬼，而且基本上都是死于凶杀和车祸，个个都残缺不全，整天血淋淋的。

　　当然，他还告诉我，他终于找到了那一座寺庙，就在火葬场旁边的松树林中，他现在天天都去找那个和尚下盲棋。一边下棋，一边听火葬场里传来的哭声和鞭炮声。

清　晨

　　鸡刚叫过二遍，几个闲散的人不约而同地就起床了。有的是垂死者、鳏夫，但也有年轻气盛的青年人。红土垒筑的屋子里黑乎乎的，仅有的一个窗子也还没有光照射进来，但他们一般都不开灯，摸索着把衣裤穿上，脚上趿一双拖鞋就出了门。

　　春夏秋冬四个季节，春天的空气里有股骚劲，夏天多雨，秋天的村巷中往往会堆放着从地里收回来的玉米棒子，冬天有凛冽的寒风和积雪，他们都不会因为季节的局限性和多义性阻碍自己的早课。几个人吸着鼻涕，瘸着腿或敞着胸膛，早早地便会聚到了张大旺杂货铺门口的草棚内。张大旺比他们起得更早，已经拆卸了店铺的挡板，坐在一盏马灯昏黄的光圈里。谁也不跟谁招呼，右手举起来，向张大旺做出一个上酒的姿势。张大旺就用二两一个的铁皮提子，往酒坛里打酒，扑通扑通的声音和空气中迅速漫开的劣酒味儿，令几个酒鬼眼睛发亮。上了酒，张大旺就用粉笔在墙上按名字记下数目，或者掉头叫一声某某，告诉那人该还酒钱了，再这么拖着，进货的钱就没有了。那人照例会哼哼几声，有时也会问张大旺，能不能用鸡鸭大米之类的东西来冲抵。

　　"夜里没见阎王派出的小鬼来抓你？"有人这么问垂死者。垂死者不想接这咒人的话茬，偏着头向瞎子："昨晚的月亮发红，听人说你一个人坐在屋顶上看了很久？"瞎子习惯了类似的糟蹋人的语言，置之不理，冲着草棚的角落问鳏夫："你隔壁的小媳妇前晚去找你了，有人在

58

你窗下偷听，说你们……"鳏夫有阳痿病，知道瞎子在羞辱自己，呷了口酒后，这才问瘸子："我昨天听瞎子说，你们家祖坟上的柏树，全被人偷砍了，都做了拐杖，正在乡街子上叫卖，不知道是不是真的？"这时候，瘸子的酒已经喝光了，举着碗，正喊张大旺，说还要二两。张大旺不想再赊酒给瘸子，磨蹭着，装着没听见。祖坟受了凌辱的瘸子一下子就火了，高声地大骂起来："张大旺，我日你先人，你儿子落水那天，老子是在现场，但老子真的救不了他，你怎么能怪老子见死不救？快点，给老子再来二两！"边说，边一瘸一拐地冲到柜台前重重地把碗砸在柜台上……

天空慢慢地就亮了起来。每一个清晨，最先从杂货铺门口经过的，不是别人，是鳏夫的前妻。她疯了多年，一身白衣服，一头白发，唱着一首接一首的山谷里哀怨的情歌。之后，依次出现的是垂死者的儿子、瘸子的父母、瞎子的女儿和几个匿名的佛教徒，他们各有营生，亦各怀心事，机械性地出现又消失，从来也不朝杂货铺这边看上一眼。杂货铺门口的这群酒鬼偶尔会喊他们，他们只会头也不回地应一句："喊魂吗？"那几个匿名的佛教徒不是村庄里的人，对酒鬼而言，他们来无来处，去无去处，是这道山梁上的几朵云，而且只出现在他们醉了的时候。

习空山中的对话

一

　　雨林中，有过一个名叫"架士"的寨子。清道光年间，一场浩大的瘟疫，使得这个有几千人的寨子变成了废墟。沿着道明乡的纸万河往下走，登上习空山，坐在一个枯树桩上，点上一支烟，像道光以前的人们那样眺望"架士"。"架士"已经被雨林彻底地毁灭了，看不到寺庙的金色塔尖，也听不到人声和狗吠。层层叠叠的树冠，叶片、颜色、形态，各有其执守却又混杂在一块儿，彼此占有别人的天空与云朵，又互不计较，在一阵接一阵的清风里，互相舐舔，传达着一种欣欣向荣的甜蜜。

　　我的向导是个香堂人，七十多岁。

　　我告诉他："我想去寨子里看看。"他一句话没说，带着我在声势浩大的蝉鸣声里行走了两个多小时，途中遇到过乌云一样的牛虻、白鹇鸟和野猪。"架士"已经不能再称之为寨子，各种草木分解了人类的痕迹，偶尔碰上几堵断墙，上面生长着的波罗蜜树，均粗得需要几个人才能合抱了。不过，这个香堂人无数次来过这儿，在一片斜坡上，他用手中的砍刀费劲地掀开厚厚的落叶层，一座座土坟就露了出来。

　　然后，他砍了几张硕大的芭蕉叶扔在两座坟头，示意我坐下。我们

60

分别坐在了两座坟上。

我："你听说过那一场瘟疫?"

他："哪一场?"

我："这个寨子的人全死光的那一场。"

他低下头，又抬起头："一场接着一场的瘟疫，这寨子里的人才死光的，我不知道你想了解哪一场。"

我："他们在第一场瘟疫来临时，没有想过迅速地逃走?"

他："他们都以为每一场瘟疫都是倒数第一场。"

我："到底死了多少人?"

他："人都死光了，没有人做统计。"

我："那这些坟是谁垒的?"

他："垒坟的人后来也死了。"

我们离开"架士"的时候，香堂人告诉我，在他少年时代，第一次来到这儿的时候，村寨里还到处见得到无人掩埋的枯骨，是他们把他们掩埋了。他指着掩埋枯骨的地方，现在也是长满了粗大的波罗蜜树，上面挂着的波罗蜜，硕大无朋，一边成长，一边就满身的青苔。

二

返回纸万河的时候，太阳西斜了，照在习空山上的光芒，渐渐地往上移动，直至只反照在有限的天幕上。谷底的河水几近断流，稀薄的几绺细流间凸起青色的鹅卵石，我们撩起水来洗脸，里面沉浸的树叶本来形态完整，经此触动和晃荡，迅速地就变成了四散的残渣，只剩下一丝丝叶脉。

香堂人问我："你吃过蟒蛇肉吗?"

我摇了摇头。他又问："你吃过白鹇鸟吗?"

我摇了摇头。他又问："你吃过虎骨酒吗?"

我摇了摇头。他又问:"你吃过象鼻子吗?"

我摇了摇头。他终于没再问,抬起头,望着种满了橡胶树的习空山,自言自语地说:"以前这儿也是密不透风的黑森林,有着各种各样的野兽和飞禽……哦,当时老虎成灾,政府动员我们拿着枪,进山杀虎,有人还被评为了打虎英雄!"香堂人在叹息声中站起身来,想走,可又坐到了一块水边的巨石上。他从随身斜挂着的布袋子里掏出一瓶酒来,大大地喝了一口,一边擦嘴,一边把酒瓶递给我。

最后,他告诉我,去年冬天,在靠近老挝丰沙里省的丛林中,他还看见过一头孟加拉虎,可一闪身,就跑到老挝去了。"这些山神的儿女,差不多死光了,仿佛它们也遭受了一场场瘟疫。"他说着,我只是嗯了一声。

三

从纸万河返回道明乡政府所在地的小镇,必须在河谷中潜行一程,然后冉翻越一道山梁。这道山梁的主峰酷似一只乳房,我们一前一后走在山梁上,重新又看见了太阳的余晖。香堂人有些酒意了,余晖中的脸庞黝黑、红润,映衬着头上比暮色还要灰白的乱发。

他指着乳房状的主峰:"以前,捕到任何猎物,我们都要祭拜它,征得它的宽容!"住在道明乡的这些日子,我与这位香堂人的儿子早就是朋友了,一个酒场上的亡命徒,乡村二流子的带头大哥。在其儿子的口中,香堂人三十多岁时,有一天进山去老挝猎象。象也遇上了,轰隆轰隆的脚步声传来,趴在岩石上的香堂人一枪射去,又一枪射去,连开了数枪,大象仍然轰隆轰隆地向他走来,吓得他扔下猎枪就跑。回到家,魂丢了,香堂人的老婆找来一个巫师,天天晚上对着老挝的群山喊魂,半个月后他才从战栗与惶恐中回过神来,逢人就说,他的身体里一直有一头大象,在轰隆轰隆地走着。

我不怀好意地问香堂人："大象鼻子真的很好吃，适合下虎骨酒？"

他把空酒瓶朝着太阳落下去的方向随手一扔，本就黑红的脸越发黑红："你在说什么，这儿风大，我没听清楚。"

我说："大象，老挝的大象。"

香堂人脸上闪过一丝不悦，抱着山径旁的一棵橄榄树，站住了，然后大声质问："哪个杂种告诉你的？"

晚风真的很大，吹得东西两面山梁上的丛林如海涛一样轰响，香堂人喘着粗气，掉头看着山下灯火通明的小镇，想说点什么，但又一次次地忍住了。我也找了棵橄榄树抱着，像他一样鸟瞰着小镇的灯火，内心有些愧疚，也有一些真相未解的不甘与茫然。

回到小镇，站在一棵多依树的影子中，道别之前，香堂人幽幽地说："我身体里那头大象，被巫师拿出来了，埋在孔明山的一个边坡上，如果有兴趣，改天我带你去看大象坟。"

四

小镇的夜晚，宁静往往是一种假象，每栋房子背后种植的芭蕉，无一不似一群野象站在那儿伺机跃出。城里的酒鬼，多数都在饭馆或酒吧买醉，这儿的酒鬼才是真正的酒鬼，他们在家里喝，一个人喝，喝着喝着就醉了。醉了之后，酒鬼出门，遇上另一个酒鬼，又遇上一个，几个酒鬼便搂肩搭背，笑着，骂着，像团火烧云一样涌到烧烤摊上，再接着喝。

烧烤摊旁边也有芭蕉树，样子也似野象群。我坐在几个酒鬼中间，向他们打听大象坟的真相。老板娘提供的酒是一玻璃缸泡酒，里面泡着的小动物五毒俱全，我自己先用钢化杯干了一满杯，几个酒鬼就齐刷刷地脱掉了T恤衫，光着上身，嚷着要与我不醉不归。人人都把杯中酒一饮而尽，把胸脯拍得噼啪乱响。

"什么大象坟？"酒鬼甲问。

"大象坟？什么大象坟？"酒鬼乙有点结巴。

酒鬼丙是香堂人的儿子，沉默了一阵，站起身来，踉踉跄跄走到芭蕉树后面，解了个小溲，重新落座后，这才提起钢化杯往桌子上一蹾，望着我："再来一杯？不来，老子杀了你！"于是，我又喝了一杯，望着他，他也不含糊，昂起脖子，杯子就空了。杯子又一蹾，眼光又盯着我："再来一杯，不来，老子杀了你！"

三杯酒落肚，头有些眩晕，我正担心甲乙两个酒鬼也啪啪啪地蹾起杯子来，旁边的桌子上，两个前来定制普洱茶的外省女孩喝醉了，移步来到我们桌上，一人牵着酒鬼甲，一人牵着酒鬼乙，要两个酒鬼带她们去山顶看月亮。四个酒鬼搀扶而去，我也才发现小镇东边的竹林上，鹅黄色的月亮已经升了起来。

"我父亲带你去了架士老寨？"

"嗯。"

"他没有带你去看一座寺庙？那儿的菩萨下面白骨累累。"

"为什么？"

"一些濒死的人，从不同的地方爬到那儿，死在了菩萨的眼皮底下。"

"他只扒开落叶，让我看了几座坟堆子。"

"你刚才为何提起了大象坟？"

"你父亲说孔明山上……"

"哦，他告诉你了？"

"你刚才为什么嚷着要杀了我？"

酒鬼丙先把我和他的酒杯满上，从杯子里抓了一把油炸竹虫嚼了起来，这才端起杯，碰了一下我的杯子，说了声干了，咕噜咕噜地就喝了。我迟疑着，他就用目光死死地逼视着我。双方对峙了一分钟左右，见我还在迟疑，他突然用手在我肩头上猛拍了一下，继而大笑起来：

"你信不信，我真叫人今晚把你杀了？"

他的笑里有善意。我亦笑了笑，说："我才不信。"

后来，我还是又喝掉了那杯酒，回到客栈后，在卫生间里吐得死去活来。而他也没说大象坟有什么秘密。

五

巫师比香堂人还要苍老，我去拜访他的那个傍晚，他已经在躺椅上睡着了。他的衣着与其他老人没有什么不同，中山服，黑棉裤，拖鞋，唯一的区别在于，他有一头垂过肩膀的银发和一副黑框眼镜。听见屋子里有动静，他睁开眼睛就问："你是来问香堂人的事吧？"我点了点头，在他旁边的另一把躺椅上坐了下来。

"那不是什么大象坟，是我把他的魂从老挝喊回来后，又埋了。只想让他做一具行尸走肉。"

"有什么原因吗？"

"杀戮。你当然不知道他年轻时杀心有多重。对我们这片雨林而言，他也是瘟疫。"

"香堂人后来就没有杀心了？"

"灵魂不在了，杀心也自然灭了。"

"那他心头走着的那头大象，它去了哪儿？"

"那是他的幻觉，幻生幻灭，无非转瞬之间。"

拜访巫师后的第二天，我又去了一趟架士山，请的向导仍然是香堂人。我告诉他去的目的是看看寺庙，他惊诧地看着我："你不害怕？"他告诉我，他之所以前次没带我去，因为他儿子就是去了那儿，回到小镇之后就变成了必须用酒壮胆的酒鬼。

"真的不怕？"

"不怕。"

但是，在离寺庙的遗址还有几百米的地方，我停住了脚步，因为我听见清风在途经废墟的时候，荒草与荆棘竟然也发出了风暴经过思茅松时才会发出的凄厉的鸣叫。也许那儿真住着无数尚未安息的亡灵。

虎　吼

入冬后，大雪就没有停过，感觉天空里的奶粉厂、盐矿厂和面粉厂，全都打开了仓库的大门，愤怒地向人间倾倒着经济危机时代的积压产品。天空之上的过剩物资，对素来饥寒得高耸着巨石般灰色骨头的乌蒙山来说，足以满足另一种幻象的奶粉、盐和面粉，完全可以在萧瑟的梦境中变成求之不得的实物。人们从用来逃避饥饿的睡眠中翻身爬起，赤着脚，兴冲冲地就跑到了一座座千仞绝壁之上，打开久握的拳头，双掌从空中抓来一把把白雪，狠狠地往自己嘴巴里塞。边塞，边叫，脸上热泪滚滚。

松树镇后山最高的那座山峰，名叫打虎峰。自从这个山中小镇建立以来，每逢世上发生大事，乌蒙山里所有的老虎都会嘴巴上叼着一只羊羔赶到这座山峰上来，聚在一起，吃完鲜嫩的羊羔肉，然后就对着小镇发出轰天炸地的雷霆之吼。吼声经久不息，让小镇上的人如临末日审判，以一家人为单位，彼此攥着对方的头发，死死地抱在一块儿。那些鳏夫和未亡人，无人可抱，就每人抱着石水缸，剧烈地发抖，让水缸里的水泛起阵阵波纹。听见虎吼声，也有人撇下家人，拉开门，箭一样射向距小镇两公里的墓地，跪在某块墓碑下，磕头，哀求，希望在天之灵能伸出一双救人的巨掌，或从天上伸来一把把闪光的金楼梯。由于小镇建在了群山的腹心，四周就有很多溪流顺山而下，在小镇的一个个角落汇聚成池塘。平时，这些池塘明亮如镜，周边长满了青草和人们种植的果树，男人在里面养鱼，女人在里面洗菜或者洗衣服，夏天，孩子们则在里面嬉水。遇上干旱，人们就取池塘的水去救急，甚至可以将池塘的水灌满一个个巨大的塑料桶，用牛车拉了，去无水的山中出售，换一点买盐的钱。总之，它们带给小镇的全是好处，没有坏处。小镇上的人，翻山越岭到世界上去闯荡，变成了显贵或乞丐，谈起故里，鲜有人赞美高山，赞美打虎峰，但言及这一汪汪池塘，人人心里均会顿时涌出无尽的眷恋。然而，这些池塘，在那些经历过虎吼的人心里，一旦想起它们，眼底立马就会浮起一具具浮尸，它们的积水从山上流下来，仿佛承担了另外的使命。据说，当虎吼声传来，小镇上的一些外来人耳朵里就会接收到一道命令："请你跳进池塘去藏身，快，快点！"虎吼声消失后，这些跳进池塘的人，当他们从池塘下面漂起来，他们已经把自己彻底交付给了池塘，没有一个湿漉漉地爬回到岸上。

　　下雪的时候，杀人凶手刘庆文就站在打虎峰上。他表情古怪地望着其他山峦上往空中抓雪狂嚼的人，嘴巴上叼着一支香烟，双手上的鲜血还没洗。把烟抽完，吐尽一团团白雾，照理说，刘庆文应该抬起血淋淋的右手，从嘴巴上摘下烟头，用食指将烟头弹向雪花飞舞的空中，接下来再用脚边上的积雪擦洗手上的鲜血。可刘庆文没有这么做，他懒得抬起右手，而是舌头一顶，一口粗气就把烟头吐向了松树镇方向的空中。随后，他蹲了下来，刻意让目光变得柔和一些，带着讥讽的微笑，用右手轻轻地扫着已经僵硬了的张佑太身上的积雪。积雪与鲜血凝结在了一起，他从旁边的雪堆里找出了匕首，用匕首尖将一块块红雪挑起来，再一块一块地赶开。匕首尖挑到张佑太衬衣上的金属纽扣时，发出了轻微的响声，他干脆手臂微微上抬，手中的匕首垂直向上，轻轻一拉，张佑太的衬衣就被划开了。再用匕首尖左右一挑，衬衣和衬衣上的积雪倒向了身体的两边，淡粉色的胸脯就露了出来，血液还没有彻底凝结的创口也露了出来，奶粉、盐巴、面粉纷纷落在了上面。此刻，刘庆文也才收回脸上的表情，双手和双腿张开，茫然地向后倒向雪地，身体即将触地的一瞬，右手向内一收，把匕首深深插入自己的心脏，然后又迅速拔出，扔在了雪地上。他的身体与张佑太组成了一个天字形。

这一场大雪下到了腊月初才停住。天空也空了，再没有多余的素材可供乌蒙山里的人们培育想象力。人们肚腹里装满积雪，似乎也不想继续跑到绝壁上去手舞足蹈，特别是当这些积雪让他们领受到了一种内在的冰冷的时候，他们反而开始向往头顶上那高悬着艳阳的天空，希望这梦境里的食物尽快排出体外，代之某种能够满足新一轮幻觉的崭新填充物。新一轮的幻觉大抵也是古老的幻觉，不会有什么新花样，无非仍然是布匹、火焰、食品和麻药等等俗常之物的影子，可那"崭新的填充物"属于未知，人们真不知道会是什么东西。好吧，既然不知道，并且不知道什么稀罕物才能解决自己的实际问题，那就不用挖空心思去乱想象了。人们因此进入了新一轮的梦境中，用新生的没有杂质的逃避之法，应对着时光的流逝和意念的反复涅槃。能活命于意念中的人真是有福了，一个崇拜老虎的人，某天中午进入了松树镇，当他看到镇上关门闭户，人人都蜷缩在被窝里等待内心的冰雪融化，忍不住大加赞叹，把松树镇的寂静归类为墓地的寂静。他说的墓地，是新修的无边无际的却又没有死者入主的墓地："世界如此喧闹，只有松树镇是寂静的，死一般的寂静。"这个拜虎人其实没有夸夸其谈，也没有故意煽情，松树镇确实非常地反常，小街上一个人影也看不到，更不可能有人交头接耳，谈论着打虎峰上的凶杀案。整个冬月，人们都足不出户，谁也不可能去攀登打虎峰，自然也就不会有人知道打虎峰上的积雪下面卧着两具尸体。所以，当这个以老虎为图腾的人，跌跌撞撞，下了打虎峰，在空荡荡的街道上，边跑边喊"杀人喽，杀人喽"的时候，小镇上的人们才知道老虎怒吼的山顶上，一个人被另一个人杀了，杀人的人又把自己杀了。第二天，有关机构的人在出过现场后，组织群众把两具尸体抬下山来，分别交还给他们的亲属，人们才纷纷移动自己冷飕飕的身体，走到街头，或摇摇头叹一口气，或外表麻木不仁五内则生出些奇思乱想，或从衣袋里掏出手机，把刘庆文和张佑太的手机号码删除了。"我以为打虎峰上，肯定有老虎的魂魄在游荡，难说还会有老虎血染红的石壁，没想到气喘吁吁地爬上去，上面竟然……"崇拜老虎的人，逢人就高声喧哗，一副非将小镇从寂静中拖出来的架势。人们普遍都不迎合他，相反把他当成一个报送死讯的人，觉得他的身上夹杂着地狱的湿气。刘庆文的父亲年轻时曾经是松树镇上出了名的猎人，虎豹出没的那些年，出任过"乌蒙山猎虎总队"下属的一个分队长，伏虎、猎豹、杀狼，风头无二，家里的虎骨酒摆满了宽大的供桌，听说现在的床底下都还存放着一罐子。这个人在耳朵边上大声嚷嚷的次数多了，终于在葬礼上猛然绷直驼背了的腰身，用混浊又不失凌厉的目光逼视着他："你有着一副老虎一样的嗓门，上了打虎峰，为什么在上面时不对着松树镇大吼几声？"只字不提带来死讯的事儿，无意撂下眉毛底下一个凶手父亲所承担着的精神压力，但又巧妙地以挖苦人的方式把人们关注的话题分了个岔儿出来。同时，也是最有意味的，这个猎虎队的分队长，表面上虚晃一枪，实际上十分隐蔽地就把那个大声嚷嚷的人引上了一条重登打虎峰的小路。穿插着参加完两个同时举行的葬礼，回到只有他一个人住宿的春山旅社，崇拜老虎的人回想起猎虎队分队长的话，总觉得这话里分明在暗黑的夜幕中给自己递过来了一道闪电，闪电的光瞬息即逝，但又是真实存在的，闪现在某条登山之路的尽头。是啊，那天去登打虎峰，如果上面不是一个凶杀案现场，自己会不会像老虎那样吼上一嗓子呢？一旦吼了，又会怎样呢？他越想越是觉得这个气氛诡异的松树镇，它不但有意抽走了某些惊心动魄的客观存在于人们生活中的黑夜，而且它还将幻象与现实世界搅和在了一起，并且明显地把真相推向了幻象的一边。

在同一天，两场葬礼同时举行。一支送葬的队伍往小街的北面缓缓移动，另一支则往南移动。小镇上的人们坚持了他们古老的习俗，没有空中翻飞的纸幡和纸钱，也没有鞭炮和香烛开辟死者的超生之路，在众花寂灭的腊月，他们几乎砍光了山坡上刚刚引种不久的冬樱花树，一人扛着一棵，把整条小街装扮得极其凄美、妖娆。"持美而夭，何其绝美！失我心骨，何其空茫……"低沉而灿烂的送丧歌，也似镶了金边的乌云浮动在只有几米高的空中。见识到这样的场景，那个崇拜老虎的人一再对自己说，这是多么的务虚啊！几次想扔下分发给他扛着的那棵冬樱花，让自己以外来人的身份呼天抢地地为两个年轻人痛哭一场。可就在这个时候，他的耳朵里仿佛响起了一个声音："请你安静一点，这冬樱花的海洋里最适合你藏身！"声音与虎吼时诱引外来人朝着池塘里跳的声音是一样的，他自然不知道，但他服从了，关上了自己令人讨厌的大嗓门。神秘的声音让他闭上了嘴巴，接下来胡吃海喝的丧宴带给他的印象一度又让他差点失控，幸好他早早地回了旅社。多么匪夷所思，落雪时，人们还爬上一座座山峦和绝壁去抓飞雪果腹，这时候，人们几乎杀光了小镇上所有的畜生和家禽，几百张餐桌上肉食堆积如山，满眼全是张开的大嘴和雪白的牙齿，嚼肉啃骨的声音就像有一群恶虎在撕吃爪下的羊羔……是的，两席丧宴把人们从幻觉中抓了出来，肉食和酒水终于成为人们梦境之外滋养身体的"崭新填充物"，人们眼底的鬼影子消失了，那腹中的冷雪，一碗烈酒下去，马上就融化了，变成一泡热尿，哗哗哗地就冲出了体外。什么末日审判，人们沉浸在了末日的狂欢之中，直到自己找不到自己或一再把横卧在街边的别人当成自己为止。当然，也有两个人什么肉也吃不下去，一口酒没喝，他们分头离开了两个不同的丧宴，不约而同地来到了一个池塘边。他们不是别人，是两位死者的父亲。"知道吧，这池塘里死过很多人？"开口的是张佑太的父亲。猎虎队分队长没搭腔，递给对方一支纸烟，两人都点了火，坐到女人们用来洗衣服用的两个石磴子上，一声不吭地抽了起来。抽完了，又续上，

71

冷冷的目光下，两个人的头上就像罩上了一团灰雾。其间有几个醉汉腾云驾雾地从身边飘过，见了他们，也总是把他们视为石磕子。"你说，这两条狗命怎么就这么没了？"沉默了两个时辰左右，也不知这话是谁说的，也没有另外的声音附和。随后，他们的对话像喷火艺人嘴巴里喷出的火焰，同样也分辨不出哪一束火焰是谁喷出来的。

"今天，我一直在想，为什么两个孩子会落得这样的下场，想来想去想不明白。唯一的可能就是你把我们之间的血仇告诉了孩子！"

"血仇？什么血仇？我们之间什么时候结下了让儿孙以死相殉的血仇？"

"请你不要装糊涂好不好。那一天，我们十多个猎虎队员，一人披一件虎皮进山猎虎。说好了的，大家分别埋伏在不同的地方，等着几只老虎从打虎峰上下来，我的哥哥，他就躲在两棵松树之间，根本不在老虎行走的小路上，结果，老虎还没来，你就开枪了，一枪就要了他的命！"

"不，我没有，绝对没有，你这是诬陷。那天晚上，月光那么亮，我肯定不会把人看成老虎。而且，那晚上，我一枪未放，老虎听见枪声，根本没从打虎峰上跑下来！"

"你还要抵赖？"

"我没有抵赖。我只听见有人放枪了，接着就听见了一阵乱枪。是的，你的哥哥就被打死了。"

"我知道你和我哥哥同时喜欢上了一个女人，你是借机除掉他！"

"你放屁，我他妈哪个女人也不喜欢，你哥哥喜欢谁我也不知道。我凭什么要他的命？凭什么？噢，照你这么说，后来的一天，同样是进山猎虎，我弟弟也是被一枪毙命的，那开枪的人原来是你，是你在报仇啊！"

"不，我只杀虎，从来没杀过人。尽管我知道你杀死了我哥哥，我

72

有一百次机会杀了你，我都没开枪。我为什么要杀你的弟弟？"

"你别装了，你不杀人，我难道没看见过你杀人？每个人都披着虎皮，我就亲眼看见你把一个埋伏在溪水边的人当成老虎，一枪就打倒在了溪水里。我真不知道你为什么要杀他？"

"唉，你真是血口喷人，猎虎队十多号人，老虎打杀完了，人就剩下咱两个。除了有五个被老虎撕吃了，有四个摔死了，其他全是误杀而死，我一个也没杀过，是的，没有。"

"照你的说法，全是我杀的了？"

"你杀过，死去的人里也有人活着时杀过，然后被杀。"

"我再告诉你一次，我没杀过人，听好了，我从来没杀过！"

"哈哈，有哪个杀人的人承认自己杀过人？现在我终于见到了一个。这个人就是你！你不仅杀人，你儿子也杀人！"

"什么？我儿子杀人？你妈的，我真想杀了你，这一分钟，我真他妈想杀了你。我儿子分明是你儿子杀的，你把血水往我头上泼倒也罢了，现在你又来往我儿子头上泼！"

"哦，这个你也不承认？我儿子从来没有过匕首，匕首肯定是你儿子的，他用它杀了我儿子。"

"你儿子会没有匕首，我相信你儿子生下来，口里就含着一把匕首。请你不要再洗白自己和自己的混蛋儿子了！"

因为有月光，池塘里倒映着打虎峰淡淡的倒影，说到猎虎行动和打虎峰，两个黑影还会伸出手指，对着池塘指指点点。那些秘而不宣的往事，仿佛已被他们联手沉入了池塘。事实上也是，两个黑影没完没了地互喷火焰，谁也没把谁烧焦，不仅没有动手，彼此还互递香烟，相互有着忌惮与默契。他们一直在说，说到黎明降临，揭发，否认，再揭发，再否认，说的都是对方的手上沾满了鲜血，而自己是清白的。罪恶没有可靠的证据，清白也没有可靠的证据。对于刘庆文和张佑太两个孩子的恶性死恨事件，他们都力图找出原因，"血仇"被找出来了，但血仇也是无人认领的，无非是他们两个人之间最为隐秘的一个话题，永远不可能向小镇上的人公开。你不能说他们都彻底忘记了自己作为父亲的身份，没有了老年丧子者的剧悲，说到他们第一眼看到儿子尸体那一刻的景象，其中一个人还捡了一块石头，恶狠狠地砸向了池塘里的打虎峰，另一个人则往自己脸上重重地击了一拳头。他们的悲与疼被他们藏起来了，不对，应该说他们的悲与疼，因为害怕别人从两个孩子的死亡事件中发现什么，他们就有意地回避开了。同时，当他们将两个孩子的命称之为"狗命"，又说明他们又恢复了自己猎虎队队员的身份，拥有着猎虎时代"猎虎英雄"和"两个光荣的幸存者"光焰之下那颗战士的心。作为父亲时，他们不相信儿子会以自己的死亡去了结"血仇"，其中必然另有隐情，可他们却又害怕深入的调查，毕竟他们经受不了调查。所以，当办案机构以杀人和自杀为结论草草结案，他们没提半点异议。可是，作为猎虎队队员，对于儿子以命了结"血仇"之说，他们是乐于接受的，了了，一了百了，这了可以彻底地埋藏所谓血仇，可以无奈地用"狗命"去抵冲部分血债。他们不是猎虎时代血雨腥风的掀起人，但他们是马头卒，以前因为种种原因而被裹挟，现在因为拒绝觉醒而害怕审判。两个儿子的死，按说给了他们接受审判的机会，他们放弃了，反而用儿子的尸体去压住了打虎峰山顶的风雪。

葬礼之后，每天都有烈日，松树镇四周山上的积雪纷纷融化，流下来的雪水把每个池塘都填得满满的。开始的一两天，胃里面积压着从丧宴上获取的过量的肉食与酒水，人们又重归于梦境，人人都不想放下肩上扛着的那一棵冬樱花，还想继续行走在送葬者的队列之中。"持美而夭，何其绝义！失我心骨，何其空茫……"那个崇拜老虎的人从空荡荡的小街上走过，听见每扇窗户里都会传出梦呓般的歌吟。可当胃囊逐渐空掉后，渐渐才有人走出家门，提着竹篮子，准备到山上去寻找积雪。

不曾想到，当他们来到小街上，还未走到山脚，就发现小镇上的池塘在阳光照射下，那铺天盖地的白色反光，已经令人头晕目眩。猎虎队分队长和那个崇拜老虎的人正在小街上跑来跑去，拍门打户地召集人们，号召大家人人动手，尽快把褐色的稻草和麦秆子撒到池塘里去，或者用大棚温室上一张张巨大的黑色塑料薄膜把池塘包扎起来。张佑太的父亲神色憔悴，一看就是几夜没有合过眼了，显然也是最早发现白光之灾的人之一。他已经把家族里梦游之中的十多个青年男女组成了一支突击队，下设三个小组。第一个小组负责把两个葬礼上用过的冬樱花从墓地上运回来，扔到池塘里去；第二个小组负责把小镇上的黑煤集中在一起，倒进池塘，把水搅黑；第三个小组的工作比较难做，他们得动员小镇上的人们把黑色的衣物捐献出来，用铁线或者竹竿串成平躺的人样，然后铺架到池塘上面去。小镇从来就不缺少悲剧性，大家都穿黑衣服，可衣物毕竟有限，捐出去了，人人就得天天赤身裸体地躺在被窝里，发生了什么急事可就出不了门了，所以，大家都犹豫不决，觉得这个方法很好但后患也很多，不愿捐献。张佑太的父亲见其他两个小组的工作搞得如火如荼，就是这个组难以破局，步履蹒跚地前来督阵。风雨见得多，乱象经历不少，解决难题的经验也很丰富，他稍做民意调查，立马就拍板：每一户人家，男式和女式分别留一套衣服作为急用，其他全部捐献。于是乎，很多的池塘上，迅速布满了黑色的人影。捐献了衣服的人们乖乖地回家做梦去了，小街上，最后只剩下用黑色塑料薄膜严严实实地套住的三个人。他们一个池塘接一个池塘地去检查，担心有人疏忽了，某个池塘露出清澈的水面。三个人中，一个声音说，只要有水面露出，太阳的光就会肆无忌惮地集中到这片水面上来，水面的反光不仅会让白日梦里的小镇持续升温，将人们导入神秘无解的白色空间，继而呕吐、癫狂、迷乱，甚至燃烧；同时，那座倒映在池塘里的打虎峰则会随之陷落为深渊，既有幽灵般的呼唤声从下面传上来，还会产生一种阴森森的巨大吸力，让人不可遏制地就往池塘里跃去……听声音，说话的是张佑太的父亲，但没等他说完，另一个声音打断了他。这个声音明显是猎虎队分队长的，他说，听好了，你这个崇拜老虎的人，关键是，那太阳与水的反光一旦出现，特别是当小镇上的每一个池塘都有反光，这些反光将统一照射到打虎峰上，它们就像地狱之光那样，一眨眼就点燃了峰顶上那一座座红色绝壁，使之就像连绵千里的乌蒙山向天空升起的反叛的、不祥的巨大火焰。也正是因为这火焰，那些嗜血的老虎才朝着这儿云集，它们都以为，沿着火焰向上攀，它们就可以进入天空，成为天空的组成部分。然而，当它们来到打虎峰上，发现一切均是阳光与水面制造的幻象，哦，对了，这个你肯定是知道的，它们认为自己受骗了，幻灭之后，便对着水面上反射而来的白光，也就是松树镇的方向，发出了排山倒海的怒吼。那声音真的能满足人们对死亡的想象与恐惧，仿佛天上的魔鬼全都发怒了，想用自己的声音毁灭小小的松树镇。

太阳的光被人们阻止在了池塘之外，第二天，太阳就到其他地方去了，松树镇的上空先是来了几朵乌云，随后，雨就下了起来。猎虎队分队长躺在床上，听着雨声想事，旁边的老伴一再催他，说下雨了，太阳跑了，得去池塘里捞几件衣服回来，否则怎么度过这个寒冷的冬天啊。他没有理会老伴，而老伴见他不动，只好穿上仅有的一套衣服，出了门。屋子里好静，像那个该死的崇拜老虎的外乡人所说，是墓地上才有的寂静。嗯，墓地，的确是墓地，闭上眼睛，就能感觉到屋子的地面、家具、墙壁、天花板、自己躺着的床铺，乃至自己身体的每个部位，每根骨头上，都有青草在嗖嗖嗖地冒出来，嗖嗖嗖地朝上疯长，嗖嗖嗖地长出了屋顶，而这屋子的正中央，分明摆着他和儿子的两具骷髅。不止一次，他看见儿子胸口上汩汩地冒着热血，站在床面前，脸上有新鲜的尘土，表情似笑非笑但明显地带着一股寒气。儿子满手的血也还没有洗掉，沾上了泥巴和草屑，衣服的皱褶和发丛中，白雪凝结成了深灰色的冰碴。第一次见到儿子，是葬礼后第二天中午，他躺在床上，想撑起身子去抱儿子却怎么也撑不起来，儿子似乎也不稀罕他的拥抱，冷冷地站着："爸爸，是你教会了我杀虎的技艺，我一直想试一试。下雪那天，我去了打虎峰，奇迹般地遇上了同样去杀虎的张佑太。唉，在我看见了一头老虎时，抽出匕首，猛然扑击过去的时候，老虎金色的皮毛突然不见了，它竟然变成了张佑太。而当我以为自己杀了人的时候，张佑太又变成了一只死老虎，他们不停地变来变去，我一点儿也分不清，自己杀掉的是老虎还是张佑太。到了最后，我发现自己也在不停地变，一会儿是老虎，一会儿是我，我仰面朝天，向腾空而来的老虎送出匕首，匕首却插进了自己的心脏……"儿子陈述的事件不乏惊悚，可口气始终冰冷，一字一句均斩钉截铁，话音未散，人就不见了，没有给他一分钟的提问时间。之后又与儿子见面，儿子一句话也没有，他问什么，儿子立马就消失。儿子说的杀虎场景，有那么几次，他都想与张佑太的父亲做个交流，特别是太阳之光刺激池塘的那天，他们都同时嗅出了松树镇空气中飘荡着一丝血腥味，甚至隐隐觉得乌蒙山中的老虎并没有赶尽杀绝，经过多年的繁衍，老虎早已成群结队，正在翘首观望，只等打虎峰上升起火焰的大旗。儿子的说法，契合了天象，与他们当年杀虎的景象也是一致的，而且他感到，儿子这一代人显得更决绝，决绝到了连给自己也不留生路，想想，都令人不寒而栗，所以，有必要与张佑太的父亲说说。但那天事情多，又很紧急，猎虎队分队长也就打消了交流的念头。之后，见张佑太的父亲也不想在儿子之死这件事情上大做文章，连惯常的经济补偿之类的话题都没提，他就把交流的念头摁灭了。再说，像松树镇这种依靠幻觉而存在的鬼地方，新一代人愈发依赖幻觉，这样的报应也无可厚非。如果哪一天打虎峰又聚满了老虎，相信人们也会焕发出嗜血的本能，无所顾忌地与之同归于尽。

　　那个崇拜老虎的人不久也就离开了松树镇。走之前的头一天，他约了猎虎队分队长和张佑太的父亲一起登上了打虎峰。三个人坐在峰顶上，看着四面的群山和天上的云朵犹如虎群奔突，人人心里都涌入了一只接一只的老虎，人人又都不知道说什么为好。只有在他们把目光投向松树镇时，张佑太的父亲才对崇拜老虎的人说了一句："是你把死讯从这儿带给了我们。"崇拜老虎的人不在意他把自己当成死神的邮差，笑了笑，掉过头对着猎虎队分队长说："你暗示过我要重登打虎峰，后来我也来过几次，并没有找到虎吼的秘密，而你们说的那些，我是不会信以为真的。"说完，他就模仿老虎的吼声，对着松树镇大声地吼叫起来，他的嗓门再大，声音也像全力扔出去的一串点燃的鞭炮，转眼就爆炸光了，不可能传到松树镇的上空。待这人吼完了，猎虎队分队长拍了拍他的肩头，将脸转向张佑太的父亲："你听，他这也叫吼？当年猎虎大队几百号人经常在此学习、训练、开批斗会，没事了，一人一个高声喇叭，就对着松树镇一阵接一阵地喊口号或者做虎吼，吓得镇上的人们天天都疑神疑鬼、失魂落魄……"他一说完，两个猎虎队员都笑了起来，笑声里夹杂着一丝丝虎吼的音质。那个崇拜老虎的人，到这个时候似乎也才知道了老虎是怎么吼叫的。

构树小径

一

无量山中的来信说："春风从缅甸吹过来了，古茶树的枝条上，嫩芽儿正像绿色小虫似的从皮层里爬出来……"我把诗集《袈裟与旧纸》的手抄稿塞进牛皮纸信封，贴上几张不知什么时候存下来的纪念邮票，再用毛笔写上出版社编辑的地址与邮编。当我把烟点上，深深地吸了一口时，从窗口涌进来的风，仿佛也来自缅甸，柔和地拂动着眼前袅袅升起的烟雾。几乎没做任何思量，就是那一刻，我决定去一趟邮局之后，直接就打车去机场。哦，无量山，古茶树抽芽了，那花朵大得像人脸一样的木棉，应该更是像失控的山火一样，波动在云朵与山梁之间的辽阔空间里。

与马小雄坐船横渡澜沧江时，江水翻卷如青铜，一轮又一轮的对木船的拍击声，一波又一波的上卷与下弃，让人觉得这条暴怒之江已经动用了自己全部的能量，只为了满足自己春风浩荡时的口腹之欲。一条大江之于一条小船，类似于一群饥饿的野象在山坡上争食一片树叶，但它一点儿也不可笑，尤其是对于坐在船上的人来说，这种类比不仅没心没肺，而且缺少仁慈。以我的经验，同船的人，多数是两岸普通的公民，但也夹杂了茶叶贩子、边地恶棍、毒枭的马仔和一两个没有来处也没有去处的奇葩。令人惊奇的是，置身于这样的风险中，人人都是一脸的亢奋，在逼仄的船体里手舞足蹈，对着两岸的山坡嚯嚯嚯地发出沉雄的吼叫。就连马小雄，这个一生胆小怕事的老光棍，也把太阳帽攥在手上，一边吼，一边挥舞，有着踏上了天堂之旅的感觉。不错，在飞翔的澜沧江两岸的山坡上，木棉花开了，从山脊到悬崖，每一寸空间里都有花朵在怒放。红，朝向天堂的红，仿佛上帝正路过这儿，每一朵都想红给上帝看，都希望上帝能把自己的红带走……

这是五年前的三月十日，我与马小雄去无量山时经历中的一个片段。令我伤悲的是，也就是那一次，去到无量山中，马小雄死了。

二

从事写作三十多年了，我很少在自己的作品中杀死主人公。死亡肃穆、优雅、体面，一个国家领土再无边际，也装不下一个人的非人道之死。一个邪门透顶的村庄，饱受诅咒，当死亡发生，诅咒的声音也会主动停息。在某些哈尼人毕摩的神符图卷中，一具尸首往往比祭坛的体量还大得多，焚尸的火焰或坟堆也总是高过山峰。而且，在《百乐书》的签画中，人们可以看到，在葬礼的现场，那些活着或者死去的鸡、鸭、狗、羊，形体与死者或者活着的人一样大，禽畜的命，与人同等，它们的死亡，也有奠祭，人们在以尊重它们的行为进而尊重自己。

马小雄以死者的形象出现在这篇文章中，我首先得向读者申明，他的死亡由我负责，而且我将用尽可能多的文字进行忏悔，并向他表达我的悲痛与哀悼。尤其是当我作为他死亡的证人，又在此刻复述他的死亡，我觉得我已经让他死了两次。更为可怕的，如果这篇文章将会流传，他的死亡次数肯定会激增，并以死亡的形式活着又永远不停地死去。这实在太残酷了，意味着写作在涉及死亡事件时，它是一项罪孽深重的行当。为此，我得让相应的读者看到我的忏悔，我的悲痛，我的哀

80

悼。文字已经救不了他，我又不能让他永远承受重复的死亡，我想，我得把他从死亡的肉身里拿出来，让死亡只缠上我所认识的那一个他，而他又可以转入另一个生的系统，远离我和我的文字，远离无量山。

在此，我得借机向那些在作品中杀人如麻的写作者表达我的敬意，同时又对他们拥有的钢铁意志表示不解和不安。

三

飞机降落在临沧机场时值午后。风大，地面上飞扬着或红或白的花瓣。离机场不远，有一个名叫博尚的小镇。五年前，我写过一首杀气腾腾的小诗，名叫《脸谱》：

> 博尚镇制作脸谱的大爷
> 杀象，制作象脸
> 杀虎，制作虎脸
> 他一直想杀人，但他已经老朽
> 白白地在心底藏着一堆刀斧

站在停车场等候朋友皮卡车的间隙，我在内心用恶毒的语言批评了五年前的旧我。当时，结束了与马小雄的无量山之行，到这儿搭飞机返昆明，形单影孤，而航班又因为持续的暴风雨天气而取消，我是以断肠人一样的身份去投靠博尚镇的，并且博尚镇以乌托邦一样的气质收受了我。它的街道、客栈、三角梅、山野上的草垛、因为欢喜过头而一脸疲惫的人们、怀里藏着贝叶经的和尚、流水和风，均视我为值得施舍的过客。看着我白天沉沉大睡，只在午夜才去无人的街巷游荡，而且拂晓时返回总是一脸的泪水，客栈的老板娘还让她花一样的女儿，顶着暴风雨去给我买汉人喜欢喝的酒。但是，也就是在那几个游荡的午夜，在一个缅桂花笼罩下的小院里，我看见了一个为傣戏赶制脸谱的老人。暗淡的灯光下面，他的雕刀所到之处，在浓烈的桂花香里，魑魅魍魉，狮虎熊象，纷纷从木头里跳了出来，仿佛木头里或者他的心里，真的存在着一个非人的王国，而他就是那个王国的入口和出口。事情的真相是，我跟他讲述了马小雄之死，让他看了马小雄生前的照片，请他给马小雄制作一张脸谱，他拒绝了。他只从另世带来神鬼，不往另世送人，更不会把另世等待轮回的魂灵混杂在神鬼之间。他注意到了我的哀伤与失落，知道我急需援手，从一个漆皮木盒里找出一个小小的木头人，把我握紧的拳头掰开了，放在了掌心里。我走出小院时，听见他在自言自语，不知道说了些什么。

《脸谱》这首诗，在逆向掘现人性之恶时显然已经误伤了制作脸谱的老人，对博尚镇也非常失敬。我只希望人们在阅读这首诗歌的时候，把博尚镇和这位老人看成是我虚拟的地名和人物，甚至把他们改编成自己所处浊世中的地点与人物。在时间面前，我为让博尚镇和制作脸谱的老人因为自己的一首诗蒙耻而深感不安，为此，当朋友的皮卡车停在身边，我上车后的第一句话，就是让朋友送我去博尚镇。到了那儿，我得把自己内心藏着的刀斧清理干净。杀象，杀虎，杀人，不是制作脸谱的老人所为，是旧我在绝途之上暴露了我杀心不死的一面。

四

渡过澜沧江之后，我和马小雄把湿透了的衣服脱下来，在江边的石头上暴晒。两个人只穿了裤衩，分头钻进了木棉树林。在江上远望时觉得一座座山所有的空间都被木棉征用了，红色已经是平铺在坡地上的上帝的炼钢炉，沸腾着尚未凝结的铁板一块。可入了林中，桤木、榉树、杜鹃和构树，特别是那些形似枯朽而又叶枝鼎茂的古榕，硬生生地站立在那儿，我们马上意识到，它们的阵容并不比木棉薄弱，只会更雄健，更厚实。木棉的数量之于植物王国，相当于哈尼人之于汉人，但它肆意扩展的树冠、硕大的花朵和充血的颜色，令其脱颖于无量而成大量，于色彩的幻觉中改变了人们在远眺时眼睛的世界观。我们错误地认为，赤裸着身体，迎接我们的必然是漫山飞舞的手掌一样大小的花瓣，马小雄还一厢情愿地设想过，他要收集起堆满沟壑的花朵，用花朵的液汁，把一块没被树荫遮蔽的巨石染红，然后自己一个人独坐在红色巨石上，一边喝酒，一边坐等繁花落尽。这个老光棍沉醉于少年精神，曾经多次约我到山中饮酒，酒量不大，三碗就倒了，我背他出山，每次都是在我肩头上大着舌头读李白："两人对酌山花开，一杯一杯复一杯。我欲醉眠卿且去，明朝有意抱琴来。"某次，我很意外地先醉了，抱着松树睡去，醒来时，看见他一副李白的扮相，骑在荒草中的石狮上模仿暮年的李白辞长安，松枝当剑，挥得剑气飕飕。

　　隐逸，忧愤，孤立于俗世之外，这样的人一般都另有使命。但他们怀抱的风骨与言行，已经自绝于传统文明惨遭颠覆的工商文明时代。今夕何夕？非唐非宋，人们脱缰的灵魂比肉体还迷恋物质享受，寄身其间，你所奉行的哲学，不仅有悖于日常，找不到合法性，而且也确实无法接引一个个挣扎中的灵魂了，给不出光洁的前程，也提供不了慰藉。如果你刚好又雄心万丈，热衷于空手斗浊流，对不起，这世界真的不是你的，而且早就抛弃你了。姑且不说你是残渣遗孽，但也可以把你归入乡村遗老之列。在马小雄失望地坐在澜沧江边，把目光投向江对岸的木棉花时，我收拾好行李，穿好了衣服。我问他："要不要我们又返回对岸去？"他当然很乐意，眼里甚至又重新燃起一丝光束，但随即摇了摇头，发出一声叹息。

　　其实，我们完全可以返回对岸去的，因为那一次出行，我们根本就没有具体的目的地，只要在无量山中，不管去哪儿都可以。当然，假如那一次我们真的返回了澜沧江的对岸，马小雄肯定现在还活着。

五

开皮卡车来接我的朋友是个茶人，给我写信的那个人就是他，名叫普一楠。

"又去博尚镇？"他偏着头问我，目光透过墨镜，多少有些惊愕。随之又说："我觉得我们应该先去构树小径，酒我都准备好了，得先去看看马小雄……"

车子驶上乡村公路，望着窗外一座座龙窑上冒起的青烟，我寂然地应答："一楠，五年了，也只有你经常去看他。说实话，我也几次梦见过构树小径，还梦见过我和他坐在他的坟头上，讨论李白和杜甫的诗歌。你知道，他喜欢李白，我推崇杜甫，我们争得赌酒发咒，互不相让。我说《全唐诗》里，抽掉李白无关紧要，若把杜甫拿掉，唐诗的金字塔就会瞬间倒塌，哈哈，他气得用双拳狠狠地砸自己的坟，声嘶力竭地说，如果抽掉李白，对唐诗来说，就是抽心一灭……"

复述梦境是另一场白日梦。当我停下话来找纸拭擦脸上的泪水，才发现普一楠的皮卡车并没有开往博尚镇，而是拐上了去往构树小径的山路。我让他停下，他不但没停，还使劲地轰了一脚油门，皮卡车向前猛然地纵了一下。

"我现在必须把你带到构树小径去！"说这话的时候，普一楠又轰了一脚油门。我伸手去抓方向盘，他伸手一拦，眼睛的斜光扫视着我，声音开始变得冰冷、锋利："先去他坟前坐坐，再去哪儿我不管你，但必须先去他的坟那儿！"我只好告诉他，可以不去博尚镇，但他得把车停下一会儿。他狐疑地望着我："想抽烟？你在车上抽。"当然不是，我说，趁还看得见博尚镇，我想看看。普一楠一边骂我酸腐，一边把皮卡车停在了一个山丘旁。

爬到山丘上，放眼望去，天空里的一架飞机正在降落，能清晰地看明白航空公司的名字和徽标。风仍然不小，处于侧风状态的飞机应该在剧烈地颠簸，但我看它很平稳，斜线向下，翻卷的云朵对它一点儿影响都没有。机翼下的博尚镇，与五年前比变化不大，也有可能它变了又变但我看不出来。街道、客栈、缅桂花掩映的小院，大抵都能辨认出来，唯有小豆粒似的人，在动，却不具体，更不可能指认我所接触过的那几个。普一楠递过来一支香烟，是他提前跑回车上点燃的，他知道，在山丘上，打火机的火苗耐不住大风。吐出一口烟雾，我笑着向普一楠："这就是你所说的缅甸的春风？"他也笑着答："是啊，是啊，多么准时的缅甸的春风，把你也吹来了。"边说，边朝山丘上的一棵麻栗树干踢了一脚。我们就这样撇开核心的话题闲聊着，直到那架降落下去的飞机又重新升空，向着昆明飞去，我才从笔记本里撕下《脸谱》一诗的底稿，撕碎了，朝着博尚镇顶上的天空撒去。纸屑进入风里，转眼就没有了踪影。

六

普一楠不知道我的诗歌中有一首《脸谱》。自1990年代初我第一次沿澜沧江独行时与他认识以来，二十年左右的时间，他一直对我的诗歌情有独钟，几乎每一首都读过。但是，2010年秋天，当他读到我的《基诺山上的祷辞》一诗之后，他发誓不再阅读我的任何一首新作。他的理由令我泄气，他认为我不可能再写出比这首短诗更优秀的诗篇了。用他的话说，我的写作到头了。为此，那一天，听到我提议，离开澜沧江，沿小黑江上溯，深入无量山腹地前去拜访普一楠的时候，马小雄开始是强烈反对的，他的理由也令人啼笑皆非："什么？去找普一楠？你有什么理由让我陪你去找一个对你一无所知的人？"与普一楠的观点相反，马小雄认为《基诺山上的祷辞》是我诗歌中的次品。他们的分歧综合起来就一句话：汉语新诗该不该有地域主义倾向？普一楠持肯定的态度，马小雄反对，他们各执一词，各自的理论后来完全脱离了诗歌本身。

原本自由而散漫的出行，目的地出现后，就像写作有了先行的主题，一切就都变得简单直接了。按照梦幻般的无量山主义者的行为方式来规划，一百公里的山水路，至少得花十天左右的时间，甚至更长。看花命酒、与幽人静坐、茶山观云、樱溪春浴、空谷听瀑、悬崖候月……尤其那满心喜悦的迷途知返，无一不是消化时间的大象胃。删除了这些环节，我和马小雄搭上一辆糖厂运送甘蔗的大卡车，沿小黑江北行，在甜腻腻的空气中下车，转乘塞满了山货药材的乡村中巴，八个小时后，也就是月光如水之时，我们就站在了普一楠茶叶初制所的石屋子门前。月光下的石门，贴着普一楠手书的对联：青山不墨千秋画，绿水无弦万古琴。马小雄看见此联，拉长了脖子，一声大吼："普一楠，出来！"普一楠已经睡了，裸着肚腹，披着一件长风衣，边打哈欠，边开门，嘴巴里还不耐烦地问："这么晚了，谁啊？"不等普一楠喜出望外，马小雄已经冲了上去，一把抓着普一楠的风衣领子就往门外拉："普一楠，我告诉你，没文化就不要装出有文化的样子，你想死啊，你知道吗，这副对联是用在什么地方的？知道吗？它是用在墓碑上的！快点，马上给老子撕了，装什么×！"普一楠感觉自己是在做梦时无端被人打了几耳光，可看见是我俩，也不忙着撕对联，张开长长的双臂，就把我俩都抱在了一起，边用手拍我俩的后背边说："怎么不提前挂个电话啊，我好去接你们！"马小雄心里还不舒服，答道："打个屎的电话，快点把对联撕了！"普一楠这才将我俩放开，把对联撕了下来，揉成团，扔进了门边的竹篓里，推开门，向我俩做了个极其夸张的请进的动作。

七

至今我都难以理解，马小雄怎么会把"青山不墨千秋画，绿水无弦万古琴"认定为墓联，仅仅因为许多墓碑上使用了这副旧联吗？其实，能采用此联为墓联者，我倒是认为他们远比那些将此联陈悬于书房的人，更知此联之妙。青山绿水，画意琴音，于书房无非都是心造的幻象，于墓畔或于亡灵，不仅是实景，而且两不朽，有着万古不灭的优雅与安宁。再说，普一楠用此联作门联，未能自出机杼，代之自己别有奇观的文字，别人也是不能苛求的。而且，如果这联真的只能用在墓碑上，普一楠自认墓中人，抽掉了生与死的边界，陷身于青山绿水之间，又有什么不妥呢？

"我一直琢磨，马小雄他怎么会逼着你撕掉那副对联？为什么在潜意识认定你的茶叶初制所是一座坟呢？莫非当时他对自己的死亡已经有预感？"皮卡车快到构树小径时，我又在闲聊时说起了马小雄之死。

普一楠咬定马小雄的死纯属意外，他对我总是把马小雄死亡的责任大包大揽的做法不以为然："你一再声称，你对马小雄的死负责，你不觉得很好笑？你负什么责？苍白的忏悔？假惺惺的文字游戏？"

在我重提马小雄之死之前，普一楠显然也在想着这事，但我们在庞大的死亡宫殿中，出现在了不同的房间，关注到的也是各自感兴趣的不同的局部。

黄昏时分，我们到达了构树小径。

这儿是无量山众多支脉中的一支。山脉呈东西向，从主峰断崖似下降，至海拔一千米左右，一个急停，平缓甚至有些向东上扬，奇迹般地形成了几公里长的一片坡地。坡地向阳，几公里长的坡面吸引了南来北往的风风雨雨，各种植物尤其那些几百年的茶树，也就长得格外有欢喜心。1990 年代末，普洱茶在市场上初受青睐，普一楠就从一个农场主的手上租下了坡地，潜心制作他的"山无量牌"手工普洱茶。茶量不大，有奇货可居的味道，几个月的忙活后，他就无事可干，便从山脚修了一条小径直达他的石屋子，两边种植造纸所用的构树，取名构树小径。

皮卡车停在了石屋子前。

准确地说，五年后，皮卡车停在了马小雄的坟墓前。那副五年前撕掉的对联，普一楠又写了一遍，直接刻在了石门上。打开石门，以前茶叶杀青、揉捻、压饼的车间，各种设施、器械、木架和石磨搬走了，马小雄的坟墓就立在车间的正中央。四面墙壁上则挂着不同时期的马小雄的照片和各式遗物。石屋子的二楼，以前是普一楠的卧室和各种茶叶样品的展示厅，现在也布置成了马小雄的卧室、书房和会客室。会客室里，有电视机、冰柜、茶台、饮水机，生活用品一应俱全，茶台的后面甚至还依墙立着一座用树根雕成的马小雄雕像……

马小雄是葬在构树小径旁的一个水池旁边的。看着眼前的事实，我确定它不是幻觉，不是戏剧里的布景，也确定我的身体里有了闪电、滚石和一群盲刺客，有了爆破、呼啸和一座新建的寺庙。我止不住自己的战栗，管束不了自己躁动的魂魄，犹如站在了一座悬崖上，我自己也难以分辨，我是要纵身一跃，还是在等待下面的人间升上来。但我保持了表面上的平静，眼光没有肆意闪烁，呼吸的节奏也很正常。所以，当普一楠摆好了墓前的酒席，倒好了三杯酒，入座之后，我也只是淡淡地问了一句："什么时候把他搬进来的，为什么？"

普一楠也很镇定，倒了一杯酒在马小雄灵前，又续上，端起酒来与我碰杯时，才冷冷地回答我："他说过，石屋子是一座坟。"我没有喝这杯酒，也倒给了马小雄。之后，我们一直沉默着，碰杯时也只是互相看一眼。在再也不能以任何名义颠覆和改变的现实面前，只有肯定和妥协是仁慈的。普一楠说我对马小雄之死大包大揽，其实他来得更彻底。我做过什么吗？什么也没有做。相反，是我把马小雄带到构树小径的，带来了，他与普一楠讨论了一阵《基诺山上的祷辞》，似醉非醉时破门而去。我们找到他的时候，他平卧在构树小径旁边的那个池塘里，已经死去多时。当时，无量山的天际线上，从太阳里提前偷跑出来的光芒，正抱着黄金向着人间奔跑。

八

石屋子里，普一楠给马小雄布置的书房中，挂着普一楠手抄的《基诺山上的祷辞》：

神啊，感谢您今天让我们捕获了一只麂子
祈求您明天让我们捕获两只麂子
神啊，感谢您今天让我们捕获了一只小的麂子
祈求您明天让我们捕获一只大的麂子

这显然不是一首令人绝望的诗歌，但它可能引发绝望。所以，离开构树小径的那天早上，我把它取了下来，烧给了马小雄，愿他是神灵捕获而去的一只麂子。

天国上空的月亮

一

母亲对我说："门前的这条河流，很多年没有人跳水自杀了！"这条河流已经不能称之为河流了，它不流动，听不到水声，即使某一天下游拦河大坝上的闸门打开，它也是块河流形状板结了的奇怪的物体，被一种邪门的力量推动着向下移动。这些板结了的水，由形形色色的原料组成，有农耕时代的死畜、玉米秆和稻草，也有充满现代性的塑料泡沫、塑料袋子、牙刷、避孕套、塑料模特等等。如果你戴着防毒面具，决心对这些东西进行更准确的细分，里面还有超现实主义、魔幻现实主义、象征主义、野兽派、存在主义和革命的浪漫的现实主义的边角废料。它们彼此之间没有距离感，互不排斥，死死地抱在一起，尽力地挤出体内的水分，将流动感和声音，将浪花和波涛彻底扼杀。

河面上生长着疯狂的恶之花和恶之草，如果中午的太阳足够毒烈，那恶的灰色气泡就会为人们奉上浩浩荡荡的恶心的气味，以及永无宁日的眩晕。死亡是体面的，自杀有着殉道般的尊严与圣洁，谁会一头栽到这河水中去？所谓流动的墓碑，所谓让流水把灵魂送抵大海，我现在看到的这条河流，已经担负不了如此神圣的使命。

母亲在这条河边生活了七十年，她能回忆起一长串投河自尽的人的名字，当然也能说出这些注定要从舍身崖上往下跳的人，他们轻生重死的缘由。母亲说，现在，河的两岸仍然有很多走投无路的人，但他们都选择了喝农药、上吊、用刀抹脖子或吃安眠药。有些心思复杂的人，则在决心赴死之前，进城去打工，或从高楼大厦的脚手架上往下跳，或让电把自己触死，也有人故意骑着摩托去撞汽车，目的都是在死之前，给儿子挣一笔赔偿金……在母亲见识过的死亡中，最让她接受不了的是我的一个表弟。这个表弟的妻子不堪生活的累重，悄悄地离家出走了，把四个嗷嗷待哺的儿女扔给了他。表弟天生无能却又阴邪无比，他自忖自己也养不活这个家，又没勇气自杀，提上一把菜刀便去杀人。他杀人的目的是为了让法律将他杀死。他砍死了一个孕妇，自己也被判了死刑，被枪毙在一片荒坡上，由于其一刀两命，罪孽深重，他的父母也羞于去收尸。

死亡，特别是人们自己主动选择的死亡，正以不同的形式，赋予死亡难以逆转的残暴乃至卑劣的多向性。死亡坠落了，多少死亡已经配不上人世间的安魂曲，多少死亡陷入了对死亡本身进行控诉和羞辱的循环圈。唯一的例外，十多年来，在这条河流的两岸，人们持守了决不死在河流之中的底线。

二

　　在猪厩里，他度过了自己的暮年
　　但他没死在猪厩里
　　他死在了比猪厩
　　更加肮脏的地方
　　死的时候，他看见了天国上空
　　冷冰冰的月亮，没有看见
　　他的五个儿子

月亮知道他有五个儿子

还知道这五个儿子

在五座城市的出租房里睡得正香

他奢望儿子们

会在梦中惊醒

他只求这轮天国上空的月亮

在他死后，把闪着寒光的白布

盖在他的尸体上

现在，我们的身边每天都在发生着只有神话中才有的大悲或大喜，神性没有唤醒人性，悲剧总是拔地而起，喜剧也从不需要铺垫，生活的每个点上、面上和每一条线上，处处都是悬崖或无底洞。这个死在短诗中的老人，现实生活中，他是我童年和少年生活中的邻居，名叫吴龙生，一个远近闻名的木匠。在听到他的死讯时，我正坐在由宁波开往上海的高速列车上，手上握着一本诺曼·马内阿的书《在我离去之前结清我的账目——索尔·贝娄访谈录》，并且刚好读到两人关于卡夫卡《变形记》中关于大屠杀的对话那一页。

诺曼·马内阿："我们所有人都被自然判处了死刑，但在故事中，在集中营，你以一种非常人工的方式，残忍地早早死去。这种方式出现在了那个故事中，而它与法国人所谓的'宇宙集中营'有着深切的关联。"

索尔·贝娄："哦，乔治失去了自己人的属性，变成了一个物体，一个可以被扫进簸箕的物体……是的，我总在想这些问题。我们都在想，我猜，而没有得出任何答案……唯一的解决之道似乎是快乐地死去，或是在快乐的时刻死去，这样你就能够逃避这种人人都会毁灭的残酷性。我不明白，既然死亡普

92

遍存在，我们为什么要如此煞费苦心地对待它。它会发生在所有生物身上，那些知道死亡和那些永远也不知道死亡的生物。有时我认为上帝给予动物的最大礼物是：不去想象死亡。它们不去想它，它们不跟它论理，除非是在凭借其本能逃离危险时。但是，当我看到我的猫在窗外舒展开身子晒太阳时，我嫉妒它。我对自己说：它不会被死亡之思所萦绕。这是些只会给人类带来不幸的想法。"

吴龙生的死讯，是吴龙生的小儿子以手机短信发给我的，还告诉了我吴龙生葬礼的时间，希望我抽空回老家一趟云云。我当然没有回复他的短信，他在父亲没有"死亡之思"的死亡发生之后才现身，而且摇身一变，做了"孝子"，这是对人伦和死亡的公然挑衅。索尔·贝娄还说过一句话："过去的人死在亲人怀里，现在的人死在高速公路上。"他没有过去，失去了获取过去的可能性，而他的父亲也以自己的死告诉了他，父亲没有死在亲人的怀里，而他以及他的四个哥哥，已经死在高速公路上，死亡由肉体的消失普遍上升为灵魂的灭绝。所谓父亲的葬礼，也已经沦为宣布吴龙生死亡的仪式，一种恐怖的戏谑必然会在葬礼上，与五个儿子如释重负的心态汇合在一起，继而形成一出荒诞剧的中心思想。谁都能够想象，一个被遗弃的父亲，当他自行了断了生的历程，世界出现了短暂的鸦雀无声，可随后又多出来一场试图逃脱道义审判的隆重葬礼，这场葬礼肯定是可疑的，反常的。我们只能将这场葬礼当成那五个儿子，在上帝面前仓促写出的一篇命题作文，也可以说是五个儿子在替自己收尸之前，仓促拍摄的一部送交上帝审查的微电影，哭声、经幡、纸钱、长明灯、遗像、挽联、花圈、度亡经、送葬队伍，以及不朽的墓碑，都失去了自己的属性，纯粹是人工意义上的速朽的一次性道具。

高速列车停泊在杭州站的时候，我违禁地走到站台上去抽烟，一个年轻的江南男人过来向我借火，随口问我："先生要去哪儿?"我说上海，他说他也是上海。他伸手来接我递给他的打火机的一瞬，我看见他的手背上有个文身，图案是一具骷髅。我顿时觉得向我借火的人，他在死神手下当差。本来要收回的打火机，我告诉他："送给你了!"他收下了没有说谢谢，显然没有把打火机当成纪念品。我回到车厢里，他还在站台上抽烟，当他返回车厢之前，我看见他把打火机丢到了垃圾箱里。他与我不是一节车厢。

三

吴龙生是投河自尽的。投河之前，他把身上的衣服全部脱了，放在他住的猪厩的土墙上，赤身裸体地来到河边上。那时候是午夜，所有住在河流两岸的人都睡了，只有天上的那轮月亮，照着他的白发和同样苍白而骨锋奇崛的身体。他像一个灵魂和肉体双重的无政府主义者，有些费劲地拖着自己的影子，一点也不害臊，更没有羞耻感。按说，从村庄里经过时，他会有驻足和张望，每一户人家里，都有他做的灵牌、衣柜、供桌、床、饭桌、凳子、门窗和棺木，甚至很多房屋的屋梁、楼枕和柱子都是他一斧一斧地劈出来，又用刨子弄光滑，再用桐油和土漆刷得油光可鉴的。特别是棺木，外行人不知道，就那么六板厚木头，以为只要能将其按尺寸组装得严丝合缝就可以了，殊不知，它才是考量一个木匠德艺的试金石。这六块厚木，把尺寸弄对了并不难，难在每个局部都得有统一的贯通始终的庄严和大气的法度，难在如何才能将六块木头变成可以拆开又浑然一体的一个小世界，难在木匠们必须给死者提供一个好的尽头。它不能用铁钉，也不开槽，有限的几个楔头必须妙到毫巅，只要哪个细节多推了一刨子，或少了一平斧，凹凸于发丝之间，就免不了漏风，甚至压不紧，严重的则可能导致六块厚木仍然是个体，没有变成棺木。漆水问题，常常也是阻碍一个木匠成为好木匠的鬼门关，而棺木的漆水尤其如此。在工业油漆已经横行天下的年代，唯有棺木，人们仍然只选择土漆。从漆树的选择、采漆的时间、熬制、配伍到上漆，整个程序中，处处都要功力和经验。再好的木材做棺木，埋到土中都难免腐朽，但只要漆水好，上了一层漆，又上一层，直至漆水在棺木外形成厚达数毫米的保护层，遇水挡水，常年的湿气难以浸入，那么，木质稍差的棺木也可确保百年乃至千年不腐。漆水的好坏还体现在外观上，好的漆水，蒙尘百年，毛巾和红布一擦，仍然可以做镜子。多少百年夫妻或少年怨偶，一方离世，另一方扶棺拭泪，用衣袖不断地擦拭棺木，目的也就是想从先亡者的棺木里看见自己，或把自己也移至棺木中，随之同行。不好的漆水，则是浑浊的，没有光泽，也做不了镜子，让棺木成不了阴阳两界通灵的载体。

在吴龙生还能挥斧拉锯的时候，这个村庄里棺木几乎全部出自他的手上。从普通的一桌一凳，到灵位再到建房起屋，直到棺木，吴龙生安顿了人们日常的栖居器物，也给了人们生命尽头上的一座座小宫殿。那些年，即使饥馑、灾荒、人祸不断，手上的技艺和背上的工具箱，都能保证吴龙生及其家人过上相对殷实的生活。他在替人做活计时，自然少不了大酒大肉，再不堪，也有豆花和米饭。不给人做活计的空闲日子，他背着手，吸着机制香烟，往村庄里一走，正在吃饭的叫他吃饭，正在喝茶的马上给他上茶。有人从衣服袋子里找出半包皱麻麻的烟，在给他递上之前，还得拉伸展了，这才小心翼翼地递上，见他含到嘴上了，还得毕恭毕敬地把火点燃。附近的村庄也常常有人来找他帮忙，他工具箱一背，就跟着人走了。十天半月后回来，也有人在背后跟着，或背着一只火腿，或挑着一担大米。也有人直接给钱，他装在贴身的牛皮烟盒里。回到村庄，碰到某人，把烟盒拿出来，表面上是给人发烟，意思则是在炫耀。有些年头，我家顿顿土豆白菜，他家仍然白米饭红烧肉，他的儿子们吃饭时都喜欢端着碗在村庄里乱窜，那一坨坨红烧肉，惹出了我的多少口水。让我最羡慕的是，春节时候，我们能得到的压岁钱，顶多也就两角，他的几个儿子年年都有十块钱，真的是巨款了。稍有不同的是，我的两角钱，一般都买了连环画，他的儿子们的十元钱，大多在乡村锱铢必究和小奸小滑的赌博游戏中输得精光。让我的父母也大为不解，吴龙生对此从来不恼，没听他对着儿子们咆哮过一次。同样，当几个儿子后来纷纷做了学校的人渣和逃兵，他也不动怒，似乎他心里早就想明白了，五个顽劣的儿子就是自己的五个圣徒。作为一方幽闭的水土之上的木匠教主，他不相信世界在他闭眼之前未经他的同意，就会出现一种让自己没有立锥之地的宗教。令人唏嘘的是，当一个时代果然在很快的时间内撤走笑脸，而将下流的屁股对着他时，他还以为这只是一个天生淫邪的寡妇在跟他开玩笑。在教主似的幻觉中，他没有发现，乡村的木器已经被塑料、纤维板和不锈钢器物取代了，火葬政策的推行，做棺木的行为也已经是一种秘密的地下活动。直到五个儿子断然拒绝跟在他屁股后面学习屠龙术，并抛下他纷纷去了东莞、深圳、温州、上海和北京，宁愿死在外面也不愿守在他身边，他才发现斧子、凿子、刨子、锯子和钻子全都生锈了，墨斗里早就没有墨汁了，工字尺、漆光闪闪的自制三角尺、钉锤，找了半天都没找到。儿子们离开了，也没人再来找他做木活，两者之间仿佛没有直接的联系，实际上它们是由同一个魔鬼所操纵的，只是他没有看见这个魔鬼，更不可能知道这个商品经济的狂魔才是真正的教主。

妻子活着时，吴龙生还有个依靠。妻子去世时，所用棺木是他的收山之作，但那棺木上，木漆的镜子没能带走他。而且，靠老邻居们的施舍，他比所有的老邻居生命更绵长。村庄曾发生过一次地震，死了不少人，他的房屋也倒塌了，搜救人员却听见了他从地下传出的呼救声。扒开废墟上的屋顶，他竟然从废墟底下自己走了出来，没受到半点的伤害。政府发放重建家园扶助金，他没有再建房，搬进矮小的猪厩，猪一样，活得静悄悄的。偶尔，他才拿出一点扶助金，颤颤巍巍地出去，买食品，也买上一条劣质香烟。村子里的老人死光了，年轻一辈大多数外出了，孩子们他都不认识，每走一次他都上气不接下气，像走在想象过多次的黄泉路上。

不过，死亡的问题，之前他也没考虑过投河自尽。照他的愿望，五个儿子，至少有一个会回来，他想有人接住他的最后一口气。两年前的春节，他去找了村子里外出打工回来过节的所有人，分别给儿子们带口信，希望他们能回来，把自己埋了。一个在东莞打工的人，还拨通了他二儿子的电话，他以为至少会有一个问候，想不到二儿子开口就问："你这老不死的，还没有死？"他卡住了，没吭声，把手机还给那人，出了门，走在布满积雪的回家路上，忍不住老泪纵横。他等了两年多时间，没有人回信，也没有人回来。终于不想等了，也不想给死亡一份体面和尊严，只想让不堪的死亡悄悄地把自己带走。

四

月亮看着吴龙生，射出的光，却又无力拉住一个断了生念的老人。他知道纵身一跃身体会浮在水面上，于是慢慢地走下河堤，一层一层地把水的皮沉重地撕开。待水面上出现了一个足够他身体穿过的窟窿，他使出最后一丝力量，一头就钻了进去。水面上没有出现所谓的涟漪和旋涡，河岸上也没有留下任何衣物之类的东西，作为死亡现场的证据。只有月光的安魂曲感动了月亮之神，将他的遗体打捞起来，托举在空中，洗干净了，超度了他的灵魂，这才把他放在河堤上，为他盖上了一层遮羞布。但在现实生活中，他没有接受月亮之神的恩赐，而是又挣扎着滚下了河堤，准备再次钻进那个水面的窟窿，河边的一棵白杨树拦住了他。

他终于没有再动一下，他的力量已经一点不剩地耗尽了。

放　蛊　人

　　一个识字的放蛊人，名叫崔子发，曾经写下过一本黑封皮的书。他给"蛊"所下的定义是这样的："在大云江涨水的时候，选最黑的夜，把各种颜色、各种毒性的虫子，放进一个陶罐中，然后吹奏笛子，拉响二胡，调动虫子们的杀机，让它们互相撕咬、吞食——让死亡频频降临，直到陶罐中只剩下最后一只虫子，那最后的虫子就是蛊。"

　　黑封皮的书一度是放蛊人的教科书，它还详尽地写到了毒虫的饲养、育蛊时毒虫的搭配、蛊的类型、蛊进入人体后产生的不同的功效、放蛊的技巧、放蛊的目的和意义、蛊的生产力与生产关系等等。与这本黑封皮的书同时的还有过一本中原人游历放蛊人王国的笔记。这两本书是我迄今所见的最奇特的书，在中原人的笔记中，生动地记录了我们那片山地上兴旺无比的放蛊人的诡谲的景象。

　　在描述放蛊人顺着大云江，下行或者上溯，把蛊带向四面八方，然后把金银、仇家的头颅、布匹、盐巴、铁和女人带回来的场景时，这个中原人充满激情地采用了数据化的写作方式，从那似乎是冰冷的数据中，我读出了一种罕见的猖獗。如此阴毒的秘密的王国形态，在一排排数据之间，全是毒虫小小的表情，生或者死、权力、意志、梦想，全藏伏在数据化的毒虫的小身体里。

　　令人惊叹的是，这本中原人的笔记，在写到毒虫的集市和王国中例行的放蛊竞赛时，表现出了天才般的写作才华。色彩、线条、点、面以及随时可能出现的杀机和施毒的形式，在此均有细致的描述，语言到位，平静得像是在绣一双献给慈父的鞋底。所写的放蛊竞赛，用到了这样一句类似于歌诗的句子：

　　谁让我生，我就死在他的怀里；谁让我死，我就死在她的缝隙里。

　　在写到竞赛中新秀辈出，失败的老放蛊人不得不服蛊自尽的场面时，书中非常客观地描述了一百个瞎子一齐拉响二胡为亡灵超度时，对二胡的声音的直观感觉。这个中原人认为，那一百个二胡就是一百双瞎子的眼睛，它们睁开了，看着那生与死的交接仪式。一百个瞎子，一个瞎子写了一章，从瞎子的头发、表情、外在的每一个器官、衣饰、小动作写起，直写到瞎子的身世及各自在集体之中所表现出来的个体的二胡声，乃至他们与泥土与放蛊的谜一般的联系。所写的竞赛人，有个人生活档案，有历次竞赛成绩统计，有具体的现实中的放蛊经历，比如在山东、在四川以蛊杀人的确切记录，可谓字字都是毒，句句都是死，但语气和字句却始终阳光灿烂，充满了欢快。对放蛊竞赛规则的如实记录，条理清楚，针对性强，条款之间互相联结但又互不瓜连遮掩，无懈可击，完全可以用来做现在的足球比赛的规程，其贯穿始终的"优胜劣汰"的至上法则，谁也玩不了假，一旦玩假，意味的就是以蛊自戕。

　　在写到以蛊自戕时，这个中原人在全书中唯一地使用了诙谐的笔法，把那色彩绚丽的死亡写得像一种非常有趣的游戏，死的挣扎，在其笔底，似乎是在做极致的表演。但这书的最后一章，语句之间逐渐地苍白无力了，那种一直贯穿下来的写作者的忍耐力丧失殆尽了，很多地方言不由衷，甚至像"歹毒""阴冷"之类的词条总是频频出现。作者的灵魂不在了，代之的是无法节制的诅咒。因此我怀疑，在写作这书的最后一章时，这个中原人快要死了，并且有可能他已经被人暗中做了手脚，蛊已在他的体内发生功效了。要么是一场凄婉的情爱故事所致，要么纯粹就是因涉及放蛊人王国中诸多秘密所致，反正那最后一章的文字，已经抛开了原有的欢快，俗尘中真实的死亡形象出现了，省略句式增加了。

令人更不可思议的是，全书的最后一千字，这个中原人竟全盘丢开了放蛊人的王国，毫无起承转合，一下子就投入到了对"保定"的描写。他说保定有铺天盖地的鸟，黄昏时分，这些鸟就贴着城墙，忧郁地飞翔。他还说到保定的染布作坊，但他已经没有足够的时间去描写那些颜色，而是大量地使用了修辞。在写到风吹布匹的景象时，这个中原人甚至写下了这么一句：

　　每一个染房，都像一百个妓女在原野上放声歌唱。

据此，我读初中时的语文老师曹水庆曾推断，这个中原人一定是保定人氏。这个推断，后来得到了充分的证实，放蛊学专家张子玉在我高中一年级的那年，在寡妇张雪蓉家的猪厩里发现了一块训诫碑，碑文中详细地记录了保定人李吉在放蛊人王国中的所作所为，对其放蛊的是一个叫崔子发的"大臣"。李吉死后，脸色铁青，眼睛、嘴巴和手全变成了水。

丧心病狂

　　有一个穷人名字叫曹福，家道不顺，六畜净亡，子女夭折。他与妻子做了个小小的核计，就带着一升大米去拜见巫师，希望巫师能为他指点一条改变家庭厄运的路途。巫师收下了大米，为曹福指出了两条路：第一条，鉴于曹福一家多年来一直住在坟墓里，房子是阴宅，建议曹福另选风水宝地，建一阳宅；第二条，找三副男童阳具，埋于床底，阴宅就会阳气大盛，化阴为阳。穷人曹福回到家，静悄悄地走了第二条路，他把左邻右舍的男童叫了三个来，一一地杀了，取阳具埋于床下，三具小尸体则借夜色埋到了村外河流的沙洲上。在接下来的几天时间，穷人曹福一直置身在寻找丢失男童的人群中。可就在人们准备寻求公安同志帮助的那天前夜，他弄来了三张红纸，刻意地用歪歪扭扭的笔法写了三份告示，贴到丢失男童的邻居门上，说孩子都被人拐卖了。三家人再去问巫师，巫师也说是被人拐卖了，就信以为真，再没有做任何努力。时间过了半个月，有人到村外河流的沙洲上取沙建房，挖出了三具男童的小尸体。公安同志来验尸，发现都没有阳具，就断定此案与村庄里盛行的巫术有关，叫来巫师，巫师供出了曹福。再问曹福，穷人曹福对杀人取阳具、写纸条等一概供认不讳。这个案件一度被媒体炒得沸沸扬扬，在一篇长长的通讯文字中，记者在行文中多次使用了"丧心病狂"这一成语。

乌鸦之死

只要乌鸦还叫着，有的人就注定不能活得心安理得。在下面的文字中，我要写的并不是那种黑颜色的鸟，但在这儿，我说的是那一种黑颜色的鸟。它们在村庄的一棵梨树上跳来跳去，仿佛是黑夜留下来的几块碎片。它们总是在那儿叫个不停，唉，这时光的催命鬼，它们又看中了这村庄里的谁呢？它们看中的人，就是我要写的孤儿乌鸦。就在那群黑颜色的鸟急促而又冰冷地叫个不停的时候，孤儿乌鸦正坐在父亲的坟头打瞌睡。这个可怜的孩子，他睡着了，属于他的白天万籁俱寂，甜美的果实正在他的梦中纷纷从空中落下来。噢，那是石榴，红色的皮子开裂了，露出无数汁液充分的小眼睛；噢，那是梨子，多么洁白的肉啊，多么诱人的水啊；噢，那是苹果，那是樱桃，那是桑葚……纷纷扬扬的果实，在少年乌鸦的梦中，可他却什么也抓不住，双手在空中挥舞，累得精疲力竭，仍然两手空空，少年乌鸦急得在自己的梦中号啕大哭。唉，这个可怜的孩子，他睡着了，可属于他的梦境是多么的不平静啊。他坐在父亲的坟头，不，应该说，他坐在自己的家中，一个人，独自做梦。他睡醒的时候，天已经黑了，肚子饿得厉害，就盲目地在村庄里走来走去。少年乌鸦走到梨树下，见四面没人，就爬上树，坐在一根高高的枝条上。梨子已经熟了，甜美的汁液，令少年乌鸦忘记了所有的哀痛，当然，也忘记了生活在树上所必须提防的危险。就在少年乌鸦准备摘食第五个梨子的时候，远处拉二胡的瞎子听见漆黑的夜空中传来了一声树枝折断的巨响，并伴随着一声石头落地的声音。少年乌鸦就这样跟着白天不停地叫鸣的那群黑鸟，从梨树上走了。

　　第二天，乡上的公安同志来验尸，同来的县局法医还打开了少年乌鸦的胸膛，从胃里拿出了一堆新鲜的碎梨。他们一致认定，少年乌鸦死于自由落体式的仓皇下落。一个脸上长满了麻子、凶相毕露的中年公安同志还指了指树上的那根断枝，幽默地说，这根枝条，不能结梨子了。临走的时候，公安同志吩咐村干部，叫人把少年乌鸦找个地方埋了。村干部就叫来了曹冲和李庆，让他俩办这事，记一天的工分。曹冲和李庆用一个篓筐把少年乌鸦抬到山脚下，见到一个护秋棚，就坐下来抽烟，一边聊天，一边看着脚下的大云江在阳光下平静得死一般的模样。抽完烟，两个人站起身来，突然发现护秋棚里堆满了草绳，这两个绳索爱好者不约而同地想到了处理少年乌鸦的办法，他们当即决定把少年乌鸦用草绳绑了，抛入大云江。这样既可解除两人一段时间以来对绳索的饥渴，还可以把一件埋葬死人的活计，干得充满了快乐。可是，在关于以什么绳法捆绑少年乌鸦这一问题上，曹冲和李庆发生了小小的争执。曹冲喜欢蝴蝶式，就是把被捆物捆绑成一只蝴蝶的模样，因此主张采用蝴蝶式绳法。李庆热爱灯笼法，这个更夫的后裔觉得，先在被捆物的外部绑成一个口袋形，既密实又可靠，然后再在"口袋"的外面饰以流苏般的绳头，像灯笼的光芒，实在是美轮美奂，因此建议采用灯笼法。两人争执不下，各不相让，最后就以划拳的方式决定，结果曹冲胜出。两人坐在护秋棚的外面，手中绳索翻飞，那操纵绳索的技艺简直已达到了令人叹为观止的地步，不一会儿，就把少年乌鸦弄成了一只巨大的蝴蝶，那张开的翅膀上，甚至可以听出花朵开放的声音。曹冲和李庆看着自己编织的蝴蝶，谁也不信在绳索的里面躲着的是少年乌鸦的尸体。如此美丽炫目的蝴蝶，又怎么能与尸体联系在一起呢？

　　印度人认为，蝴蝶是由江河中五颜六色的石头变成的，可如此美丽的蝴蝶，又怎么能重新投入大云江呢？蝴蝶的主要任务是繁殖和传授花粉，曹冲和李庆的蝴蝶却再不能做这些事了。蝴蝶半圆形的复眼只适应明亮的阳光，一旦遇上阴暗或寒冷的天气，就将失去辨认能力，并且在阴暗或寒冷之中，它们短暂的生命就该结束了。曹冲和李庆端详着自己的蝴蝶，虽然他们一点也不想马上将其抛入阴暗寒冷的大云江，可最后，两人还是不得不在蝴蝶的腹部绑上一块大石头，非常惋惜地将其抛入了大云江。可怜的孩子，少年乌鸦像一个蝴蝶一样，沉重地飞了下去。事毕，曹冲和李庆重新回到护秋棚边，坐下来，一边抽烟，一边聊天。曹冲说，比绑他爹还绑得结实。李庆说，绑他爹的时候，可没用过这么多的绳子。两人你一言我一语，很快就沉浸在了痛快淋漓的回忆之中。他们的回忆，全部以少年乌鸦的父亲为主线来展开，而少年乌鸦只是他们回忆之中的笑料。

在整个在护秋棚中展开的回忆比赛进程中，"绳子"，是一个提得最多的词。躺在大云江江底的少年乌鸦，那时候，真的睡着了，他胃里的梨子也被人拿走了，他满身的绳子深深地嵌进了他少年的肉中，成了他肉体的一部分。如果大云江能够把他重新推到江面上来，他应当记得护秋棚里的这两个绳索爱好者。是的，就是他们俩，一个叫曹冲，一个叫李庆，他们曾经有两年左右的时间，隔三岔五地冲到家里来，手上拿着绳子，不由分说地把父亲带走，带到阳光下去，把父亲的头压弯，把绳子嵌进父亲的肉里，命令父亲交代罪行。少年乌鸦不知道什么是"反动学术权威"，但少年乌鸦知道，这个词足以让母亲的面孔狰狞，足以让他和父亲远离热热闹闹的都市。

护秋棚里，曹冲和李庆的回忆渐渐地转向细节的描述，而大云江江底的少年乌鸦，在穿过一段平坦的河床后，被一股暗流冲到了一个水寒刺骨的地穴中，再也不能继续漂流。曹冲说，那天的人真多，小寡妇张雪蓉还对我笑呢。李庆说，唉，那一天，我们真应该少用点力，没想这家伙就这么死了。曹冲说，唉，是该少用点力。李庆说，他一死，咱哥俩就得像别人一样下地劳动了。曹冲：唉！李庆：唉！少年乌鸦的父亲死在批斗会上的时候，少年乌鸦正在山头上放羊。黄昏时分，他把羊群赶回村庄，父亲的身体中，已经找不出一点热气，孤零零地睡在家门口，眼睛死死地闭着，嘴巴死死地闭着，一副什么也不想看了什么也不想说了的模样。村庄里很静，只有拉二胡的瞎子，把二胡曲拉得像乌鸦在飞。

在乌鸦的飞行声中，少年乌鸦并没有像人们想象的那样无休止地痛哭，也没有手足无措，仿佛这一切早在他的意料之中，无非是来得快了一点。他含着泪，洗干净了父亲伤痕累累的身体，为父亲换了套干净的衣服，然后就来到了一个村干部的家门口。少年乌鸦在这个村干部的家门口整整跪了一夜，他希望有一小块地能够安葬父亲。这个村干部在屋子里抽了一夜的烟，可最终他还是不敢满足少年乌鸦小小的愿望。这个可怜的孩子，少年乌鸦在旭日东升、整个村庄被照得金光闪闪的时候，在村干部的家门口站了起来，拍干净身上的灰尘，匆匆忙忙地回了家。很显然，少年乌鸦已经找到埋葬父亲的地方了。接下来的一个整天，他一直一声不吭地往返于家和大山之间，他在搬运石头。晚上，少年乌鸦的家里，灯光亮了一夜，劳作的声音响了一夜，他用石头把家从中隔成了两半。以前的窗子、门，全被一分为二，少年乌鸦把父亲埋在了家里，以前的家，被石墙隔开了，一半是父亲的，一半是少年乌鸦的。石墙不高，还留了一个洞，少年乌鸦可以从洞口爬到父亲的家里，到了晚上，一盏油灯，放在墙上，两个家都有光明。当然，诸如此类的细节，只有大云江江底地穴中的少年乌鸦才能说清楚。

护秋棚里的曹冲和李庆，在连连附和了一阵唉唉唉之后，每人偷了几根草绳，藏在腰部，站起身来，看了几眼大云江，并把抬少年乌鸦用的篓筐一脚踢到了江里，就各回各的家了。乡下的日子，有时候，也过得很快，拉二胡的瞎子几乎还没把自己熟悉的曲子一一重拉一遍，乡上的公安同志和县局里的法医又来到了村庄里。因为小寡妇张雪蓉在一个月光如水的晚上，偷偷下大云江洗澡，她选择的地方是一个江湾子，没洗完，就碰到了一具被水泡涨了的尸体。这具尸体让县局法医感到很意外，意外的不是他的解剖刀难以下手，而是这具尸体上已经有了解剖刀的刀缝，而且下刀的手法、用刀的技巧、缝合时针线的使用和针线脚的安排，都是他所熟悉的。特别是尸体的形状、肉质等等，排除水的作用外，他都感到非常熟悉。直到从尸体的胃中拿出一些细屑进行化验，公安同志们才一致认定，这具尸体就是偷梨摔死的少年乌鸦，因为那些细屑是一些腐败了的梨。为这事，曹冲和李庆被扣除了一个月的工分，这两个绳索爱好者，也因此在以后的岁月中，对如何使用绳子失去了原有的自信，而且对身边这条表面上平静的大江，充满了仇恨。

日 落 渡

在狮子山的对岸就有了芭蕉滩，芭蕉滩上就有了一个名叫日落渡的村庄。村庄叫作日落渡，不是说这儿是太阳落下的地方。日落渡至今也没通公路。

在大江掉头的地方，往往都会形成滩头，滩头上往往也会有一个个古老的村镇。澜沧江劈山剁岭，但也有臣服于哀牢山或无量山的时候，甚至于在狮子山这座小山的脚下，它也难以击垮铜墙铁壁般的石崖，只好掉头向南。因此，在狮子山的对岸就有了芭蕉滩，芭蕉滩上就有了一个名叫日落渡的村庄。

村庄叫作日落渡，不是说这儿是太阳落下的地方。村庄以前没名字，抗战时西南联大偏安昆明，学校曾派遣了一批学生到思普地区搞田野调查，写出《水摆夷风土记》的姚荷生便是其中一员。其中另有一位，只身来到日落渡，见这儿四面崇山阻隔，沧江水急，远听不见战乱的炮声和啼哭，近看不见邻村的炊烟和人影，几十户人家或耕或渔或猎，芭蕉和竹林丛中，过的是与世无争的生活。所谓田野调查，听一些操着晋地方言的老人说来说去，除了祖上搬迁之路的迢遥艰辛有些意思外，其他就平平无奇。这人心想，就此作文，断然有仿制《桃花源记》之嫌，且新意全无，便没了著文之心，整日与村民饮酒、唱歌、跳舞。逢到他唱歌时，就将清光绪三十三年学部图书局印行的初等小学乐歌教科书上的《击壤歌》一唱再唱："日出而作，日入而息。凿井而饮，耕田而食。帝力于我何有哉!"唱得多了,村民就知道"日入"即"日落",有太阳回家的意思,晋人流落边地,内心思故土,一伙人酒桌上议过,就把村庄取名日落渡。

日落渡至今也没通公路,但在上世纪七十年代末期,一天,急匆匆来了一群人,又是人口普查登记,又是访贫问苦,又是村庄的发展规划,弄得日落渡沸腾了好久,差点难以重归平静。这群人走后半年,又来了一些人,放下斧头、砖刀、锯子和墨斗,就号召全村人去山外背水泥和砖头。水泥和砖头背回来,根据那群人的头头的命令,全村人又摆渡上了狮子山,取石的取石,伐木的伐木,弄回了无数的石头和原木。最后,经过一个月的繁忙施工,在村子中央的平地上,建起了一幢砖混结构的大房子。房子落成,一阵鞭炮,匾上的红布掀开,上面的文字是:日落渡供销社。

有了供销社,哈尼人李海明也因此从县供销社被派到了日落渡来当售货员。那时的日落渡属边境地区,为防止国外不良势力的渗透,组织上还专门给猎人出身的李海明配了一支老式步枪。有些乡下人到城里工作了,如果组织上想让他再回到乡下去,不给个官职,那肯定很难做通他的思想工作。李海明不一样,他把县城当监狱,一听让他来日落渡,高兴得向供销社主任又是敬烟,又是鞠躬,嘴里千恩万谢。从小在山水间成长,狩猎、喝酒、游荡,山水是他的生死场啊。于是,调令一下,经过短时间的扫盲班培训,李海明扛着步枪,神采飞扬地就来到了日落渡。他一来,组织上安排,盐巴、散装白酒、煤油、香烟、布匹等一系列日用和农用物资,也随之人背马驮,源源不断地运抵日落渡。这些东西货柜上一陈列,流光溢彩,日落渡人便排着队来参观,李海明便得意扬扬地向人们讲解手电筒、刮须刀和香皂、牙刷等稀罕之物的用途和使用方法。听到人们啧啧有声,他就从坛子里打出几斤白酒,叫人们尽情地喝。人们喝醉了,就在供销社的门前倒头便睡或又唱又跳,醒了,又接着喝，无休无止，比过年还兴奋、还热闹。

这种生活正是李海明想要的。到县供销社工作以前，他本来是哀牢山上的一个猎人，无羁无绊，自在得像一朵封建社会时代的白云。有一天，他在山上发现了一头虎，便一路跟踪，几次想射杀，都不是良机。没想到，这只老虎路过一座村寨的时候，村边的山路上，迎面就碰上了两个刚到村里来搞宣传的工作队员，两个人吓得浑身瘫软，老虎一跃而上，将其中一个咬成重伤，叼起另一个就往山林里走。老虎的身子刚刚进入林中，李海明的枪响了，虎头开花，一击毙命，嘴上叼着的人掉在了地上，半天才苏醒过来。为此，李海明被授予了"打虎英雄"称号，出席了在昆明召开的一个表彰大会。摘掉胸前的大红花，猎人李海明摇身一变，成了县供销社的保卫干部。

那时候，同村的人都替他自豪，他一个小阿妹，还特意给他亲手缝了一套新衣服，山一程，水一程，送到县城来，而他似乎也从人们的掌声和笑脸中，感受到了一份别样的生活的滋味。特别是给他授奖的那位身材高大的老领导，听说是位将军，拍着他的肩，亲切地跟他说："你这个小鬼，是当代武松啊，比我年轻时强多了。我只是杀了几个人，你却把老虎杀死了，好好努力，继续为人民杀老虎，如果杀得多，我亲自来看你，继续给你发奖状……"一席话听得李海明热血沸腾，还以为到供销社工作，任务就是继续杀老虎。杀老虎，每月又定期可以领钱领粮票，何乐而不为？

殊不知，到单位一报到，领导说，他的任务不仅仅是杀老虎，平常就是坐在大门边的值班室，有人来，就问问，防止有坏人破坏正常的革命秩序。当然，如果供运科要往边远的基层供销社送货物，他就去护送，护送途中如果遇到老虎，杀上几只也不是不行。可是，几年下来，大部分时间他都待在值班室，供运科送货，叫的人都是些与他同样出身的人，根本用不着他去护送，他想去，那些人晃晃手里的猎枪，说不用，他也就不好再坚持。

请日落渡的人喝酒，第一个月份，工资领下来，李海明便如数结清了。几年的工作经验告诉他，国家的财产是国家的，只有国家一定要给他的，那才是他可以自主支配的。而且，开始的时候，热情好客的日落渡人请他去家中做客，不管吃好吃坏，他都按政策规定执意要付相应的费用，有的人家勉强收下了，有的人家男主人红着脸，大声地吼："李同志，如果你要这样整，老子以后再也不去供销社，也请你从老子家的门洞滚远点！"李海明隐隐觉得政策规定也太不讲人情了，而且也不符合哀牢山千年不变的山规，不像老子李海明行事的风格，于是，同样红着脸："你吼个屎，不收就不收，你以后去供销社，饼干、花生下酒，老子也免费！"胸脯咚咚咚地拍，豪气干云。接下来发生的故事，也果然像李海明自己所言，村里人到供销社去，饼干、花生下酒，统统免费，供销社成了日落渡人的公共场所，大事小事几乎都要在供销社的酒会上议过才算事。村里有个人叫刘高，上过几年学，有次与李海明讨论什么叫共产主义，李海明酒多了，说共产主义就是说，国家的也就是人民的，人民想要什么就可以拿什么。刘高就说，比如酒、红糖、白布，都可以拿了就走？李海明点头称是。

那时候的管理工作据说比较严格，但在山高皇帝远的日落渡，很多事就不一定了。再说供销社的任务不仅仅是销售，它的另一个任务是把销售回笼的资金，再来收购各种山货药材和土特产。有时候人们甚至可以在相同的价位上，登记后，以物换物。也就是说，在日落渡供销社，李海明的任务是将源源不断地送来的日用品售出，然后回收干竹笋、茶叶、葵花籽、鱼干、杜仲之类，收支是否平衡并不重要，重要的是账目清楚就可以了。在扫盲班上，李海明学过一些账目方面的知识，但远远不够用，他想过请刘高来帮自己，刘高也曾毛遂自荐，不过，他还是决定自己的事就由自己做，就算做得像天书也不麻烦别人。

事实上，李海明的账本也果然做得像天书，比结绳记事强不到哪儿去，更过分的是，记一段时间，记烦了，他干脆就不记了。有人来买布，说家里老人死了，等着做寿衣，但钱要等春茶上市，他挥挥手，叫那人记得一定要还上；有人来买针线之类的小玩意，说赊着，他更是不以为意，一杯酒下肚，谁买谁赊，脑袋里全变成一团乱麻，哪还记得清楚。不过，民风并不油滑的日落渡，绝大部分的人，赊的账，总是会还上的，还的时候一般还会对李海明深谢有加。

要命的是，每天都有人聚集到供销社来，酒一喝起，就没完没了，喝到兴奋处，岂止饼干花生，很难卖出去的各种罐头，收购进来的鱼干、葵花籽、火腿，什么都可以拿来下酒。地上的花生壳、糖果纸、葵花籽壳堆了一层又一层，脚踩上去，软绵绵的，有下沉之感。半年后，县供销社终于发现有些不对劲了，发了那么多货过去，没有返款，回收的山货也少得可怜，就叫了一个干部到日落渡来看看。日落渡不通电话，那人上了门，半醉半醒的李海明才知道单位上来人了，心头一虚，操起床边的步枪，就把那人逼到了门外。

坐在供销社的门前，可以看见白光闪闪的澜沧江。这条大江的两岸缅寺林立，由此被人们称为穿着袈裟的江。可是，在日落渡一带，岸边没有缅寺，没有小和尚黄色的队伍，江只是流水的槽道，岸只是石头、竹子、芭蕉、庄稼和荒草，密实而又溉漫地遮蔽的土地。李海明把县上来的人逼出来，突然把枪一丢，对着大江跪了下去。县上来的人，胸前没了枪管，发白的脸庞渐生红色，但还是一个转身，跌跌撞撞地走了，回县上去了。李海明跪了一阵，站起身来，供销社的门都没关，就去找刘高。他想让刘高帮帮他，把供销社里的东西全部分给日落渡的人们。刘高不敢帮他，他就一个人干，认真地将东西分成几十份，当天夜里，散发到了每户人家的门口。第二天，县供销社和公安局的人都来到了日落渡，供销社却人去楼空。李海明散发的东西一一交还回来，李海明和步枪却下落不明。多年后，有人说在哀牢山上看见过这个人，狩猎为生；也有人说这人去了缅甸；最可靠的说法，那晚的后半夜，澜沧江边上传来了一声枪响，李海明肯定是自杀了，被江水冲到大海去了。

布朗山记

一

李贽的《焚书·琴赋》记载:"白虎通曰:'琴者禁也。禁人邪恶,归于正道,故谓之琴。'余谓琴者心也,琴者吟也,所以吟其心也。人知口之吟,不知手之吟;知口之有声,而不知手亦有声也……"七年时间过去,我至今不忘 2000 年春天造访布朗山时,在班章村听人弹月琴的景象。那是一个月光照白了万物的晚上,几个来自异乡的茶农,喝了一点酒,脚下有些虚飘,抱着月琴,踉踉跄跄地来到勐海茶厂的班章基地,在一块空地上,开始了弹奏。如果说所有的艺术形式都将借助于艺术家的意识性幻想和超意识幻想,方能感知现实时空内与彼岸时空内的各种关系,并在作品中表达出来,让其永久留存,那么,我所看见的弹奏则仿佛天生,"艺术家"只是这种"天生之物"连接世界的载体,甚至,他们乃是月琴和乐音的一个组成部分。在这儿,不仅有口之吟口之声、手之吟手之声,我所看见的弹奏者,头发、眼睛、耳朵、鼻子、嘴巴、喉结、手、胸膛、臀部、脚、衣服,以及看不见的体内之物,全都介入到了弹奏和妙音之中。他们甚至调动起了月光、清风、土地上的尘土和四周的林木,让月光有了旋律,让清风灌满了火焰与流水,让尘土具有了梦幻,让林木学会了瞬间的快速生长术……那一股不可捉摸的力量，让伟大的群山也乐于成为他们的舞台，主动地伏下挺拔的身躯，供其跳跃、腾挪、扑击。或舒慢；或寂静；或石破天惊；或将身体中的骨骼绷得咔咔直响；或让血管对接上清泉；或把舌头交付给夜鸟掌管；或将肺腑之门打开，钥匙是祭献台上的牺牲，放出一只只孟加拉虎、麂子和马鹿；或齐刷刷地把脊梁对着天空；或齐刷刷地跪倒在一根小草面前；或齐刷刷地大声哭泣；或齐刷刷地大声狂笑；或气若游丝；或模仿鬼神说话；或以玉米和茶树的模样贴着地皮……如果有一种纯洁等同于婴儿，有一种圣洁接近于经书，有一种开辟或说疯癫无异于魔鬼，我想，当它们汇聚在一起，有些艺术的巅峰之上，永远是巫的领地。我不迷信那些阳光灿烂、始终昭示未来的梦想之书，在我的琴弦上，跳跃或葬身的，从来都是人类无力破解的自然神力和生死迷局。

与我同行的人告诉我，这些弹奏月琴的人，不是布朗人。他们演唱和弹奏的，也不是布朗人的音乐，他们的弹唱方式，更不知来自何方。但可以确定的是，在弹奏到东方破晓、太阳取代月亮之时，他们最后弹奏的是一首古老的佤族祭拜土地神的歌：

> 寨子里伟大的社神啊，
> 寨子外圣母一样的河灵。
> 白露花已经开白了山坡，
> 我们要播种了，撒下小米，种下稻谷。
> 让它们进入泥土吧，
> 让它们在岩石上面也能发芽。
> 山雀飞来，请你遮住它们的眼睛，
> 松鼠跑来，请你捂住它们的嘴。
> 籽种也会疼啊，籽种也会哭，
> 我们敬奉的神明啊，
> 别让山雀和松鼠把它们吃光……

从夜幕初上弹奏到天地初分，他们中的每一个人，都像拧紧的发条或一如鬼神附体，弹之，歌之，蹈之，收放自由，人琴一体。身体的每一个器官均是那么的鲜活、敏锐，都仿佛是在为石头、植物、兽灵或任何一个物种代言。有拙朴、粗俗，有通灵、出尘，一种罕见的忘我与无畏与另一种常见的卑微与赤诚，死铁般地结合在一起，让人感到，类似的弹奏，是人、鬼、神一起完成的，尽管他们无意以鬼神的方式表达自己。途中，屡有人弹断琴弦，他们又在黑暗中熟练地换掉，退出与重新加入，不留一点痕迹。

　　我亦无心知道弹奏者来自何方，所以，七年前，我也没问。我只知道，在我的地图册里，这些人，应该制成图例，署明在布朗山上。今天，他们弹奏的空地长满了灌木，他们提着酒和月琴消失的那条小路，已经不在了，那儿全栽满了茶树。我肯定也不会再碰上他们，一千平方公里的布朗山，收藏几个人并让其他人永远看不到，那不是难事。

二

　　车出勐海，一路南行，穿越的是辽阔的象山、勐混坝子。道路的两旁，刚刚栽下的稻秧，正由黄转绿。在此艰难的复活期，很难听到上万亩的连在一起的疯狂的生长之音，田野的每一寸，都在承受土地强大的催生力，仿佛每一棵秧苗的根上，都有一股绵绵不绝的真气在注入，都有一双神灵之手在呵护、挺举。而这些新移来的秧苗，它们还没有适应新土的温度和性格，一如进到了后娘之家，远远还没有喘过气来，远远还没有来得及适应更具爆炸力的关爱，它们有些手足无措，慌乱而焦虑。显而易见，同样具备繁衍蛮力的风雨，正如天上悬垂而下的舷梯，希望它们尽快成活，由舷梯登堂入室，成为热带雨林绿色大家族中不可缺少的成员。一边是在下的力量拼命催促，另一边是在上的呼唤紧锣密鼓，秧苗夹在中间，既担心自己的成长不够粗壮、结出的果粒不够丰硕而有愧于后娘之土，又害怕上下两方的力量太过于猛烈，自己细小的生命禁不住折腾。可事实上，谁又都明白，在西双版纳，任何一种生命都可以繁茂地生死，生死途中又每时每刻都因为自然神力的强大而充满了隆重的仪式感。所有的焦虑均是徒劳的，西双版纳也不会因为你的焦虑而停下自己不顾一切向前的步伐。所以，我印象中，在这儿，一块土地，只要你让它荒着，不到三年，它就会还给你一片森林。人的力量算什么，人的力量无非就是在竭尽全力地不准土地荒下来。所以，这些复活期的秧苗，它们的黄，乃是谷粒之黄的提前彩排。

秧苗一个季节的命运，类似于布朗族人几千年的命运。这些文献中"百濮"的后人，与佤族和德昂族同源，数代之间，中土人士称其为苞满、闽濮、濮、尾濮、文面濮、赤口濮、木棉濮、濮曼、朴子蛮、望蛮、濮蛮等等。在族源上，他们属孟高棉族群，有别于南迁而来的北方氐羌系统的民族。氐羌民族系统中的僰人、昆明人和叟人，大多数居住在更靠近云南中心的地带，而布朗族、佤族和德昂族等，则居穷边，文献中找不到他们从北而来的记载，只有他们继续往南移至中印半岛的只言片语。赵瑛所著的《布朗族文化史》云："历代封建王朝的压迫和剥削，或因民族矛盾或因统治者采取强行移民政策等诸多因素，遂引起濮人举族南迁。"那些迁至中印半岛的濮人，"先后建立了林阳、直通王国（今缅甸境内，以孟人为主）、扶南（今柬埔寨，以孟高棉为主）、罗斛、得楞、顿逊、盘盘和赤土等国"。尤中教授的《云南民族史》亦云，公元前两千年，中国西南地区尤其是云南居住着众多的孟高棉部落群体。在公元前两千年代末，大部分孟高棉的部落已经南移至中印半岛。春秋、战国时期分布在云南南部和西南部的孟高棉系统的部落群体，是没有向中印半岛南迁而仍然留在云南境内的部分。据此，我们也就可以得出这样的结论，布朗、佤和德昂等族，同系"百濮"，乃是世居云南的土著民族，是纯正的云南人之根。

令人扼腕的是，南迁与不迁，相同的"百濮"，却创造了不同的"百濮文化"。南迁者开疆立国，湄公河两岸建起了以吴哥窟为代表的旷世文明；留于滇土者，因云南本就是国之边，其所居之处又是云南之边，至民国时期，仍锁身于山林，一如生活在人类的童年期，始终卡在厚土与世界的召唤之间。

然而，物极必反。也许正是基于这种几千年的隐居，他们才得以真正意义上食百草、知百味，成了世界上最早种植和享用茶叶的民族，成了世界茶叶史上站立在源头的不朽的群雕。岂止于普洱茶，由于他们脚下的土地就是世界茶叶的原产地，所以，人类所消耗掉的茶叶，第一张叶片，就是他们的祖先采摘下来的。我非常赞同美国汉学家艾梅霞《茶叶之路》一书的观点，茶叶起源于云南的澜沧江流域，而在两千多年前则已传播到中国各地。与此同时，这一区域的人民已将紧压茶，沿青藏高原边沿，直抵河西走廊，运至了中亚地区，亦运至了西藏。这条茶路，被称为人类历史上的第十条茶叶贸易之路，因路形像弓，亦称"茶文化之弓"。艾梅霞女士不解"百濮"，称茶出于傣，这与一些写普洱茶书的人，把傣族迁移至西双版纳或孔明伐滇的时间指认成普洱茶历史发源的时间，所犯的错误是一样的。因为他们都不知道这片土地上还生活着更加古老的民族，而且他们是茶之始祖。至于砖、饼、沱等普洱茶外形，人们亦认为始于明代的军屯、民屯和商屯，即从外界传入，事实上，这也经不起推敲，因为作为砖、饼、沱茶祖先的竹筒茶早已有之，且明代蜀人张岱的《夜航船》即云："蜀蒙山（蒙舍）顶上茶多不能数，片极重，于唐以为仙品。"唐代已成片，且重，且被视为"仙品"，始于明代之说，值得商榷。

三

当文献中找不到有用的资料，转身过来，我们就看见了"百濮"

的创世古歌、祖先歌和俚语。在德昂族的创世古歌《达古达楞格莱标》中，人们唱道：

> 天地混沌未开，
> 大地一片荒漠。
> 天上有一棵茶树，
> 愿意到地上生长。
> 大风吹下一百零二片茶叶，
> 一百零二片茶叶在大风中变化，
> 单数叶变成五十一个精悍小伙，
> 双数叶化为二十五对半美丽姑娘。
> 精悍的小伙都挎着砍刀，
> 美丽的姑娘都套着腰筐。
> 他们战胜了洪水、大火和浓雾，
> 他们战胜了饥饿、利剑和瘟疫。
> 大地明亮得像宝石，
> 大地美丽得像天堂……

我没有查找到佤族有关茶叶的古歌，只见到这么一句："你喝了茶叶水，你就看见了鬼魂。"在布朗族的神话传说中，其始祖是叭岩冷，叭岩冷死后化为神灵，对其子民说："我留牛马给你们，怕它们遇到灾难就死掉；我留金银财宝给你们，怕它们不够你们用；我留茶树给你们，子子孙孙用不尽……"于是，叭岩冷往众山之上手一挥，茶种纷纷入土。其《祖先歌》唱道：

> 叭岩冷是我们的英雄，
> 叭岩冷是我们的祖先，

是他给我们留下了竹棚和茶树，

是他给我们留下了生存的拐棍……

德昂族之歌，说的是人生于茶，茶树是人的祖先；佤族人说的是茶叶通灵，饮其水，就可以看见祖先；布朗族则强调茶生于始祖。三者都把茶和祖先连在一起，尽管这不具备文献价值，却足以说明布朗等民族种茶饮茶的历史无比久远，且对茶无限尊崇，茶情之深，等同于祖先。赵瑛和尤中教授都言，“百濮”在公元前两千年以前就生活在这片产茶的土地上，如果当时他们就种茶，那么历史就在四千年以上。

四

七年前上布朗山，勐混、班章和老曼娥至乡政府勐昂一线，只有一条荒废的旧道，荆棘丛生，飞机草比人还高；勐混、弄养、戈贺、曼囡和新奄至勐昂一线，是沙石路。我们走的是后一条，九十一公里，越野车跑了近四个小时。不过，在我的眼中，这并不是什么极限之旅，一切正好相反，它根本用不着挑战我的意志，而是我乐于接受道路与车辆对抗所产生的每一次震荡、斜滑和抛锚，因此而产生的每一刻停顿，都被我视为布朗山对我的挽留。而且，正是因为缓慢，在勐混的田畴之间，那些曼妙出行的傣族少女，让我见识了一种陌生而又动人心魄的美。宛若一缕缕香魂，她们来到了阳光下，她们与竹楼、凤凰竹、大青树结合在一起，就连插在头上的塑料花，也能飘荡出奇异的芬芳。我从来都怀疑这一民族来自异方的民族学观点，真的想象不出来，天下还有哪一方乐土能像西双版纳以及德宏州这样，把她们的美凸现得如此的彻底。也正是因为汽车一再地拒绝速度，在曼囡，我第一次领教了什么叫原始森林，品种繁多的冲天巨树配之无孔不入的灌木与藤条，使这大地的一角，变得异乎寻常的难以捉摸，是渊薮，亦是日渐荒芜的世界之肺。看

119

不见鸟的翅膀，听得清鸟的叫鸣。哦，天啊，所谓昆虫，多得只有上帝才能数清。它们中的一只，张开嘴，叫一声，就算贴在你的耳朵上，你那被汽车喇叭声震坏了的耳朵，肯定听不见。

可问题是，那一天，我的耳膜几乎被它们震破了。

每见树丛中露出寨子，寨子的最高处就有一座黄灿灿的缅寺，在距寨子不远的路上，你也就会碰上对汽车充耳不闻的黄牛群。开辟出来的田地中央，也照例会有一两个窝棚，有人或者没人。那些新开的荒地是大火烧出来的，一人难以合抱的一棵棵黑色树桩旁，细胳膊细腿地生长着玉米，而坡地尽头的灌木丛中，被弃的圆木正等待着腐烂，它们中的任何一棵，都比我老家的房梁还粗。人们获取食物的方式真的太奢华了……

那一年上勐昂，下山走的却是老曼娥和班章一线。徒步过班章，有茶农用大大的编织袋装茶，在路边上卖，三十元左右一袋，没有人要。谁也没想到，七年之后，最好的班章茶，卖到了一千二百元左右一公斤。传说，外地人进班章，茶农待之以红牛或矿泉水，就是不泡茶，因为茶价太高了。这一次，上布朗山，我走此线。没有去领略班章茶韵的意思，纯粹是为了体验从此线上山的不同之处。

出乎我的意料，上班章的路，甚至比我周游西双版纳时所见识的任何一条路的路况还差。加之头天下了暴雨，这条路，如果借飞鸟之眼，从空中看下来，说它像一个残忍而歹毒的刀客，在一个风华绝代的女人脸上划出的刀痕，一点也不过分。而且，这刀客是在把女人缚于柱上之后才动手的，用刀的速度很慢，力度时大时小，运刀忽左忽右。女人有过本能的挣扎，这使得有的地方，刀剑一滑，出现极大的弯曲和跌宕。不过，这能怪谁呢？何况它有助于我且行且走，有助于我把魂丢在这个让我着迷的地方。与我同行的司机小白，久走山路，一再地让皮卡侧滑，一再地担惊受怕而又因皮卡的努力过关而又笑逐颜开。可在临近班章的一截山腰上，皮卡还是陷入泥潭。路的左边是山，泥潭大得让人不敢轻举妄动；路的右边是山坡，从那儿往下看，可以看见远方的勐混坝子，只要皮卡一打滑，人的叫声还停在口腔里，车已没了踪影。最要命的是，年轻的小白，开始的时候低估了这泥潭，以为上了四驱，放在低挡，一脚油门就可过去，没想冲到了泥潭中央，车便一味地原地刨土，绝不朝前，也绝不退后。的确，着急的是小白，我不急，下了车，他先是打开百宝箱，拿出铁铲和砍刀，然后铲土，砍路边的树枝来垫路。我帮不上忙，转身上山，内急。蹲在班章山上看班章，仿佛脚下之山是班章的最高处。眼中的班章，四周之山山势并不陡峭，多斜缓的山梁，且一道道山梁像"五马归槽"，一一汇向老班章和新班章的寨子聚落。或许是因为这儿的土壤和气候等自然条件，的确能保证优质茶叶的生长，目所能及的山梁，不见原始森林，代之的全是茶树，古茶树或者新茶园。在那些新垦的茶园边上，种茶人的木屋稍显孤独，它们门前的狗，偶尔会对着山谷叫上几声，有回音，有寂寞。

五

一个小时后，车再上路。到老班章的路口，一辆卡车冲了出来，车厢里站着三个浑身泥巴的约翰、杰克和史密斯。这是什么地方，他们来干什么？我和小白不知道，但小白还是停下车，对着司机吼了一声："路不通，太危险。"司机是本地人，不理，一脚油门，朝泥潭所在的方向扑了过去。那一瞬，约翰们见我们的车来到，脸上均透出一丝欣喜，但我敢断定，他们一定会从车厢里跳下来，把更多的泥巴弄到身上去，或者，重新返回班章，等天晴了再上路。

我们没有进老班章，直接往新班章进发。所幸的是，过了老班章和老曼娥、勐昂的路已是阳关大道，非七年前的荒道。新班章果然焕然一新，旧貌换新颜。寨子里铺上了水泥路，孩子们在路上滚动废弃的摩托车轮胎，一群狗在后面追。寨子中的每一幢干栏式建筑体的露台上，都有电视接收的"大锅盖",有太阳能。在"大锅盖"和太阳能大桶的旁边,一般都有老人在晒茶,或者膝盖上放一大簸箕,认真地拣着黄片。水泥路只通向我们一路上来的这条交通大动脉,七丫八杈地往里走。走着走着,水泥就没了,我们就可以看见泥土、沙砾和水冲出来的细沟,抬头再看,水泥路不通向更多的山峦,只有原先的土路安分守己地继续向前延伸。当然,我们完全有理由把水泥路视为乡村精神文明中强硬而尖锐的怪物,因为道路两旁的房屋一律地建在土上,甚至于每一幢建筑的一楼仍然是土地坪,有小坑,有永远也扫不干净的尘土。我对这种天外来客般的局部水泥路,持积极的支持态度,尽管它与寨子不太和谐。假以时日,当所有干栏式建筑一一地被抹掉,全变成像寨口那幢小洋楼一样的建筑,我又想,也许建筑的崛起并非只是为了与水泥路配套,可这进步的代价,却能让我们的后人翻遍文献,也不知什么是祖先传承了几千年的"干栏式"。想想,时代的进步,果然不是在牧歌中进行的,它必然会带给我们永远也难治愈的健忘症,它必然会让许多寨子特别是没有自己文字的民族的寨子失去记忆,或者在口口相传中,陷入一圈卷着一圈的谜团旋涡。如果文化人类学与政治经济学之间,从来都没有停止过战争与械斗,输得一丝不挂的,肯定是文化人类学。

六

班章,傣语。班:窝棚;章:桂花树。班章即桂花树下的窝棚。1846 年 10 月 16 日,现代意义上的西方医学的首次麻醉手术,在美国麻省综合医院进行。它的成功,使手术刀下的病人从此免除了手术过程中的暂时的剧烈疼痛。麻醉术的确是一门功德无量的奇技,而麻醉药更是这一奇技之母。谁都清楚,当"班章茶"作为麻醉药奇迹般地成为我们医治贫困这一千年沉疴的不二法门,很难推断,横陈于无影灯下的病体,是否会在维系于市场之手的手术刀下,从此百年康健。是的,我担心的是与经济情同手足的文化建设，是否能跟上班章茶价的一飞冲天，而这一飞冲天究竟又是否如太阳一般恒定，还是如孔明灯，只是烘托出了几个节庆日的喜乐气氛？

布朗族人建立村寨，一直以人体为范本。他们认为，人有四肢和心脏，村寨相应地要有四个寨门和位于寨子中心的寨神桩，即寨心。寨心是氏族祭拜祖先和氏族长的地方，它主宰着全寨人的祸福与吉凶。凡是每年二月和七月的"干日"，寨人必祭寨心三天。三天内，寨子里静悄悄的，不准磨刀、背水、下地、吵闹，更不准外寨人来访。凡要建房，婚娶的人家，凡生病之人，凡想人住此寨者，都要以相应的物品做祭品，请祭司代为祭寨神，以求得寨神的许可和赐福。

这种充满神性和人性的村寨布局，具有自觉的开放意识与牢固的神祇文化相结合的村寨心灵史，无疑可以让我们对横空出世的经济风潮的冲击不屑一顾，因为我们相信，在表象上实现翻天覆地的寨子，只是外寨，一定还有一个隐形的更不朽的寨子存在着。只是，对于这个寨子的定力，它的寨心的跳动力度，我们必须具备无休无止的能量供给，而不是因为急功于"变化"而引其走上文化迁徙的漫漫长路。特别是当桂花树下的窝棚，在短短的几年时间内迅速地变成了茶叶树下的皇宫时，我们的当务之急，是要把寨心理解为人的心脏，随时都要看看它的跳动是否已经剧烈加速。

七

老曼娥，与班章相邻的另一寨子，建寨历史1360多年，是布朗山倦于迁徙而定力最大的老寨之一。与老班章居住哈尼族不同，这儿的128户人家全是布朗族。老曼娥过去所处的环境，可以在《中共勐海县党史资料第四辑·中国唯一的布朗族乡布朗山》一书的大事记中，找到几则过去的光阴的切片：（一）1926年，老曼娥因天花流行，先后死亡

160多人，全寨只剩下几十户人家居住；（二）1954年7月，由布朗山区人武部和驻军武工队，联合组织了一个"护秋打虎小组"，在曼诺寨至老曼娥区域内，以一个月的时间集中精力寻捕老虎；（三）1955年6月，曼娥寨发生严重虫灾，村民大搞迷信活动。经工作队员宣传动员、耐心说服，群众才陆续加入捕虫行列，在工作队员的带领下，七天捉虫94.4斤；（四）1959年2月，曼娥乡政府、新曼娥被跑到境外的曼囡寨人岩嘎纵火，35户人家的房屋全部烧毁；（五）1995年3月，兴修老曼娥大沟，投资15万元，于5月5日竣工；（六）1995年3月初，班章村公所坝卡囡村、老曼娥村发生严重的牛出血性败血病，死亡65头，造成直接经济损失6.65万元……

詹英佩女士在其《普洱茶原产地西双版纳》一书中说："布朗人在老曼娥一住就是一千三百多年，细分析，能留住他们的除了寨子前边那条小河，还有就是他们种下的大茶园……老曼娥的古茶园是西双版纳最具考察价值的古茶园，面积大且连片，年代排列齐全，是濮人种茶的历史档案馆。三千二百亩茶树……大至三人合抱，小至碗口粗细。唐、宋、元、明、清各个时期的茶树在老曼娥生长着、陈列着。"2000年，我到老曼娥时，曾肯定地说："老曼娥仿佛是一艘绿海中的沉船。但它周边一个个山坳和谷地上，总有一座座人间的天堂。在它与班章之间，碰到了三道寨门，门楣上均画了咒符。同行的人讲，这一带常见一种耳朵上有缺口的小猪，乃是布朗人送鬼的载体。"

这次重返老曼娥，"大事记"中所说的1995年所修的大沟，建于其上的桥梁已被大水冲走，桥头的幡柱已失，桥体上用水泥做成并涂成红色的龙，也被水冲走了。时间改变事物的力量就这么强大，但这个古老的寨子似乎还是记忆中那座，饱经自然之灾，又借自然之力而生生不息。站在寨子里，我茫然四顾，问一个骑摩托车的青年："以前在老曼娥教书的女孩玉温丙还在不在？"他答："走掉了。"玉温丙是我当时采访的老茶人宋晓安的女儿，那年她二十岁，这一个孤独而又认命的女孩，我在散文《画卷》和诗歌《布朗山之巅》中都曾写到过她。

八

也许是我的记忆出错，布朗山乡乡政府所在地勐昂，与七年前相比，并没有什么大的变化。我在那儿住了两个晚上，两个晚上的次日清晨，睁开眼睛，首先看见的都是一床的飞蚂蚁的翅膀。这些见到亮光就从暗处飞来的小生灵，我不知道它们在我睡去的时候，为什么会把自己的翅膀卸下，更不知道它们以怎样的方式卸下翅膀。

两天之中，在乡政府民政宗教助理员岩布勐先生的指引下，我拜访了勐昂缅寺和章家村的抱经塔缅寺。勐昂缅寺的大佛爷名叫都言坎；抱经塔缅寺的西滴天名叫岩坎谈。在小乘佛教中，其教职由上而下的顺序大致是阿嘎木里、帕召祜、松溜、西滴天、沙弥、祜巴、都比龙（大佛爷）、比囡（二佛爷）、帕龙、帕囡等。在布朗族中间，人们的宗教信仰，开始于原始宗教，约二百年前，南传上座部佛教才由傣族地区基于政治需要而传入，并最终成为布朗族的全民性宗教。可尽管如此，人们的日常生活中，因原始宗教而产生的各类禁忌依然存在。比如忌在寨子"神林"中狩猎、放牧、大小便；屋内仍有"神柱"，禁拴牲畜、禁靠、禁挂衣物；"寨心"平时禁人进入，更禁外寨人抚摸；女人来月经禁去缅寺；人死禁停尸于家中，且必须当天埋葬，若确实来不及，必须派人守尸，忌狗、猫闯入，否则死者的鬼魂会转世。妻子怀孕，丈夫禁杀生，杀蛇，则生出的儿子吐舌头；杀狗，生出的儿子像狗吠；杀鼠，生出的儿子不睡觉……

岩布勐先生告诉我，布朗山上的缅寺分两种：一种在寨子里，如勐昂缅寺；另一种则在野外，离寨子至少一公里，如抱经塔缅寺。勐昂缅寺的大佛爷都言坎，九岁入寺当和尚，二十岁时即 1954 年由政府组织到昆明参观学习，回来后就不想当和尚，还俗了，结婚并与妻子生了五

125

男三女。2004 年，妻死，儿女们都各自成家，就又入缅寺做了和尚。像他这种还过俗的和尚，教职最高也只能做到大佛爷。由于没有二佛爷协助，七十一岁的都言坎，只能将寺中大小事务全部承担起来，菩萨和经书的管理、教小和尚念经、赕佛、滴水拴线、送受过佛的终老之人上山……

在岩布勐先生的翻译协助下，都言坎佛爷一直以傣语间杂汉语的方式与我交谈。其间，寺外曾下过一场暴雨，雨后的阳光从屋顶漏下来一束，刚好照耀着他。这位身着袈裟的老人，安静、慈祥，有一种因入俗世而又出家所带来的旷达之感。他告诉我，在他的工作中，很多都是次要的，核心就是告诉人们，一切事情都必须按经书上的指示去办，什么事该办，可以直通天堂，什么事不该做，将会下地狱。经书中说，神造了世界，人存身于其间，所以，走路要交钱，提水要交钱，穿衣要交钱，劳作也要交钱。菩萨很多，人们赕佛，即具体的人家敬奉具体的菩萨，这种事，得由都言坎佛爷具体安排，作为回报。赕佛者，个人或集体，都应向缅寺奉上一定数量的茶或谷物。至于傣历九月十五日的"考瓦沙"（关门节）、超度广人的"赕萨拉"、献袈裟时的"赕帕"、每年两到三次的"赕坦"（献经书）、傣历十二月十五日的"奥瓦沙"（开门节）、关门节和开门节期间的"赕星"讲经、不定期的"赶听"即全寨性大赕或"靠刚"（私人大赕），以及"赕帕朵亥"（向大佛爷私人赕东西）等等活动中，人们都要向缅寺赕礼。赕者，施舍也。以赕积善，修来世而成涅槃。

勐昂缅寺，在布朗山上，条件算好的，可大佛爷还是只能与小和尚们住在一起，只是他的地铺靠近火塘。我离开时，他出门来送，站在高高的台阶顶端，勐昂全寨，皆入其眼。没有任何疑问，都言坎所在之所，乃是勐昂寨的灵魂。

布朗山上，近几十年来，曾出过很多个帕召祜、松溜和西滴天等教职极高的宗教界人士。目前，教职最高的是抱经塔缅寺的西滴天岩坎谈。该寺筑于章家村区域的一个山头之上，四周都没有村寨，是为在野。在野者，和尚皆以乞讨为生；在野者，心静，不闻宰杀之声，难见情侣对唱，红尘之外也，利修行，不问寨事。经书八套一万四千多卷，卷卷都亮神灯。岩坎谈从小做和尚，现年四十三岁，经书皆能诵之，但他说："有的，还很难弄懂菩萨的意思。"这位赤着双脚、目光坚定、一副在野之相的西滴天，左臂之上有文身，他说是菩萨语，不能译成汉语，问其音译，他诵："三底巴卡，阿巴三那，三底巴达，阿旺甲纳，麻达毕达，坚力坎达，甲底微纳塘，巴底嘎麻地。"意为："水烫不会起泡。"与西方文身的符号学暗喻性与死亡不同，西滴天说，在这儿，文身，只为了装饰。

姚荷生先生 1938 年所著的《水摆夷风土记》中说："文身都在做小和尚的时候举行，先狂吹鸦片，麻醉过去，然后由专家刺花，并涂上青色颜料……一身美丽的花纹，是异性欣赏的目标，对于性爱生活的成功，有很大帮助。有次我在江边洗澡，那双没有雕题的丑腿给姑娘们看到了，她们轻蔑地笑着：'婆娘腿，有啥子瞧头呀！'"姚先生所说，与西滴天之说有异，与西方文身的主题相符。

在野的和尚，还俗的极少，为了生计，他们除了乞食外，还置了耕地。抱经塔缅寺就有二十多亩茶园，为其管理的是一对贵州毕节的中年夫妇，男的叫罗永坤，女的叫陈恩飞，一个七岁的儿子，名罗欢。夫妇俩原是走村串寨卖服装的小贩，走遍了云南的山山水水。2007 年 4 月，挑着被面、蚊帐等入布朗山，走错路，进了抱经塔缅寺，便被西滴天留了下来，并在寺外几百米处为其建了一座木板房……

岩坎谈说，在经书中有"树叶会变成钱，石头会变成钱"之语。现在是佛历 2368 年，树叶真的变成钱了。这种树叶就是茶。以经书论茶，贝叶经《游世绿叶经》中有言："有青枝绿叶，白花绿果生子天下人间，佛祖告说，在攸乐、易武、蛮砖和慢撒，在倚邦、莽枝和革登，有美丽的嫩叶、甘甜的茶叶，生于大树荫下。老人喝了益寿，妇女吃了

127

漂亮，孩子吃了壮长，智者吃了更智。"经都在贝叶上、纸上和心上，生活中，很难看到茶叶从这些地方生长出来，但以经书之圣洁，以茶叶之尊贵，布朗人结婚、建房、赎佛、丧葬，制"请柬"，都会以茶、蜡条和烟代之，三者送达。蜡条意为"求你"，茶和烟意为"请你"赎佛，请外寨之人参加，茶两包（最多五两一包），一包给被请之人，一包给缅寺，凡被请的人，不管有什么事缠身，爹妈不能去，儿子也须去参加。婚丧，一包茶两根蜡条，意即主人已把自己当成最亲的亲人或朋友，也必须去。布朗族人的葬礼，不仅以茶为"请柬"，入殓的时候，死者的亲属还要将茶叶，以及蜡条、饭团和芭蕉捆在一起，并用白线将其捆扎在死者的手上，让死者带走……

在抱经塔缅寺通往勐昂的路上，就可看见缅甸，群山起伏处，云海苍苍。布朗山的南面和西面均与缅甸接壤，国境线 70.1 公里。中国的云朵飘过去，一分钟就到了。那异国的云雾深处，西滴天岩坎谈，以前曾经路过。

九

在任何一个人自由的内心王国中，都有一笔秘而不宣的财富。可我始终没有想明白，2001 年 9 月 4 日，宋晓安病逝前，留给女儿玉温丙的最后一句话，竟然是："做什么事都可以，就是不能做茶。"这只能说明，这个 1959 年上布朗山收茶、几十年没下过山的老茶人，他的内心，真的被普洱茶掏空了，什么财富也没有留下。也许，唯一的安慰只是在他死后，他的一儿一女，把他的尸体火化在了布朗族妻子的火化处。七年前，我采访他的时候，他就曾无数次地告诉我："死去的妻子变成火焰了，她一再地来喊我。"现在，他如愿了。稍有不同的是，他那没有彻底烧成灰的骨头，儿女们把它们集中在了一起，器具是他生前装酒的大玻璃瓶。

2007 年 6 月 13 日下午，坐在我面前的玉温丙，已是满脸的风霜。她告诉我，布朗人死了，火化之处，是死者自己找的。抬棺上山，抬棺人的任务只是在坟山上转来转去，棺落地，无异样，证明死者满意，如果木杠或绳子断了，就必须按死者的意志重新选地。"我父亲的棺木，直接就抬到母亲火化处，毫无异样。"玉温丙说，"这说明父亲喜欢与母亲在一起。"

2000 年 9 月，勐海县一纸公文，辞退所有代课老师，玉温丙因此从老曼娥回到了勐昂，守在父亲身边。那时候，他们住在勐海茶厂的布朗山茶叶收购站里。为了生计，她开过小卖部，到餐馆做过小工，可都仅仅够糊口。但开小卖部的时候，她得以结识采自普洱景东县的种茶青年刘汉斌，并在父亲死后六个月，与刘汉斌结了婚，当时她二十二岁。毫无疑问，这场婚姻，为玉温丙这位无家可归的茶人女儿，重新找到了立锥之地。2004 年 4 月，因为在勐昂真的已经陷入困境，夫妇俩带着一岁多的孩子岩地温，回刘汉斌的景东老家种地去了。

勐昂或者景东，对于他们来说，显然都不是天堂，但两者比较，似乎勐昂更值得期待。所以，2005 年 12 月 3 日，他们又重返布朗山，花了仅有的两千五百元钱，从一赵姓人家手上买下了目前居住的这间小屋。夫妇俩上山割松香，三块多钱一斤，一年能割三吨左右。除了割松香，刘汉斌还帮人杀猪、卸货。杀一头猪三十元，玉温丙说："要是天天都有猪杀，那就好了。"按他们的安排，我见到玉温丙的那天次日，刘汉斌就要跟一个叫"老江西"的人去景东贩猪到勐昂来卖，可"老江西"临时决定，要从勐海拉盐巴上布朗山来，时间推后了。在屋檐水像山泉一样往下流淌的气氛中，刘汉斌递给我一支红河烟，说："你的《普洱茶记》，写我岳父宋晓安那一节，我读一次，哭一次。"他哭，为一个老人的命运。这命运，意味着以一生为代价，也没看到普洱茶出头的一天，有起色了，人却走了。除了那些祖祖辈辈陪着茶树一起成长一起变老的茶农外，我真的很难再找到第二个宋晓安。一个汉人，被茶厂所派，一脚踏上布朗山，便是一辈子的光阴耗尽。

　　玉温丙自从离开老曼娥便再也没有回去过。茶叶涨价了，那儿的人都富裕起来了。玉温丙说："他们经常都来约我，我不想去，自己太穷了。"现在，玉温丙在乡卫生院做清洁工，每月六百元。在家里，她养了很多鸡，我们闲谈的时候，这些鸡经常跑进家来，身子一抖，雨水溅得到处都是。

铁　匠

　　红色的张铁匠，迎亲的那天，遇上了一支白色的送葬队伍。一条狭路，两边是水田，绿色的稻子正在怀胎，蜻蜓像飞着的花朵，蚱蜢像灵魂的尘埃。一边是花轿，一边是棺木，不是谁不给谁让路，的确是在红与白之间，谁也找不出一截宽余的角落，让红过去，或让白过去。然而，两支队伍，所有的人，都清楚，对峙的时间越久，白的悲哀将升级，红的喜悦将转变为血的凝固。最后，是红为白让路，鲜活的生灵主动向后退，沉默的死者唱着哀歌朝前走。一种现象上的哗变，在夏天美得让人心碎的田野上，一支送葬的队伍，紧跟着张铁匠迎亲的人群。在送葬的队伍中，一个年老的鳏夫在事后回忆，他说，那时候他听见两边水田中，怀胎的稻子纷纷炸裂，他预感到，一个风调雨顺而又颗粒无收的年头来临了。在红的队伍中，那个丰硕的中年媒婆，她看见的是蛇和田鼠，密集地布满了水田中所有的空隙。无边的田野啊，谁能把死亡重新抬回家？无边的田野啊，你让崭新的婚姻往回走，后面跟着送葬的队伍。让开白，红又才踏着满地的纸钱行进在那条狭路上，花轿中的新娘在恐惧中睡着了，提前来临的月经渗出轿底，像红色的蜻蜓，在田野上飞翔。只有高大健壮的张铁匠，心中的蛤蟆很快地停止了邪恶的歌吟，爬走了。两个唢呐手，鼓着腮帮，又把欢快的曲子吹得惊天动地，昆虫乱飞。新娘进家门，天已黑定，摆开的酒宴正在回锅，饥饿的亲戚和乡邻在院子里，全都心绪不宁，但谁也说不清楚，这迟来的夏夜，有什么东西，已经混入迎亲的队伍，进了张铁匠的家。月经弥漫的新娘，在闹房之后，被张铁匠打铁的双手抱进了一个动荡而又陡峭的世界，神示的诗篇，到处都涂上了血污。当她从中弯腰站起，那个颗粒无收的年月，已经到处堆满了空腹的稻草，她来时经过的田野，是那样的宽大、平坦，像张铁匠无声无息的打铁铺。整整一个冬天，张铁匠几乎都没有生火打铁。村里的一个小贩，遭人枪杀，头被割走了，入柩那天，小贩的家人为了给死者一具全尸，请张铁匠打了个铁头颅；一个异乡的布客，马累死了，又想把马埋葬在故乡，就卖了马肉，请张铁匠打了一匹小铁马，然后请巫师把马魂放入小铁马，带了回去。张铁匠在整整的一个冬天，就接了这两桩活计。这个浑身力气的年轻人，就把所有的时间花在了妻子身上。那是个风雪狂舞的冬天，张铁匠的情欲像巨大的雪花一样，不间断地涌向那一片似是而非的沃土，他不管身下的大地是否与他一块儿飞旋。骨子里的疯狂还使他忘记了打铁的要诀，烧红的铁需要淬火，才能更加坚硬。他在这一轮轮充盈着异美的杀伐与耕作中，听从了肉体的驱使，忘掉了灵魂的叮咛。可是，尽管他的精液像水一样流淌，他的妻子仍然像铁巴一样冰冷，那炽热的火苗一样伤人的却又像酒一样醉人的精液，流进去，全都熄灭了。春风吹来的时候，张铁匠的母亲满怀疑惑地问老伴：劳作了半年，怎么连一颗豆荚都还不见饱满？张铁匠的父亲说，我怎么知道！谁也没有想到，这才是疑惑的开始，十年后，张铁匠的精液变成了眼泪，妻子的沃土上依然颗粒无收。而铁匠铺却愈发地兴旺了，活计一桩接着一桩。但为了安慰年迈的父母，张铁匠给两位老人分别用铁巴打制了两个小铁人。两个小铁人，在两位老人慈爱的手中，很快地就被抚摸得闪闪发光。父母相继去世，张铁匠分别把小铁人装入了他们的棺木。后来，又过了许多年，技艺已经炉火纯青的张铁匠，在打一把犁铧的时候，钳子没夹稳，一锤打偏，犁铧像鹰的翅膀，飞进了他的胸膛。把张铁匠沿着水田中的那条狭路送上山之后，张铁匠的妻子，一块不会产崽的铁巴，在收拾变卖铁匠铺的时候，在一个大铁箱里，发现了铁打的自己，腹大如鼓。

酒 宴 记

在酒桌上，最烦有三：其一，被领导或朋友硬弄了去坐着，借以对应不知从哪儿冒出来的诗人，像桌面上的一盘菜，任何一双筷子都会来夹，每一张嘴都会来嚼，落得个尸骨无存；其二，山寨版的杜甫来敬酒，开口便"李白斗酒诗百篇"，逼着你喝，还要你在众牛鬼蛇神面前即席赋诗一首；其三，有一种人，与你只是泛泛之交，或者你并不认可这种人的品行，一直敬而远之，但他们不管在什么酒宴上，都说是你的兄弟。别人不信，他就一个电话打过来，大着舌头，用好友才用的口吻，边骂你边与你说些神三鬼四的事情。别人还不信，他就把电话交出去，于是你的耳边就传来陌生人的声音。而且，这种人，他会隔三岔五地给你打电话，约你喝酒，甚至没下班就窜到办公室来，缠着你，说某某某某今晚一定要请你喝上几杯以表多少年多少年的敬意。如果你信以为真，或被缠得烦死了，刚好晚上又没事，硬着头皮去了，也果然有一大堆飞禽走兽候着，胡乱地就开喝。喝着喝着，桌子边的人，或醉得不省人事，或溜得踪影全无，你只好悻悻起身去付款，准备回家。更要命的是，这时候你的电话响了，是一个也喝得差不多的人打来的，问你是不是某某，得到确认后，便说是你三十年没见的老同学，然后，一定要让你猜出他是谁。你说都三十年了，怎么猜。他便说："连我的声音你都听不出来了？"要你再猜，猜不出来就不行……

去年七月中旬一个星期天的早上，吃完早点，我在书房翻《阅微草堂笔记》，读到第二卷中的某则，叙事之功令人震撼，正思忖着要不要用毛笔抄下来，手机响了："你是不是雷平阳？"口气粗鲁、霸道又稍有一些慌张。我说是，对方就大笑了起来，要我猜他是谁。又是这把戏，我早就猜烦了，但还是补了一句："告诉我你是谁，不说我就挂了。"对方赶紧说："别挂别挂，我是薛昆生啊，薛昆生，你不记得啦？战河工地的薛昆生，别挂啊，我好不容易才找到你的电话呀。"噢，是薛昆生，我怎么可能不记得呢？1991年，我从老家昭通调到昆明的一家建筑集团公司工作，先是在一家子公司当宣传干事，两年后又调到集团的企业报社当记者、编辑，薛昆生就是我采访的第一批基层建筑工人之一。那时的建筑企业不但不景气，而且大多数都是在垂死的边沿挣扎，国家投资力度小，行业壁垒森严，内部竞争无序，民间投资尚未形成规模，多种原因导致建筑市场僧多粥少，处处游荡着恶性竞争、等米下锅和茫然观望的幽灵。就拿我所在的企业集团来说，作为云南最大的建筑企业，职工几万人，几十家子公司，一年下来，总经营额和生产总值也就在五亿元人民币左右，刨掉税收、管理费、经营费、材料费、机械设备购置费和人工费等等，所谓利润，比零还少，少得多了。子公司中，经营好一些、底子厚一些的个别公司或工程处，职工工资基本能够保障，大多数公司就能拖则拖或捉襟见肘地发一点生活费。在这种危局与困境中，许多公司推出了"立足昆明，拓展专州市场"的谋生之策，于是，大量的建筑工人开始了自己一生之中最彻底的漂泊生活。哪儿有工地，不管是密林中和峡谷里，还是小镇上和荒野深处，单位领导说一声，抬起一个装日常用品的木箱子，跳上大卡车，便像射出去的子弹，自己也不知道自己会落在哪里。因此，那些年，我所在的企业集团所属的施工队伍，几乎遍布了云南高原的每一个角落。工人们一如撒向野地的豆子，有的落地生根，有的被风吹得晕头转向，四海为家又处处不是家。他们中间的很多人，也许刚刚在西双版纳的热带雨林中修完电站，还来不及抽空去旅游景点走走，大卡车就开到了工棚前面，跳上去，几天几夜的颠簸，下了车，香格里拉的雪山就横在了眼前，在雪花和刺骨的风中站着。有人用手指着一片洼地，告诉他们："这儿要修一座水库。"也有这种情况，一支施工队，来到了"三线建设"时兴建在深山里的军工厂，在军工厂的边上建起临时生活区，因为厂里大大小小的工程如前列腺患者的尿液，抖半天才有一滴，但又一直不断绝，工人们只能长期驻扎下来，有时候他们像乞丐一样，躺在高端住宅区的大门外。住久了，施工队又没有移动的迹象，一些青工憋不住了，又没脸面去找军工厂的女工和职工的女儿谈恋爱、结婚，就到附近的村寨里去找。虽然是建筑工人，却是"国家的人"，村寨里的漂亮姑娘就一个个被带到了工棚里，谈上一阵。到了五一节，公司工会的干部就会千里迢迢地跑来，带着写好的布标、相机和糖果之类，在工地现场，燃起几堆篝火，搞一场集体婚礼。从此，男的上工地，女的则到食堂和预件厂打杂，一年之后，一个接一个的孩子就在工棚里诞生了。再过几年，如果军工厂在红河州，孩子们讲一口红河话；如果在曲靖，孩子们则讲曲靖话。当然，也有讲昭通话、临沧话、大理话、楚雄话和文山话的，总之，讲任何云南方言的都有，有的还讲傣语、哈尼语、纳西语等少数民族语言。不过，也许大家的根刚刚扎稳，孩子们确信自己就是红河人或某地人的时候，军工厂改制了，有的改制之后就气息急促了，甚至关门大吉了。相反，昆明则吹响了造城运动的过山号、巴乌、口琴、喇叭和笛子等一切可做号角的扬声器，公司喊一声，云南的山山水水间，就迅速冒出千千万万顶黄色的安全帽，车辚辚，马萧萧，以最快的速度聚集到了昆明城下。

我认识薛昆生，是在丽江宁蒗县战河纸厂的工地上。对众多的基层管理人员和建筑工人来说，坚壁清野有如过炼狱；于我而言，那却是我一生中最实在也最自在的时光。以《建筑报》记者的身份，坐客车或坐公司运送材料的卡车，我到过了云南各地数不清的建筑工地，当然也借机在精神的层面上，为自己找到了写作现场上的辽阔疆土。宁蒗县战

136

河纸厂所在的战河乡，是小凉山的腹地，诗人鲁诺迪基写的"小凉山很小/只有我的眼睛那么大/我闭上眼/它就天黑了"，大抵写的就是那一带。在幻觉经济和错觉决策的支配下，人们以为那儿的林木资源足以支撑起一个庞大的造纸厂，于是，今天早已破产倒闭的战河纸浆厂于二十世纪九十年代初轰轰烈烈地上马了，薛昆生所在的公司承接了这个项目的土建工程，薛昆生是工地上的混凝土工，他因此来到了战河。中国有一个现象，凡任何工程项目，论证、立项、审批，流程可以拖三年五年甚至十年，谁都不急，但只要领导一剪彩，埋下奠基石，军乐队还没解散，鞭炮的硝烟还在呛鼻子，建设工期立马就由一个个催命鬼所掌管。二年才能竣工的，一定只给你半年时间，往往还要在合同上写清楚了，往后拖一天就罚款多少。本来就无事可做的施工企业，除了果断地答应，没有其他路可走。你只要稍稍露出犹豫状，甲方就说，等着的饿虎、饿狮、饿狼成群结队呢。可既然答应了，那就干吧，怎么干呢？只要不是病残、孕妇和只会动口不会动手的政工干部，其他员工全部拉到工地上来，一天二十四小时，每个班八小时，三班倒。当时的薛昆生，四十来岁吧，正是壮劳力，技术又好，想躲也躲不掉，何况他不想躲，儿子正在上学呢，躲开就没工资拿了，孩子的学费和生活费就会成问题。但他还是没有做好心理准备，在战河这地方，冬天干活，还真不是他这昆明人能轻松对付的。昆明的气候怎么样大家都知道，小凉山、战河，冬天一来，冷空气、雪片、冰冻就争先恐后都来了，而且来了就往衣服、被褥、皮肉和骨头里面钻，钻进来就不走。这还是其次了，混凝土工人都知道，人是可以抵御寒冷的，刚刚浇筑的混凝土却不能，在寒流和冰雪的面前，刚浇的混凝土连豆腐都不如，冰冻一旦染过，承重和坚固之说就形同泡影。

　　搭乘丽江开往宁蒗的客车，我是在一个雪片飞舞的黄昏爬上小凉山来的。为了防滑，司机给客车的四个轮子都上了防滑链条，但还是行驶得十分缓慢，仿佛是在垂怜我，赐我恩膏。同车的旅伴几乎都把手塞缩在袖管中，头缩在衣领里打盹，我则不停地拭擦窗玻璃上的水蒸气，只想多看几眼穿着巨大的白色袍子的小凉山。到战河，天已黑了，饥寒交迫，我在街边小店买了一袋饼干、一瓶酒，边吃边喝，顶着雪花走向纸浆厂工地。身边不时有拉公分石、水泥和钢筋的手扶拖拉机和卡车来往，想搭一程，还是放弃了这想法。遇上过一群工地上打工下来的彝族青年，有的对着天上的雪花唱山鹰组合的流行歌，多数则拖着疲乏的身子默默走路，有人用肘子捅了捅旁边的那个："明天还来不来？这种活计要整死人。"被捅的人不搭话，继续走路。我侧着身子站在路边，给他们让路，他们走得看不见了，我才又往冻得越发哆嗦的身体里灌下一口酒，继续朝工地走去。工地上的生活区静悄悄的，一个人影都看不见，可以推测，撤下来的两班人马正在工棚里蒙头大睡，我想找人，就得去现场上，那儿的碘钨灯明晃晃的，冲天而起的光焰里，有雪片在飞，也有搭设脚手架和钢模发出的撞击声及震动棒呜呜呜的震颤。借着雪光与碘钨灯的余光，我高一脚低一脚地摸到了工地现场，途中还差点掉进了一个不知挖来干什么的深坑。工地上碰到的第一个人就是薛昆生，他穿着一件人造革的大围腰，正在双手掌着震动棒，呜呜呜地浇基础，有十多个人协助他，忙忙碌碌地从搅拌机那儿，用塑胶桶担拌好的混凝土。我扯着嗓子问他："师傅，我想找这儿的负责人，工长也行，他们在哪儿？"他头也不抬："都死掉了！"我想我遇上了不好对付的角，但还是继续大声地问："我是《建筑报》的记者，你能不能告诉我？"他把震动棒从已经浇好的混凝土中抽出来，又狠狠地插进新挑来的混凝土中，向我斜瞟了一眼："我管你是谁，有种你就放下酒瓶，来帮老子抱柴火，这刚浇的基础如果不用火来升温，老子干死了也是白干！"听这家伙的吩咐，我把背包和酒瓶往雪地上一放，就开始从不远处的土丘上往基坑搬柴火。他见我如此，有些吃惊，但并无什么表示，只是腾出一只手，指着一个挑混凝土的妇女说："你，也跟着去抱柴火吧！"如此干了一个小时左右，柴火堆得比人还高，薛昆生也关掉了震

138

动棒，对大伙说："你们休息去吧。"大伙也就散了，剩下我和他。他仍然不理会我，一脸的水泥浆，看不出任何表情，自顾自地将柴火往浇出的基础旁边分成若干堆，点上了火，才以不屑而又好奇的口气问我："你真是《建筑报》的记者?"

子夜，夜班的人来接班了，薛昆生和我从火堆旁站起，抖掉一身的雪花。我带来的那酒，已被我们轮流着一口一口地喝光了，他脸上的水泥浆干涸后一颗颗摘掉，露出的一张大脸微微泛红。与接班的人交代完工作，他从地上抓起我的背包："走，跟我走，那些领导，你明天再去找他们!"薛昆生没带我去工棚找张床睡觉，把我的背包往工棚里一扔，从门边拖出一张破单车，载着我就往战河街上奔去。有几次，打滑和遇上深坑，我差点被抖掉到路上。到街口了，他才说话："老子看你爱喝酒，今晚就让你喝个分不清五阴六阳，见到日头喊月亮!"车骑到街的中段，靠边停下，薛昆生抬起翻毛皮鞋就踢一家羊肉馆的门："睡死了?快起来，快一点!"子夜的战河，雪花还在无声地落着，地上的雪越积越厚，所有人都睡沉了，薛昆生的大嗓门，像传说中的土匪下山来敲竹杠。他与羊肉馆的老板是哥们儿了，那人开门："老薛，才下班? 快点进来，快点，哈哈，老薛啊老薛，怎么皮围腰都还吊在脖子上就跑来了，哈哈……"我与他在火炉边坐定，很快，老板就端上来了一大锅带皮的清汤羊肉，酒是用土罐子装的，出自本地。老实说，从丽江跑过来，又被这家伙弄了去当义工，除了那点饼干和酒外，一整天我没再吃过其他东西，早就饿得魂不附体了。望着一锅羊肉，累啊，瞌睡啊，全没了，只有口腔里迅速渗得满当当的口水。

那是两个陌生人之间通宵达旦的对饮。开始的时候，不像在羊肉馆里，倒像是在雪地上，彼此都是孤独的。无非两匹饿昏了的狼，在和平的气氛中同吃一只羊，一匹从羊头的方向开吃，另一匹从羊尾动口。酒是倒上了的，大口大口的羊肉嚼着，谁抬手示意一下，双方就把酒倒进嘴里，合着羊肉一起咽下。直到一锅羊肉全没了，又弄了碗汤喝下，薛昆生一边吩咐老板再切些羊杂来，一边才用泛着血丝的眼睛瞪着我："你是什么人？这是什么地方？你来这儿干什么？"说完便硬生生地干笑了几声。我有一个朋友，在监狱里当狱卒，经常讲监狱里的事给我听，我知道他的这个问话，监狱里的墙上都写着，便反问："你为什么这么问，像个狱警？"他脸上的表情迅速僵硬，同时端起一杯酒来，郑重地说："还是那一句话，管你是什么人，来了这儿，咱们就喝，往死里喝！"我端酒与他碰了一下杯，他不像碰杯，是想把杯子碰碎，酒泼出去了一半。羊杂上来了，我们没像开始时那样只顾着吃肉了，吃一口，就喝一杯酒。喝着喝着，双方都心平气和地彼此打听了一下对方单位的情况，说了些工地上的趣事，酒也就慢慢地喝多了。多到撑不住的时候，我站起身，拉开羊肉馆的门，想出去吐一次，一堵雪就倒进了屋子里。吐完后回来，薛昆生立着脑袋、腰杆笔挺地坐在那儿，眼睛却是空的，好久，两行泪从眼角流了出来，继而，猛地站起身来，把炉子上的羊汤锅端起来，就往我忘了关上的门洞扔了出去，站在那儿号啕大哭。我正手足无措，老板又从被窝里爬起来，把他按了坐下，又示意我坐下，这才去门外的积雪里把锅找回，洗洗，又续上一些羊肉。薛昆生放手一哭，则没停下的意思。他哭什么？他为什么要哭到天亮时就戛然而止？那一夜，羊肉馆的老板继续陪我喝酒时，跟我说，薛昆生的父亲曾是个教授，坐过牢，疯了一阵子，后来到建筑工地上当混凝土工，不知道怎么回事，一次夜间施工，整个人被莫名其妙地浇筑到一栋机关办公楼的基础里去了。对此，我半信半疑。一直想严肃地问问薛昆生，可那一夜之后，我再也没有遇到过他。几年后，我离开了建筑集团，想起过他，但以为这一辈子不可能碰上了。

这一次，薛昆生找我，也不是什么大事。他在电话里说，他的儿子大学毕业了，学的是金融，没银行接收，闲着，又不想当建筑工人，希望我帮帮他，如果我不帮他，就没人帮他了。我什么也没想，就应承了下来。那时，我的一个铁哥们儿正巧是一家股份制银行的分行行长，挂了薛昆生电话，我就给哥们儿打电话，哥们儿讲义气，让我通知薛昆生的儿子第二天就去上班。两分钟后，我挂电话给薛昆生，电话里，他一个劲儿说谢谢，声音有点哽咽，甚至感到窸窸窣窣的声音，是他用衣袖擦眼泪。之后，听我的哥们儿说，薛昆生的儿子第二天早上七点钟就去到了银行，坐在石狮子背后的台阶上等他，而他早上刚好有桩急事，没有在九点钟开门时准时到银行。那孩子见银行开门，就问保安："行长到了吗？我要找行长。"大多数保安都是势利眼，那个也不例外，问孩子："你找行长干什么？"孩子回答："找行长安排工作。"保安便把孩子当神经病赶了出来。孩子不甘心，坐在石阶上继续等，直到他去了，保安又是立正又是敬礼的，孩子便一跃而起，冲到他面前："您是行长吗？……"哥们儿说，工作一个月后，薛昆生的儿子给人的感觉，外表卑微但内心力量无比强大，引导好了是银行业的一个奇才。听了，我也只是笑笑，告诉哥们儿，别指望我会让孩子的父亲给他送礼，请他喝酒。哥们儿笑着说："谁稀罕一个建筑工人送的礼，谁想喝一个建筑工人请的酒！"

几个月时间很快就过去了，昆明去年的冬天很干燥，一阵风过来，拆城造城带来的灰尘就起哄似的弥天漫地，像北京的沙尘暴。如果没什么非办不可的事，我一律不外出，办公室或家里，工作干完，读书、冥想、练书法。偶尔同城或外省来的朋友约了小酌，地点也仅限于办公室和家附近，半径一公里外，毫不犹豫地推辞。但是，还是有那么一天，薛昆生的电话来了，这次他一点也不慌张："今天晚上我请你喝酒，你一定要来，地点是××街××餐厅。我一定让你喝得无比开心！"一字一顿，木板钉钉子，我还来不及推辞，电话已经摁掉了。到了下午五点半，基于经验，我就出门打的了，再晚半个小时，整座城的街边都会站满打车的人，打到了，又会堵得让人突发心脏病。四十分钟左右，出租车来到了薛昆生指定的××街××餐厅门口。这儿是城乡接合部，一个个城中村被拆得像战争遗址，还来不及连根拔除并建起壮丽的摩天大楼。街的两边，没拆的房子，人们照常头顶着一个红油漆刷写的巨大"拆"字，卖T恤的卖T恤，卖鞋的卖鞋，卖百货的卖百货。××餐厅的左边是一个发廊，右边是一个卖泡酒的铺子。发廊没什么生意，几个涂了重口味脂粉的女孩子，坐在破沙发上"斗地主"。泡酒铺跟成人用品店的性质差不多，靠墙的两排铝合金货架上，清一色的五公斤装的玻璃罐子，里面泡着蛇、蜜蜂、枸杞，多数罐子泡狗鞭、蛇鞭、牛鞭等形形色色的鞭。类似的铺子，我的一个朋友曾买过一罐虎鞭酒，如获至宝，当晚小饮三杯，试了试功效，据说是神效，便约一群狐朋狗友去分享了几次，很快地就喝光了。朋友的老婆尝到甜头，主动开车跑进深山，弄回五公斤上等老白干，接着泡。泡了一段时间发现白酒仍然是白酒，不像其他泡酒，一泡就变色，朋友试了一杯，也发现酒倒是酒，不是泡酒，便以为那虎鞭的劲道已被泡光了，让老婆扔掉算了。老婆不舍，做晚饭的时候，把那鞭取出来，准备切成节，炖给我那朋友吃。一刀下去，绵绵的，切不断。用劲，再一刀下去，还是绵绵的，根本斩不断。抓起来凑到灯下一看，才发现是塑料做的鞭。

进了××餐厅，一个头发雪白、身穿工作服的人就冲了上来，热情地抓住我的双手，使劲地摇："二十年啦，二十年啦，你还没有变，我一眼就认出你来了。"这人就是薛昆生，不仅头发白尽，还一脸陈忠实那样的皱纹，他拉着我就往餐厅的里间走。餐厅铺的是瓷砖，像上了一道油，同时又黏糊糊的，脚一上去就打滑，往上一提鞋子还嚓嚓嚓地响。我们互相搀扶着进到一个包间，桌子周围已坐满了十来个面熟的人，见我进来，一一站了起来。薛昆生一定要我坐主座，大家穿的都是我熟悉的建筑集团的工作服，随口就说了一句："各位师傅都是建筑集团的吧，我怎么感觉每个都见过似的！"大伙就笑笑，但不答话。薛昆生适时地对着包间门，一声大喊："老板，给老子上菜、上酒了！"借服务员上菜的空闲，我问了薛昆生退休了没有，他说退了早就退了。再问他儿子在银行工作的情况，他又把手伸过来，左手压住我的右手，右

142

手不停地拍打我的左手，一动容，几滴泪水就出来了："你是我的恩人啊，恩人啊!"菜上了满满一桌，汽锅鸡、清汤鱼、蒸肘子、千张肉、红烧牛尾、爆炒腰花、宜良烤鸭、宣威火腿、丽江腊排、版纳炸竹虫……一个蔬菜都没有。酒是"满堂红"，不知产自何方，服务员哐地放下一件，转身欲走，薛昆生喊："站到，给老子把酒杯全换成钢化杯，咱们今晚与雷兄弟不醉不散!"杯子变成钢化杯，都倒满了，薛昆生才目光朝在座的人扫了一圈，对我说："雷兄弟，咱们明人不做暗事，你再看看这党老哥们儿你敢说你不认识?"说实话，不是不认识，二十年前，这些人我肯定都见过，但要我现在叫出他们的名字，是为难我了。我只好双手合十，对各位师傅说："都见过，都见过，只是记不得名字了，抱歉啊!"薛昆生也就不再难为我，逐一介绍，每介绍一个我都恍然大悟，不停地拍自己的脑袋。在座的人，我岂止见过，而且都采访过，写过他们的喜怒哀乐。于是，我站了起来，向他们深深地鞠了一躬，征得薛昆生同意，第一杯酒，从我开始，敬在座的每个人。酒是明明白白的酒精勾兑，香味可疑，我却喝得一点也不像是在喝劣质酒，心里顿时生出的悲恸、疼痛、虚无，或许也只有这种酒才能压住。在座的这些人，二十年时间，身体都变形了，都像雕塑师手下的塑像，神依稀还在，形却被一再地修改过了，而且是往绝路上改，往死里改。他们中间的大多数人，都是我在偏远工地上采访的，有的一生修建房子，自己却没在房子里住过一夜，住的都是工棚;有的身无长物，连年跟着工地漂，一个大木箱子里，装着的全是组织上发给的各种奖状、奖品，但心满意足;有的一生都在幻想，希望生活能够安顿下来，以便找个老婆过日子，却一生光棍……

在任何场合，他们只有一个人，你觉得他们是一群人，他们是一群人，你又觉得他们只是一个人。这也许就是我们所说的集体主义的命运吧，这种命运，它是隐形的、卑贱的，但又经常会在我们漠然无视的地方，弄出令人恐慌和敌视的巨大动静，就像说有便有、说无就无的鬼妖世界，很少有人将它不往心里去。就像这酒桌上，你来我往，喝得不辨东西，我以为垂垂老矣的那一位，喝到忘情处，工作服和毛衣脱了往旁边一丢，穿件老头衫，哈哈，一钢化杯酒端着就过来了："雷兄弟，记不记得当年我们是怎么喝的？我喝得上不了工地，你喝得倒在地上就睡着了，哈哈，老夫今天再陪你喝一杯！"话一完，酒就没了，又问我："要不要干三杯？"豪气干云，身上如有千军万马，我只能且战且退。可退到立锥之地都没有的地方，还有薛昆生持杯等着，笑眯眯的："雷老弟，三杯，我俩今晚一定要喝三杯。第一杯纪念战河；第二杯我谢你拔刀相助，没你帮忙，我这个混凝土工人叫哪样天哪样地，叫什么都不应；第三杯，我代我儿子敬你！"我说："行，但你得告诉我，你是怎么把这群老师傅聚到一块儿的？"如此一说，没想却把我生生救了下来。薛昆生一听，酒杯放到了桌子上，得意扬扬地张开双臂，扶住我和另一位师傅的肩膀，大着舌头侔问大家："哈哈，说啊，你们说说，我是怎么把大家聚到一起的？"大家都红着脸，不说，见有人想说了，他才说："那还不简单，小老弟，你出手帮我后，我就想，我该怎么谢你。想来想去，没有好的法子，真的没有啊，这么大的情，我该怎么还？"边说就边哭了，接着又说，"可我又突然想到你写过很多建筑工人，就跑到公司党群部，借了以前《建筑报》的合订本，你写过的人，我先记住名字和所在公司，然后，骑着自行车，一家公司接一家公司地去找退管科，几个月下来，果然就找来了这些穷弟兄，哈哈哈……"

酒宴散了，夜也深了，剩下我和薛昆生搀扶着从餐厅走出来。说实话，酒喝得不少，但我没醉，倒是他在餐厅门口就开始狂吐。吐出来的东西一大堆，气味肯定不好闻，还没关门的发廊妹冲出来，骂了些什么记不住了，只记得软兮兮的薛昆生突然想起什么似的，手上有劲了，抓住我就往发廊里面送："小小小，老老，弟弟弟弟弟，差差差差，点点点，忘忘忘，忘屎屎了，还还，有有有，一一一，件件，事，没没，没办！"照我的理解，他要找个发廊里的女子给我才算圆满，他或许没做

144

过这种事，但在施工企业谋生，见过的多了。我没依他，不是装，一是我不想从今以后他把我也当成某些甲方或领导；二是不想让他再花一分钱；三是今日之聚，其实是他有恩于我。于是，费了好大的劲，将他弄上一辆出租车，把他送到了他所在公司的大门口。想把他直接送到家，他的酒猛然醒了，坚决不让。我不知道，他是否有着一个比工棚好一点的家。

行 路 记

　　我的朋友老朱，领着几个记者，从北京千里迢迢跑到了西双版纳州勐腊县的象明乡。电话里一再叮嘱，不管我在哪一座山头，一定要在第二天赶去与他们会合。更重要的是，他要我务必带上几个不同民族的手工普洱茶人，他们要做深度采访。采访普洱茶的记者，这些年来，我见得多了。他们中间，有的人带着不同的茶文化背景到了云南，不上茶山，不访茶人，找几个似是而非的所谓专家，聊上一通，便坐着飞机走人。写出来的文章，要么缺少常识，要么差之毫厘失之千里。更不堪的是危言耸听，极尽诽谤之能事，把好端端的普洱茶妖魔化了，仿佛环保也成了普洱茶的罪，仿佛生长了几百年上千年的古茶树不施农药就不能称之为茶了。所以，一段时间以来，看见某某递上名片，说是来采访普洱茶的记者，我立马装成白痴，或绕道走开。普洱茶之争，由商品之争上升到了茶文化之争，或说上升到了茶利益之争，陷阱多，言必失，不妨向普洱茶学习，隐身滇土，寂寂无声。

　　老朱喜喝普洱茶，这我是知道的，但为了以防不测，我还是又站在南糯山的山顶上，给他挂了一个电话，要他保证他带来的人，心正，有格，无私。得到老朱肯定的回答之后，我才一一通知了这些年来我走山认识的几位茶人，有傣，有布朗，有哈尼，有基诺，四个民族。据我所知，这四个民族的先祖，加上拉祜和德昂两个民族的先祖，就可以组成普洱茶的基础性始祖群体了。几千年前，他们在澜沧江流域这一人类茶叶的发祥地，以茶为药，以茶为祭品，以茶为饮品和商品，继而把茶叶推向了整个世界。选其中四个民族的后裔接受采访，我想，尽管人微言轻，却也颇具代表性了。

然而，令人匪夷所思的事情还是发生了。第二天早上，当我们开着一辆皮卡车，从南糯山驶向象明乡的途中，这四个人都以不同的借口溜走了。车至橄榄坝，傣族人说，他在这儿有个相好，要送点东西去给她，下车，走人，半小时不来，电话打过去，关机。车至植物园，哈尼人说，他口渴了，想喝水，下车，走人，半小时不回来，电话关机。见此阵势，我扭头望着剩下的布朗人和基诺人，两人都低着头，双手对搓。我说，如果你们两个也不想去象明，现在就下车吧。两人对望了一眼，下车，走人。两人径直走到江边，脱了衣裤，扑通两声，开始游泳。

类似的经历，我以前也曾有过。一伙人相约从曼赛镇去阿卡寨，途中，有人看见路边的橄榄熟了，停下来，吃了一捧，倒在树荫里便沉沉睡去；有人路遇猎山的朋友，朋友开口相约，瞬间便消失在原始森林之中；有人见茶山上采茶的少女，站在高高的茶树上，像只凤凰，猴子一样，很快便蹿到了茶树上……到阿卡寨时，就我一人了。传说中的阿卡寨，清末的时候，曾有茶商埋下大量的金银财宝。我之所以约他们去那儿，目的之一就是想请他们帮助寻找一下那些茶商的后人或茶商的坟冢，为普洱茶衰落于清末再找一些证据。他们的离去，让我有些手足无措，到处都是废墟，满眼都是荒草、藤蔓和杂树，我的田野调查一度陷入困顿。但在我之后写下的文字里，对他们的行为，我发出了由衷的礼赞和钦羡。他们都是自然之子，山是父亲，水是母亲，清风白云是姐妹，石头树木是哥弟，林中的一切，全是他们的七大姑八大姨、表亲堂戚、朋友知交。他们完全有理由，在任何亲戚的面前停顿下来，什么藏宝图、阿卡寨，对他们来说一点也不重要。

最后，我一个人去了象明。奇怪的是，老朱和他的朋友们，连个人影也没有。小旅店的主人是我的朋友，年轻时读贝叶经，种稻子，采茶叶，四十岁做了爷爷，五十岁开了这个旅店，每天坐在门前的竹椅子上，什么话都懒得说，什么事都懒得做，什么人都懒得见。有人住店，头一偏，自有儿媳妇张罗。我问他，北京来的那伙人呢？他说，不知道。

　　到了晚上，老朱才回来。他们碰上了一个彝族婚宴，被拉入席，一一喝高。说起采访的事和那四个茶人，他的长笑声不像普通话的音韵，有些浪，弥漫着山野气和酒气，笑毕，倒头便睡。而我则坐在床头，一边用手在空中拍蚊子，一边分析了一下四个茶人应承了我又中途溜掉的原因：一、害怕记者；二、怕自己说不好，或怕自己的意思被记者曲解，不想留骂名；三、根本就不关心宣传，更不想宣传自己；四、不想来象明，更不想跑到象明来见记者；五、与其见记者，不如见相好、喝水和游泳。五个原因，第二天早上，我说给老朱听，老朱也觉得应该是第五个的斤两最重。

杀 蟒 记

去莽枝山的人，大多数都会先把皮卡车或越野车开上一座无名草山。或在草坡上飙车，或把车停下来，坐在山顶仅有的一棵无花果树下，静静地坐着。那儿是众山的一个瞭望塔，眼睛平视或者向下，就能看见莽莽苍苍的基诺山、弯弯曲曲的小黑江和西双版纳广袤的热带雨林。孔明山和基诺山隔江对峙，一座是父亲山，一座是母亲山。我研究了一下基诺族人魂路图上的地址及走向，基诺山的杰卓老寨一带，自古以来便是基诺人繁衍生息的地方，也是他们"人鬼分家"的地方，而孔明山则是他们创世古歌中所说的"司杰卓密"，即人死之后灵魂狂欢的天堂。一眼，就能看见人间和天堂，这座草山因此也被当地的男女青年称为"爱情山"，无花果树的每一寸皮肤，几乎都被刻上了形形色色的爱的誓言。

草山和莽枝山的接合部，呈马鞍形，一条荒街，上百棵"独木成林"的大青树，两排石棉瓦房子。每次，我都会在那儿稍事停顿，买方便面、矿泉水和酒。有时，人体燥热得要爆炸，也会站在小卖部的柜台前，一口气喝掉两听冰镇红牛。街上没什么人，偶见几个小孩，都像是泥巴捏的。这个名叫"牛滚塘"的地方并不是他们的故乡，因为政府推行"易地扶贫"政策，他们跟着父母来到滇东北的高寒山区。一个寨子接一个寨子地大搬迁，有人落地生根，有人到此一游，水土不服，又举家回去了。在那条缥缈的返乡路上，据说，有的人因为无钱买车票，只好步行，山一程，水一程，沿路乞讨。

荒街的脚下，有一水池，叫"洗布塘"。清咸丰之前，由于普洱茶"京师尤重之"，这天边的山国曾建起了一座以茶叶种植和加工为核心的莽枝大寨。寨子的周边有庙宇、赛马场、射箭场、赌场，洗布塘则是染坊的配套工程之一。由于瘟疫和战乱，有数千居民的莽枝山大寨早已沉沦于地底，上面长满了密不透风的原始森林。我在大寨的原址上走了两次，庙宇的神位，立着一抱粗的香樟树，依稀能辨的灶台、卧室、街道，也立着一抱粗的香樟树。

很多人都告诉我，这一带大蟒出没。一个被黑熊抓走了一只眼睛的中年人，手指洗布塘告诉我，那儿就有一条，眼睛像摩托车的倒视镜，身上状如牡丹花的花纹，一朵连着一朵，每朵都有碗口大。更为确切的是，我曾邂逅莽枝山的一位神枪手，照他的说法，有一次，他背了十多斤盐巴，提着猎枪，准备将这条大蟒杀了，腌制成"蛇干巴"。可当他靠近大蟒，端枪瞄准的时候，晴朗朗的天空突然狂风暴雨，电闪雷鸣，他被吓得魂飞魄散，只好弃枪逃亡，并从此戒掉了射杀。

杀蟒的事，间或还发生着，只是整座莽枝山的人绝口不提。有一次，过了牛滚塘，爬上银洞梁子，在一户茶农家歇脚，我看见他家的火塘上面吊着一个巴掌大的黑乎乎、油腻腻的东西，没问，主人便神秘地告知，是蛇胆。这么大的蛇胆，蛇该有多大？又告知，百余公斤。再问，口就上了封条。好奇心的驱使下，我迅速出门，发动皮卡车，直奔牛滚塘。酒五斤，鸡两只，烟一条，还顺手买了些佐酒的零食，半小时后，我又回到了茶农家。女主人手脚很麻利，半个小时左右，鸡就上了餐桌，我与那位仁兄，一人一只大碗，清汪汪的酒，彼此都嚷着不醉不散。我想，就豁出去吧，只要能坚持到他开口说话，醉一场，醉在莽枝山，也没什么了。事实上，我的心思纯属多余，才几碗酒下肚，他便开口了，并坚持要在次日领我去看洗布塘的那条大蟒。

在国家禁捕大蟒的法令下来之前，莽枝山人一直都在以禁忌和捕杀

150

为两端的钢丝上行走着。一方面，他们相信杀蟒就会冒犯神灵；另一方面，见了大蟒，他们又杀而食之。以他们的经验，蟒极温顺，只要在其颈上套一根葛根藤，手一拉，它就会乖乖地跟着人走，走到开阔地，系之于树，一阵乱棒，便将其置于死地。我问过很多人，为什么蟒会顺从于葛根藤，回答是相同的，葛根藤是蟒的祖先。

在中年以上的人的记忆中，莽枝山人杀蟒，场面最为浩大的一次发生在二十世纪六十年代。有一天，某户人家的一头黄牛疯了，全村的人都跟着去围捕，奇怪的是，这头疯牛跑去跑来无数回合之后，都只跑向村子旁的一个山洞，围过去，它又窜开。最后一个回合，当疯牛站在洞口，折腾累了的人们只好找来猎枪，将其射杀。人们前去取牛，响起的是一声又一声的尖叫，因为洞口高昂着"王"字无比清晰的三条大蟒的头！葛根藤引之，三条大蟒，一天之内，一一被捕杀。茶农的记忆惊人，他说，一条八十六公斤，一条六十四公斤，一条四十三公斤。那是饥荒的年代。那天，莽枝山人摆开了几口大锅，白汤鼎沸，人人都吃得"腰杆比屁股还粗"。一天没吃完，次日又吃，吃了三天。茶农说："怎么吃得完啊，单是蟒蛋，就有一大盆！"不过，茶农话锋一转，因为杀蟒，那一年，莽枝山九百多头牛，全部死光；一千六百多头猪，除了母猪，也一一死光。冒犯了神灵的莽枝人，只好杀鸡到山洞去祭祀……

我没有跟着茶农去看大蟒，想象中的大蟒，让我不寒而栗。以他的经验，大蟒总是两条两条地在一起的，一公一母，为何洗布塘的大蟒只有一条，并且多年来也不转移，我觉得是谜。他酒已经过量，大醉了，但也决不说出谜底。

桧溪笔记

一

1993 年的冬天，我曾途经桧溪。坐在我身边的是一个老人，从坐上客车开始，他就不停地给我讲故事。我记住了他脸上的老年斑，像风化石上面的碎片，车一颠簸，就嗖嗖地往下掉。客车在不知名的山脊和金沙江峡谷里行驶，在飞鹰的眼中，就像一只刚会走路的虫子，可在我的眼里，它是在无所寄托的地方，以悬浮的方式，把我和老人往虚空之地运送。

那是我生平第一次进入金沙江峡谷。传说中相对高度达几千米的一座座石山，我只看见了它们贴近车窗的一块块巨石，它们的顶峰和底线究竟在哪里，我没有看见。英年早逝的诗人孙世祥曾在一首名为《残诗》的诗歌中如此吟诵金沙江："从我们年轻时看见大江，它就在金属的槽道里自如地飞翔。"但我也只看见了金沙江弯曲而粗硬的一面，半弧形的滩涂，一个紧挨着一个，旁边的水流，装满了山的影子。

有段路，客车行到了江滩上，与江并行，车窗外传来了涛声，当它们汹涌地敲打着我的耳膜，我才领教到它不为人知的力量。而这短暂的贴向江边的一瞬，也让我在心底感到了恐惧，那些俯冲而来的一道道山梁，以其高度，足以居住山川的神灵；以其肉眼无法概括的阔大，足以

152

收留更多的村庄和羊群，但它们似乎不为一切诱惑所动，全都冲我而来，在我四周形成旋涡。我不得不紧紧地抓住车上冰冷的扶手，双眼紧闭，听旁边的老人这么讲："就是这几座山，上面埋着一条王后的金裤子。"

桧溪就处在如此旅程的中途，如果当时我决定停下，桧溪就是我缓解恐惧的唯一去处。可事实上，我还是坐着客车去了绥江县，并拍下了几张金沙江带着岛屿般的巨石奔跑的图片。在图片背面，我写下了这么一行字："这些桧溪的石头，上面没有体液和肉。"

二

毫无疑问，桧溪不是大地的中心，但它绝对是偏远群山的肺腑之一。与第一次稍有不同的是，当我第二次进入桧溪，我感到我所来的那条路，它不是通向群山之胃的食道，也非通向群山之心的血管动脉，在山川自成体系、生灵各得其所的安详王国中，它是一道被外力剖开的裂缝，是反自然的、强行插入的一根白色的塑料管。与金沙江并行，只是它迷失的开始，只是它交通美学的一次经济学延伸。（我喜欢"交通美学"这一词条，它应该频频出现在乌蒙山各县县志的有关交通的章节中。在险峻的山河之间，修通的道路更像是山河的点缀，它以曲线、倾斜的面、悬空和递进式的、漫长的上升或下落等诸多形式，进一步扩充了道路的幻美成分。）它意味着盐巴、布匹、胶鞋、白酒、香烟、魔芋、花椒、生姜、茶叶、化肥和农药的双向旅行，勾连起滇川两省的五县七乡，为贸易狂欢奠定聚散的基本条件。

一脚踏入桧溪小镇，我更加坚信了道路的迷失性质。作为群山的肺腑，它是热乎的、隐藏的，一条条小巷两旁的房屋全都吸腹而立，以叠加的形式，像古代的那个王后用金裤子护卫贞操一样，死捂着自己的躯体。整个小镇仿佛一张秘密图纸上没法理清的线团，即便在桧溪人自己

153

的眼中，它也应该是一本错综复杂的小族人家的家谱。我没有看见所谓井字形的巷道格局，有的尽是舞台道具般的一个个死角，它们忽然阻塞又会出其不意地忽然相扣。具体到每一户人家，也很难见到正方形和长方形的房屋依傍模式，它们犬牙交错，一家的厨房伸入另一家的后院，另一家的房顶则埋伏在这一家的露台之下。房屋多为两进院或三进院风格，小小的门面，进去后是一间放置农具和杂物的房间，同时有楼梯通向二楼；再进才是正屋，再进则是后院。如果房子是坐南朝北的，正屋的东西两侧就会设卧室；北面刚才说了，是进入正屋的过间和门；南面开进入后院的一门，墙上是一排窗户，吸纳后院的花香，接纳邻家的屋顶，也收纳远处的山峰与河流。也就是说，与云南其他地方的"一颗印"或"走马串角楼"不同，桧溪的房屋，是利用后墙可能留下的空间来与世界接触的。当然我们也可以这么说，在桧溪，房子的正门通向世俗生活，通向亲戚朋友和田地，而后墙这本应严实得像铁板一样的地方，却被预留下足够大的空间，用以和光线、云朵、飞鸟、水声和山风打交道。因此，它是遁世的。

当昆明正以黑铁街灯、重建古代牌坊和恢复古代方城等方式来恢复记忆，减少亡失感的时候，本性使然，环境所致，桧溪仿佛还在旧有秩序和记忆中向下沉落。无可否认，当我陷入冥思，我也能感到正有千千万万辆载满时尚主义物质的大卡车，正从四面八方涌向桧溪，卷起河山之间的满天尘土。但是，好比刚刚修起的房子顶上就会长出青草，刚通车的大道就会被一块巨石打断，桧溪固守自然的力量远远大于改变的力量。

1949 年以前，桧溪是金沙江航运和通省大道的必经之路，黄铜、烟土、山货、药材、盐巴、布匹在此集散，从而滋养出了陈欣翰、杨吉和张伯仁等富可敌国的大商家。他们斥巨资建起了极富西欧风格的大庄园，可这些庄园均被当作异数，或拆，或毁于大火，留下来的一幢被用作桧溪小学的教师宿舍楼，一些教师也宁愿自建房屋而不住其间。走遍桧溪，你也不可能见到一幢新建的房子有半点模仿这些庄园的痕迹。就在那幢桧溪小学教师宿舍的旁边，现年八十一岁、1947年就参加共产党地下游击队的李洪斌的儿子，修建了一栋四层楼的房子，没有了木材、泥巴和瓦，代之的是钢筋、水泥、铝合金和玻璃，可其格局依然是旧的，是记忆中的，是温暖的，有着大山的体温和植物的气味。它坐北向南，从北面的窗口往外看，看见的是山的肌理；从南面的大门往外看，看见的是邻家的屋顶；东开一侧门，出去十几平方米的一块空地，种了亚热带最常见的几种常绿植物。坐在他家的一楼，仿佛坐在一个面向南方的凿成方形的岩洞里，可以体察到地气在升腾，也可以感到山体向下运动迸发出的冲击力。有一种说法，人类的秉性本就是大地的组成部分，人类的灵肉本就是大地的小儿子。

在桧溪的街道上漫游，整个桧溪让你感到，它除了是一个与我们生命息息相关的物资的大仓库，还是一个巨大的餐厅。中午，满街的小吃摊就像哈尼族的长街宴，人们吃着凉粉、炸洋芋条、凉面，孩子在身边窜来窜去，一不小心，就碰翻了大土碗，又麻又辣的汤汁就洒了一地，成了金灿灿的阳光的同伙。但没有人去责怪小孩，相反抬起头来，看见了熟人，就吆喝入座，说些飞短流长的事。到了黄昏，赶街人差不多走光了，小吃摊收了，一户户人家又把饭桌摆到了街上，互相招呼着，喊着，东家的孩子跑到西家桌上夹了块腊肉，西家的又窜到东家桌上用手抓了根笋子……有的年轻的母亲，吃完饭，还会用一个大红塑料盆，充满水，当街一坐，为赤条条的孩子洗澡，洗完后，大山的阴影就移了过来，桧溪开始睡眠。

桧溪是桑葚之都，桑树多为参天的巨树，高出房屋，它满树的紫色的小灯笼直挂到天上。为了寻找桧溪古代御匪的石墙，我差不多跑完了它的每一条窄巷。在一街和二街之间，有一条弯弯曲曲的窄巷，巷子的中段就有一棵几抱粗的桑树，桑葚落满了旁边的房顶，也落满了巷道，巷子里流满了紫色的甜蜜的汁液，我从中穿过，凉鞋的鞋帮和我的脚丫

155

全变成了紫色。

三

山东诗人寒烟说过一句话："诗人，是为世界喊疼的人，他甚至就是那伤口本身。"在桧溪，为世界喊疼的却是一块立于江边的警戒碑，其全文如此："1990 年 3 月 21 日，私人木质机船在金沙江违章经营，于桧溪码头超载行至阎王碥沉没，失踪死亡 104 人。为告慰死者，警戒后人，牢记'安全第一，预防为主'方针，值教训日三周年，特立此碑以戒。"立碑者是云南省永善县人民政府。

一百零四个渡江回家的人，谁也不争先谁也不落后，以集体的方式毫无预兆地在山川之间一下子寂灭了。他们刚刚在桧溪街上吃过小吃，用魔芋或花椒换取了化肥或其他急需的日常用品，没想到一样被阳光照得金光闪闪的大江，会忽然颠倒相依相存的自然法则，把自己举船的巨手向下收缩，在急速隆起的高达几千米的不知名的山体的俯视下，上演了这场灭顶之灾。

死亡是可怕的，我见到的一个沉船事件中的逃生者，他至今还保持着这样一个动作：总喜欢把双手伸过头顶，想抓住点什么。

警戒碑上的两个关键词——"违章经营"和"超载"——已将沉船事件的成因找准了，但它只是现象。在桧溪街上漫游的时候，我就注意到了另外一些东西：按照正常的视角，从桧溪小街的一条条房屋间的窄缝中，眺望桧溪南面的四川大凉山、东面的人头山、北面的顶锅场山和西面的金大江河道，我们所看见的山，绝对不会比一片屋顶大多少、高多少，金沙江也很像一条在风中飘着的帛锦。如果我们站在某户人家的窗口或门内看这些山与江，也一定会想起一句著名的诗"窗含西岭千秋雪，门泊东吴万里船"。山小如一片屋顶，一扇窗户可含西岭，一个门洞能纳江上逶迤的船帆，忽略距离所产生的视觉上的迷惑，最终导致

156

的极有可能就是对山的轻视和对大江的不屑一顾。寄生关系、小与大的对比关系在某些时辰被骨肉中突然滋生的浪漫主义所取代，再加上人造的船帆根本就不可能在水面上坚固得足以让生命永远无忧，这或许才是一百零四个人亡失的根本原因。

夏尔·阿尔贝特·辛格里阿有一篇写罗马的美文，题目叫《第十座里程碑的温泉》，它记录了作者对圣彼得教堂的印象。其一是在海边船上，透过小型望远镜，"它看上去极小，圆顶状如葡萄，呈现绝妙的半圆形"；其二是走到教堂圆顶下时，感到里面大极了，"即使有人吐痰，也听不到任何声音"。在我看来，大山和金沙江同样是人们没有边界的教堂，在远处，我们看见它们只有一片屋顶大和像一条灿烂的帛锦，可走近它们，一切都会颠倒过来。

山里面有岩羊和麂子在奔跑，有另外的人在耕织，甚至有短则几十公里长则上百公里的断裂带在排放着大地喘气的声音，或多余的巨大的内部能量；江里面，撕开水的皮毛，就能看见巨石在滚动，水的血液在燃烧，滔滔向下的推力面前，几乎找不到一种可以与之彻底对抗的生灵……

四

对美好生命的亡失，我的匹夫之怒，我的悲悯，换来的常常是自己的迷失。而且，这种迷失，与迷失在宫殿和庙观教堂里的感觉不一样，它让我的记忆会在某些点线上更加清楚，整个世界仿佛又到了重新谋求秩序、翻另一个面的时候。

与笔直地向四川盆地大面积倾斜的山势相反，站在旁边的山冈上鸟瞰桧溪小镇，它呈现出一种回旋向上的姿态，但它又像一个旋涡，举着层层叠叠的屋顶，绕着圈子，绝不上升。它对山峰的高度有着天生的拒绝，那些从北方一路南下，飞越了秦岭和四川上空的冷风，甚至连它最高的桑树的顶尖都碰不着，就踏着群山众多的头颅远去了，去了四川的凉山、云南的昭通和贵州的毕节。这本没有什么特别之处，在云南，甚至就在桧溪周围几十平方公里的地盘上，这样的村镇或说与此外形相似的村镇还有很多，甚至可以说它只是统一模式中的一个。这些村镇，在北京的标准时间中，早上八点，鸟儿最先醒来，把翅膀打开；晚上六点，鸟儿最先睡去，把翅膀合拢，山的影子和江的反光与人们一道晃动其间。2003 年 4 月 14 日，为了告别，在鸟儿（有麻雀，有斑鸠，有鹭鸶……）的翅膀合拢之际，我像幽灵穿行于迷宫，在一家小酒馆里喝得酩酊大醉之后，在黑漆漆的夜色中，又一次摇摇晃晃地走遍了桧溪小镇。

以醉酒的方式和桧溪告别，不是因为难以割舍，而是觉得只有这样才能与桧溪的另一个面上的图卷保持一致。也就是在那一天的中午，我坐在李洪斌和李泽广两位老人的家中，听他们讲述桧溪往事。他们的讲述有一个共同的特点，任何时间和人物的浮出，都没有背景，不做任何铺垫和交代，仿佛是在跟他们当年生死与共的同伴一起回到过去，彻底忘记了我是这些事件的局外人。而且，他们所讲述的，跟我们经历过的五十年没有半点关系，指向的全是五十年前的山、水、人、植物、阳光、牲畜和飞禽，以及五十年前的世道、良心和恩怨。这个下午，我被土匪、地下党、船工、戏子、马匹、保长、甲长、鸦片、银两、撤退、拦截、死掉、逃跑、大火、抢劫、师爷、服毒……这样的一些词条包围，我刚刚在一个词条上停顿下来，从他们的口中，又会有另一个词条像一座山峰一样，忽然横切出来，让我根本无法串缀。我曾试图用他们讲述中的那一个个亡灵来组合成一幅浮世绘，可一切都是徒劳。他们都说到了一个场景："桧溪四周的山种满了罂粟，它们开花的时候，金沙江都会成红颜色，像一根粗鲁的火舌。"李泽广曾当过副保长，他说："一两烟土值十两银子，每年每户烟农都要送保长和副保长七八两烟土，很多人都吃肥了，我一两也没收过，所以我活到了现在。他们却都死了，服毒自杀的、病死的和被枪毙的。"

　　活到现在，许多人因此成了村庄的证人，许多人因此成了他们的背景。我很难想象金沙江"像一根粗鲁的火舌"的样子，正如我很难设想时光在遗弃一些人时所流露的表情。村庄变大了，生活的线索增多了，生产关系更繁杂了，却进入不了他们的记忆！这梦境般的生活，或许才是任何一个天边小镇真实的品质？那一天晚上，当我回到兴隆旅社，已是次日凌晨。与我同一间屋子的是一个做魔芋买卖的四川人，他没有关灯，灯光几乎把周围空中所有的蚊虫全都引来了，但在灯光和蚊虫的翅膀下，他睡得非常安详。蚊虫是否从他身体上一次次取走血液并把毒素顺便留给他，我不得而知。我第二天早晨醒来，四川人已经走了，他睡过的床前，留着五六个烟蒂。

筑 路 记

　　每年冬天，黑颈鹤从北方飞来，翅膀一收，就落到了昭通市的大山包乡。那儿有一汪碧水、一片草滩和绵绵不绝的圆形山冈。雪花大如手，黑颈鹤在草滩上散步，状若几千个王昭君；天空如碧玉，山冈红似火，黑颈鹤御风而飞，或戏水，或追云，或什么都不做，只是飞，想飞或不想飞，都飞着，那样子，多像一阵风。这些风，却不朝着鲁甸县的方向飞，那儿有一条峡谷，横在昭通和鲁甸之间，站在山头朝下看，下面奔跑着的牛栏江，细得像绣花针，细微的白光，藏不下一滴水珠。

　　梁佳瑶背着行囊，离开昭通，翻过阿鲁伯梁子，爬上大山包来的时候，一度也被人们称为"小仙鹤"。这一个洁白无瑕的上海女孩，能歌善舞，爱说爱笑，身体里阳光充足。她常常一个人跑到种荞人中间，为他们唱歌；也经常去山野里寻找孤独的牧羊人，给他们念报纸，教他们对着没有尽头的群山喊口号。更多的时候，她提着一桶石灰水，一堵墙接一堵墙、一块石头接一块石头地写标语。让她声名鹊起的事件是，作为公社的宣传员，她把羊窝大队所有的羊羔集中起来，把每一只羊羔的毛，统统剪成不同的一句语录，并把语录用油漆染红，国庆节的那天，赶进了昭通城。在浩大的游行队伍中，她领着那群羊，风头出尽了。群艺馆的一位画家，为此画了一幅巨型油画，名字叫《女知青和她的语录羊》。有一个摄影师则专程跟着她上了大山包，一只羊一只羊地拍，拍完了，又让她分别与每只羊合影。不过，最出彩的还是那张她与所有羊

160

羔的合影，女知青，绿军装，英姿飒爽；白羊羔，红语录，感天动地。

按照常理，借此风光，梁佳瑶肯定会在几天之后，接通知，办手续，到县革委会报到上班。奇怪的是，通知倒是接到了一个，但不是入城，而是让她到一所名叫江底的小学去当老师。江底小学是单小，只有一个班，教室是解放前哥老会所建的武庙，在牛栏江大峡谷里面，江水之上，白雾之下。据民间野史，第一，之所以让梁佳瑶去当教师，源于那天当她领着那群羊路过观礼台时，台上的一位农民出身的领导偏头向旁边的另一位领导说，这孩子能把羊儿都养得长出语录，适合教书啊。而当时适逢江底小学的老师暴雨里接送学生，被江水冲走了，英雄的岗位理应由英雄去接任。第二，梁佳瑶接到让她去当老师的通知后，知道"江底"意味着什么，但没有哭，动了剪掉羊身上的语录之心，但没敢剪，一个人在羊厩里住了一夜……

在人们的眼里，梁佳瑶是欢笑着去到江底的。公社上的所有同志送她到峡谷口，她还回头满脸堆笑地叫大家别送了。此行，公社给梁佳瑶安排了一个人替她背行李。这人叫李南府，一个牧羊人，被梁佳瑶教着对着群山喊过口号。但别人喊出的是口号，他只是嗷嗷大叫。一路上，都是悬崖绝壁，大雾，一分钟内从江面升起，一分钟内又散得一干二净。每一分钟，梁佳瑶都会发出一声尖叫，可每一分钟，李南府都只会停下，静静地看着梁佳瑶安度她一个人的鬼门关，一声不吭。有几次，梁佳瑶终于忍不住号啕大哭，抱着石柱，浑身战栗，不走了，他仍然不劝，不鼓励，不排解，在离梁佳瑶三米外的地方，坐下来，点一支烟，沉默地看着脚底下飞来飞去的鹰。路过"手扒崖"时，望着下面的万丈深壑，梁佳瑶几乎是用哀求的声音，求李南府伸手拉她一把，李南府没有说话，也没伸手，只是从崖上取下几块风化石，用脚搓成粉末，撒在打滑的地方。梁佳瑶过了那儿，像个疯子，挥舞着拳头，不停地捶打李南府的背，用尖厉而绝望的声音，质问李南府要把她带到哪儿去。李南府还是没说话，平静得像块绝壁上凸出的石头……

161

到达江底，已是黄昏。小学的驻地是一个冲积扇，有几十户人家。但学校所用的武庙不在林子里，在村子一公里外突兀而起的一座小山上。以地势看，当年的哥老会以此为据点，无非也是看中这儿的隐秘。天是一线天，路是断魂路，谁想入，都非易事。若在手扒崖处架挺机枪，路就是绝路。李南府以前来过这儿，所以他没有把梁佳瑶带进村子，直接就去了学校。夕照之下，武庙更显颓废，关云长的塑身在荒草丛里，已断成几截，著名的青龙偃月刀，横在一个土坑上，那是厕所。学校空无一人，写着"办公室"三字的一间另建的土坯房，门开着，里面有一张木床。李南府把行李往木床上一放，望了一眼门边上站着的梁佳瑶，侧着身子，出门，径直走出了武庙。半小时后，他再回来，手上多了一口铁锅、一个碗和一双筷子，另加一些煮熟了的食物……

在之后的几年间，梁佳瑶一直守在江底，从没走出过牛栏江大峡谷。上面通知领课本，她让人带来，带口信，让她去开会，她装着不知道。但她真像观礼台上那位领导所说的，是一个适合教书的女孩子。十多个学生，分成三个年级，她一个人教，由最初的自由、散漫，变成了后来的入学率稳定、学生成绩排全公社第一，江底人将其称为"女关羽"。为了让学生记住江水冲走的那位老师，每年清明和该老师的忌日，她一定会领着学生去江边，让每个学生各读一篇自己写的文章或课文，以慰那位老师的在天之灵。

梁佳瑶想不到的是，送她到江底之后，李南府没有再当牧羊人，一个人来到江底，筑了间石头房在江边，住了下来。除了辟一块荒地种粮种菜，每天，他都扛着一把铁锤和一根钢钎，手握一柄砌刀，来往于从峡谷口到江底的路上。他不跟江底村的人说话，也不来往，天天干着筑路的活计。两年下来，当那条通往世界的路不再像当初那样危险了，他便开始修筑从江底村到武庙的石板路。很多次，梁佳瑶路过，主动蹲下来，跟他说话，他仍然搬石块，拌泥浆，不说话，只顾接着修路。久了，看见李南府，梁佳瑶也不再理会，风一样走过。走过去的梁佳瑶，随着年龄的增长，越来越像个女人了，李南府有时也会停下来，点支烟，望着她的背影，有些痴迷，有些茫然。

　　一年半之后的某一天，从江底通往武庙的路终于修通了。学生们在石板路上蹦蹦跳跳，欢呼着，叫嚷着。李南府扛着铁锤，一身泥浆，畏畏缩缩地走进武庙，他的本意是想让梁佳瑶知道，路修通了，她不用再害怕，也不用再担心暴雨来临时，会有人被水冲走。但梁佳瑶住的那间房，住着一位新来的老师，梁佳瑶沿着他修好的路，回上海去了。那位接替梁佳瑶的老师，那一天，听见了一个男人跪在地上双手拍地的号哭，一个哑巴的哭！

埋 魂 记

1999 年夏天，采访打虎英雄宋晓安的那天，我和他坐在布朗山勐昂镇的一棵大树下闲聊。这个记忆之钟已经开始错乱的老人，说起他死去的妻子，开口就是："她被我烧掉了，她变成了火焰了。你看，你看，她燃烧着，就在我的身边。你看，我拉着她火一样烫人的手了……"很显然，他已经把自己寄存到了另一个世界，眼下的逗留，只是在了却最后的人世劳役。

在布朗山、基诺山和南糯山一带，人们的生死观，轻生，重死。在他们看来，生似乎只是死的先决条件，是为受苦和历练而必走的一步棋，只有死了，灵魂才会自由，生的大幕也才真正拉开，不足不沙、勐巴娜西、司杰卓密这样一些永恒王国的大门，也才会向他们打开。基于此，人们对自己皮囊一样的肉身，特别是当它温度与活力尽失之时，历来都缺乏敬畏，或付之一炬，或草草安葬。如果有人生前万般呵护自己的手指、胸膛、眼、耳、喉、舌等一系列部件，那也是因为他们相信，这些部件上居住着督生的神灵。随着死的来临，各路神仙走了，肉身也就无用了。以火烧之，化为灰烬，成为浩浩灰土中普通的一捧。以土掩之，无碑，无名，无坟堆，上面可以长草，可以种五谷，肉身与土无异。而且，在相同的一个土穴，可以年复一年地埋下不同的人，那土穴无名无姓，不是谁的领地；地下的白骨，没性别，不分老少，没仇，没贵贱，一一抱在一块儿，尽力供养顶上的荒草或禾苗。世界，的确是平的，仿佛从来没有上演过生与死的戏剧。

非常意外，在从革登山通往基诺山的鸟道两旁，我曾看见过一座又一座的墓碑。开始的时候，我不相信自己的双眼，以为自己迷路了，回到了汉区。一个人，赶着两头皮毛血红的水牛，从身边走过，我赶紧敬烟，问路。他的汉话云遮雾罩，语焉不详，但我听清了，那儿的地名叫石梁子，住的全是基诺人。指着墓碑问他，他神秘一笑，黑黝黝的宽脸上，露出两排雪白的牙齿。又走来一个穿牛仔裤的青年，手里拿着一柄长刀，不时挥舞，路两边伸出的树枝，纷纷落地。赶牛的人认识这位青年，趋身上前，一阵耳语，青年便走到我的身边，讲起了流利的汉语。

在这个青年人的引导下，我走近的第一座墓碑，对联是"青山不墨千秋画，绿水无弦万古琴"。墓主是江西吉府永新乡人曾仁芊，立碑人是其"孤子"曾东贵，立碑时间为道光二十四年十二月。离此墓不远处，又有一墓，碑文如斯："鸿蒙未判，天地初分。伏羲治世，始立人伦。气禀阴阳，气聚而生，气散而亡。寻龙点穴，荣昌者焉。"墓主来自湖广长沙府，立碑人是"孝男"詹国柱，立碑时间是道光二十三年。另有碑文所示，这墓里埋的是詹国柱的父魂和母牲（西双版纳把死去的母亲的身体叫"母牲"）。此墓已被盗挖过，青年人告诉我，盗墓人挖开这坟，里面什么都没有，只有一块写满了汉字的石碑，写了些什么，谁也不清楚。他说他去喊几个人来，再挖，让我看看石碑上的字，我制止了，拒绝了。与这两座坟不同，周围还有许多修得更加富丽堂皇的大墓，墓门一一都被打开了，里面像个密室，成了人们躲雨的场所。这些大墓更奇，碑文全系杜撰，墓宫内埋的全是碎金、玉石和银锭。民国时期有李学诗者，著《滇边野人风土记》，其中云："有以挖玉石，取宝石、琥珀，砍树胶为生者，稍有盈余，窖藏深山，为再世计，虽至饿死，不肯往取。"以这些坟上所列时间推算，我知道的是，那时的这一区域，乃是乱世。械斗血雨腥风，瘟疫铺天盖地。民谣是这样的："谷子黄，病上床，闷头摆子似虎狼，旧尸未曾抬下楼，新尸又在竹楼上。"

165

这一带的墓碑，都是远逐天涯的汉人所立。据考，汉人之来，或军屯，或商屯，或负罪亡命，或颠沛流离。令人不解的是，这儿并没有留下他们子孙的余脉，有零星者，都划入另族，或彝，或基诺。青年人说，在孔明山的北坡，还有一组大墓，同一墓主，却立三墓，一墓内埋肉身，一墓埋魂魄，一墓埋衣冠和财宝。听之，我心酸楚，在此轻生重死的天外之地，这些清朝时期的汉人，为何将自己的一生了结得如此的果断，埋了今生，也埋了来世。按照氐羌后裔们的说法，人死之后，灵魂都要在魂路图的指引下，一路北归的，回到祖先生活的北方去，他们却——埋之，莫非这儿真是地狱？莫非这儿真是天堂？

面对逝者，我不敢说这些墓碑是多余的，以宋晓安的观点，它们何尝又不是另一种火焰，燃烧着，很烫手。

文 身 记

　　岩地温爱上玉吨的时候，玉吨只有十五岁。那时候，岩地温模仿从文化馆下来写生的汉人画家刘涛，留长发，喝烂酒，穿松松垮垮的 T 恤和牛仔裤，是这个江边小镇上最显眼的人物之一。不过，岩地温之所以敢于模仿刘涛，是因为他一旦吹起巴乌，少女玉吨总会魂不守舍，甚至会在有月亮的晚上，一个人跑到澜沧江边，一动不动地望着白茫茫的江水。

　　令小镇上的人们最为惊诧的事情是，当岩地温意识到自己已经不可救药地爱上玉吨的时候，他找到镇上最著名的文身师傅，在自己的胸膛，文上了玉吨的肖像。肖像从肚脐直抵脖根，很大，而且逼真。那是二十世纪八十年代，朦胧诗甚嚣尘上，无孔不入，岩地温求刘涛，给自己写几句爱的誓言，刘涛信手写之，岩地温又将其文在了背上："在玉吨的镇上，生不做木瓜，死亦为香蕉。"

　　大江掉头的地方，一般都会有山的余脉，像一条巨大而性感的舌头，兴致勃勃地插进江心。在这一根根舌头上，不出意外，通常都会立着一个个古老的小镇。"玉吨的镇"，就建在这样的一根"舌头"上。我的朋友岩罕说过，这种地方，风月无边。他举的例子：谁谁谁当了书记或镇长，半年不到，就被捉奸在床；谁谁谁又来接任，还是不到半年，又被捉奸在床……县上只好把镇机关搬走了。岩罕所举的例子，我当然听说过，但只是野史。政府部门给出的答案是两个：一、"玉吨的镇"往南五公里处，行将修建一个巨型电站，镇子要整个搬迁，镇机关无非是带头而已；二、镇子背靠着的哀牢山，出现了断裂，有滑坡的危险，镇子也必须整体搬迁，镇机关只是先走一步。一怕水淹，二怕山埋，与岩罕所说相比，仿佛针对的不是同一件事。事实上，就在镇机关搬走的那一年，"玉吨的镇"所有的基建都被叫停了，不准任何一户人家，以任何一种名义，再兴土木。一个要么将被水淹要么将被山埋的镇，如果再为之投入，岂不是清明时节，不烧冥币烧美元？这个二十多年前发出的斩钉截铁的紧急叫停，今天看来，其戏剧性的效果，令人顿生无限的感慨。众所周知，就在"玉吨的镇"停止生长或发福的这些年，城里的古老街区被连根拔出了，通往任何一个小镇的公路上，跑着的大卡车一律严重超载，一律拉着水泥、钢筋、瓷砖和马赛克，传统的民居建筑黄鹤一去不复回，代之的全是钢筋水泥房。哈尼族作家存文学，有一次在滇南，望着故乡旧貌换新颜的场景，低声呢喃："山上的茅棚拆掉了，年轻的姑娘到哪儿谈恋爱？寨子里的竹楼没有了，老人们在哪儿寿终正寝？"

"玉吨的镇"，没被水淹，没被山埋，也没有整体搬迁，房子全是竹楼，像大地上长出来的蘑菇，从江边码头开始，一条青幽幽的石板路，弯弯曲曲，一直通到山上，因为不准新修，人们也就没有拆旧。缅寺里的菩萨是老菩萨，香烟缭绕了上千年，旧得真像是天竺来的真身；老佛爷手上的贝叶经，手抄本，泛黄，毛边，有的文字已被手指磨掉了。镇上的人们年年都赕佛、拴线，年年都咫尺天涯，到此住几天……

岩地温现在也住在缅寺里，是二佛爷，负责管理寺庙的所有俗务。据与他相对亲密的小和尚说，他身上的文身并没有取掉，绛色袈裟下，玉吨的肖像，在他的肉里，栩栩如生。镇上的人们当然也不会忘记，那些年，为了强调自己对玉吨的爱，岩地温一年四季都赤裸着上身。只有在下地劳作时，害怕荆棘划破肖像，他才会找出一件旧 T 恤穿在身上，劳作一完，立马脱掉。其实，岩地温也不清楚，自己为什么会如此热爱玉吨。仅仅是因为玉吨爱听自己吹巴乌？可事实上，随着时间水一样地流淌，玉吨越来越喜欢刘涛为自己画像，后来，甚至敢于脱掉筒裙，给刘涛当模特儿，而玉吨的父母似乎也对刘涛更亲热一些。

澜沧江的水一路南流，刘涛带着玉吨乘船远走暹粒的那天，岩地温自文身以来，第一次没有吹巴乌，并且再没有吹巴乌，他坐在码头上。仙女般的玉吨，船开之前，回到岸上，先是把颈上的一块翡翠取下来，挂在他的颈上，然后贴着他的耳朵说了一声："十五岁那年，我真的爱听你吹巴乌！"

让镇上的人们再次惊诧的是，就在老佛爷升天，岩地温将升任佛爷的头一天晚上，许多人看见，岩地温脱掉袈裟，赤裸着上身，在"玉吨的镇"的青石板街上，一边走，一边吹巴乌，不停地往返，不停地吹。次日晨，他躺在码头上，浑身已经冰冷。

仙 停 记

我的目的地是景迈山。只能搭乘从景洪开往澜沧的客车，中途在惠民乡下车，然后再找车上山。二十世纪九十年代初，我第一次到景洪和勐海，街边上看见的傣族少女，大多数还穿色彩缤纷的筒裙，头戴塑料花，身姿曼妙，步步风情。因此，在与一个台湾来的品茗大师对话的时候，我向他提的第一个问题就是："西双版纳的一位傣族少女，头戴又艳又俗的塑料花，为什么那么美？如果台北街头有一个女人，头上插满塑料花，那肯定是个疯子。为什么？"大师被问住了。我也由此断定大师不懂普洱茶文化，他对澜沧江流域特殊的区域文明没有体认，他只是一个茶客，抑或还可以说，他只是一个普洱茶的文明掮客。让人不安的是，我内心的傲慢尚未消解，十年之后，景洪和勐海的城中，若非傣历年，已鲜见盛装的傣家少女了。稍有慰藉，从景洪到惠民乡，那穿越林海的公路，一旦到了勐遮，立即又成了一条穿着筒裙和插满了塑料花的天堂之路。不管是作为风俗、景观还是生态，这条"公路"的存活，都让人有一种久历沙漠而看见了绿洲的感觉。沙漠在扩大，绿洲在缩小，大势也，一个小文人的哀痛和喊叫，一如螳臂当车。

惠民乡属普洱市的澜沧县管辖，房屋建在公路的两边，进而形成街子，由于久疏养缮，凸凹不平，车辆往来，尘土飞扬。像当地的老百姓一样，我在一家小饭店的门口，找张凳子坐下，脚边放着行囊，一边抽烟，一边等车。上景迈山的中巴没有固定的班次，想来就来了，说不来就不来了。而更多的上山的人，多数是山上的居民，车来了，就坐一程，你不来，就背着采购的日用品嗨哧嗨哧地自己爬山。运气好的话，兴许还能碰上茶贩子的摩托，茶贩子一个急停，自己就跨上去，摩托便如急箭，射向山顶。我那天也还算走运，等了大约一个小时，一辆浑身乱响、改装了不知多少次已看不出品牌的中巴，从澜沧方向开过来，饭店前停下，随后车门吱吱呀呀地打开，伸出一颗布朗族中年妇女的脑袋，大喊一声，哪个人要上景迈山？

车厢里已经塞满了人和杂七杂八的货物。每个座位上，差不多都是人抱人，中间的走道，立着一个又一个裸着上身的男子，他们差不多贴在一起了，每个人的皮肤上都滚动着汗珠子。站在门边的两个年轻人，分别屁股往后一翘，收腹，给我让出了一个竖着的椭圆形的洞。往洞中一爬，脚下先是一阵鸡叫，又迈一步，就碰上了一口铁锅。我努力撑开周围的肉林，绷直腰，想转动头颅，四面望望，看哪儿还有点空隙，眼望处，两寸开外，全都是人脸和一股股浊气。我欲转身，布朗族女人说，来我这儿吧。她在的地方是车门后的座位，我挤了过去，她则从座位上翻到了后排，不由分说，坐在了一个女孩的腿上，而那女孩的屁股下面，已经有了一个男孩。

景迈山以茶而名，但不高。车子从惠民出发，几分钟之后，就见路的两边全是茶树。由于得到车主的眷顾，整个车厢里，或许只有司机和我，一人享用了一个座位。从窗口看了一会儿山，我的目光收回来。只见随着车辆的波动而波动的人浪，时而哄笑，时而尖叫。有时，人与人互相倾轧，身体与身体互相为敌，却没有对抗，没有质问，更没有斗殴。也没有人对车厢的拥挤而口吐埋怨，仿佛一堆人挤在一块儿坐车上山，更像是始祖叭岩冷的恩赐。在我身边叠坐的是一对恋人，女孩是以骑马的方式骑在男孩的身上，这样，他们就得以面对面。开始时，女孩一直在把玩男孩颈上的一块生肖玉，男孩的一只手抚摩着女孩的腿，另一只则在女孩的乳房与颈子之间的地带，小心翼翼地上下游走。间或，他们会亲一下。随后，女孩在座位底下摸索了一会儿，拿上来一瓶可口可乐，扑哧一声打开，让男孩张开嘴，她高抬着瓶子，让细细的液体，连成线，落入男孩的口中。车一晃，液体弄得男孩满脸都是，两人便大笑。后来，女孩主动要求，自己想坐在下面，男孩点了一下头，这样，男孩就骑到了女孩的腿上。

车子一边爬山，一边停，车上的很多人下去了，开始有点空。但我已经不再关心这辆不知将停靠在哪一个寨子的车。原因很简单，当身边的男孩换位骑到女孩的腿上，我侧目就看见，在其生肖玉下面的胸膛上，文着一张澜沧县的地图。他的这张澜沧县地图，像朵云，却文得很用劲，由于文工太差，文线全都凸了出来，文色像掺酒的墨汁滴在宣纸上，层次由内向外慢慢变淡。所有的地图都有图例，他的没有，一张地图上，只在他心脏的那儿，文了两个字——"仙停"。前些年读民国时期姚荷生先生所著的《水摆夷风土记》一书，里面说到了夷边的文身。先生说，夷边的女子都喜欢文身的男人，胸上、手上、背上，都文，如果大腿上和阳具上也文，则更妙。先生没文身，澜沧江上戏水，往往成了女人的笑料。先生所见，今已式微，但文地图于身心上面，料想先生也没见过吧。在好奇心的驱使下，我伸手碰了碰男孩的手臂，又用手指了一下他的文身。男孩或许在那一刻才意识到，他们的旁边坐着一个陌生人，一个汉人。他的脸一下红了，抬手搔着浓密的头发，想说，又不知说什么为好。女孩似乎要大方一点，伸手抓住他的生肖玉，一拉，似嗔似笑，对着男孩说，告诉他，告诉他嘛。经女孩一折腾，男孩似乎回过神来了，用手指在女孩的鼻子上刮了一下，说道，我才懒得说了，说了我怕他们把你拐跑了。说着，两人便抱在了一起，好久才分开……

黄昏时，车子停在了一座缅寺的旁边。一棵棵大榕树遮天蔽日。有风，是清风。有房屋，躲在林荫里。下车，坐在缅寺的走廊上，我既感到身在世外了，又心生惆怅。有这样的地方，我却不属于这里，是个过客，哀，是古代就有的哀。那个男孩说，仙停，是女孩的名字。女孩说，名字是她爸爸取的，意思是，她一生下来仙女就停在了她家里。男孩又说，一个县只有一个仙停，再没有女人。女孩又说，我喜欢停在他的皮肤上……他们中途下车的时候，仙停指着一条竹间的小路说，走五十步就是她的家，邀我去做客。我坐于缅寺，想去，终于没去。缅寺里与老佛爷聊天，至夤夜。中途出外解溲，树荫之间，看见的星斗，又大又低，伸手可摘。

倚邦易武记

一

黑山对黑山，牛角对弯弯；

谁能破谜底，金银一大罐。

民间传说，这是刻于倚邦土把总、奋武郎曹秀的妻子陶毓大墓上的一个谜语。曹秀及其父曹当斋，乃至其后人曹世宠、曹世德、曹辉业、曹铭、曹瞻云、曹文应、曹清明、曹仲书等土千总和土把总，各种文献中，均有墨痕透纸，古六大茶山的灵魂游荡于曹氏家谱之中。唯独这一谜语，盛传于民间。民间是一部平躺在大地之上的史书，有石头、泥土、植物和生灵，不断地在其间枯荣幻变，催生催死，丰饶和苦难相生相伴。但它往往也像一串无法破解的谜语，谁都很难在土司、贡茶、商旅、匪患、贞节牌坊、皇帝诏书、瘟疫、谋杀和古道等一系列必须加以无数备注的词条中，找出一个有关时间和史实的谜底，并因此得到那一大罐设谜人所藏的金银财宝。而且，普遍情况是，当我们一层层拨开光阴的尘土，往往什么也找不到，每一座坟冢之中，埋葬的只是衣冠和灵魂，那些离坟而去的人，我们真的不知道他们去向何方。更要命的是，诸如阿卡寨，当有人从四川来信，说一个叫"三堖坎"的地方埋着一大堆银子，人们却连哪儿是"三塄坎"都不知道了。

也的确有人醒着，在一连串的风暴眼中，他们因为家族的那盏不灭之灯的照耀，在多年以后，不经意地就道破了天机。在《蛮砖莽枝革登记》一节里，大家都看到了，我为时间所困，找不到古六大茶山衰败的原因，可到了曹氏家族的手上，这纯粹是小儿科。与1936年承袭倚邦土司之职的曹仲书同辈的曹仲盆先生，在1965年10月说："病疫的流行，特以道光年间以及民国初年两次较为严重……又一份资料写道：道光二十五六年间，茶民俱遭瘟疫，无药治疗，三死其二，故应解贡典，不能早完。此证实当时人口死亡甚众。"话语中的两个时间概念，道光二十五六年间，即我所考察的孔明山下石梁子寨众多坟冢的葬埋时间；民国初年，则是莽枝大寨豪门张氏、革登大寨邵氏等家族的衰败期。没错，都是瘟疫葬送着人间的命运，都是瘟疫在主持着一场生与死的悲喜剧。两个时间，先倚邦，后易武，人没逃厄运，茶亦没能幸免。想想，当"三死其二"，或如莽枝刘氏"十六弟兄如数死光"，或如革登潘氏"九弟兄剩一"，人烟早已被抽空了，什么贡茶，什么倚邦和易武，岂有不空之理？

二

2006年，《西双版纳日报》创办《普洱茶周刊》时，我的朋友刘大江曾约我写发刊词。在那篇短文中，我强调了两个观点：第一，普洱茶乃是喜马拉雅文化圈里的产物，有别于传统中国茶文化；第二，一百年时间，伟大的倚邦和易武，由大都市变成了废墟，上海则由小渔村变成了大都市，云南的区域文化存在着严重的反向或返祖现象。

说倚邦和易武是大都市，基于古代的城建规模，而非今日以千万人口之众来衡别大城之大。说倚邦易武之大，最确切的资料源于檀萃之

《滇海虞衡志》："……周八百里，入山作茶者数十万人，茶客收买运于各处……"数十万人集于六山之间，是不少了，如若都屯居于倚邦或易武，则不甚其众。因人众而为城，素来都是人类发育史上的惯例，因此，自清雍正七年即1729年开始，倚邦都是倚邦土把总司的所在地，1927年曾设县，称象明县。至于易武，亦于1729年因伍乍虎（善甫）"率练杀贼有功"而授土把总世职，并成为易武土把总司所在地，经历伍朝贵、伍朝元、伍英降、伍耀祖、伍荣曾、伍定成、伍长春、伍树勋和伍元熙等十代土司，1929年由象明县分出，设镇越县。

易武有一石泪，或称马道子石泪，或称白云泪，或称仙人洞。傣语称"探目易武莱"，探目，泪之意；易武，母蛇和女蛇之意；莱，花朵之意。全句即"花朵般美丽的母蛇居住的石洞"，这就是易武被称为"美女蛇居住的地方"的来源。在这个洞中，有清人张汝恭题写的"天涯"两字，字风字骨，与海南三亚的"天涯"大同小异，都是天地的死角。石壁上的字，犹如偏居林中的象，壮硕肥美，但又如逼至绝路的英雄，铁骨成灰。"天涯"两字的旁边，是1896年云贵总督菘蕃派往此地，与法国人勘界并割让勐乌和乌德两地的官员们题写的诗词。其中一个叫许台身的，一贯的汉官脾气，说什么"若使祖龙鞭可借，岂容流落到南蛮"，他以为这个南蛮石洞配不上他，真是不知敬畏。不过，他的《浪淘沙》倒是说出了他们这些只知割土求和的清代官僚的国格之痛和人格之小："奉使出岩边，谋虑多艰，才疏朝夕愧无闻。最憾重洋来外侮，民事堪怜。世事莫争妍，沧海常迁，天留奇洞在人间。补种桃花三百树，循迹桃源。"真是弄不明白，国难当头，土地割了，他还想着在这儿补种桃花，隐居了事。与许台身一起来的，还有一个人叫黎肇元，也在石壁上写了《浪淘沙》："边地寄行踪，直道难容，盘根错节难英雄。璞抱荆山空自叹，气吐长虹。往返两春冬，世事朦胧，欺君秦桧主和戎。纵有张韩刘岳志，失水蛟龙。"读这种人的词，总让人觉得晦气，有负易武的青山绿水，镶刻于石，石之大辱。一下子就想起了对英法等国"零容忍"的林则徐，他一样地不得志，在纵欲自戕的咸丰帝的掌心里，宦海沉浮，身不由己，可他一旦有机会直面洋人，出口的诗句惊天地、泣鬼神："力微任重久神疲，再竭衰庸定不支。苟利国家生死以，岂因祸福趋避之？谪居正是君恩厚，养拙刚于戍卒宜。戏与山妻谈故事，试吟断送老头皮。"正因为如此，英国蜡像馆在鸦片战争后不久，还充满无限敬仰地为林则徐夫妇塑造了蜡像。特拉维斯·黑尼斯三世和弗兰克·萨奈罗合著的《鸦片战争：一个帝国的沉迷和另一个帝国的堕落》一书中，亦称林则徐"像碧蓝如洗的天空一样纯洁无瑕"。反观这两个偷生于易武、一副失魂落魄状的小官僚，真让人哭笑不得，他们的气度，与镇越县长、宣威人赵思治相比，都是人鬼两重天。赵思治刻于石壁的诗云："两场古洞本相间，只为兵农日往还。壁峭悬岩难结草，泉清亭小可培兰。喜邻桃源添广厦，啸傲竹城含远山。金瓯已缺空浩叹，国防重寄在荒蛮。"

明清茶热，加之清朝廷于六大茶山采办贡茶，并于倚邦的曼松建御茶园，且于道光二十五年即1845年修通了易武至普洱的两百四十多公里的石板大路，辅之民国又设县沿于倚邦和易武，倚邦和易武，连同曾设同知的基诺山巴高，无疑都以茶叶的名义，在中国的边缘政治史上留下了堪称神来之笔的一阕华章。神鬼莫测的是，不足百年，几度兴衰。再不足百年，1942年，倚邦毁于修乐起义军点燃的大火，之后便一蹶不振；易武虽未遭较大的颠覆，亦唇亡齿寒，满目都是废墟。自2000年以来，我多次徜徉于倚邦街和易武镇，最大的感触，它们并没有因近年的普洱茶还魂而强势崛起，除了一拥而上的制茶作坊透出勃勃生机而外，这两个名满天下的普洱茶圣地，仍然像天下无数的圣地一样暮气沉沉。钢筋水泥的房子多起来了，与制茶有关的残碑、压茶石、庙宇和会馆，却在大踏步消失。与那些埋魂的古墓相反，我的印象，当代代相传的普洱茶文化之魂，被人们用当代的咒语和魔符，逐出寨门，这儿存活的无非是普洱茶的行尸走肉。我不是一个工商文明时代的悲观主义者，可曹仲益先生《倚邦茶山的历史传说回忆录》中的一段文字，金石之声，洪钟大吕，震得我耳膜欲裂："民国二年，内地汉商又逐渐流入茶山，才又将茶叶经营起来……此次茶叶经营的兴起，历史不过二十几年，虽然远不及过去清朝时代，但也可观……又听人讲，这次茶叶的衰退，源于茶商抢购当中，制造了部分假茶，特别是易武搞得较多，致使对方不买。所以历史的名茶倒了牌子，造成制茶停业（此事记得是我在易武区曼腊乡丁家寨杨玉勋讲述所闻，该人原是那里的本地人，而且也是小茶商之一，我自己也认为可能有之），从此以后，茶号倒闭，使倚邦的茶业遭到了严重的不可弥补的损失。"众所周知，在解释民国时期的古六大茶山普洱茶衰败之因时，常见的解释都说缘于法国人的无端打压，使越南这一普洱茶的最大聚散地受到了不可想象的破坏，但曹仲益先生的文字，却让人在疯狂地把外因罪责无限扩大的时候，一针见血，挑开了内因的巨大脓包。我知茶农命运多艰多舛，我亦高声呼吁建立"古六大茶山普洱茶文化保护区"，可当历史的闹剧露出重演之势，我亦只能像题诗于石壁的那两个小官一样，空叹息。

为此，从文化人类学的立场来看，倚邦和易武仍然在不断地缩小。《后汉书·南蛮传》："交趾……西有噉人国，生首子辄而食之，谓之宜弟……"这种"食长子之风"，《墨子·鲁问》云："楚之南有啖人之国焉，其国长子生则解而食之，谓也宜弟。"同样，在《墨子·节葬》中也有记载："越之东有骇沐之国者，其长子生则解而食之，谓之宜弟。"噉人国、啖人国和骇沐国，之所以食长子，据说是因为这些国家的人们婚前性行为极度自由，长子往往不知来路，为了纯洁血统，所以食之。而且这些国家有幼子继承父业的传统，长子不食，恐生后患。这种"宜弟"之习，让人毛骨悚然。但如若我们把古六大茶山视为普洱茶的父母，把祖先传袭下来的普洱茶文化视为父母所生的长子，那也就不难发现，"食长子之风"并没有灭绝，所谓"宜弟"，不仅没纯洁血统，而且让那些打着科学旗号，用外人捐献得来的精液，靠试管人工孕育而成的孩子，掌管了父母的领地。

也就是上一个月，在我走访古六大茶山的时候，曾接过一位朋友的电话，她说，针对某些强势媒体对普洱茶的恶意攻讦，一些茶商和学者在昆明召开"保卫普洱茶研讨会"，希望我参加。我肯定不会参加。第一，在我心中仙品一样的普洱茶，不需要谁来保卫。第二，面对一点点风雨，淡定寂静并屡遭内外邪力挤压的普洱茶，具有一笑置之的品性。第三，南糯山的古茶树王一听"保护"二字，自己就被吓死了，"保护"二字，犯凶。同样，当易武成立了普洱茶博物馆，我力主的"保护"所导致的是，向守馆的工作人员敬索一点文史资料，他的第一句话"拿钱来"，所谓"保护"，不是推广和分享，而是封锁和垄断。第四，别人是在为保卫自己的钱袋子而努力，我在旁边喊口号，自作多情。第五，别谈保卫，洗手焚香，认真做茶，茶之大幸焉！第六，授人话柄，还不让人说，天下哪有这样的理？巴菲特有句名言在世界上广为流传："只有在潮水退去时，才知道谁一直在裸泳。"我以为，有此潮水退去的良机，不妨让我们看看究竟谁一直在不知廉耻地裸泳，因为我也早已厌烦了个别败坏普洱茶清誉的不良茶商。

三

在距倚邦街两公里左右的一道山梁上，埋着"普洱茶之父"曹当斋，这道山梁也因此被称为"官坟梁子"。与易武土司伍乍虎一样，倚邦土司曹当斋于清雍正七年即1729年，因"率练杀贼（缅甸军部队）有功"而被授土千总世职，乾隆三十三年即1768年以军功升土守备，其辖攸乐、架市、习崆、莽枝、蛮砖和革登六大茶山。在整个清代，倚邦一直都是古六大茶山的心脏，而作为清朝廷的土千总和土守备，亦作为清政府任命的第一位六大茶山贡茶采办官，曹当斋在统治六大茶山期间，最大的功劳，也许并不是他将普洱茶推到了贡茶的位置上，更重要的是，他从四川等地招募了大量的人员入山种茶，使六山真正地成了茶叶之山。《勐腊县志》载："清雍正元年（1723）前，茶区农民就采制树林茶，即大叶种茶。雍正年间（1723—1735）石屏、楚雄、四川等地汉族迁来本地茶区后，带动当地少数民族开始对树林茶进行改造，砍去茶树周围的杂树草，翻松茶地，实行中耕管理。乾隆嘉庆年间（1736—1820）开山种茶，大建茶园，实行育苗移植法种茶，品种均为大叶种茶。"此中所列时间，绝大部分都属曹当斋执政期，只有其死后（乾隆三十八年即1773年），才是其子曹秀当政。也就是说，在曹当斋管理古六大茶山的四十四年内，历雍正和乾隆两朝，以非凡的远见卓识和强大的执行力，安抚夷民，开山种茶，整修道路，打击奸商，营建了普洱茶空前绝后的黄金时代，让几千年来隐身滇土的普洱茶走上了波澜壮阔的茶叶贸易的历史舞台，并夯实了普洱茶作为贡茶的茶山根基。其开辟的曼松御茶园，更是把普洱茶的历史地位推至了巅峰。

"官坟梁子"距倚邦两公里左右，但要从乡村公路下到曹当斋的墓穴处，要走半个多小时的林中小路。小路的入口处，长满了最常见的飞机草，一种极端丑陋而又繁殖力无比强劲的草。据说这种草之所以叫"飞机草"，乃是因为它们是抗战时期，日本人的飞机撒播下来的，日本人的目的就是要让这一片锦绣河山，变得丑陋不堪。我不懂植物学，什么时候得求证一下。在飞机草旁边，丢着一双沾满了泥泞的旅游鞋，想必是某个茶人在拜祭了"普洱茶之父"后，在此换鞋而遗下的。

路至林中，以一小块空地为圆心，就分成了很多条。与我同行的王智平，一边采食野果和野树尖，一边跟我说，任何一条路都通向当斋墓，并且还补充了一句："我也要好好做茶，至少要把普洱茶的传统文化精髓传承下去，让人们能喝到最好的普洱茶。等到死了，也建一个墓碑，让无数的人在墓前走出一条路！"想想，他说得非常有理，曹当斋这一个入山做茶的川人后裔，尽管他全部的心力并非只花在茶上，作为土司，他的德行须服众，一个异乡客，血统不正，服众之艰更甚；作为朝廷命官，才智韬略，杀贼驱虏之功，须在人上，既不惹怒山水，又要邀民心，悦朝廷，殊为不易！埋骨山野者，何其多矣，能在极地开辟近二百年的家业而上下皆誉者，不多。从其阅历，我们亦发现这样一个真理，作为一个好土司和好的朝廷命官，他肯定做下了数不清的善举德行，可令其名垂青史的却是普洱茶，何也？为民生计，一善传万年。我之仰当斋，只因他不像其他汉官因文化和生理上的水土不服而出言不逊，力主汉风融入夷风，就连家族的血液，也都化作了这片土地的甘霖。仅乾隆一朝，曹氏两度为帝王敕命，所谓世俗的荣耀，难出其右了。据家住莽枝山牛滚塘的袁其先老先生讲，曹家的一位后人，曾著书叙述曹家与古六大茶山的血缘史，我想读之，可惜都毁于"文革"，一本都找不到了。

桃李无言，下自成蹊。我所选的那条通向当斋墓的路，树影浮动，太阳的光，一块一块的，就好像天上人间的旅程上，有无数的神灵在不停地搬运黄金。与我想象中的圣灵之墓存在巨大的差异，我以为当斋之墓，一定有维护和修缮，实际情况是，这个古六大茶山的心脏，敕命碑旁长出了大树，碑体倾斜，欲倒未倒；坟墓亦如其他古墓，明显地惨遭过人工的践踏，一种类似于勿忘我的蓝色小花，掩没了被打掉下来的古狮子的头，唯一忠心的是一群蝴蝶，绕着坟墓，上下翻飞。若人魂真能化蝶，想必它们中的某一只，就是1773年曹当斋那不死之魂所变。一百二十四年过去，他仍不肯离开，因为从这儿，就可以看见倚邦街，尽管那儿的土司府只剩下了几块柱石，像围棋中的残局，永远不会再有人去接着对弈。当斋坟的四周，还有多座曹氏之墓，一一都被盗过，创口处的野草和青藤，极力地想缝合这道德沦丧时代人类所留下的象征兽行的耻辱之门，可它们依然敞开着。当高贵者的歇息处变成了人类谱写邪恶之诗的舞台，我这一个诗人，满脸羞愧，泪化成血。也许几双盗墓人的手，拿走的只是一点点殉葬之物，而疯狂的"盗心"抽空的却是神殿的基石。

立于坟墓约十米外的大碑，亦称安人碑，当地人称"乾隆大碑"。碑高 2.35 米，宽 0.73 米，碑顶和两端刻有龙头龙身，龙头欲交未交处，是乾隆皇帝的玉玺。

与此碑相似的，还有倚邦大黑山当斋之子曹秀之妻的古墓碑，碑文尚存于文献，碑已遭毁。碑文亦是乾隆皇帝的敕命。当地人称之为"贞节女牌坊"，因为曹秀率兵抚击入侵的缅兵，英年早逝，这位傣族"孺人"守寡近四十年。敕命时间为乾隆四十二年，因碑文大致相同，最大的异处，当斋之妻被封为"安人"，曹秀之妻被封为"孺人"，此处不录。据传，大黑山古墓，规模极盛，用大象驮来的大理石，经五十个内地请来的工匠精心雕塑，搭设起来的墓碑，在此不尚坟垒的夷边，犹如天堂。为此，也才难逃"文革"之厄。有传闻，毁此墓用的是炸药，不知是否属实。我曾在云南昭通永善县的佛滩乡，见识过以炸药炸毁吞都庙宇会馆所留下的废墟，手法雷同，时光相当，想必没什么意外。

建一种新文化，就要把旧文化连根拔掉，这是人类文明史上屡有发生的重大行为之一。前几日，吾兄万迪恒赠我西林所编《残照记》一书，辑录的均是 1840 年至 2000 年一些中国人临死前的遗言。上有"中国维新第一导师"翁同龢的绝笔诗："六十年中事，伤心到盖棺。不将两行泪，轻向汝曹弹。"唉，如果坟中人还能流泪，他们会对生者流吗？同时，书中还录了段祺瑞的遗言"八勿"。其中有"二勿"："……司教育者，勿忘保存国粹；治家者，勿弃国有之礼教。"这"二勿"，在曹

182

氏坟茔之毁的关节中，都反其道而行之了。鲁迅先生写过有关"三一八惨案"的文章，即著名的《记念刘和珍君》。这一惨案发生时，段祺瑞是民国总理，他闻讯后，立即赶到现场，面对死者长跪不起，随后严惩凶手，并引咎辞职，终身食素，以示忏悔。他之遗言，亦是国之粹！

　　1942 年，攸乐起义的大火在焚烧倚邦街的时候，口号是："杀鸡不剥皮，杀汉要留彝。"因此，整座倚邦山城，只剩下了与基诺族有亲戚关系的倚邦乡长宋耀光一家的房子，什么土司府，什么关帝庙、川主庙、石屏会馆、江西会馆，什么正街、石屏街、曼松街，什么园信公、惠民号、升义祥、鸣昌号等茶庄，统统都变成了火中飞花。现在的所谓惠民号遗址，无非是在相同的地方又建起了一座房子，唯一承袭的，是一块不知从哪一座旧宅上搬来的浮雕石条。这样的石条以及石碑，杂草中、街面上，都能见到，正如曹家的那座府邸，一家之石，变成了多家之石，或镶之于墙，或饰之于灶台，或为台阶，或深埋于土。埋在土里，又常被雨水冲出来的，是清朝各个时代的旧币，我曾遇到一个操红河口音的老太太，提来一塑料袋，让我们辨识。

　　倚邦街，一条荒街。出倚邦的古道口，有一台球桌，几个小孩围在周围。有人藏了清代的一块匾，上书"福庇西南"，按字意分析，疑为曹府之物。匾挂于墙上，墙脚就是地铺，所谓福光，照耀的，更多是睡眠。

四

　　王崧《云南通志·宁洱县采访》中，对古六大茶山的界定是倚邦、架布、习崆、蛮砖、革登和易武，没有攸乐和莽枝。但更确切的说法，所谓六山者，有莽枝和攸乐，而无架布与习崆。但从这说法中，我们还是可以看出架布和习崆在古六大茶山的历史上，一定扮演过重要的角色。对于架布与习崆，原普洱县外贸局局长赵志淳先生 1983 年在一篇文章中说："经查考史料，据《普洱府志·地理志四》所载，攸乐山分为架布、习崆二山，所以架布、习崆实际上就是攸乐山。"这一说法是错误的。第一，架布与习崆远隔攸乐山，中间立着革登、莽枝和蛮砖，与攸乐山一点关系都没有；第二，王崧所谓"古六大茶山"，更多的立意基于倚邦土司所辖，弃攸乐和莽枝而取架布与习崆，易武乃易武土司所辖，取之，则是混淆之过；第三，架布与习崆本就有独自成山成名的综合实力，所谓命名，一时之势也，不排除王崧捉笔之时，架布与习崆正如日中天的可能；第四，官方文献中进行的推理和考证，远不及田野考察来得确切。

架布与习崆一如彗星，一闪，划过天际，便消失了。但这两山今日仍是茶山，划属于倚邦茶山。或者说，自古以来，这两山一直都系倚邦茶山的一部分，无非有人将其单独析分出来。就像今日的班章，从来都藏身于布朗山，因其暴名，有人便只知班章而不识布朗山。不同的是，倚邦太盛，习崆和架布永远都不可能盖住它。

习崆离现在的象明乡所在地只有几里路。站在象明街上，就可以看见高耸入云的习崆岩子，那儿每天早上都飘着白雾，时隐时现，状如象明街的守护神。王梓先老先生说，以前去习崆翻此山，就要两个小时，现在乡村公路修通了，二十分钟就可到达习崆老寨。在老寨处看这面山岩，像一只巨大的乳房。作为习崆人，致力于古六大茶山历史考证的高发昌先生说，习崆老寨原有八百多户人家，现在一户都没有了，搬至山下习崆新寨的，也只有几十户人家。寨基所在处，重新长出来的大树，或砍或烧，躺在玉米秧子中间，都足以诉说一段繁茂的成长史，在时间的河流上，老寨在那头，我在这头，彼此都抵达不了。我让王梓先老人指认寨基，他也觉得好笑，因为他指向之处，所谓石板大道、所谓纵横旁出的街道、所谓依山而筑的房子，仿佛从来就没有过，纯粹就是一个虚拟的王国，类似于基诺人的司杰卓密。作为昔日这些老寨烘托的雅典——倚邦街，都已成为一个只有四十三户人家的荒村；而且，当生长茶树的皇亲国戚的曼松也只剩下三十三户人家，我实在找不出更好的理由，威逼来往的清风，将它们带走的人们全都喊回来。

人云亦云的石板路，早就躲起来了。遍山的茶树，也像它们的主人，不知去向何方，更多的是刚刚栽下的橡胶林。据象明乡政府统计，习崆一山，2006年产古树茶，仅有一吨，我怀疑此数据，可白纸黑字，我一点也不敢把它改成一百吨。从习崆老寨旁新修的泥土路继续朝大山深处走，路的两旁生长着一种叫"割皮树"的植物。这种树，叶片可以喂猪，树皮因其纤维密实而成为手工造纸的上佳原料。我查了一下资料，这种"割皮树"就是植物学中的构树，且西双版纳傣族地区一直有生产"构皮纸"的传统。这种纸的生产可上溯至明朝时的"景东青纸"。明代陈文《景泰云南图经志书》在言及景东府土产时云："青纸，其色胜于别郡所出者。"天启《滇志》亦云："景东青纸，青出于蓝，宜其多也……物货之靛与纸，以供本地绰绰然，省城亦亟称。"

割皮树生长的地方，习崆人曾在此造纸，旁有一河，名纸厂河。按傣族制作构皮纸的方式，其程序是：①取构树皮，晒干；②将成捆的树皮，浸泡一天左右的时间，使之变软；③放树皮于大铁锅中蒸煮，加草木灰，搅拌，直至树皮被煮烂；④将纸料放入河中冲洗，弃草木灰和料筋等杂质；⑤将纸料置于木桩上捶打半个小时左右，取匀细的纸浆；⑥纸料投入装水的地坑，以纱布帘抄纸；⑦连用纱布帘，放至阳光下曝晒，是为晒纸；⑧纸至半干，以小碗轻磨纸面，是为砑光，二十分钟一次，共三次；⑨纸晒一小时左右即干，可揭下，即是构皮纸。

纸厂河边的纸厂，现在只剩被比人还深的青草湮没的蒸煮房和地坑、石碾、石磨和石臼各一。与纯手工的傣族手工捶打纸料不同，这儿制纸，因巨大的石碾、石磨和石臼的存在，再加之那蒸煮房规模一如现在的厂房,想必规模要大得多。

以此法造纸,韧性强,很难撕裂,人们用于缅寺经书的抄写、祭祀用纸、孔明灯制作、纸伞制作等。可这些都是针对傣族和布朗族聚居的区域而言,在傣寨极少而以产茶为主的古六大茶山中,特别是在茶坊林立的倚邦和易武,这种纸的用途,当是用于包装茶饼为主。我见识过一些类似于同庆号和宋聘号流传下来的百年普洱茶七子饼,用的正是这种土纸包装。现在的部分手工茶坊,制作顶尖的茶品,亦用此纸,只是六大茶山中已无制纸作坊,土纸多出自景洪和勐海。

说河边的纸厂所生产的纸用于茶叶包装,还有一个最重要的理由,它随茶兴而兴,当倚邦、习崆凋敝了,它也就消失了。显而易见的是,在纸厂兴盛的时候,这儿也是一个文化中心。纸厂旁边有两个山蛮,一个刻凿"观音老母"和"驯虎神"于绝壁之上,另一个则刻凿六臂持梭的"牛王爷"于巨石。观音寺所在巨石下,曾立有土墙,已经倒颓,废墟上有一束野花和一块红布,不久前还有人来拜过。以前"观音老母"的左右两边,还有一对石狮子,也不知被谁敲走了,就像去年王梓先生还看见的一个石碾子,今年再来,也被人取走了。"这一带的人,求子拜观音,求女拜牛王爷,但拜牛王爷的人少之又少。"王梓先说。牛王爷两臂高举,托举圆形之物,分明是日和月,可当地人说,是茶饼。

五

茶叶贸易的萧条,直接导致了茶树的消失。无数的茶农跟我讲过,以前这一带山山皆茶,但因价贱,人们又没饭吃,只好砍茶种玉米。以近十年为例,所谓古树茶原料,每公斤,1997 年三元,1998 年八元,1999 年十六元,2000 年三十二元,2001 年四十五元,2002 年五十六元，2003 年和 2004 年八十五元，2005 年一百五十元，2006 年一百八十元，2007 年四百元。可以看出，若要让茶农以茶活命，至 2000 年后方有可能。有台港地区和一些外国人来看茶山，听说大量的古茶树毁于刀斧和大火，一副痛心疾首的样子，真是幼稚，当生存权都难以维护，古茶树又有何用？而且，这些茶树成百上千年生长在这儿，年年都有采摘，你不识之而着迷于其他茶品，谁之过？

与茶树的消失相比，人和寨子的消失更令人捶胸顿足。如果说习崆老寨的消失尚有搬迁之因，那么，架布老寨的消失则显然是因为瘟疫。这是我所探访的众多老寨中，唯一的寨子废墟与坟地紧紧相连的一座老寨。看着那景象，我第一次明白了"谷子黄，病上床，闷头摆子似虎狼，旧尸未曾抬下楼，新尸又在竹楼上"这首民谣所寓寄的生死惶恐；并且也可以想象出，当虎狼般的瘟疫来临，人们是如何的手忙脚乱，根本来不及把亲人的尸首葬之坟山，而是在寨旁草草下葬。众多的坟茔中，只有少数被盗过的有碑，其余都是三块石条立于坟头。不管是发生在道光年间还是民国初年的"大瘟"，这些寨子边的坟，肯定不会有一根骨头上，刻着时间的考证游戏，所谓死者的诉说，是满树的以蝉为首的昆虫叫鸣大合唱，让你发晕、腿软、心虚、气短。

实际情况是，这样的山野间，从来就不会有白骨森森，冒出一块来，立马就成了野兽的腹中餐。王梓先老人有着足够的原始森林经验，他在引我入此老寨的途中，一边执一束树枝于手，前拍我的背，后拍他的背，疯狂的毒蝇，一分钟时间，就有可能歇满人的脊背，它们那尖厉的细唇，隔衣而入，奇痒难忍；一边总是指着路过的地方，根据痕迹告诉我，哪儿是白鹇啄蚁时留下的痕迹，哪儿又是金钱豹打滚的地方，见到有灌木总是沿一个方向被折断，他说是狩猎者所留的标记……

架布老寨所在的山梁，是习崆老寨所在山梁的另一面，站在更高的山梁上看，它是世界上最大的一颗绿宝石。进入其体内，则入了"毒蝇小国"。但不管是绿宝石，还是"毒蝇小国"，也只有天才的空想家或视死如归的铁血壮士，才会相信里面曾有过一个一百多户人家居住的寨子。没有王梓先老人，我不敢入；有了王梓先老人，每向前走一步，我亦担心会不会永远找不到出口。树木把天空都遮了，藤蔓和杂草把空间都塞满了。不愿做不吉的想象，可我始终觉得自己入了鸿蒙未开的领域，这儿不是属于人的，它属于其他生灵。在看不见树木的都市，我肯定想象不出，原来树木、藤条、野花、腐殖土和昆虫的身体及叫声，这些人间越来越少的奢侈品，竟然可以组合成黑暗的王国。什么概念？264 科高等植物，1471 属 3893 种变种和亚种，在此自由繁衍生息，这植物的天堂，理所应当地就会孕育死亡、幻觉、幻境和幻象，理所应当地就会赐予我无边的恐惧。不担心结满糜烂之果的大象耳朵树背后会跳出一头金钱豹，也不担心树根像桃子、花蒂像丁香、果实像棕榈的疯婆娘树后面会站着鬼魂，我的恐惧，是这一片森林唤醒了我与生俱来的所有勇气和意志，又在一瞬之间，将其消灭殆尽，剩下虚弱和不安。

没有林中空地，见到天空的地方，是因为那儿站着一棵比其他树更大也更老的树，它浑身都已土化，长满了寄生植物，但它还活着，活得让其他树不敢轻易向它身上靠。它的老，每一寸肌肤，每一根树干，都像死过了千百回。它的下面，山势平缓。王梓先老人说，这是寨子的入口，树是寨中的神树，因为祭祀，这儿不知杀死过多少头牛。过了神树，一片高地上，有一大庙的废墟，庙墙是石垒的，供神的地方，堆满了一尺长、五寸宽的大青砖。入庙门，有三级平台，每一级平台下又有数级台阶……可这哪儿是庙啊，全是参天的大树恣意生长，倒像是人们在大树的底下，以树为神，筑了些通向树神的台阶，设了些拜树的祭坛，而这些树又不买账，静悄悄地就把这些人工的设施，一一地弄坏了。义字当头的关圣人，他的金身是在这儿矗立过，监督天涯聚众而居的人们，可是，他也不在了。凡庙必有的功德碑，王梓先老人以刀探遍杂草和灌木丛，也不见了，想必被山神收藏在了他的博物馆内了。最显眼的是，两个被损的龙头冒出腐殖土，鳞片间的石痕全是青苔，以树叶一再拂拭，方露出本色。

大庙下的寨子遗址，与大庙无异。当年的堂屋、卧室、厢房、灶台，一一站着抱粗的大树；石条路和春米舀，像天外飞来之物，缩身于角落；一个个旧屋基，像金钱豹打滚弄出来的平台。一阵大风吹，树树附和，疑有人声，疑有路过的孟加拉虎的叹息。寨子的格局，其实极有气象，错落有致，而且向阳，可人工留下的，除了不腐的石头和砖，竟只找到一截还在站着的柱子，王梓先老人说，这是铁木。但铁木也已被雨水一再剥洗，像我在新疆沙漠上看见的那些胡杨木的骨头。

大庙之毁，据说毁于人工；寨子之毁，则毁于天意。在众坟之间，王梓先老人曾力图找一座"吹大烟的人"的坟让我看，说凡是这种坟，不但无碑，后人还会在坟头置一铜烟嘴。翻了一堆堆树叶，找了半天，就是没找着一个铜烟嘴。其实，在这儿，这种因吹大烟而亡者，或许才是善终，他不仓促，他的后人也不仓促。

六

有一说法："侠有金庸，史有高阳，吃有鲁孙。"鲁孙即唐鲁孙，本名葆森，满族镶红旗后裔，珍妃的侄孙，其洋洋洒洒的谈吃文章，上至皇家珍馐，下至苍生小吃，天南地北，无所不涉，让无数移居台湾的大陆人害尽了相思之苦。那谁是珍妃呢？珍妃者，光绪皇帝最宠爱的妃子和政治上的红颜知己，空怀救国济世之心，死于慈禧之手。她之死，全因她太爱光绪并对光绪寄托了太多的政治梦想。说珍妃，当然是想强调唐鲁孙的血统；强调唐鲁孙的血统，当然是想引用这位"华人谈吃第一人"说出的关于普洱茶的文字。他在《说烟、话茶、谈酒》一文中说："宣统出宫后，故宫清理善后委员会曾经在神武门出售一批剩余物资，有大批云南普洱茶出售。先祖母说百年以上的古老普洱茶可以消食化水、治感冒、祛风湿，价钱比中等香片还便宜，所以买了若干存起来。到了冬天吃烤肉，吃完有时觉得胸膈饱胀，沏上一壶普洱茶，酽酽地喝上两杯，那比吃苏打片、强胃散还来得有效呢！"引此段文字，有两个佐证目的：第一，今年因普洱茶风靡全国，有一些权威机构的专家跳了出来，痛斥普洱茶，说普洱茶放久了便无味，功效之说乃是炒作；第二，唐鲁孙文中所说的"先祖母"，当与珍妃年纪相当，珍妃死时二十五岁，随后便是清朝廷的亡命期。他所言的上百年的普洱茶，按大致的时间测，当产于清乾隆、嘉庆和道光时期，也正是普洱茶的鼎盛之时，亦即出自倚邦或易武。现在的许多所谓专家，上百年的普洱茶他们是没有见过的，更不可能"酽酽地喝上两杯"，那他们为什么要对普洱茶说三道四呢？唐鲁孙之言不知能否堵住他们的嘴？至于强调这些百年普洱产于倚邦或易武，乃是因为在皇家茶官曹当斋的史迹上缠绕了半天，理应告之他在天之灵，所谓贡茶，贵胄子弟唐鲁孙都喝到了，而且上了百年，还是"酽酽地"，只是稍有不幸，因为清代的皇帝一出宫，普洱茶不仅不"价等兼金"，而且还赶不上北京市民所喝的中等香片的价格了，真是此一时彼一时。

想想，为了把这些茶弄上北京，为了让茶山宁静并尽可能地多收些赋税，倚邦的曹府和易武的伍府做出了多大的努力。特别是易武，这一个南诏时的"利润城"，在"以茶治边"的年代里，便如迤南天际的一轮太阳，以茶之利而充军需，光焰炙人。而当明末清初的植茶大潮勃兴之后，《镇越县新志稿》载，嘉庆和道光时，年产茶可达十万担，制茶运茶人六万，易武、麻黑、曼撒、曼洛等山川间的小寨，也因此而土木兴，城镇起，会馆林立。就像曹氏获敕命，这边的茶庄也于光绪二十年获御赐"瑞贡天朝"之匾，所不同的是，一赐官，一赐商，官正获赐稍易，商正获赐太难。官正则商正的概率大，商正则未必官正。就为了唐鲁孙这样的人家能"酽酽地"喝，我以为，易武这一古代普洱茶的圣地，它历史上最具人性之光的一桩事件发生了，那就是，道光十八年即1838年，茶商张应兆于易武刻立了"茶案碑"，碑文如下：

断案碑记小引：窃维已甚之行，圣人不为，凡事属已甚，未有不起争端也。如易武春茶之税，每担收壹两柒捌钱，已甚竭极，故道光四年，兆约同肖升堂、胡邦直等上控，求减至柒钱贰分，似于地方大有裨益。乃道光十七年兆之二子张瑞、张煌幸同入庠，兆到山浣，易官谕茶民都助此须，似合情理。奈王从五、陈继绍不惟怂恿易官不谕，且代禀思茅，罗主差捉刑责，掌责收监伊等之伙党暴虐，额外科派概置不论，兆又约同吕文彩等控。

经南道胡大山蒙批，仰普洱府黄主讯断，全案烦冗将祥道，移思札饬易官遵奉缘由，勒石以志不朽云。

谨将署普洱府正堂黄主详上移下文卷定章录刊于左：

查此案前，经敝署府审看，得石屏州民人张应兆、吕文彩等先后上控。易武土弁伍廷荣、曾字识、王从五、陈继绍等，年来诡计百出，伙党暴虐，额外科派各情一案，缘张应兆、吕文彩等，均系籍石屏州，于乾隆五十四年前宣宪招到文彩等父叔辈，栽培茶园，代易武赔纳贡典，给有招牌，已今多年，无谓前茶价稍增，科派尤轻，可以营生。近因茶价低贱，科派微重，张应兆等即以前情赴宪辕卖控，奉札下府，遵即移案，证逐一查讯，条款内补土弁字识等。

折收贡茶，系奉思茅厅谕，该首目以二水充抵头水茶，本年剖银叁百两，系买补头水茶，嗣后二水行禁革，易武私设刑具，讯系管养押罪人，但不得安拿无辜，其抽收地租仍照旧例。易武一案，上纳土署银贰钱，以作土官办公养膳，壹钱存寨内办公。如该土弁赴江、赴思，夫马照旧应办，仍邦供顿银叁拾两，自曼秀至曼乃各寨，仍照旧上纳土署银叁钱，赴江、赴思，夫马供顿使费，以及吃茶肆担，各寨採茶银拾两，祭童猪四口，水火夫一名，永行禁革。易武土弁，因公出入，夫不得过二十名，马不得过十匹，该土弁无事不得出寨。及黑夜行走，遇有公件，许用火把夫二名，马一匹，如遇江上派款，仍照通山分剖，由思由江回署，各首目拴线，只许用鸡酒。镯听其民，便不得苛索酒课（每年每个瓶子）上纳三分，不许任意派收，又加派茶价银伍两减免，不得派收。该土弁有事需银借贷，听其民便，不许逼借。至通山应办江干银叁百叁拾叁两叁钱叁分零，差脚尾巴银叁拾叁两叁钱叁分零，照旧办理，责成各寨客会收发通山站所听其民自裁。又李洲、李增弟兄叁拾柒两，讯系李洲畏烟瘴，央王从五等催人抵李洲赴江工银；黄金熔银贰拾两，钱肆千文，讯系因张占甲板扯张；义成银肆拾两，讯系因使大等子；又贾小四诈车上驷银拾两，讯系因张应兆父子住宿车上驷家，车上驷畏罪给贾小四之项均已罚入庙内，修庙修路，并将土差贾小四责惩，俱已遵断，具结存案，请免置议缘奉。

批饬理合，将讯断缘由，具文详请！

宪台府赐查核批示销案，实为公便等情奉。

批查此案，既经该署府提集，原被人讯断明确，两造俱已久服。如详准其销案，叩即查照，并移思茅厅知照，此缴等因奉此，当经移知前厅饬遵办理在案，兹奉批前因合再录，移知为此，合关贵厅查照。迅即札饬该土弁遵办，毋得玩违。该民人等，亦毋得借词藐玩，均于查究切切须至关者。

道光十七年十二月十二日移思至十二月十七日，札饬易武内云，该土弁勿得再行违断监派，并将遵断缘由先行据实禀复核夺，奈王从五、陈继绍硬不代禀，恐日久仍蹈前辙，因立碑为记。

道光十八年岁在戊戌孟冬月望十日张应兆同合寨立。

我之所以说这一勒碑事件颇有人性之光，是因为从碑文中可以看出，茶商活命，常为地方土官盘剥，是以张应兆约同吕文彩上控。没想到这一民告官的案件，竟以民胜诉而告终。更让人惊喜的是，张应兆勒石立碑，将案情广昭天下，文中不乏贬官之语，土官们也让这碑留存了下来。当然，这块石碑的价值远远不拘于此，它所陈情的茶山之乱和茶市之艰，其实还预示了随之而来的古六大茶山的灭顶之灾。在本书中，我曾列举了莽枝山和革登山形成空寨的时间，也就是道光皇帝驾崩的道光二十六年前的两三年。道光年间的瘟疫扫荡六山，六山元气大伤。此碑乃道光十八年所立，说的是人祸，殊不知天灾亦到。人性之光难救，势也；唐鲁孙能喝到此时的普洱茶，亦恐是天下唯一得益的人了，一如在瘟疫中得利的医生。

从私小的角度看，"茶案碑"一如后来白云洞中的小官们的题壁诗词，都可划入"耻辱碑"范畴。再联想到"保卫普洱茶研讨会"，倒也希望人们立一方耻辱碑，说清楚"保卫"的缘由，亦着实便几个"裸泳"之人，以碑而示，但求普洱茶多舛之命得以吉祥。

七

在今天的普洱茶界，易武七子饼，形质都受追捧，究其原因，有原料和工艺之功，亦有包装之力。也就是说，全赖代代相传的悠久的制茶文化。这里借此说说团饼或饼茶的包装史。明代《万历野获编》记载，明太祖朱元璋灭元得天下之后，因为团茶制造费时费力，遂下令废止制造团茶。而在之前，特别是宋代，茶多为团茶，其包装，梅尧臣诗《吕晋叔著作遗新茶》："每饼包青蒻，红签缠素苴。"周密的《乾淳岁时记》说到北苑贡茶，亦言："借以青蒻。"陈槱的《负暄野录》说藏墨之法，亦云："藏墨当以茶蒻包之。"明代顾元庆的《茶谱》也说："茶宜蒻叶而畏香药，喜温燥而忌冷湿。故收藏之家，以蒻叶封裹而入焙中，两三日一次用火，当如人体温。温则御湿润，若火多则茶焦不可食。"那什么是"蒻叶"呢？《辞源》云："蒻，蒲蒻也，即香蒲之嫩者。"这说明，在宋代，包裹团茶的是香蒲之叶，且主要目的是防湿气，怕茶叶受潮。有意思的是，在明代以后，人们言及包装茶叶，已经很少见到"蒻"，而成了"箬"或"篛"。"箬"与"蒻"本是一个字，宋代《广韵》："箬，竹箬。"但也就因这一变化，加之民国十四年柴萼所撰的《梵天卢丛录》云："普洱茶产云南普洱山。性温味厚，坎夷所种，蒸制以竹箬成团裹，产易武倚邦者尤佳，价等兼金。品茶者谓之比龙井，犹少陵之比渊明。识者韪之。"一些日本汉学家就将普洱茶的包装认定为是借鉴了团茶的包装，且认为此法太粗糙，没了香蒲的柔软与高贵。

日本人之说，很多立场都源于其茶风茶道，在引用柴萼之语时，往往也只看"竹箬"二字，而不接后文。在柴氏的文字中，用普洱茶与龙井相比，就像拿杜甫与陶渊明做比较，评价极高，而且普洱茶的价格两倍于黄金。茶之优劣当然不能看包装，但我一直认为，若以香蒲包普洱，犹如用竹箬包龙井，都可笑至极。普洱茶从种到质，都与作为其子孙的中原茶大异其趣，其质、其形、其味，以及其清、其正、其和，本就源于竹筒茶这一古之法的血脉演绎，用文献中的杂说来推测当时仍是附属小国的茶品乃是沿袭中土，是因为茶叶常识的缺失所致。

易武抑或倚邦，以及云南广大的普洱茶产区，以竹箬裹茶，我宁愿相信乃是自然的造化和促成，尽管我也实在找不到此法源于何时的记载。或片或饼，普洱茶可溯至唐代，用什么包装，谁也讲不清，但把清代的七子饼视为竹箬包装的起始时间，也无依据，且不合常理。不过，在这儿，具体的时间是次要的，关键是，只要我们觉得普洱茶的外运史有多久远，这种包装就可能有多久远，因为竹箬的防潮功能和茶山竹箬的俯拾皆是，远不足以让我们的祖先形成智障而视而不见。如其久远，竹箬之美，就有了光阴之美；如其只是昨天才用此法，它亦美轮美奂，至少是自然之美，在异化纷纷的年代，以大地的名义，向人们呈现出了一种动人心魄的力量！

八

在易武和倚邦徘徊了多年，我最大的遗憾就是没有到过曼松。王梓先老人在接待我的诗人朋友朱零时说，基诺茶香高，回甘好；革登茶最香，喝到口中柔度饱和；莽枝茶柔和静养，与人体最和谐；倚邦茶有百花香，喉韵十足；蛮砖茶香味特殊，有樟香亦有蜜香；易武茶蜜香浓郁，回甘最快。六山之茶，总的来说，其协调性，其和谐之美，堪称茶中之冠。但是，他说，曼松的茶则是皇冠上的明珠，不仅色、香、味三绝，而且非常耐泡，一泡茶可以取汤近百次而不淡，它的一个显著的特点是，不管你泡多久，不取汤，它也不会形成"茶锈"。

曼松现在产茶多少？象明乡政府的统计表上，空白。砍伐茶树的利斧，四十年后，生锈了；烧焚茶树的大火，四十年后，熄灭了。我期待着茶园恢复的那一天，但是，除了这片多灾多难的土地上，它的子民们在矢志努力，似乎更多的外部世界的声音始终在阻止。还是那句话：我始终弄不明白，古代的朝廷尚且敢于费尽移山之功，修路至此而取茶，而今天，我们才喝了几口，为什么就有那么多的蝇营狗苟？也许，以前的凋敝更多地源于瘟疫，今天，古六大茶山的命运，又将执于谁手呢？

南糯山记

一

　　西双版纳旧称车里。明朝冯甦《滇考》:"车里,在八百东,即古产里。汤时以短象、象齿为献,周公赐指南车归,故名曰车里。元兀良吉歹戍交趾,经其地,降之。至元中,置撤里路。明改车里军民府,寻升宣慰司。永乐中入寇,后惧而谢罪。万历十一年,明伐缅,其酋刀糯猛使贡象,实阴付于缅。兄居大车里,应缅使;弟居小车里,应汉使焉……"关于"车里"之名的来历,道光《云南志·地理志》亦云:"周成王时,越裳氏来朝,周公作指南车导王以归,故名车里。"

　　南诏国时期,设有金生城和银生城。方国瑜先生考证:"樊绰《云南志》丽水城曰:'从上郎坪北里眉罗苴、盐井,又至安西城。'又曰:'眉罗苴西南有金生城。……金生城,疑即今之青蒲附近,在八莫北伊洛瓦底江西岸,盖金生城以产金得名,即在江边也。'"至于银生城,方先生:"樊绰《云南志》卷七曰:'茶出银生城界诸山,散收无采造法,蒙舍蛮以椒姜桂和烹而饮之。'按:银生城界者,即银生节度管辖界内,今所称云南普洱茶者,实产于倚邦、易武、勐海各地……则银生城界内产茶诸山,在今倚邦、易武、勐海等处可知也。"方先生没有明确指认银生城在西双版纳,但尤中教授的《云南民族史》一书中,则

197

根据《南诏德化碑》所示，指认银生城就在"墨觜之乡"，即景洪一带，节度使是德化碑上的"赵龙细利"，即召龙细利。该节度之所以名"银生"，《清一统志》卷四百八十六普洱《山川》说："整董井，在府南二百五十里，蒙诏（按：即南诏）时，夷目叭细里，佩剑游览，忽遇是井，水甚洁。细里以剑测水。数日，视其剑化为银。"文中的叭细里，尤中先生说："叭细里也可以写作叭细利。傣族中的地方头目称叭；王子则称召。细利其人，当其充当头目时称叭细利，一旦成了大王，便称召龙细利。"

金生城以产金而得名，银生城却无产银记载，乃是"剑化为银"，一下子就让人迷幻起来了。秘境之地，不辨东西南北，所以，这儿的头目觐见周成公，还怕他找不到回家的路，命人为他制作了一辆指南车。其实，"周公作指南车导王以归"一说，同样是玄说，"指南"器具的发明，非周时所能为，乃后世为之，况就算有了一辆指南车，它如何能从中土驶入"墨觜之乡"？中原入滇之"五尺道"始修于秦，且雄山大川之间，马行亦需贴壁悬空，步步生死。明万历元年，四川巡抚曾省吾携万千兵将进剿僚焚，入此路便云："石门不容轨，聊舍车而徒。"指南车在此，与"剑化为银"同出一辙，乃是史官们面对极边之国和蒙尘的光阴束手无策而凭生的无边想象。据此，我们也就不难发现，当地图上的名字都虚幻如梦境，地理学犹如迷药的配方。穷极地端的西双版纳在人烟袅袅升空以来，它除了受制于极富理想主义色彩的边缘政治（且政治之剑大都只插向短狗和耕象等异物的心脏），更多的时候，它乃是一个隐伏于热带雨林中的不为人知的自由王国。我们言必称此地的部落与王国屡屡进献于朝廷，乃是汉文化的话语霸权所致。《新唐书·南蛮传》云："大中时（公元847年至859年），李琢为安南经略史，苛墨自私，以斗盐易一牛。夷人不堪，结南诏将段酋迁陷安南都护府，号白衣没命军。"明代陈文编修的景泰《云南图经志书》："至元甲戌，立彻里路军民总管府。岁赋其金银。随服随叛……其民皆百夷，性颇淳，额上刺一旗为号。作乐以手拍羊皮长鼓，而间以铜铙、铜鼓、拍板。其乡村饮宴则击大鼓，吹芦笙，舞牌为乐。"这两则典籍，白衣没命军，飘逸出尘却又生死不顾，额上刺旗且又性颇淳且又好饮宴且又随服随叛，大有魏晋的华美风骨。他们于字里行间隆重举行的，一直是一场无须域外之人观赏的亦悲亦喜的旷世盛宴。叛，非叛也，自由的元素。

二

现在，我就站在或产里或交趾或撒里或车里或银生城的古老城邦的遗土之上。身后是集五十多年心力而建起来的崭新的景洪城，面对着的，是沉默而又动荡着的澜沧江。远处的跨江大桥，不是什么飞虹，倒像是一棵足以庇护一座寨子的大榕树，它以身躯横江，交通南北。就像大理古城总是在日斜西天之际陷入苍山的阴影，景洪城也一样地可以看着秀美无极的南糯山，与日行相反的方向，朝自己走过来。我最烦的电视广告"品评黄山，天下无山"，真是一派胡言，天下无山了，黄山是山吗？一点常识都没有。没有常识，则无教养，更无敬畏。无山？珠峰是人类仰高之所；基诺山之卓杰峰，是基诺族人埋魂之地；佤山之司岗里，是佤族人悬挂万千牛头朝夕伏拜的圣地；卡瓦格博，藏族人的神山……而我现在洗心革面，欲登而又怕惊动诸多神灵的南糯山，在它的怀中，爱伲人和傣族人，死了，造一个墓穴，也必须抹平。不立什么石碑，不留什么碑文，也不堆什么坟包，是人神共奉的天堂。它山上的一棵茶树，死了。剩一洞穴，日本人和韩国人来朝拜，八百级台阶，跪拜着上去……相反，一如口出"天下无山"者，我们中间的许多人，上此山，看茶王树，脸上的汗水还没抹去，掏出小刀，见树就刻某某到此

199

一游、某某我爱你海枯石烂不变心之类。我不是泛神论者，可当人们告诉我，山上的这棵茶树王，是孔明亲手种下的，以前，树上常有白雾笼罩，且有一条赤红巨蛇盘其上，充守护者，我为之动容。我知道此说之虚，但我更知道，最虚之处，挺立着山上民族伟大的信仰，存放着他们不死的灵魂。

南糯山立在景洪城之西。像所有的山一样，它有峰峦、沟壑、绝壁、石头和土，但它又与有的石头山不一样，它穿着一件神赐的绿色的大袍，浑身上下，绿得每一寸肌肤都仿佛挂着绿宝石，我们所熟知的、陌生的和知之而又未见的——两百多科一千多属近四千种植物，在上面繁衍生长。它们亲密无间，搂肩搭臂，彼此深入对方的骨血，寄生者不感耻辱，供养者也不傲慢，粗高者抵天，低伏者贴地。生死由天命，谁也不争先，谁也不恐后。都是大地的毛发，所谓珍稀与滥贱，全系人子命定。每天早上，太阳出来，照耀十二版纳，也照耀此山。黄金之粉涂抹，一道道山梁是足金，绿被压住，斜坡和沟壑，金粉被吞掉一半，于是有了层次。有时，白雾从箐底往上疾走，一心想跟上彩云母亲的步伐，便见闪闪发亮的雾水，将金色之光浸得湿漉漉的。白雾一般都不是整体，南糯山有多少山谷，它就有多少支温柔的队伍，琴弦似的，列于山腰至山顶的区域。如果谁能弹奏此琴，当能发出一座山的所有声音。一座山的声音，石头的声音请金钱豹代劳；泥土的声音，用青蛙之口大喊；鸟儿总是飞来飞去，它们负责转达一棵树对另一棵树的意愿。转达得好，所有的树就在风中鼓掌；转达得不好，所有树就不高兴，一抖，身上的黄叶就落了一地。风是香风，它们的任务是把樟木和檀木的心香，一一地分发给每一物种。偶尔，会有几头孟加拉虎路过这儿，它们的吼声，据说是爱侣人在密林中喊魂，当然，如此破玉裂帛之声，也有祭师用来驱邪禳鬼。

日落或雨天，南糯山就会暗下来。悬浮其上的暗色，一如罩住西双版纳的几千年光阴，让人的目光始终难以穿透。所谓那些被我们看见的，无非只是一个山的轮廓。立于景洪之边，我相信这片土地上的一切，都没逃脱南糯山之眼，可它肯定不会站出来开口说话，更不可能移位于人类学家或史学家的案头，让这些皓首穷经者按下录音键，摄取一片土地的人类成长史。谜不可解，不宜解，山川明白这一点。

三

"以改变名称来改变事物，这是人类天生的诡辩行为！"语出马克思和恩格斯的《家庭的起源》。当这些族名、寨名、郡名、节度名、路名、州名和府名，一再地被改变，"诡辩"所带给我们的，也许就是事物真相的一再被遮蔽。但除了依赖于"诡辩"，站在几千年光阴这一头的我们，又能出何奇招呢，特别是当我们执迷于某些真相的时候？出生于布宜诺斯艾利斯的加拿大公民阿尔维托·曼古埃尔对此的态度是："对我而言，纸上的文字带给世界一种连贯性。当马贡多的居民在百年孤寂中为一天降临的健忘症而备受折磨时，他们发现他们对世界的认知在迅速地消退，他们可能会忘记什么是牛，什么是树，什么是房子。他们发现，解药藏在文字里。为了想起世界于他们的意义，他们写下标签挂在牲畜和物品上：这是树，这是房子，这是牛……"（语出曼古埃尔《恋爱中的博尔赫斯》，王海萌译，2007年4月华东师范大学出版社出版。）

所以，在遍寻诸多纸上文字并力求从中找到"世界的连贯性"之后，2007年6月11日，在我的朋友刘铖和小白的引领下，我再一次怀着敬畏之心，走向了南糯山。需要在此多写几句的是，10日晚，为了给我壮行，我的另外一位朋友杨小兵夫妇，在景洪家中为我设家宴，所有的菜肴都是小兵先生亲自下厨，清汤水库鱼和景东腊肉等等。他知我嗜酒，备下的酒都是好酒，他因糖尿病戒酒，我和刘铖大醉。席间，适逢其岳父遭遇车祸受伤，或许皆因我等来做客，他没到事故现场，其妻前往。虽没去，看得出来，小兵一直惴惴不安，直到妻子来电话，伤是小伤，他才舒了一口气。

南糯山隶属于勐海县格朗和乡。格朗和，哈尼语，意为"吉祥、幸福、安康"。勐海，傣语，意为"英雄居住的地方"。格朗和乡由南糯山、苏湖、帕真、帕沙和帕宫五个村委会组成，有58个自然村75个村民小组3737户人家。在312.44平方公里的土地上，居住着13822个爱伲人、820个傣族人、770个拉祜族人和390个汉人。也就是说，在这个区域，爱伲人是主体。按照祖先的习俗，从景洪至勐海的公路中段，转入南糯山处，立有一寨门。寨门有联："茶王根深发千年，竹筒舞响传万里。"寨门的两边，左立一爱伲男青年木雕和一条狗的木雕，右立一爱伲女青年木雕及金鸡、猫和狗。或许是因为此寨门系乡政府所立，与山上的寨门不同，它没有驱邪避污之物悬挂，更像一个入山的路标。

爱伲人系哈尼族的一个支系，古称乌蛮、和蛮、窝泥等等。据哈尼族口碑传说，其先民原住北方一条江边的"努美阿玛"平原，约秦汉之际迁入云南。作为古代羌系民族的后裔，哈尼人堪称稻作史祖，国外的一些人类学和汉学学者，把云南视为稻谷的发祥地，而这些均与哈尼族血肉相关。嘉庆《临安府志·土司志》描述哀牢山之哈尼梯田："依山麓平旷处，开作田园，层层相间，远望如画，至山势峻急，蹑坎而登，有石梯蹬。山源高者，通以略杓，数里不绝。"在日本人类学家鸟越宪三郎的笔下，更是有一幅令人荡气回肠的古代世界稻谷传播图。在此画卷中，涉及云南先民如何驯化和培育了稻谷，然后，往南，传播至东南亚并通过印度洋流布世界；往北，则以水路传播至中原广大地区；往西北，则甘陕；往东，则桂粤……此传播图远胜于茶叶的蔓延，对人类的贡献也更大。然而，在哈尼族的各支系中，也非所有支系均如元阳

202

梯田的主人，乾隆《开化府志》说窝泥："多处山麓种地"；乾隆《景东直属厅志》卷三说喇乌："山居，亦务种植"；《滇南志略·临安府》说糯比："居处无常，山荒则徙，耕种之处，男多烧炭，女多织草为排。"

我不知道南糯山的爱伲人究竟是何时迁入的。尹绍亭先生的《云南刀耕火种志》："现居西双版纳勐腊县麻木树乡的哈尼族，系自江河地区迁去。1985 年笔者到该乡调查，坎落寨老人达努能背诵近五十代家谱，并说他们过去世代保持着这么一个传统：由于经常因打猎、战争等原因而后起迁移，所以男子总是随身带着三穗小米，每到一个新的地方，就把小米种下，来年便可收获。"由此看，南糯山的爱伲人也应从红河迁入。但道光《普洱府志》卷十七："黑窝泥，宁洱、思茅、威远、他郎皆有之。"言及之处，距勐海更近，迁入的可能性也不小。

"哈尼"，哈，飞禽虎豹；尼，女性。凭字意理解，这是一个长期因受奴役而"退居山林"的民族。尤中教授《云南民族史》："（南诏时期）最初，和蛮（哈尼）、朴子蛮（布朗族和德昂族先民）都有与金齿百夷共同住在平坝区。后来，同区域内金齿百夷中的贵族势力发展了，支配了平坝区，在平坝区的那部分和蛮、朴子蛮都被迫退入山区。"金齿百夷者，傣族。从哈傣杂居到哈入山居住这一事实来看，符合这一事实的区域，当时的西双版纳最存在可能性。也就是哈尼入山，或者干脆说，哈尼族人进入南糯山的时间，有可能是在南诏时期，即唐代，距今已有一千三百年左右的时间。

如果说南糯山的一万二千亩古茶园以及那株已经枯死的八百年树龄的茶王树，象征的是一种茶叶文明，并足以让我们掠开人类茶叶种植史的冰山一角，那么，我亦认为，哈尼人进入南糯山的时间，一定在一千四百年左右。为什么？任何一种文明尤其是山地文明的形成，诸多历史事例告诉我们，若非耗尽成百上千年的时光，断然难以建立。而且，每

203

当这种文明发展到一定的高度。由于封闭，它可能再过一千年也难以朝前走一步。《后汉书·西南夷·哀牢传》及《华阳国志》中均言，在汉代，这儿的人民已经能取自然之物而成布匹，且称"蜀布"，被蜀商远销西域，让出使西域的张骞都看见过。可是，两千多年过去，至中华人民共和国建立以前，这一带的人民依然极其落后。其手工业和农业生产水平仍然停留在汉代。一种文明，仿佛被放入了冰箱，或被自然之力悄悄地藏进了厚厚的冰川。当它醒来，世界已变得面目全非。

当然，现在的南糯山，早已把自己的身躯毫无保留地凸现在世界的目光之下。高速公路就在山脚下，往来的车辆足以把任何梦想带到世界的任何地方，而且这种运输的速度远非牛帮、象帮和马帮可比。开启南糯山现代之门的钥匙，它转动的时间，甚至早于其他门的打开。1938年，西南联大的一批师生抵昆明，云南省府"有调查普思边地之举"，一个名叫姚荷生的清华学生得以参加调查队，且来到了西双版纳，并在之后出版了专著《水摆夷风土记》。在姚荷生的笔下，当时的勐海，已是茶的都市："佛海是一个素不知名的新兴都市，像一股泉水突然从地下冒了出来。它的出生虽不久，但是发育得很快。现在每年的出口货物约值现金百余万元，在这一点上够算得上是云南的一二流大商埠了。假如我们可以僭妄地把车里（景洪）比作十二版纳的南京，那么佛海（勐海）便是夷区的上海……它是一个暴发户，一个土财主，它的巨大的财富藏在那褴褛的衣服下面。佛海城里只有一条短短的街道，不到半里长的光景。……街头街尾散布着几所高大坚实的房屋，里面的主人掌握着佛海的命运。这些便是佛海繁荣的基础——茶庄。"勐海的茶业为何会猛然兴起？姚先生说："从前十二版纳出产的茶叶先运到思茅普洱，制成紧茶，所以称为普洱茶。西藏人由西康阿登子经大理来普洱购买。民国七年，云和祥在佛海开始制造紧茶。经缅甸印度直接运到西藏边界葛伦铺卖给藏人，赚到很大的利益。商人闻风而来，许多茶庄先后成

204

立。现在佛海约有大小茶号十余家，最大的是洪盛祥，在印度和西藏都设有分号，把茶叶直接运到西藏销售。"而那些小一些的茶庄，姚先生说，他们就联合起来，推荐出两个人负责把茶叶运到缅甸的景栋，再经仰光到印度，卖给印度商人，由他们转销西藏。勐海每年茶叶的输出额为六千至七千担，约值百余万元，但花在缅印境内的运费就达四十万元（银币）左右。姚先生还说，此地版纳的茶叶，主要以勐海为市。主销西藏，有一部分销内地的，仍然先运至普洱再转昆明。由于经济的勃兴，勐海"逐渐地摩登了，不仅道路铺上了柏油，建筑新式的医院、中学，图书馆和电灯厂也建立起来。这儿有说汉话、穿西装、打网球、喝咖啡牛奶并把子女送入学校读汉书的勐海土司刀良臣；有学识渊博但因协助车里县长筑路而被称为'夷奸'的勐混代办刀栋材；有会说英语和缅语并敢于娶顶真姑娘为妻而遭夷人反感的留学生土司刀栋柏；有边地英雄柯树勋之婿、富极穷边的群龙之首、茶商李拂一"……在姚先生笔下，当时的勐海真的是洋味十足了。

众所周知，也就是姚先生所述的 1938 年，代表云南省府的白孟愚和代表中茶公司的范和钧，分别把当时世界上最先进的制茶机器，不辞千辛万苦，搬进了南糯山，建起了南糯山茶厂和佛海实验茶厂。此两人都曾留洋，都是茶叶大师，且都请来了当时中国最优秀的茶叶技师做助手，所以，他们入主南糯山，堪称现代普洱茶的发端。而南糯山也因此成了现代普洱茶的圣地。据很多老人回忆，范和钧执迷于制茶，白孟愚则在制茶之余，穷己之力，扶持茶农，在哈尼人中间，推进茶叶的科学种植与生产，是以被哈尼人称之为"孔明老爹再世"。

被誉为再世的孔明，非众人能成。孔明的地位在夷边就像神灵。民国初，一位美国传教士名叫杨君（Mr. Goung）的，在澜沧县的"倮黑人"中传教，人们置之不理。但这个杨传教士是一个绝顶聪明的人。他见人们极端崇拜孔明，便杜撰说，孔明和耶稣是兄弟，孔明是哥哥，耶稣是弟弟，信仰哥哥的也应该信仰弟弟……渐渐地，信仰耶稣的人便多了起来，以至后来，县政府召集俅黑人难上加难，传教士一声命令，便有数千俅黑人闻声而至。县长害怕了，便请省府交涉把传教士调出了澜沧（见姚荷生《水摆夷风土记》）。一样的道理，因为白孟愚有孔明之心、孔明之行，后来，他一声令下，很多人便跟着他提枪走上了抗日的沙场。

孔明的地位，很大程度上，取决于茶。很多学者把西双版纳、思茅等地的种茶史认定为一千七百年左右，原因就是附会了这一地区的民间传说。孔明伐滇，时间是公元 225 年，也就是一千七百八十二年前（文章写于 2007 年——编者注）。他为何伐滇？意在定极边而取云南之财富，充实其军国之需，穷兵黩武。人们之所以奉其为茶祖，我以为，此地早已种茶产茶，而他立足于经济发展，规模化地组织边地之民种茶制茶，并有意识地搭建起了茶叶的贸易平台和流通渠道。我的老家昭通，自古皆是物资集散地，自古也都流传着一句话："搬不完的乌蒙，填不满的叙府（四川宜宾）。"同理，明代陈文编修的景泰《云南图经志书》校注中，载有翰林学士虞伯生为乌撒乌蒙道宣慰副使李京所著的《云南志略》写的序，其中有一句是这么说的："诸葛孔明用其豪杰而财赋足以给军国。"豪杰者，孟获之流也，得孟获，则得财赋，得了财赋，就可以出祁山，就可以和孙权、曹操三分天下。当然，要得财赋，理应扶持农耕、挖矿和植茶。

布朗和德昂本就是此区域中种茶最早的民族，有人助其种茶卖茶，此人能不成茶祖？布朗族传说，茶乃始祖岩叭冷遗物；德昂族创世古歌，说德昂乃"天下茶树"的子孙，茶乃圣物。哈尼人生活于布朗和德昂之间，自然也视茶为圣品，这用不着怀疑。

由孔明兴茶到范和钧与白孟愚入南糯山，上千年的风雨，茶树生死明灭，人烟几度迁徙，换了一代又一代，可山依然叫南糯，入山的门依然面对着从世界那边伸过来的一条条道路。南糯，傣语，"产笋酱的地方"，让其有名的却不是用竹笋做成的酱，而是普洱茶。

四

我把整个格朗和乡均称为"南糯山"。所以，这次入山，我没有再次去拜枯死的茶树王，而是取道姑娘寨，直奔水河老寨、水河新寨和曼真寨。当刘铖兄的皮卡从高速公路上转入山内，混凝土和铁栅栏便消失了，代之的，是树叶变成红土，巨石变成沙砾，路面时起时伏，山上流下来的泉水，也是路上的旅客。时有野鸡横飞，从一片树林到另一片树林，它飞至路的上空，或许有不踏实之感，却是我认定这山尚有除人之外的万千生灵的依据。从山上下来的摩托，像金钱豹，一眨眼，就扑到了眼前，再眨眼，不见了。骑在上面的爱伲族或傣族小伙子，有的染了红发，有的手臂上刻了文身，大多数都带着女孩子。在很多人的眼中，路是畏途。可我一点也没有感到颠簸，因为我来到了泥土、石头和树木的肺腑之中，来到了泉水和空气一样干净的世界的外面。而我要去的寨子，在云雾之中，在大树下面。寨子是人的寨子，亦是鬼神的故乡。

有几次，皮卡车驶上山峦，刘铖和小白，他们都有意让我在那儿眺望景洪城。我刚从城的钢筋水泥、玻璃幕墙、汗臭、交通法规和密密麻麻的脸孔中间逃跑出来，虽然也想看一看囚禁过我的地方，可我一时还难以谅解它、接受它。景洪，一座空气中有流水之声亦有火苗在蹿动的雨林中的城邦，它本已经是我见识过的最柔软也最缓慢的城，我爱它亦如爱我的故乡，可一旦深入大山这座自然的城府，唯有忘掉它，我才能全身心地去爱山并得到山的眷顾与同情。

水河老寨和水河新寨，原在乡政府驻地黑龙潭南面海拔 2196.8 米的路南山上，后来国家实施整体搬迁，方得以从密林之中，移至黑龙潭坎区边缘。老寨和新寨均按传统的干栏式建筑风格建设而成，稍有不同的是，老寨的布局丢掉了随意性的自然性，每一座单体建筑都服从于严格的规划，按"井"字形结构，有了处处均呈直角的街巷。新寨由于建在气象不凡的一片坡地上面，傍山而俯视长满稻子和甘蔗的田野，建筑群体大多依山势而筑，错落有致，寨子中的道路也因此具有了线条美。老寨与新寨相距两公里左右，但不知什么原因，人们很少往来，问其缘由，被问者皆避而不答。

　　北京大学的人类学研究生肖志欣，是个女孩子，黑龙江人，为了调查爱伲人的家族制度，她已在水河老寨居住了几个月，并且还将住下去。我和刘铖进入水河老寨的时候，她已迎至寨门口。早晨的阳光下面，她戴一顶太阳帽，T恤，蜡染的裤子，表面的符号意味着她已融入这片土地，可我们还是轻而易举地就可以把她从这片土地中剔除出来。她说："先去我们家坐坐吧。"从寨子的街巷中过，她频频用哈尼语与老人和孩子打招呼。据她说，到这儿来，因为没有翻译，她自己就努力学习哈尼语。因为文化部所给的资助只有五千元人民币，住不起乡政府旁的小旅馆，她就住进了一户爱伲人家，住久了，也就把那家当成了自己的家。家里的人，该叫爸爸的叫爸爸，该叫妈妈的叫妈妈，哥叫哥，妹叫妹，俨然家中的一个成员。而此户人家也把女儿赶到了沙发上，腾出一间房子让她住。认识她是经一个朋友介绍，来之前，我曾给她发过短信，问她要不要帮她带些日常用品上山来，她回短信："这儿没那么偏僻。有心的话，给爸妈带一点小礼品。"她的"家"，在寨子的中央部位，跟着她上楼，屋内有些暗，左手边是三间卧室，屋中央是火塘，火塘上挂着一个被烟熏黑了的架子，上面有竹箕，里面是一些茶，另还有葫芦等其他物件，均已被柴烟熏得黑亮黑亮的。她的爸妈都在，热情地招呼我们。妈妈正在给女儿穿戴传统的哈尼族盛装，头冠上有绒球、银饰，有五彩斑斓的长长的流苏直抵腰部，腰带是贝壳做成的，手上的镯子是琥珀。那是一个漂亮、健康的女孩子，我问她："要去见男朋友？"她只顾阳光灿烂地大笑，不答，银子般的牙齿，是天生的最美的银饰。肖志欣说，不是去会男朋友，是要去迎树棺，寨子里一个老人死了，砍树棺的人还在山上，妹妹之所以盛装，是传统的避邪方式。

寨子距砍树棺的山腰只有两公里左右，我们才到半路，就听见噼噼剥剥的吹伐声从一条箐沟的密林中传出。领我们去的是一个小伙子，非常健壮，宽宽的脸庞上，似乎藏着北方祖先的影子。他几乎没有言语，脸上的黑色，似乎就是我们常常挂在嘴边的"沉默"。进入砍树棺现场的小路是新辟出来的，刀伐的灌木创口，还散发着芬芳。所谓树棺，就是把一棵最粗的大树砍倒，用最好的一截，剖成两半，根据死者身体的尺寸，砍成棺木。砍树棺的现场，有十多个人，有长者，有后生。长者做些技术活，后生主要的任务就是挥舞着长刀，不停地砍。这棵用来做树棺的大树，原先就长在旁边十米开外，它倒下时，砸倒了一大片灌木。有一位老人，一直在用一根代表尺寸的竹子在树棺上测量，他告诉我，这棵树是山上最大的一棵了，再也找不出第二棵。我问，如果大树都没有了，以后用什么来砍整木的树棺？他没有回应。

棺木分公母。公的在上，背部亦凿出镂空状，棺头和棺尾分别留出两根对刺状的剑尖式的木刃，两个"剑尖"中间尚有近一尺的空隙。"剑尖"本是原木的表层，所以悬空，其下又有顺棺而成的"工"字形木格，"工"字中竖着的那笔，在两个"剑尖"对刺的空隙处，凸起一方块……各具象征性，总的来说，就是要让死者入土为安，且要让其鬼魂静处地下，不要再回寨子去吃人。我问用竹子测量棺木的那位老人，那"剑尖"是什么意思。他回答了，哈尼语，引我们上山的小伙子翻译成汉话："鬼的生殖器。"众人闻之，大笑。母棺在下，用于盛亡者，其空落处，按人体尺寸而凿，其状如船，包括底部，亦像木船的底。这棵被凿成棺木的树，是棵老树，砍开的地方，寸寸都如上等的宣威火

209

腿，红红的，泛着油光。我想，亡者入其腹，当是最好的归处。

五

《百夷传》云："父母亡，不用僧道。祭则用妇人，祝于尸前，诸亲戚邻人，各持酒物于丧家，聚少年数百人，饮酒作乐，歌舞达旦，谓之尸；妇人群聚，击椎杆为戏，数日后而葬。"这记载的是古代傣族的葬礼。与"尸"相似，在我的老家昭通，老人去世称为"白喜事"，亲戚邻居亦歌舞升平，谓之"以乐致哀"。水河老寨的这场葬礼，也无僧道，有"尸"或"以乐致哀"的情态，人们喝酒吃肉，欢歌笑语，打牌作乐。我前往灵堂去祭奠，交五元钱给死者的儿子，上楼穿过人群，见树棺已装入亡者，上盖一竹编的簾席，静静地停放在屋子的一角。刚准备到露台上去坐坐，引我们上山看砍树棺的那个小伙子告诉我："你应该去祭一下老人。"再转到棺木前，见那儿放着一个巨大的簸箕，小伙子又提醒我，要抓三撮簸箕里的东西，分别撒于棺前。光线太暗，没看清簸箕里的东西是什么，抓起来才发现是茶叶。

法国的马塞尔·莫斯和昂利·于贝尔合著的《献祭的性质与功能》一书中说："在每一种献祭中，一个祭品从一般领域进入宗教领域中，它是被圣化的……提供牺牲以为圣化物品的依者，在操作结束时被献祭者与他在开始的时候完全不一样了。他已经获得了一种在以前所没有的宗教品格，或者已经祛除了他在先前感染的不利品格；他已经将自己提升到一种体面的状态，或者已经脱离了罪恶的状态……"我所了解的献祭世界，也一如两位法国人所言，当献祭完毕，无论我们用什么物品作为祭献物，它们必将让被献祭者转入另一生命轨道，或得到神圣，或剔除罪恶，是一种彻底的超度。然而，以茶叶作为圣化的物品载体，却是第一次碰到。以此来认定茶叶与爱伲人的精神关系，本来也可以说证据

210

充分，至少可以说明，在爱伲人的生活现场，茶叶足以让一个死者体面地安息，但我似乎又隐隐约约地觉得，这儿的茶叶，应该是礼品，让亡者带在身上，在未知的世界中旅行时，可以喝上一口。而且，这茶，犹如不朽的纪念品，当亡者去了另一世界而又不能返回，茶中自有亲人和故土。同样，佤族也有一句话："你喝了茶叶水，你就见到了鬼魂。"鬼魂者，祖先也；茶者，通灵之物也。但佤族之语，个体性强烈，没有爱伲人以茶为祭更具包容性。佤族之茶，可借其回到祖先的身边；爱伲之茶，则有双向性，宗教意味也非常浓郁。

静静地停放着亡者的地方，楼上以牌为乐的声音此起彼伏；楼下，一头猪正被宰杀，猪血流了一地，有人以稻谷掩之，引来几十只鸡，不停地啄食。这些被血染红了的谷粒，很快地，带着猪的血和命，进入了另外一种生灵的生命。所杀的猪，因为是葬礼，不刮毛，更不去皮，一一地剁成小块，分成几十份，堆在街心的芭蕉叶上。不一会儿，外姓人家来帮忙的，团团地围了上来，一人取走一份。本姓人家，不取。

六

年轻时，我读过著名彝族诗人吉狄马加的一首诗，名字叫《黑色的河流》：

我了解葬礼，

我了解大山里彝人古老的葬礼。

（在一条黑色的河流上，

人性的眼睛闪着黄金的光。）

我看见人的河流，正从山谷中悄悄穿过。

我看见人的河流，正漾起那悲哀的微波。

沉沉地穿越这冷暖的人间，

沉沉地穿越这神奇的世界。

我看见人的河流，汇聚成海洋，

在死亡的身边喧响，祖先的图腾被幻想在天上。

我看见送葬的人，灵魂像梦一样，

在那火枪的召唤声里，幻化出原始美的衣裳。

我看见死去的人，像大山那样安详，

在一千双手的爱抚下，听友情歌唱忧伤。

我了解葬礼，

我了解大山里彝人古老的葬礼。

（在一条黑色的河流上，

人性的眼睛闪着黄金的光。）

　　爱伲老人的葬礼，时间定在下午四点左右。盛装去迎空棺的少女们，到了送葬的时候，却穿起了平时的衣服。没有什么仪式，人们将灵柩从楼上搬下来，抬着，一路就往坟山而去。直系的亲人，男的，头上扎一绺红布，在亲戚和邻居的簇拥下，跟在灵柩的后面。死者的儿子，穿一双拖鞋，背一竹篓，里面有盛水的竹筒、篓筐之类，右手提一卷篾席，左手提一竹凳和竹编的遮阳帽，其表情，似乎有悲戚之色，但又淡淡的。送葬的队伍大抵只有几十个，没来的同寨人，或坐在自家的楼上，或坐在街边的摩托车上，有的还坐在年轻人用来谈恋爱的小楼下，静静地看着。那些坐在自己小楼平台上观看的人，就如同坐在包厢里看话剧，见送葬的队伍如流水一般，很快就穿过了小街的河床，从寨子的后门往山上去了。与吉狄马加笔下的"黑色的河流"不同，这只是一堵波浪，而且是彩色的。他们出了寨子，就走上了一条白花花的路。路的两边均是绿茵茵的甘蔗林，风一吹，泛起一阵阵太阳的白光。

我远远跟在后面，见几个水河新寨的年轻人骑着摩托车过来，看见送葬的队伍，便停下，直到队伍消失在岔路的林荫中，方才启动摩托。问之，言不来往。我没有去坟山看下葬，据说，坟是平的，上面仍可以种庄稼，多年后，埋此人之土，完全又可能埋入另一个人。这才是真的入土，成了土的一部分。最大的禁忌是，入土时，生人不能把影子投入坟坑，否则就会被一起埋掉。

当我转回寨子的时候，寨子是空的，刚才观看葬礼的那些人不知去哪儿了。寨子的木板墙或柱子上，到处可见一些奇特的符号。亡者之家的门口，杀猪用的火还燃着，一个小伙子静静地蹲在那儿，红色的 T 恤衫，背上八个字，"宗申双核，赛车动力"，想必是买摩托时厂家所赠。转到寨门处，有一公厕其所，上有两幅标语。一幅是："家长辛苦九年，孩子幸福一生。"另一幅是："少生奖励，夫妻受益。"往乡政府方向走，杂草丛中的一间土坯房，墙上也有一幅标语："世界再大也不怕，学好文化走天下。"

七

刘铖和小白有事回了景洪，我一个人就在一家没有名字的小旅馆中住了下来。到吃饭的时候，同样去一家没有名字的饭馆吃饭。旅馆的主人，开了一家百货铺，门前摆一张麻将桌，从天亮到天黑，都有人在那儿打麻将，饿了，就在旁边的一个米粉铺上吃碗米粉，然后又接着打。从我住的房间往外看，可以看见竹林中的傣族寨子曼真。寨子的旁边有一水库，整天白晃晃的，风一吹水，水上的光就一闪一闪的。这间房子，估计某个下乡的干部住过，电视机旁边遗下一张报纸，上面有篇文章，说的是勐海 2006 年的茶叶生产与销售情况。文章说，2006 年，勐海县有精制茶厂 82 家，产精制茶 1.3 万吨，实现茶工业产值 5.7 亿元人民币，农民人均收入达到了 1200 多元，茶企业上缴税金 2500 万元，银行存款余额达 23 亿元……

从我住的旅馆走路去曼真，只要十多分钟。我没有沿着大路走过去，而是从水库边绕着过去。水库的旁边有一所中学，田径运动场上长满了荒草，旁边的一棵大榕树上，有几个疑为逃课的少年坐在上面。那真是一个天然的藏身之所，要是他们不讲话，你从树下走过，肯定不会发现他们。可以肯定，那是他们的空中乐园，在我的注视下，他们像猴子一样，从一根树枝蹿到另一根树枝，轻盈、迅捷。但当我把相机镜头对准他们，他们迅速地把屁股朝向树底，不配合。待我走远，听见他们一齐模仿做爱的声音，激情，高调，起伏有致，又不管不顾。

水库边上养鱼，浮着一间微型木屋，门上伸出两个狗头，见了我，就是一阵狂吠，弄得木屋在水面上波动不止。水库边有一荒地，野草齐腰。中间有两块新垦的活土，分别插了两把雨伞，觉得奇怪，便拍了几张照片。远远地看见一中年男人赶着一群牛过来，我便迎上去，问他那是什么，他说："傣族人的坟。"坟也是平的，几年后，雨伞破了，野草长出来，不知道有多少人记得，那下面埋着人。

早上的曼真，也是个空寨，几个黄色的小和尚在打桌球，另外一个小和尚骑着自行车在寨子里飞奔。

八

肖志欣是那一场葬礼上最忙的一个人，从砍树棺到下葬，她一刻也没离开过。至亡者入葬，她才抽身引导我，去水河新寨拜见寨中"贝毛"（祭师）。出其家门时，又见其家女儿盛装，遂叫她们站在门前合影。那道木门，经年累月，贴满了港台男女明星的照片，不下二十张，有古天乐摆酷，有梁咏琪做淑女状，有谢霆锋一脸凶气，有郑伊健胸上

214

文身持长刀的样子……明星照垫底，上有春联，是中国电信的赠品，联云："万事如意全家福，一帆风顺家业旺。"印象中，明星中间，还贴了一门神，好像是关羽。家挂明星照，已成习俗之势，我到过的山野人家，莫不如此，就连新寨的贝毛家中，也不免俗。

贝毛，六十岁左右，一脸的亲和与慈祥，见我们入其家，便招呼吃饭。他说哈尼语，与肖志欣对答，我偶尔插言，他亦能说一些简单的汉语。他的家在"寨心"的旁边，屋内格局与肖志欣所住那户人家同，但明显地可以感觉到，他家经济条件要好得多，且非常整洁。新买来的沙发靠墙而卧，肖志欣没坐，他的儿子便把沙发搬了过来，一定要她坐到那床单罩住的沙发上。听说我们已经吃过饭，一家三口也就没多客气，自顾吃饭。饭间，贝毛之妻偶尔站起，为我们盛茶水，贝毛则拿来一盒饼干。由于肖志欣的哈尼语显然还难以和贝毛进行深入的交流，因此，当我们坐在贝毛家看了一段时间的用缅甸语制作的卡拉OK音乐之后，饭后贝毛取来一张自己刻录的光碟，陪着我们看。光碟的内容，是关于"相剁剁"的：深夜，杀一只山羊于寨门外，置钱币等物于地上的芭蕉叶上，贝毛在暗光中，平静地念经。语调平缓绵长，持续时间近一个小时。内容多有重复，据肖志欣讲，关注的核心，总是生活的平安，贝毛口中的语词，大都是日常生活的具象。我是听天书，不知所云，只能从那暗夜、神秘的文字、山羊、沉默的围观者和偶尔闪过的亮光所共同组成的气氛中觉察到，仿佛有一股力量，在把困扰人们的鬼邪之物，往黑夜的更深处驱赶，让它们远离人居的寨子。而被驱逐者不可见，在空气中，在具体的物件上，无影无形无声，它们并不想走，所以，作为人鬼之间的贝毛，献之以牺牲。子曰："祭如在，祭神如神在。"一样的道理，祭鬼鬼亦在。做过云南姚安知府的明代卓越的思想家李贽（回族人，原名林载贽，字宏甫，号卓吾，别号温陵居士，福建泉州人）在其《焚书·鬼神论》中曰："小人之无忌惮，皆由于不敬鬼神，是以不能务民义以致昭事之勤……"说到人之为什么怕鬼，他说："乃后世独讳言鬼，何哉？非讳之也，未尝通于幽明之故而知鬼神之情状也。"不敬鬼神则不知敬畏，以为天地万物都可玩于股掌，类似的人不少。而人之所以怕鬼，乃心鬼作怪，人若如贝毛，对鬼敬之，则可驱之。鬼之情状，几人能见？大都是心造的幻境。少年时，在老家，我的一位大爷说，以乌鸦血涂眼，就可以看到鬼的世界。他之说，方法论，但没人敢亲历，乐于心想，乐于自己跟自己的影子战斗。

贝毛之经，全靠口传心记，现在寨子里的年轻人，无心于此，每到夜中，便骑摩托车下山，喝酒去了。他之法，相信会成绝响。由于普洱茶热销，茶园面积极大的南糯山，茶农收入颇丰，是以多数的年轻人都购置了摩托车。据交警部门的朋友说，近来在伲人中，曾发生了两场类似的"决斗"事件：为了得到一个女孩子的垂青，两个年轻人，骑车来到高速公路上，分立一百米左右的路的两端，加足马力，狂飙一样对撞……

从贝毛家出来，夜已深，"寨心"广场亦黑黝黝的。从新寨返老寨的道路两旁，萤火虫跟天上的星星一样多，像寂静世界的舞台上的布景，至于上演的歌剧，来自青蛙。可以想象，在青草和甘蔗林中，肯定集中了全世界的青蛙，它们一起鼓着腮帮，拼命地高歌。送肖志欣返家，其家对门的一户人家，有人吹笛，有人唱歌。歌不是什么古歌，而是《边疆的泉水清又甜》之类。唱什么歌很次要，触动我心的，是这样一种劳作之后的家庭生活，它远了，远如传说。是夜，却让我在水河老寨遇上，仿佛看见我那去世多年的老外婆，一头银发，笑盈盈地又回家来了。

九

离开南糯山的时候，我又在寨门前踟蹰了很久。这个哈尼语称"勒

216

坑"的地方，仿佛一个世界的出口和入口。类似的寨门，南糯山有很多，但规模稍小，却更直接。比如一男一女的木雕，在山上是裸体或以男女生殖器代之，在这儿却是盛装。寨门分三种：前门，全寨活人进出的圣门和净门；后门，死人进出，通向山野；侧门，家畜及因事故而死者进出，乃不净之门。正门的门顶横梁上，端坐木雕鸟阿吉，它是天神的坐骑，是寨神降临的象征，能拒恶灵于寨门之外。之所以立狗之木雕，他们认为："狗血淋洒之处，即是人鬼的分界线。"在他们的文化谱系中，人鬼本是双胞胎兄弟，但人鬼不和，见面就有争斗，为了平息事端，天神摩咪拉下夜幕遮住了他们的眼睛，并趁机将他们分开，划地为界。也因此，倪人忌生双胞胎，一旦生了就被视为恶灵，溺婴，并将其亲人赶出村寨，以火焚其屋，一年之内，不准与寨人交谈。

关于寨门，门图和高和所编的《倪风俗歌》中有《寨门神献词》：

　　　哦，神圣的寨门神，

　　　今天是老扛阿培（竜巴门节），

　　　是个吉利的日子，

　　　我们用新鲜猪血，

　　　我们用喷香的米酒，

　　　祭祀你……

　　　哦，吉祥的老扛然明（寨门女神），

　　　威严的老扛然优（寨门男神），

　　　你们是山寨的卫士，

　　　你们是山寨的眼睛，

　　　你们有无比的神力，

　　　你们有非凡的智慧，

你们有超人的胆量，

你们替嘴玛（寨主）守寨门，

你们为山寨驱鬼邪。

因为有了你，

山寨才会安宁；

因为有了你，

五谷才会丰登，

六畜才会兴旺……

寨门上有九个台阶，

台台上面都有猫狗虎豹站立。

门柱边挂着木刀木枪和梭镖，

神男神女两边站，

把不幸和灾难挡在门外，

将吉祥和如意送进山寨。

哦，神圣的寨门神，

威严的寨门神，

你是一棵参天大树，

不会在旱季里枯死；

你是一块巨大的磐石，

不会在狂风大浪前动摇。

鬼神在你面前却步，

病魔在你面前低头。

哦，神圣的寨门神，

威严的寨门神……

但愿你不要让我们失望，

这是嘴玛的吩咐，

这是寨人的祈求。

寨门旁的木雕男女，更多的是利用人形的树丫，顺自然之势而雕成，基于生殖与繁衍，突出男女生殖器，有的甚至将男根和女乳涂成红色。也有寨门，男女木雕并排而立，男女互执对方的性器官。至于木雕交媾者，也有。

据说，每年樱桃成熟的时候，就是佤人立寨门的时候。寨门竖起，在肃穆的气氛中，参与之人，都要气沉丹田大喊三声："杀！杀！杀！"杀什么？杀寨门之外的辽阔的世界上的鬼。我所面对的这个寨门，已不是传统文化的那一类，它立着，只是一个象征。难道说，每年的九月驱鬼，当人们挥舞着用木炭画满咒符的木刀，在贝毛的率领下，满寨做砍杀状，赶出来的鬼，也敢从此经过，一路走到世界上去？

西藏高，西藏宽，西藏远

陈献魁被枪决的那天，他的父母没有去刑场收尸，而是关起门，交颈痛哭，直哭到第二天清晨。那具尸首，后来是被如何处置掉的，陈献魁的父母不知道，也没有向任何人探听，因为他们比谁都清楚，就算把他用牛车拉回来，村庄里的人也很难忍受他们把他葬在村庄四周干净的红色山梁上。原因非常简单，陈献魁配不上这儿的土地。

陈献魁的手段的确令人发指。冬天，一个深夜，天降大雪。仅仅为了找几文过年钱，陈献魁带着刀，来到了丈夫在安徽工作的刘巧英家门外，先是在门外抽了近一包烟，让雪花落了一身。其间也许他曾想过离开，可最终他还是下手了。用刀拨开门闩，入室，翻箱子。最先被惊醒的是刘巧英的婆婆，老人披衣亮灯，问："魁魁，你找哪样?"老人厉叫，血。

叫声中醒来的刘巧英，身怀六甲，行动已经不利索，可还是以最快的速度起床，打开卧室门。眼前的一切让她惊恐万状，不过那个提着血刀的人，还是让她很快地明白了事情的缘由。陈献魁，村里人谁都知道他的品行和德行。所以，她立马转身，从枕头底下拿出丈夫刚刚汇来的两千块钱："献魁，你拿去吧……"浑身抖，声音更抖，以至于最终瘫倒在门槛上，并死死地捂住硕大的肚子，脸色苍白。事情的结局彻底违背了人性，陈献魁拿走了钱，也拿走了刘巧英和其腹中孩子的命。

为了抓捕陈献魁，公安成立了专案组，这个名叫陈家营的村庄，也有上百的男人组成了义务缉恶队。然而，一晃三年时间过去，陈献魁音讯全无，人们唯一看见的，是他那低着头、收着胸、像轻风一样走路的父母，从此再也不敢大声说话的父母，走在路上常被孩子们用石块攻击的父母。

陈献魁，他去了西藏。他为什么去西藏？在他耐不住西藏的圣山灵水而悄悄返回故乡，并被公安捕获之后，他说："西藏高，西藏宽，西藏远。"问他在西藏以什么为生，他说他在那曲帮人放过羊，在布达拉宫下面的广场乞讨过。审讯他的一个公安，年轻时写过诗，问他："西藏是佛国，在那儿，你就没有想过自己的罪孽，没有想过投案自首？"他选择了沉默。第二天，公安还没问他，他先开了口："我怕死，但在那曲的时候，我试着让冰天雪地把自己冻死，结果，有一头羊羔，钻进了我的怀里。"

陈献魁被处决了之后，他的父亲和母亲，在心理上，稍微少了些压力，尽管谁都知道，一命难抵三命，可对一切苟活者而言，一根稻草可以压死骆驼，也可以救活骆驼。他们也无法原谅儿子，但他们又能怎么样呢？他们也曾主动向公安陈述，愿以自己的命去还，去还世界一个公道，可公安被他们逗笑了："这在法律上说不通。"

但不管怎么说，没给儿子收尸这件事情，许多年之后还是成了陈献魁的父母之间争执的一个话题。父亲坚持这是对的，尽管心也碎，母亲反对："要不是你，我才不管人们说什么，那天一定把他拉回来了。"父亲说："好啊，你为什么不去，你去啊，人们的口水淹死你！"已经回归平静的陈家营，谁也不知道这一个家庭陷入了无休止的争吵、叹息和哭泣。

为了让生活和心灵平息下来，这一对已经跟人断绝了来往的老夫妻，在国家动员异地扶贫往滇南沃土搬迁的时候，第一个报了名，第一个搬离了陈家营，来到了澜沧江边一个只有一户人家住的小村子。青山，绿水，肥沃的土地，瓜果遍地，五谷丰登，老夫妻生活在别处，重

221

新发现了生活的美。与此同时，在迁到滇南的第二年清明节，陈献魁的父亲，买回了铁锤和錾子，用一块石头，打出了一个儿子，埋在一棵高高的芒果树下。葬子的那天晚上，陈献魁的母亲用纸给儿子缝了几十件衣服，烧在了澜沧江上，算是招魂。

饮 空 记

一

"得鱼便沽酒，一醉卧江流。"我家的家谱上，天外来客似的有着
这么一句。一本家谱，翻来翻去，都是些木匠和耕农的承袭记录，找不
到任何有炫耀价值的东西，就这句风雅、突兀。也就是这句，框死了很
多人的小命。爷爷和爷爷的兄弟们，父亲和父亲的兄弟们，我们这一辈
的众男丁，不喝酒的，喝上了不醉不休的，我没听说，也没见识过。我
的弟弟雷建阳，三十岁以前不知有什么怪癖，滴酒不沾，打死也不喝。
三十岁后，为稻粱谋，到佤山卖苦力，随后回老家开小饭馆，职业需
要，放手一喝，竟然是海量，酒桌上酬酢，很少碰上称手的角色。哥哥
雷朝阳，在建筑工地上打工，平常一句话都懒得说，三钢化杯散装苞谷
酒喝下去，看过的电视剧，可以从头到尾滔滔不绝地复述一遍。"人间
诗草无官税，江上狂徒有酒名"，或者"大胆文章拼命酒，坎坷生涯断
肠诗"，启祥和尚和洪深的这两句诗，我常常用毛笔写了，自遣或送给
朋友，很多人也视我为酒场上的狠角。事实上，我并不嗜酒，与好友三
五，聚而畅饮，我从不主动与人拼命。只有在遇上宋连斌、朱零、叶
舟、王祥夫、费嘉这样的酒中豪杰时，才会喝出"死便埋我"的风骨，
然后落得一夜狂吐或失忆的下场，半点"一醉卧江流"的出尘风姿都

没有。

2005 年秋天的一天，与一群诗人作家去西盟佤山采风，座谈会上谈到了对神山应有的敬畏，情到深处，手舞足蹈，还义正词严地谴责了个别诗人写下的冒犯神灵的诗歌。没想到发言还没结束，一个佤族老人就捧着满满一水牛角酒，歌之舞之而来，一定要我当众喝下，否则有愧于他的敬意和真诚。我不知道一个巨大的水牛角到底能装多少斤白酒，用眼一瞅，头就晕了，但那样的关口，以我的性格，实在又找不出什么有说服力的辞酒理由，只好双手接过来，众目睽睽之下，定神、吐纳，决死般地昂首而饮。饮至三分之一，牛角沉重；过半时，牛角渐轻；饮完，牛角不在了，佤山也不在了，天地重归司岗里，混沌再现。有酒醉经验的人都知道，有一种醉，是灭顶之醉，人醉了，不吵闹猖狂，不吐，不动，身体是热的、软的，命还在，魂魄却被酒神逼到了体外，漫山遍野地闲逛。要等到几天后，身体渐渐地觉得自己需要个主子了，而魂魄也玩累了，两者才又合二为一，人的眼皮也才会艰涩地、沉重地撑开，侥幸地发现自己还活着。但酒神统治过的身体，仍然像战乱后的废墟，狼烟未散，每个器官如喊不醒的、回不来的残肢断臂，叫人沮丧得很，茫然得很。这时候，你费劲地移动眼珠看了看四周，你不清楚自己平躺在什么地方。继而你想求助于大脑，非常吃力地抬起双臂，用十指迟缓地揉着太阳穴，想知道自己是在什么地方被放翻的，这场战乱是因为什么、由谁引爆的，大脑和你一样，它也不知道。一般情况下，这时候，肯定也会有人惊喜异常地尖叫："醒过来了，他醒过来了！"是的，我的佤山一醉就是这样。如若就是这样，醒了，过了鬼门关了，倒也罢了。关键是，当我力不从心地扛着自己的身躯出现在佤山的阳光下，想找个青山绿水的荣军医院疗伤、静养，想不到，生活在西盟的诗人——李冬春和苏然，像勐梭龙潭上空飘来的两朵乌云，咚的一声，在我的脚边，放下了一坛酒。身体瘦小的李冬春，胸腔里养虎养狮子，嗓门大，声音也有虎狮音效:"雷大哥,你记不住我写的诗歌,但我要让你记住我怎么向你敬酒!"黑色的帆布包拉开,拿出两个大土碗和一个装二两酒的瓷杯子。酒先倒入杯中,然后又倒进碗里,一连倒了九次,土碗也就装满了,清汪汪的,像一大堆刀片。接着他以相同程序,将第二个土碗也倒满了,并顺手端起一碗,咕咕咚咚就往嘴里灌。我抬着头,眯着眼睛望着他,随着土碗往上翻,他的一张脸都不见了。他的背后,一公里外就是佤山,向阳的山岭上,不同的植物或黄或绿或还在开花,山谷里都有雾,挂满牛头的那一条山谷,雾似乎更白一些。山之上,天空被佤山之神用白云和清风来来往往地拭擦,一尘不染,蔚蓝里面可以拿出无穷无尽的蔚蓝。有几只黑铁之鹰在山与天之间飞着,是天空和佤山共同的信使,但它们似乎无信可送,天上安静,佤山安静,便在空旷、平整的人类头顶上存在着肉眼又看不见的众神的广场上,以飞取乐,看谁用一次俯冲,便能用翅膀将地上那个喝酒的人的大土碗掀开。不劳鹰的翅膀了,半分钟不到,李冬春把碗从脸上摘了下来,白脸变成了红脸,不是一般的红,红得向外喷火焰,嘴巴还说着:"雷大哥,我的酒干了,轮到你了!"说话间,把另一碗酒送到了我的手上。我低头看酒,它多像一面照妖镜啊。人们说说看,这酒,该不该喝?该不该一饮而光?刚刚才死里逃生一次,我必须再来一次向死而生?

二

写过一首诗《在丘北》,写到了韩旭的醉态,说他"总是在玩着自己逮捕自己的游戏",而且,韩旭总能"喝醉了,又在醉倒之处,找到酒,找到一块对饮的空地,又喝醉,一个人非常快活地想把自己抱上软绵绵的楼梯。中途,他又找到了酒,不知道和谁对饮,在一个人的楼梯上,登高折回,偶尔发个短信,给睡着了的人"。在昆明,二十多年来,我与韩旭到底喝过了多少场酒，估计他说不上来，我也是晕的。不过，有一点是值得很多人学习的，我们之间喝酒，以及与朱霄华、雷杰龙、杨昭等人喝，从来都是欲饮则饮，没有斗狠和拼命。众所周知，韩旭是小酒量，胃还被切掉了一半，按说他想做刘伶和李白，纯粹是开玩笑，可他身体中就放着一个酒坛子，像汽车的油箱，里面没存货，路上跑着，难免会熄火。有一天晚上，我从滇西回昆明，凌晨时分了吧，过文林街，看见他在街对面，右手贴着耳朵打电话，声音不小，大意是在跟某个作者说，你的小说写得很好，谋篇布局、语言叙事、人物塑造都不错，但有个别细节，处理得太草率，一定要改，不改就在《大家》发不了，至于怎么改，一二三，ABC，说得头头是道，清晰明白，根本不像喝过酒的人，更不像一个喝醉了酒的人，俨然一个功力深厚又仁慈好善的编辑中的君子。我突生好奇心，想知道电话那头的隐身人是谁，走过街，在他身边站住，鬼吹灯似的往他后脖子上吹气，他没反应。过一会儿，还没反应，这才用手拍了拍他的肩头。他一惊，掉过头来，几绺头发遮着脸，贴耳之手朝下放，他的手是空的，没有手机。我觉得他一点也不好笑，他只是在比着打电话的样子，跟一堵墙和四周的空气说话。他说的话，是那时候他最想说的话。

翻个陈年旧账。好像是 1998 年，冬天某日，天降大雪，好多怕冷的昆明人吓得不敢下单元楼，我们一伙，甲乙丙，松竹梅，约了在曙光小区，以雪为邻，先吃火锅，再吃烧烤，虚度一个白茫茫的日子。倪涛从来都酸，踏雪而来，长风衣，白围巾，才进火锅店，就嘟噜着"红泥小火炉，能饮一杯无"和"燕山雪花大如席"之类。朱霄华也会犯酸，但不像倪涛总是湿漉漉的，他的酸，像滇东北的干酸菜，是阳光晒干的，有阳光的味道。他坐下后，不说话，只是不停地向倪涛翻白眼，听得烦了，冒一句："天上写来了这么多情书，正等着你回信呢。"倪涛想接上，酒已经上来了，韩旭双臂向上一抬："喝吧，喝吧，难得昆明

226

又下雪，又这么冷。"那时候，我们都喜欢喝"小二"，吱吱吱地开盖，人手一个，不用倒杯子里，对着嘴就喝，四口或六口一个，见底了，再拎起一个。那天因为说好还要再去烧烤摊，吃火锅的时候一人三个为限。到第二个时，窗外雪大，倪涛又技痒，且将正理往前一放："这年头叫什么狗屁年头，酒桌子上可以脸不红心不跳地说性交，说买官卖官，说尔虞我诈的商场买卖，甚至有人可以当着你的面，吸毒给你看，可一说到理想、正义、诗歌和书法，倒像是做贼心虚，干了什么见不得人的事。这、这、这到底是怎么回事！"说完，喝一口酒，扶一扶眼镜架。某君刚从深圳逃荒回来，用特朗斯特罗姆写果戈理的诗句来说就是"西服狼群般破烂，脸就是大理石碎片"，优雅、尊严、梦想等一箩筐个人的精神奢侈品，刚刚被工业文明的绞肉机当成猪下水弄成了劣质罐头，锁住了人间的一个个超市。残兵败将也有愤怒的权利啊，正愁着没人去接那火山口的盖子，倪涛奋不顾身地干了这绝险的活儿，当然他也就忍不住要喷薄。于是，切断倪涛的话路子，唉唉唉地先叹几声，一本正经地开口了："其实，十年前我选择去深圳，是想给这个城市找一个灵魂。"话一出口，大伙就觉得没劲，空了，大而无当了，嚷嚷着与其听你瞎掰，还不如喝酒，什么一个城市的灵魂，人的灵魂都没了，还一个城市，去哄鬼，再牛的鬼，也不敢去冒充一个城市的灵魂。找？哪儿去找？某君果然愤怒了，提起小二就用瓶底哐哐哐地打击桌面："你们这党人，活该写诗二十年，个个都还不入流，就一堆垃圾。我话都没说完，嚷个什么！老子说给深圳找灵魂，怎么了，为什么不能找？十年啊，十年时间，老子钱没有去挣，妞没有去泡，领着一个摄制组，把中国的寺庙都跑遍了，高僧大德也都访遍了，就想做个大型的系列纪录片，做这干什么？做给深圳人看，家家户户去散发，老板发，农民工也要发……"说着说着，头低下了，没声音了。倪涛的长脖子伸过去，问这位兄弟："做成了吗？"这位兄弟用旧电影《大浪淘沙》里的那个书

227

生小弟的口吻说："完了，革命完了……"之后声音又猛然提高，"倪涛，你想羞辱我？如果整成了，老子会坐在这儿与你们喝烂酒？什么屁的大雪、雅集，老子一点兴趣也没有。没有，真的没有。"特朗斯特罗姆的《果戈理》，最后一段是："人摇晃的桌子/看，黑暗正熔着一条灵魂的银河/登上你的烈火马车吧，离开这世界！"诗人、诗评家陈超先生是这么解读这几句的："这里，极尽端凝的两句隐喻，既道尽了果戈理的作家生涯与当时黑暗的生存对称和对抗的力量，又道尽了黑暗的生存对作家火烙般的迫害。那个卑污的世界是不值得留恋的。"很显然，在深圳，我们的这位兄弟，也遭到了火烙，吱吱吱，皮开肉绽，一团白烟升起，所以他坐上烈火马车离开了，回云南来了。云南有没有火烙等他，谁也不知道。

之后，在烧烤摊上，一个个喝醉。我还有一点清醒，把瘦干巴翘的韩旭扛在肩上就往附近的家走，踏着积雪，吱吱吱的声音，听起来似乎还很舒服。小区的大门上锁了，我叫了半天，值班室都没动静。于是，就干下了一件疯狂事：扛着韩旭，就往铁门上爬，结果在翻越铁门时，被一根梭镖戳进牛仔裤，搞得满身大汗，怎么也挣扎不开。韩旭在肩上，有着轻微的鼾声。

三

从怒江州首府六库往雪山方向走，江的两边，遇上的寨子里，都会有教堂。因为有了这些教堂和教堂的启示，那儿的人们顺理成章地把山水、草木、羽兽、稼穑、云朵和声音都当成了教堂。每一个人都是一座教堂。酒是教堂，字和字母是教堂，生活是教堂。

有一回，在怒江边漫游了十天，从丙中洛返回六库，被人拖着去看了一场"气势恢宏的史诗般"的歌舞剧。看到一群男男女女仰面躺在

228

地上，举着森林般的手臂，将一个三岁左右的男孩托向火海，扶上刀山，让他去寻找太阳的那一幕时，我禁不住热泪滚滚，五内俱焚，从座位上站起来，一个人跑到向阳桥下去喝酒。那时候，我的儿子也就三岁，肉嘟嘟的小天使，是上帝派来送福音的，每一个器官上都有着充足的太阳的金光，你再卑贱也无法将解决人世苦难的永恒使命跟他联系起来，至于非得让他担当起寻找太阳的重任，我觉得是强迫症患者和变态狂才会干出的荒唐事。我当然知道什么是修辞格、审美愿望和艺术的力量，但是，坐在怒江边，我想以酒桌设一个审判台，审判扭曲了的人性、涂着庸脂俗粉的人道和假大空的"艺术"。还想以几两鸡脚稗酒把自己放翻，让我忘掉那些与这方山水一点也不合拍的东西。人类总喜欢犯一个笑话式的古老错误，因为爱真理就粉饰真理，把遮羞布都挂到真理的脖子上；因为爱权力就放纵权力，把无休无止的罪恶都算在了权力的头上；因为爱一方山水就折腾这方山水，好端端的完美的石壁上官员题字，充满生命力的天赐的歌谣非要请什么大师来改编得"具有时代性"，然后再唱，还要强压给这方山水，说是原生态的。神圣的爱，由于权力、敬畏之心的缺失、不良的文化语境、审美误区、自以为是和智障等因素的胡搅蛮缠，变得装疯卖傻、神神道道。一个清新脱俗的少女，常常会把自己打扮得像个风尘女子。一块浑然天成的神品级翡翠，按矿老板的要求，总是被雕成一头生肖猪。最不堪的，三岁的女儿，母亲带她去海边游泳，给她穿了比基尼，带她去参加宴会，给她描眉、上粉、涂口红，还穿晚礼服。

朱霄华有一篇写怒江的随笔。他说冬天的怒江水少，蓝，透亮，清冽，像上帝的一泡尿；夏天的怒江水位高，波飞浪狂，张牙舞爪，则宛若成千上万的疯子在河床上赛跑。他有过几年醉生梦死的怒江生活，怒江在他的记忆中，是唯心主义，也是唯物主义，是二元论的，在两个极端上。不过，他笔下的怒江酒徒，情态是多么地令人向往：喝酒时可以

229

一整天不说一句话，但总会无休无止地唱着无喜无悲、无生无死、无我无欲、世界大同的歌，在家里，在路边，边唱边喝。"天快亮时，我看见这些男人和女人横七竖八地睡在桥上，他们喝醉了，挎在脖子上的那个酒壶早已空掉。他们躺在桥上，看起来就像是随便扔在那儿的一堆装满了粮食的麻袋，世界，真的软掉了。"当然，他也强调，做一个让世界为之软掉的酒徒，首先自己得一无所有，什么都有，什么都想有的人，他不会也不敢这么喝酒。他写的桥，就是向阳桥，桥下的江滩上面有很多烧烤摊。这些烧烤摊与他写的那些喝酒人无关，那些是来赶集的傈僳族人、怒族人，即身上没有什么东西可以丢失的人。他们来到摊位边上，难说喉咙里会冒出一把铁锁，唱歌声音出不来，喝酒胸腔打不开，摊位就是歌神和酒神的断头台，更是自然之神的地狱。这些摊位是六库人私设给自己的，属于干部、工人和居民，当然也被外来的观光客和前来公干的人们，以及像我这种人，挪作大舞台和主席台，借以在上面装疯卖傻。也就是说，在这儿喝酒的人，哪怕也醉得身体失去了知觉，还是算不上朱霄华标杆之上的喝酒人，喝死了，世界仍然是硬的、尖锐的，判官同样站在背后。所以，当我试图在这儿正气凛然、一副真理在手的样子，充当着判官的时候，其实，我的背后早就站满了审判我的人。我所持守的那些玩意儿，远不能成为审判他人的证据。叫人灰心的或许还不在于有没有人要反过来审判我，我感到在怒江、碧罗雪山、高黎贡山和众多的教堂的眼皮底下，它们身边上演的戏剧，都是无关痛痒的过眼云烟。人们强加、赋予它们的一切，都是人们的一厢情愿，与时间同在的它们，才是真正的审判台。《阅微草堂笔记》中有这么个说法："白杨绿草，黄土青山，何一非古来歌舞之场？握雨携云，与埋香葬玉，别鹤离鸾，一曲伸臂顷耳。"黄土青山依旧，臭皮囊换了一代又一代，真理也一如怒江底下的鹅卵石。以前的那些，冲圆了，冲小了，冲没了；现在的这些，也不可能会自己长大，岿然不动。

那晚是一个人喝，心思不在，酒不是酒，喝到半醉，身边嘈杂，觉得实在没劲，爬到向阳桥上去吹江风，想起于坚写的《横渡怒江》，将怒江写成灵肉难渡的天堑，就从桥的这边走到桥的那边，一百八十二步，过了怒江。给于坚打了个电话，半夜了，他没接，算是打给了黑夜。

西凉山的九十九朵白云

一

我是白云的儿子，我的魂一直都由白云携带。白云在天上走，我就在白云下面的山野与河川之间跟着它。有一次，我横渡金沙江，只为了去摘一束攀枝花，白云就歇在攀枝花树的顶端。我知道，在西凉山，一棵攀枝花树就可以搭建一座天堂。它树身与枝条的神殿，它硕大的花朵的神祇，它繁茂的叶片的伟大秩序，它四周壁立的氧气的肃穆气氛，它用阳光和月色酿制的恩膏，一切都真实而具体，就像树根组成的人间，泥土在上，心脏在下，周围簇拥着石头的家族、禾苗的部落、溪水的城邦、昆虫的集市，以及色彩、线条和声音的王国。

我一寸一寸地往上爬，世界多么安静，几只黑铁之鹰蹲在风上，铺开的翅膀上，没有雨水和风尘，褐色的毛羽早已滤尽黑夜之冰。谁看见过鹰眼中的仁慈？谁看见过鹰爪上弥漫的抚摸的愿望？与它们相距不足两丈，而不是隔着一片天空，我看见它们像终于回到故地的游魂，身体中的弓箭和刀刃通通放下了，群山群河再不是超越的对象，天空也绝非宿命的渊薮，眼前的万物流溢的全部是记忆、擦痕和爱。一棵攀枝花树、一朵白云、一片闪光的水域、五百公里整齐排列的山头和寂静，其中任何一种，都能填补它们灵肉的空缺和缝隙。所以，看惯了闪电、把

232

任何一种光都视为闪电的眼睛，鲜为人知地柔和起来，依然犀利的视线，构成的材料却由冰刀变成了蜜饯。怎么会呢？它们并没有离开过西凉山半步，忽然有了记忆的这些物种也是日夜所见，那棵攀枝花，看它现在多美妙，可它那枝朝北的枝条，曾弄掉了自己最动人的那根羽毛；那正在渡江的风暴，你看它现在多么迷人啊，气宇轩昂，大开大合，可它曾让自己胸膛发冷，晕头转向；还有那堵相对高差达三千米的绝壁，你看它现在多令人心醉，出尘、干净、伟岸，用它造一座天堂，胜过世间几万座教堂，可它的确曾让自己上下为难，不是不能用翅膀去丈量它，而是它在那儿一动不动，仿佛一肚子装的全是神的意志；至于树上的这朵白云，你看它多像一团上帝的棉花，可那些年，跟着它在西凉山的天上飞，却怎么也追不上它，唉，倦鸟追云，它曾让自己几乎累死在天上……

也许问题的核心是，这些物种怎么一下子就变了性质？但在我攀爬攀枝花树的过程中，我真的看见几只鹰，不再是记忆中的鹰。它们之所以在相同的地方、相同的物种身上，找到了自己的另一副身体，它们之所以愿意把天空尽可能地让给白云，让世界尽可能地安静下来，我想，这应该是西凉山的秘密。许多年以后，在北京东八里庄，诗人俫伍拉且告诉我，诗和鹰都是通灵的。我觉得他说的不会错。

二

爬上一棵攀枝花树，一寸一寸地，我靠近了白云。最初的愿望是采摘攀枝花，可上了这棵天堂之树，也许别人会以为我将放弃凡尘的想念，转而去得到作为神祇的攀枝花，或者以儿子的名义，重新进入白云的身体。一切正好相反，我还是摘了一束为凡尘而开的攀枝花，不为奠献，也不为情献，仅因它火红色的美。从树上下来，鹰在上，白云在上，天堂在上，下面的尘埃，以山峦的模样，以江水的步伐，走得好疾！与它们赛跑的人们，全是我的父母和兄弟。

三

大江日夜流，我只是过客。一只只鹰换了心肝，一块块石头开始飞翔，多少个万里无云的日子，在西凉山的手心里，我度过了自己寂荡而幸福的童年：单纯地为一束花而奔波，偏执地跟着一朵云走到天黑，认真地与八月的星空交谈，一次次沿着山脊把羊群赶进了天空，或者通过金沙江或牛栏江——那天地间不朽的血管——认识了一系列小的跌宕、大的粉碎和新生……土地之爱如鬼魅附体，手下的神图，插遍漆树的鬼板，全都以不一样的方式流传。

在此，英雄之逝如巨石坠江，我辈远走，当是白云外游。被我一再诗意了的生活场景，如果一旦还原，就将像那棵路边的漆树，它身体里的汁液，每年都有人在汲取，把它的皮肤破开，汁液就流出来。一年一个伤口，忠诚地跟着树干，就好像树干上与生俱来就有着一把伤口组合而成的梯子，而且这梯子每年都会增加一级，直到树枯了，汁液没有了，梯子才会失去繁衍力。天地有阴阳，铜鼓分公母，那母鼓能生下成串的小鼓跟在自己身后，难道伤口也有疯狂而伟大的阴道？难道这漆树身上的梯子隐喻了生的形态？

据此，我们就不难理解万物有灵的生存观了。草有灵，树有灵，鹰有灵，天有灵，山有灵，这并非人类发育史上的余音远唱，诅咒铺陈，水土草虫就会听令。同时，人命关天，虫命也关天，谁也不是天地间唯一的主人。我们和虫、鸟、兽、禽一块儿来，来到这山上，就该是兄弟，就该共享山的财富和饥寒。没有人不知道生之短促，中途加入人类绵绵不断的队伍，必然又将在中途退出，你有理由不欢乐地嚼尽这天赐的蜜糖？

四

山有大幕，一如波澜壮阔的舞台！

很多时候，舞台上只有风暴和雷霆。风暴登台时，雷霆先报幕，它轰天炸地的大嗓门，它让铜屑铁末满天飞溅的共鸣声，意在压住万亩山川的窃窃私语。它说，现在让我们把西凉山交给风暴吧，除了风暴，戏剧中没有谁可以再扮英雄！

一出戏剧，因此从头到尾都是风暴。就像有一股神秘的力量在暗中调遣着西凉山一样，风暴也被隐性的力量所调遣，从头到尾缺少故事性，平铺直叙，清一色的大场景，山是泥丸，水是飘带，都不变，变化的云统统被驱逐到看不见的地方，多像没有买票混入剧院的孩子！它吹，就一味地吹，一天，两天，一个月，两个月。唯一的变化即唯一的剧情就是，遇树，它变成树精；碰到山头，它变成山神；来到江上，它就成了龙王；如果与几朵花撞了个满怀，它则迅速做了花妖；假如有鹰隼前来搭乘顺路车，它毫无疑问的就是鹰灵……简单、直接而无止无休的伟大戏剧啊，我们并没有因它而昏昏欲睡，当它成为人之肉、人之血、人之骨、人之心和人之主，它就在我们的身体中旅行、访问、判别是非、决断生死。

风暴谢幕时，有点像天地蜕皮，一层皮肤掉下，露出新的一层……

更多的时候，西凉山的舞台上，山川体系作为背景，土垒的房屋陷入泥土之中，还是土的家庭成员，它们之所以有别于土，易于让人看见，就因为它们偶尔会晃荡，火焰与炊烟在一定程度上改变了它们作为土的品位；人的出入和睡眠，则使它们多了最大比例的梦幻异质。然而，在西凉山，在山川的排比和递进群落中，动与不动，梦与不梦，又有什么区别呢？小组合为大，但作为个体的小，在集体主义的大的面前，于旁观者看来，小甚至会小得没有痕迹。一个人走进几百公里长、

235

几十公里宽的峡谷，一群蚂蚁在千里山脊上搬家，一棵泡桐树守望着金沙江，都像一只黑山羊拥有整整一个黑夜啊！都像一个伟大的毕摩置身于前不见头后不见尾的人魂长河之中啊！

好，现在我们不妨将目光再次投向西凉山的舞台。我们要看的不是一个人或一群人，披着察尔瓦，像条黑色之河，穿过西凉山，很显然，他们的身影不言而喻地小。当然，我要陈述的也非一支鹰隼的队伍从天上飞越西凉山，看它们并以俯视的角度看天之下的一切，也许会看到非同凡响的景致，但我们还是来看看一只蜜蜂，看它如何擦着地表嗡嗡而过西凉山。

一只蜜蜂，它需要我们通过想象才能呈现。它从自己筑于岩壁的巢中，一身蜜糖，黏黏糊糊地爬出来，一脚踩空，然后费劲地打开被蜜黏住的翅膀。现在，它的任务不是寻找油菜花，而是要用自己的小翅膀去完成一项我们众所周知的旅行。它一寸一寸地飞，才飞了二十寸左右，过惯了集体生活的它，便遇上了孤独，并差点被一只乌鸦啄食。好不容易飞了一公里，它就觉得这旅行缺少意义，无花可采的日子真的过不下去，但又觉得身后跟着千万只想啄食它的乌鸦，它必须一直飞。再飞，在一片开花的荞麦地里，它不仅闻到了花粉的香味，而且它的一只性伴侣在那儿等它，只想为这位可爱的朝圣者饯行，唉，它真的欲哭无泪了，天堂就在身边啊！再飞，它遇上了风，遇上了雨，还遇上了篝火上方致命的滚滚浓烟，还遇上了漫漫长夜和烧荒的一山之火，这可爱的小精灵，飞翔的过程中，只剩下飞的念头了，很大程度上，它已经不是一只蜜蜂了，而是一个金属的或者木质的、泥石的，会飞的小器械了。不就是要飞吗？那就不停地扑打小翅膀吧。

让一只小蜜蜂飞越西凉山，类似于让一个人在劳作中活活累死，更像那群俄罗斯巫师，他们命令一位姑娘在草原上跳舞，直到姑娘在舞蹈中香消玉殒。以劳作或以美的名义，人类的许多异教徒的确干过一桩桩让人浑身发冷的事。那么，这让一只蜜蜂飞越西凉山的行为又算什么呢？以意志的名义？以大与小来一次彻底对比的名义？显而易见的是，当我们这只小蜜蜂在阅读了万山千水之后，在躲过了万劫万险之余，它已经没有了回头一望的念头，小躯体像个黑点，往一片草叶上一落，和所有的生命一样，旅程未尽，它便遇上了死亡。身体中的每根筋都被拉断了，每一滴汁液都散失了，每一点意志都被抽空了，每一丝关于花朵的想象都被榨完了。跟一条江相抗，想用一条江的水洗自己的小脸？跟一面高达十公里的绝壁对峙，想用十公里长的伟岸装修自己的胸膛？跟一片迷宫一样的原始密林谈论跨越，想借用迷宫为自己的翅膀授予勋章？跟一篷无边无际的阳光对视，想让阳光给予自己宇宙间最快的物质速度？跟自己的小魂小魄较劲，想它能带自己规避所有的困难？唉，我所看见的西凉山的舞台上，从来没有一只真实、客观、具体的小蜜蜂。峰丛连天，江声破耳，九十九朵白云欲走还休。

天黑了，一堆谢幕的篝火，一围歌蹈的人群。天地乐陶陶，像阿妈一样，又有最美的姑娘，因为爱，在篝火边，把最美的贞操给了鹰隼般勇敢的情哥哥。

五

火焰啊，你这可食用的光芒；

火焰啊，你这灵魂的皮肤，热血的衣裳；

火焰啊，你这铁石中唯一封存的过往之物；

火焰啊，你这拿不起来的虚空，你这众神的合唱；

火焰啊，你这无孔不入面朝万山的信仰；

火焰啊，你这阿爸的刀，阿妈的床；

火焰啊，你这妹妹的灯盏，哥哥的胸膛；

火焰啊，你这柴火中流淌的黄金水；

火焰啊，你这毕摩神图上不朽的防卫墙；

237

火焰啊，你这英雄骨，你这地无疆；

火焰啊，你这天之胃，你这地之脊梁；

火焰啊，你这带路的鹰灵；

火焰啊，你这凡尘中仅剩的小小天堂；

火焰啊，你这原野里禳解暗夜的灵塔；

火焰啊，你这生血的药，你这繁殖的琼浆；

火焰啊，你这循环不息的好征兆；

火焰啊，你这漂洗我心的金沙江；

火焰啊，你这天菩萨，你这凉山魂；

火焰啊，你这不灭的经卷让人迷途知返；

火焰啊，你这滔滔诅咒叫鬼魂避让；

火焰啊，你这歌舞的模型，你这酒香浩荡；

火焰啊，你这敬畏与神恩，你这体温和爱情；

火焰啊，你这彝家最古老的神祇和篷帐；

火焰啊，你这带不走的神的模样……

六

火焰啊，借你夏日星空之下的伟大仪典，玉米出嫁，瓜果怀胎，苦荞的婚床升起来！

火焰啊，奉你与时光同样古老的谕示，天下所有的子宫转暖，地上全部的母腹摇晃高原！

火焰啊，石头因你生崽，泥土因你产卵，血水喂养的刀柄也因你而格桑花灿烂！

过路的风，请不要打扰天地与万物今夜沸腾的睡眠，请不要破解这庄严的灵肉炼金术，让我们与天地互相借鉴：繁茂、旺盛，繁衍的使命古老而新鲜——以我启动万物，万物送我到峰巅！

请听我体内的溪水淌，山连环！

请看山峰的乳膨胀，阳具高昂！

七

在西凉山，天空是打开的。在此之前，当你还在山下，你很可能会觉得你走到了世界的尽头，山是世界的城墙，金沙江是世界的护城河，牛栏江那破地开天的大峡谷则是世界的壕沟，而那些大如房屋、遍野安放的石头，毫无疑问就是守护世界的兵卒。可当你走上山来，一切就变了，世界变得没有了边际，一万个山头组合在一起，也能让你知道什么是一马平川。矮下去的世界，仿佛没有了坷坷坎坎，暴风在上面走，类似于几百列蒸汽机车并驾齐驱。如果你乐意，你也可以把自己体内的英雄拿出来，一步一个山头，在世界上散步。山之上的天空照例呈弧形，一点尘埃也没有，甚至没有半点杂乱的色彩和光影，而且静谧肃穆，无欲无私，不给任何物种指引方向，也不给任何人类后天的思想提供温床。它是我所见过的世界上最大的一块蓝颜色，纯蓝。平常我们都说，雄鹰在天上飞，其实，雄鹰并没有飞到天上，它们从来都只飞旋于山与山之间的缝隙。至于白云，也一律地堆积在山脊上、峡谷中，它们在斜坡上滑雪、滚雪球，举办雪的盛宴，或者开办棉花加工厂，举办护士培训班，驱赶着比雪山还白的马队……

天空打开，但从没有一个梯子可以往上爬，它永远是宇宙中唯一不能鸟瞰的东西。

游走的备注

1942 年，由米内山庸夫等人主编的《新修支那省别全志》在日本东京出版。其中第三卷所记述的全是云南的情况，分为总说、交通、城镇、产业和经济五个部分，加上目录和索引，该卷共一千二百九十八页一百多万字。1990 年，云南昭通行署地方志办公室在译介该卷有关昭通的章节时，于"翻译说明"中特别强调："米内山庸夫等人编著此书之时，日本正处于军国主义统治之下，所以编著此书的目的是为其侵华战争服务。"但令无数皓首穷经、蛰伏于野史正传及民间传说中的广大志书编纂者们深感惊讶的是，这本冒着血泡的书，涉猎面之广、资料占有量之大、具体记述之细微翔实，实在堪称志书典范。更要命的是，它所记述的许多内容，就连《续云南通志长编》和《民国昭通县志稿》这样的定论之书也未曾收入。对于该书采用的大量的摄影图片、交通地图，细到只有两户人家村落的数据统计，以及对主要交通干道所做的周密的调查，更是让许多旧志书显得苍白。在叙述大关县至四川宜宾的道路时，该书写道："出了大关，道路变窄，且一会儿上坡一会儿下坡，沿大关河而下，路面上小石头都很少，可步履轻快地行走。行三十五华里就到了河口街，再行十华里，有座吊桥架在河上……从大湾子行二十华里到云台山，从这里开始是石阶路，五华里之间都非常陡急，马都难以通行……"在一千多字的陈述背后，附有"在云南运盐""背子"和"运豚油的挑夫"三张图片及一个"村镇及沿路状况"表，表中列有三

240

十四个村镇。这些村镇居住人家多的有七百户，少的只有两户。相邻村镇之间的距离和村镇与昆明的距离均一一署明，村镇的地形地貌、出产、是否可做驿站、人文景观、交通概况等等无一不做详尽备注。比如"大湾子"这一条目，其备注为："是一个居于河畔高高的山腰上的驿站。山岚从四面涌来。有一约七十户人家的荒凉山村。在附近可看到牧马，可看到很多用背子运送煤炭的人。背子能遮住背夫头上的阳光。这些背夫一只手拿着扇子和汗拭，其汗拭是附在扇柄上的，是一种用竹片弯曲而成的东西，用它可将满脸的汗珠搔落。"再如"盐津"一条，其备注是："人家约五百户。标高一千四百尺。大关河在这里与白水江合为横江。从横江溯航而来的盐船多在此地卸货。这里到新滩，有大至八间的民船航行，主要是装运煤炭。在大关河的左岸，架有一座一町多长的吊桥通向对岸，桥上还有顶盖。"在关于从昭通至大关沿途所见的村寨的记述中，"闸上"条的备注为："人家约百户。是一有相当规模的宿场。位于昭通平原北隅。从北面延伸而下的山脉，在此终止。东方三华里处有称为龙洞的名胜。洞中涌出清泉，当地人称为灵泉。附近长满松树。"与闸上相距二十五华里的"五马海"，备注是："人家约四十户。用炭团烧煮食物。街道很不清洁。路从这里起沿着溪流向下而行。溪水清澈，水量逐渐增加。山峰像屏风一样排列着，将河畔的小平原隔开……"

作为一种体例，其他道路周边的状况记述也一概如此。《新修支那省别全志·云南卷》究竟让多少村庄进入了案例？而一套《新修支那省别全志》，它笔锋之下，又捕获了多少小溪流、小山头、小道路和小山村？据此回想该书成书的背景，仍不禁令人冷汗直冒。从昭通到宜宾这条道路，之前，作家艾芜也曾走过，但在其《南行记》中，几等于空白。两种游走，得出的是两种结果，本来就没有任何可比因素。但一群日本人夹在贩夫走卒中间，带着充满探究、落实和好奇的目光，一寸土地一寸河流地走过，并将一个个谜团从容而生动地解开，其中隐藏的力量，或许只有本雅明关于"巴黎拱廊街"研究计划的笔记和资料才能与之抗衡。

　　本雅明教会我们的，是十九世纪的梦幻术，他同时也让我们看见了神话力量的复苏；类似《新修支那省别全志》这样的读物，则是在把一些沉睡中的而又至关重要的细小物质，硬性地一一打醒，并将其集合起来。这些细小的物质，是我们所不屑的、熟悉的，可一旦被另一种力量所控制，立即就变成了我们视而不见甚至是陌生的地狱。当然，站在政治学的角度，我们也可以把米内山庸夫等人的行为视作梦幻，并这样为他们下结论：梦幻中最容易衍生出乌托邦。但事实远非如此，我们需要为之焦虑的，不仅仅是一本志书的得失，也不仅仅是对一种"梦幻结局"的外部审视。二十世纪八十年代末，我曾翻读过云南省的几个县所编的地名志，它们语焉不详，缺少记述之功，仍旧是空对空的旧志翻版，有的甚至弥漫着癫狂的浪漫主义气息，形同废纸。这显然不是文风的问题。

暗色的面

    美国人约瑟夫·洛克三十八岁时，也就是 1922 年来到了中国西南，并以丽江为圆心，穷尽了他生命中的最后的二十七年时光。他于 1945 年在美国哈佛大学出版社出版的《中国西南古纳西王国》一书，被学术界称为"涉及纳西族宗教及濒于泯灭的古代纳西语言文化的不朽的巨著"。这一个男仆的儿子，虽然后来是以研究古纳西王国而跻身不朽者行列的，可最初他却是以植物学家的身份进入中国的。他的使命是尽可能地在云南众多的明净的边地采集植物和飞禽的标本，也就是说，开始的时候，他与其他同时代窜动于云南的西方神父或牧师一样，怀抱着的额外使命并没有什么不同。据云南水富县一位资深的地方志专家介绍，二十世纪四十年代，在水富县陈凤山的黄家庄园里，曾生活过三位来自英国的神父，传教对他们来讲非常次要，他们最主要的工作就是满山捕捉"橘脉粉灯蛾"。

    1944 年，洛克因病返美，在印度的加尔各答把自己的全部家当托付给了一艘军舰。非常不幸的是，这艘军舰在驶向阿拉伯湾的时候，被一枚日本鱼雷准确地击中。于是，一个异美的场景出现在了阿拉伯湾的海面上，那些逃难的水兵因此怀疑自己来到了天堂：那些被炸开的洛克的家当，有关宗教仪式的译文和一卷《纳西语英语百科辞典》仅仅是家当的零头，其主要成分是色彩斑斓的大尾大蚕蛾、二尾凤蝶、红锯蛱蝶、三尾凤蝶、玉龙尾凤蝶、橘脉粉灯蛾、西番翠凤蝶……阿拉伯湾的海面上燃烧起了无边无际的天堂的火焰。对此，同为美国人的萨顿在一篇文章中写道："消息传给洛克时，他几乎崩溃了。其后，他向友人吐露说他曾认真考虑过自杀……"当然，洛克想自杀的理由是："他说他绝不可能凭记忆重新写出失去的著作。"因为那时的洛克已在丽江生活了二十二年，他不再是一个单纯的植物学家。

我对阿拉伯湾的海面上燃起的"天堂之火"，一直满怀着无限的向往。它不仅让那儿蓝色的海水改变了颜色，变换了质地，沉入了梦中，还让岸边的沙漠学会了眺望、蠕动、飞翔。那些被固定了的或动着的蛾与蝶，仿佛魔法时代最动人心魄的忧郁；不，仿佛古老东方的后花园中逃出来的香魂兵团；也不，仿佛冷漠的时间史保留的最后一点纯粹的体温……它们被一枚鱼雷释放在海面上。

关于橘脉粉灯蛾，在另一篇文章中，我是这么描绘的："它的出现，意味着黑夜的戏剧是唯一的戏剧，其他的物质都只是黑色。它的头颅和胸膛陷入在夜色中，以求捍卫这致命的部位。但是，它也是有保留的，在用来真正与夜色相撞的头顶，它预留了一点金黄，那是黑夜的黄金，它让它的腹部疯狂，带着一排黑色的小圆点，以罕见的大面积的红颜色，接受尘埃和空气的抚摸。它的翅膀，只有翅脉是橘子的颜色，其他都黑透了，这容易让人联想到闪电与黑夜的永恒结合……"至于二尾凤蝶，我则是这么描绘的："它们是云南的宝贝。在遍布马兜铃的地方，它们带着一根根黄白色的飘带，以及阳光交给这些飘带的阴影，在不知疲怠地升降。我不相信它们只存活短暂的时光，它们的警戒色告诉我，以它们捍卫美的决心，它们远远不止存活一万年……"

引罢两则对橘脉粉灯蛾和二尾凤蝶的描述文字，我感到我是在历险，与捕猎者相比，他们的心肠是由柔软而变得粗硬的，而我则在一味地柔软下去，我怕自己不能自拔，只好息手。不过，这倒让我想起1998年春天的那一次爬大理苍山的经历。在洛克的笔下，苍山"自半山腰以上就终年积雪"，这说的是二十世纪二十年代。在九十年代，苍山的半山腰以上则几乎没有雪，只在十八峰的峰巅之背阴处有一些残雪，如大神的足迹。因此，我爬苍山并不是去看雪，是为了去看"杜鹃船"。杜鹃像船，像无数的船，在一条条山的主脉和支脉上航行。记得在登马龙峰的时候，在一大片杜鹃花丛中，我目睹了这样一个场景——年年寂寞地怒放的杜鹃花，年年都把大如颗粒的花粉执着地投向旁边的一块巨石，结果，那块巨石全被浸黄了——巨石上也因此栖满了五彩缤纷的蝴蝶。之所以要插进苍山的这点气象，意思是在引用两则文字的途中，我真的觉得自己正变成那块被花粉浸软的石头，而且一厢情愿地逆转，已难以拯救。想想，当如此美丽的蛾蝶，以集体主义的方式，千千万万只忽然地出现在阿拉伯湾的海面上，用"爆炸""游行""堆集"……这样的词怎能描述？那是极限，是千千万万个极限突然相撞！我想，那些逃亡的水兵，有的一定因此而生，有的一定因此而死。

英国人大卫·卡特，是伦敦自然史博物馆昆虫系最擅长鳞翅目昆虫研究的资深科学家，他曾说过："蝴蝶和蛾类最普通的防卫策略是混入背景中，这种技术可以通过不同的方式达成。蝴蝶在休息时将四翅合拢，只露出暗色的面；因此，当它们停留在树篱中并合上翅膀时，色彩鲜艳的蝴蝶似乎消失了。为了躲避鸟类，许多蛾类都在夜间飞行，但却又面临着蝙蝠的威胁。不过许多蛾类能听到蝙蝠的叫声，从而躲开它们。大多数夜间飞行的蛾类都有暗色翅，当停在树干上休息时，可提供良好的伪装……"在蝶类中，枯叶蝶也许是最卓越的伪装高手了，它们几乎把自己变成了一张枯朽的树叶，叶脉、叶片的瑕疵，一律被它们搬上了自己的身体。因此，在阿拉伯湾海面上，没有出现枯叶蝶，出现的都是些珍稀的异端。

1946 年 9 月，洛克又重返云南丽江，且一住就是三年，这三年时间，在纳西巫师的帮助下，他把全部心思都放在了《纳西语英语百科辞典》一书的编写上。直到巫师和翻译隐蔽或失踪，他才于 1949 年 8 月极不情愿地走掉。他这一次再没有带走一只蛾或一只蝶。这时候，他真正地爱上了植物学之外的丽江，也正是因为如此，在返回美国路过加尔各答的时候，在给一个叫默里尔的人的信中，他说："与其躺在医院凄凉的病床上，我宁愿死在那玉龙雪山的鲜花丛中……"

梦

　　梦奸犯郑锡龙被打死在村后山下的那年，我还没有出世。因此，这个案件的讲述者，就案件本身而言，并不是我，而是我的一个叔叔。我的这个叔叔，年轻时也不是什么好人，不客气地说，他跟郑锡龙是一路货色。他们曾经整天待在一起，在村庄旁边的官道上，以调戏良家妇女为乐。而且，在很多方面，我这叔叔远远比郑锡龙还坏，郑锡龙是那种只说不动的人，而我的叔叔则说得少做得多，特别是在对付女人方面，未得手之前，他真诚、腼腆，单纯得像一枚青杏子，可一旦得手之后，他老练、世故、凶相毕露，纯粹是一头披着羊皮的狼。我们的村庄里有一则警训，大意是这样的：真正的狼常常对羊说，羊啊，你们要提防，天底下到处都是狼。这警训仿佛是专门为我的叔叔而设计的，在对待羊上，他最善于玩这一手。但村里人同样有句咒语：久走夜路，必遭鬼打。

　　1949 年端午节前后，叔叔夜夜蹲在了小寡妇张雪蓉的屋檐下，通宵达旦地等待着小寡妇的木门为他打开。就这样大约坚守了六天时间，在一个雨夜，小寡妇终于打开了木门。小寡妇为叔叔宽衣解带，极尽风情，很快地两人就上了床，可当叔叔的那物件坚挺地往下插去，却仿佛插入了一个烈焰熊熊的小陷阱。突然来临的剧痛，无法清理的袭击者，令我的叔叔欲死不能，双手护了那物件，滚下床来，弯着腰，满头大汗地消失在夜色之中。当我的叔叔在一块菜地边坐下来，忍着剧痛，清理掉物件上已经开始冷却的粘连物,他感觉到他那物件上已长满了豆粒大的水泡,而且他听见了从小寡妇屋中传来的一阵连绵不绝的大笑。事后,我的叔叔才知道,在小寡妇的床上,他的物件插进了一个预先烧得滚烫的糖包子里了。每年端午节,我们的村庄家家户户都要蒸包子,使用的夹馅,全用红糖与玫瑰花捣弄而成,再加些猪油进去,无论包子放多久,火上一烤,夹馅都会融化,取开面粉壳,其诱人的色泽,诱人的味道,令人垂涎。

我的叔叔因此病了很长一段时间。病好后,梦奸犯郑锡龙、弹琴人杨云修、屠夫曹冲等人来叫他,他都一概回绝。他说,自那以后,他已经完蛋了。是的,他真的完蛋了,但每每有人问起我的叔叔为何打单身的原因,我们家族中的人总是说:不知道。我的叔叔说,1957 年,我们的村庄解放了,地主王云福被拖到山下枪毙了,几个儿子则带着家眷逃走了,独独剩下到城里上过学的女儿王小丽。王小丽是村庄里最美的女人,又见过世面,走路的姿势,说话的声音,迷死了村庄里的年轻人。

可村庄在新中国成立之前,谁也不敢对她有非分之想,解放了,农民翻身做了主人,又谁都想娶她做老婆。有一天,梦奸犯郑锡龙来到我的叔叔家,对我叔叔说,昨天晚上他把王小丽干了。当时叔叔没说什么,只苦笑了一下。可接下来,村庄里的人都在说,郑锡龙把王小丽干了,在纷纭传说之间,还加了许多猥亵的细节。不知道怎么这事传到了王小丽的耳朵中,王小丽就爬到村庄后面的山上,在一棵树上,上吊死了。我的叔叔说,那天他上山砍柴,看见树上吊着一个死人,但他没想到是王小丽,就跑回村庄,向土改工作队队长赵大安汇报。赵大安迅速带人上了山,叫一个人在树底下抱着王小丽,他则站在山的斜坡上,一刀砍向绳子。绳子断了,王小丽积压在胸腔里的气息,像泄洪时的洪水,猛然地冲开喉咙,发出一声巨响,全部的气息都喷在了抱着她的那人脸上。死人嘴里的巨响,把那人吓得魂飞魄散,脚下一软,抱着王小丽就滚下了山，待滚动停止，王小丽正好伏在那人的胸膛上，长长的舌头垂落在那人的脸上。我的叔叔说，那抱王小丽的人，后来就疯了。王小丽的死，土改工作队队长赵大安的态度是，尽管王小丽是地主的狗崽子，但她手上没有染上人民的鲜血，她也是一条命，人命关天，所以必须彻底地查清楚，把凶手挖出来。就这样，郑锡龙被抓了起来，但在整个侦破过程中，始终没有找到郑锡龙导致王小丽死亡的半点证据。赵大安只好问郑锡龙："你是怎样把王小丽干了的？"郑锡龙回答："在梦中，我是在梦中把她干了。"枪毙郑锡龙的那天，我的叔叔还在围观的村民中，借村民的拥挤，往小寡妇张雪蓉的屁股上狠狠地打了一拳。可随着一声枪响，梦奸犯郑锡龙的目光，在倒下的一瞬，依然死死地盯着我的叔叔，我叔叔再往张雪蓉屁股上打拳头的计划落空了。今天，我那已经七十多岁的叔叔，每当想起梦奸犯郑锡龙那最后的目光，依然会情不自禁地说："那事情不是我说出去的，不是我……"但从我的叔叔前前后后的叙述和表情中，我可以明显地察觉到他对王小丽的痴迷，同时也能察觉到他的怨恨，他的歹毒。

守碉人李长根

种烟人李庆的祖父李长根，是我们村庄的更夫。可这个老家伙老了，没力气了，提灯笼的手总是抖得很厉害，而且在报更上经常出错，多次误了王云福家的马帮行程。王云福当时刚娶了三姨太，心情不错，就叫李庆的父亲顶替做更夫，而让老更夫去守碉。老更夫是个无所事事的人，守碉后的第一件事，就是收养了两只小猫，他想借此安度余生。男猫，老更夫为其取名"白天"；女猫，老更夫为其取名"晚上"。那是一段适合于猫科动物生长的年月，白天和晚上，它们在老更夫的目光注视下，很快地就长大了，在老更夫的胸脯上过着相亲相爱的日子。

在我们的村庄里，这座青色的碉房一直是防范土匪的岗哨，也一直是村里人在土匪进村后，藏粮蓄人并顽强抵抗的堡垒。可随着抗战的硝烟从四川漫过来，昔日的土匪都一一扛枪上了抗日的战场，碉房就失去了往日的意义。老更夫李长根就更加无所事事。春天来了，他就静静地蜷缩在一边，看着两只发情的猫，无休无止地交配，他曾经一度为此而感到困惑，两具小身体内，为什么会藏着如此浩大的欲望？他甚至怀疑，村边的大云江的潮水，就在两具小身体里潮汐和流淌，村里的梨树花，就在两具小身体里怒放和坐果。这种散淡的漫不经心的怀疑，渐渐地在老更夫的脑袋里变成了事实。他没有理由不相信，两具小身体里，不仅有大云江和梨花，而且有三姨太的呻吟，有山地上偶尔传来的枪声——那些溃散回家的土匪，他们在山地上操练。多么鲜活的两具小身体，它们交配完毕，就躺在阳光下面，男猫在等待下一个春天的来临，女猫则在聆听着体内的奶水涌向乳头。白天啊，晚上啊，老更夫李长根看着阳光下的两具小身体，总有一种止不住的渴望——他想让自己也像白天和晚上一样，可他真的老了，满身皱纹，体内的力量正游丝一样地往外溜走。他不可能再像猫一样生活，他庞大的身躯已变成生命的假象。

两三年后，守碉人李长根身边的猫多了起来，这些可爱的畜生无视亲疏，到了春天，就发疯一样，在碉房里交配，它们歇斯底里地叫鸣，它们像搏斗似的缠绕，它们像胜利者一般躺在阳光下，谁也无力阻止它们。它们仿佛是要以这样的方式点燃或彻底击垮老更夫。在它们的眼中，老更夫是黑暗的、是危险的、是可能的敌人，老更夫随时有可能发出猝然的一击，搅乱现成的秩序，结束它们已经拥有的幸福日子。在时光的递进程序中，作为长者，白天和晚上非常清楚，这一个豢养它们及其子孙的人，他在角落里，可他掌握着它们的一切，他不可能再从身体里拿出一团火来，可他还有着解散这一场盛宴的力量。就像它们，即使是在精疲力竭的时刻，仍可结束任何鼠类的婚礼，并使那新婚的双方在流亡中失散，直到死在异乡。但白天和晚上，无法阻住厄运的来临，它们心中的大鹰必然会在某一天倏然来临。可它们一点也没有想到，厄运来临的方式竟然会如此地无力，但又如此地丧心病狂。

也就是在又一个冬天行将走掉，白天和晚上的子孙们正酝酿着又一轮身体狂欢的时候，老更夫李长根开始在角落里忙个不停，他将一截圆木锯成无数的小木板，然后在小木板上精雕细刻，使每一块小木板上都有鲜花盛开、蜂蝶缠绵。这个秘密的鲁班圣手，在制作小木板的过程中，满脸充满了温情，仿佛是在为鲜花和蜂蝶的亡灵谱写留在红尘的颂歌。他腐朽的身体中似乎又生发出了一个全新的生命，这个全新的生命需要无数次的创造方能滋育。老更夫的白发在飘荡，老更夫仁慈的无语的吟哦在弥漫……这样的冬天，谁能说冷？李长根雕栏刻木的好手艺在

251

我们村庄竟然没有一个人知道，他一个人在碉房里静悄悄地制作了堪称精品的十多块小木板，他儿子的报更声没把他惊醒，也没有让他睡去。

春天来了，当第一只女猫发出第一声叫春，守碉人李长根逐一地把每一只女猫都抱到了胸脯上，每一只女猫从他的胸脯上跳下来，都发现自己的屁股上多了一块小木板，小木板上鲜花盛开，蜂蝶飞舞。每一块小木板的上方一律牢固地拴在了尾巴与屁股的交接处，并且留有一点线索的盈余。小木板的下方，则是两根柔软的充裕的线，分别拴在两腿上。女猫们在碉房里行走，由于线索充裕的缘故，均能发出小木板与屁股和腿拍击的节奏鲜明的啪啪啪的声响。这些女猫，在初春的时候，它们不甘寂寞地走动、跳跃和奔跑，使整个碉房春意盎然，它们甚至觉得，这是老更夫在它们有生以来给予它们的最好的礼物。可渐渐地，随着春意的加重，随着它们小身体里的大云江的进一步泛滥，随着梨花的进一步绚烂，也随着男猫日益富有实质性的引诱和进击的升级，它们开始围躺在老更夫的四周，不动，只有眼睛里充满了乞求，不动，只有身体里的大云江在咆哮。谁能拿走这美轮美奂的小木板，女猫们愿意向他贡献一百只老鼠；谁能拿走这春天的小木板，男猫们甘愿为他去死。

可老更夫李长根在春天睡着了，这难得的安静，这衰竭的身体的安静，令他睡着了。在他的梦中，他对男猫们撕咬小木板上的线索的行径置之不理，你的牙齿锋利，你能咬断这坚韧的线索？你身体里的力量浩大，你能穿透这小小的木板？发情的白天和晚上及其儿孙们，在碉房里，身体里的大云江涨水了，身体里的梨花就要开放了，可小小的木板隔断了一切，涨起来的水又一次次退了下去，就要开放的梨花又一次次变成蓓蕾。对老更夫李长根来说，那是一个美妙而又安静的春天，他甚至觉得，从此，他已经找到了对付春天的最好办法，他将永远照此执行下去。但是，被绝望激怒了的白天和晚上及其儿孙们，当它们感到，它们的乞求只会换来老更夫更加漫长的睡眠，它们又开始了它们的走动、跳跃和奔跑，而且变本加厉。它们不需要睡眠，它们要把这啪啪啪的响声弄得更响。我们的村庄因此失去了旧有的宁静，那个春天，让许多人想起土匪围攻的往事。

可就在这啪啪啪的响声中，在一个和风习习的晚上，王云福年轻的三姨太因无法入睡而走进了碉房，并且再也没有走出来。两天后，人们走进碉房，碉房里的景象是这样的：老更夫躺在一个角落里，身体已经腐烂，他的脸上、手中，凡能露出肉的地方，都有被抓裂的痕迹，浑身都是猫屎。而三姨太，她的眼孔大张着，里面有恐惧，也有哀怨，她也死了，是从碉房的顶层摔下来摔死的，在顶层靠近楼梯的地方，留有明显踩踏的痕迹。那些猫，一年之后的春天，仍然在碉房中走动着、跳跃着、奔跑着，它们所弄出的木板的响声，直到山上又有了土匪、碉房又成了堡垒之后，才在我们村庄里消失得干干净净。需要补充一点的是，白天和晚上，在李长根死后的一个月，也突然地死了，它们的生命，没有它们的子孙那么长久。

白 毛 记

　　一些异乡人常常会从低处爬到我们红颜色的山地上来。在他们中间，有铜匠、货郎、人口贩子、錾磨人、木匠，以及耕夫。耕夫来了，大都是带着家庭，因此，当他们站在某块石头上，四面望望，就会选择一个相对隐秘的山坳，停住脚，卸下行囊，筑一间土坯房，长住下来，开始他们与泥土、溪流和五谷生生不息地舞蹈。但铜匠、货郎之流，来了，又走掉，再来，再走掉，像邮差，像孤魂野鬼，村庄里的人，很少会记住他们，更不会关心他们来自江浙，还是去向四川。

　　正因为如此，当公安同志希望全村的人，打开记忆的仓库，找出七年前在我们红颜色的山地上活动过的，一个头上长着一撮白毛的人来，全村人经过冥思苦想，始终一无所获。面对着全村人空洞的眼神，公安诗人张渔毫不客气地说：这是个没有记忆的村庄。为什么要把我们的村庄推回到七年前，又为什么要找一撮白毛而且如此兴师动众？

　　这事还得从牧羊人杨云修说起。但说起杨云修，我们明显地感到，公安同志在所有的调查中忽略了一个至关重要的细节：月琴。杨云修年轻的时候，每晚都抱着一把月琴，而且每晚都从琴箱中放出一支黑山羊的队伍。他放出来的黑山羊，嚼碎了多情的树叶，舔干了青草上的露珠。可随着时光的流转，黑山羊老了，躲在琴箱里，牙齿松动了，犄角干枯了，皮毛失去光泽了。

　　没有了黑夜里的黑山羊，杨云修的黑夜，只有萤火虫提着一蓬蓬小小的火焰来到他的梦中，在他日益变形的身体里做短暂的旅行。年老的杨云修的梦中，埋葬着几十个年轻杨云修的尸体，也埋葬着一把断了弦的月琴和一群垂死的黑山羊。

　　牧羊人杨云修再不是当年弹着月琴的那个杨云修。那一天中午，他领着他仅有的两头羊，在我们红颜色的山地上，顶着毒烈的阳光，寻找喊泉。他已经热爱上了喊泉，空空的山洞，喊一声，水就会流出来。这种在书本上被称之为"间歇泉"的东西，杨云修认为是圣灵的恩赐，喊一声，清水就会流进火塘一样的羊嘴巴。可那一天中午，杨云修和他的两头羊，没有像往常那样顺利地找到喊泉，相反，在穿越石丛的途中，走在前面的那头羊，前脚一空，就掉进了一个黑暗的山洞。据后来的公安同志测定，这个山洞有三十米深，一头羊落入山洞，杨云修的半条命也跟着落了下去。在请来村里人帮忙，几次营救未果之后，杨云修本已决定放弃，可第三天，当牧羊人杨云修再次情不自禁地来到山洞口，他听见了洞中游丝般的羊的叫鸣，气如游丝但锋利无比，是的，那是一种锋利无比的叫鸣。

　　所以，当再一次营救工作展开后，牧羊人杨云修似乎又变成了弹琴人杨云修，无论人们怎样劝阻，他还是把绳索系在了腰上，在黑暗中，往下落，往下落，落到了三十米的深处。羊还活着，只摔断了一条腿。羊吊上去后，弹琴人杨云修在黑暗中，首先摸到了一把烂了琴箱的月琴，之后，摸到了一个口袋，一拉就散开的口袋淌出来一堆骨头。黑暗中的绳子再下来，弹琴人杨云修把月琴插在腰带上，手中拿了一个头颅骨，很快地就回到了我们红颜色的山地的平面上。

　　手中的头颅骨，杨云修随手掷在地上，立即就被看热闹的孩子们用石头打碎了，那白花花的碎片，离开了山洞的人们，回头一看，远远地闪耀着光芒。这事，很快就传到了公安同志的耳朵里。公安同志进村来，那一个公安诗人自告奋勇地承担了拼接头颅骨的工作，他找来了面

255

粉，揉成人头形，再把一块块碎骨嵌进去，干得又快又漂亮。然而，我在前面曾经说过，那是有着毒烈的太阳的日子，我们红颜色的山地上，热浪滚滚，连牧羊人杨云修这样的老人，也只穿着一条红裤衩子，皱巴巴的胸脯子上全是汗珠子在闪闪发光。公安同志们暂住的粮食仓库，厚厚的土墙房子，墙没开裂，几个小窗也早已被封死，一天到晚，阳光炽热的小脚板一直在红瓦上原地踏步。就算到了深夜，仍没风吹来，积压在屋子里的热气仍然蛰伏在每一个角落。那厚厚的土墙，更是把一天之内吸纳的热气，一一地喷洒出来，使整个粮食仓库始终像西双版纳热带森林中的一间隐修人的密室。

公安同志们不能入睡，一一坐在仓库外的平地上看月亮。山地上的月亮，红红的，又大又圆，仿佛没有依靠，却牢固异常，行动迟缓。它红颜色的光，绣花红线一样垂挂下来，公安同志们甚至能看清楚每一根红线上的绒毛。红线落在山地上，立即就变成了水，在山地上漫流。它们弹奏着石头，弹奏着矮小的灌木丛，歌声弱小，却柔情万种；它们抚慰着枯败的花瓣和叶子，小小的舌头上弥漫着蜂蜜，把死神迷醉，让爱神来临。面对这样的夜，公安同志们谁也没说话，呆呆地坐着，任凭周身红线流淌，只有公安诗人的内心亮着一支红烛，烛泪点点，烛焰飘忽。夜更深了，他们都一一倚着，在月光中沉沉睡去。山地上的月亮没落下，山地上的太阳已经升上来，阳光照着公安同志们的脸，在一群群红蜻蜓的干扰下，他们意犹未尽地醒来。

推开粮仓的门，公安同志们一一地惊呆了，公安诗人用面粉拼接的人头骨，在桌子上，一夜之间，长得硕大无比，狰狞无比，像一个巨人国中残忍的大神的头颅。头颅上密密麻麻布满了细裂缝，眼睛、鼻子、嘴、额头、下巴比刚拼接成形时足足大了几倍，那些原有的相关的小骨头，陷在面粉中，像粗糙的建筑物上贴着的破碎的瓷砖。把每一块小骨头联系起来看，你会怀疑是谁在曾经柔软的一坨面粉上用心不良地布置了一个死亡的图形，玩死亡的游戏。同时，这个面粉人头，除了小骨头仍略显有序外，面粉无序地自由生长，使整个头颅形象怪异，比如眼眶，骨头被面粉举出来，使眼眶在头颅之上凸立着，仿佛整个头颅的力量全集中到了那儿，甚至想长出一双手来，抓住点什么。还有嘴，牙齿已被面粉裹住了，它的锋利消失得无踪无影，可上唇骨和下唇骨却被拉开了更大的距离，使嘴巴张得更大，张得更有力，从其姿势上看，你会听见这张本用来说话和吃饭的嘴巴中正跑出来无数无形的东西：比如愤怒、申诉、求救，以及遗嘱，以及黑山羊……

惊呆了的公安同志们站在仓库门边，呆呆地站了大约两分钟，接着便大笑了起来。天气太热，面粉发酵了，昨天的人头，今天走样了；昨天的诗歌，今天变成笑料了；昨天的诗人，面对发酵的头颅，羞愧了。当然，这意外的喜剧，并没有妨碍公安同志侦破这一无名尸骨案的进程，只是害得另外一个公安同志在重新拼接头颅时受尽了折磨，他到河边去清洗骨头上的面粉，骨头中尚未散尽的骨油，弄得他呕吐不已，直骂公安诗人是"杂种"，是"白痴"。

后来，公安同志深入黑暗的山洞，取上来了其他尸骨以及周围的泥土，在泥土中，公安同志发现了一撮完好无损的白毛。对尸骨进行化验，公安同志说，这是一个头上长着一撮白毛的人，已经死了七年时间。在我的印象中，这个案件，经过长时间的调查，最终还是搁下了。只是在公安同志走访一个山洼中的錾磨人时，案件差一点破了。錾磨人说，以前有一个货郎，卖女红用品，住在另一个山洼中，并与村庄里的一个女子有来往。可公安同志照此线索追查了一段时间，也没能将那女子找出来。之后，公安同志又去找錾磨人，錾磨人说，那货郎天天晚上弹月琴，他的琴箱里，总让人觉得有一支黑山羊的队伍在奔跑。于是公安同志又去找牧羊人杨云修，杨云修把山洞中取出的破月琴交给了公安同志，并说，在我们这片红颜色的山地上，弹月琴的人，只有他一人。

不过，最后还应补充一下的是，据参加了本案侦破的后勤工作的村长讲，在公安同志下洞侦探的时候，在洞中又另外找到了一堆尸骨，其死亡时间是二十年，这尸骨甚至连白毛这样的特征也没有。他究竟是谁，村长认为，只有鬼才知道。

自由落体

　　讲了几个有关情杀的案件，可至今还没讲过一个狼狈为奸清除合法人的案件。这倒不是我有意识地回避某些俗套的故事模式，实在是奸夫与淫妇相勾结杀死武大郎这样的事情，在我们村庄里本来就凤毛麟角。一个男人看上别人的妻子，或一个女子看上别人的丈夫，然后下决心，不惜一切也要与之百年好合，这在乡村的情爱观念中，几乎是不会发生的。生活所给予苦寒人的选择权少而又少，都是苦寒人，与谁在一块儿过日子，并不是主要的，主要的是如何才能把日子过下去。从一排排满脸萧条的男人中，你能挑出谁来，说谁比谁好？从一排排残花败柳般的女子中，你又能把谁当成女神？再说，在循环往复的二十四节气的催促下，谁又有时间去慢慢挑选？谁又有本钱眼花缭乱？所以，我现在要讲的这个在人们看来是非常普通的案件，从我们村庄的角度来看，却是十分特殊的。

　　案件发生在土地下放之前，也就是说已经过去了二十年左右。我们村庄，当时叫生产队，生产队的队长名叫徐化才，一个病夫，却掌管着许多权力，并用这权力为许多身强力壮的男人戴上了绿帽子。比如在安排活计的时候，他可以让某某去干挑大粪一类的脏活、苦活，他也可以让某某去干选粮种一类的轻巧活。干轻巧活的大多是女子，一个人或两个人，坐在生产队的保管室里，一边打呵欠，一边选粮种，日头晒不了，大雨淋不着，中途还可以回家干点私事，谁都想做这类活计。徐化

259

才是队长，队长可以不干活，有时候，就一个人窜进保管室，人不知鬼不觉，就把有的女子制服了。制服了的女子就可以继续干轻巧活，制服不了的，第二天就下地去了。张云生的女人就是这样，在保管室里，由被动地被制服，发展到一定要与徐化才生活在一起。徐化才虽说是个病夫，有时也豪情万丈，颠三倒四之间，也忘了这是女奴在向庄园主提要求，胸脯一拍，随手从保管室的角落拣出两瓶农药，说："这一瓶，张云生喝；这一瓶，我那女人喝！"两人在同一天同一夜，都把两瓶农药用了，并都把两具死尸抛入了狮子山上的一个山洞。

说起那山洞，这里就需要多一点笔墨。那山洞，被视为我们的神洞，谁也不敢冒犯，它广纳我们红颜色山地上的溪流和雨水，可从未见它流出半滴水来，只要有人往里面抛石块，晴朗的天空马上就会乌云翻滚。却说两人杀了各自的丈夫和妻子，第二天便在村里发谣言，说一男一女失踪，肯定是勾搭上了，私奔了。村庄里的许多人想想，也就信了。只有张云生的哥哥张云伟不信，他率领浩浩荡荡的张氏家族找遍了每一个丘陵、大云江的每一个河湾、山地上的每一个洞穴，张云生仍然活不见人死不见尸。狮子山的那个山洞，张氏家族不敢冒犯，悬赏人民币五百元，谁下洞就给谁，也没人敢下洞。日子就这样不明不白地过了半年，徐化才觉得一切都平安了，就到张家来提亲，娶那"寡妇"。张云伟嘴巴上应着，心里觉得味道不对，就去乡上找到了公安同志，把心底的话全讲了。

弟弟失踪，徐化才妻子失踪，以及徐化才提亲，前后一联系，公安同志也觉得这里面似乎藏着点什么，就分别把徐化才及张家"寡妇"叫来。徐化才虽说是病夫，却牙齿很紧。张家"寡妇"则不同，见了公安同志，心一慌，就全说了。公安同志不相信神灵，下到洞里，果然发现了一男一女两具尸体，已经风干，分别只有三十斤左右重量。这是一个坛子形状的山洞，五公尺左右的"坛口"过后，下面就是一个巨大的黑暗的空间，猫头鹰和蝙蝠在自由地飞翔。洞底下，是一块三个篮球场大小的平地，自由落体诸如树叶、石头之类，在其中堆成了山。羊骨、猴骨、牛骨到处都是，捡起，手指一弹，就会发出清越的声音。洞底没有具体的河道，只有半个篮球场大小的一块沙滩，沙很软，脚踩上去，就是一个深深的印子。

临终之夜

　　……孩子，你应该记得三十八年前的那个夏天，雨总是下个不停，大云江的水面上浮满了青蛙。孩子，老辈人都说，青蛙满江，有人遭殃。唉，我没想到，遭殃的人，会是我们一家人。那么多的青蛙，绿色的脊背，绿色的花纹，它们在大云江上，拥挤着，嘶叫着，往下游流淌。大云江的水呢？大云江的水怎么一滴也看不见？大云江呢？大云江怎么全是扁扁的脑袋？孩子，你应该记得，为了让这些青蛙不要爬上岸来，村庄里的人，全都去了江边，就连学校也放假了，当时你才七岁，也和我们一样，手里拿一块小木板，见青蛙跳上来，就将木板打下去。孩子，当时你就在我的身边，看见那么多的青蛙，你吓得浑身颤抖，青蛙跳上来，你不敢打，还是我帮你打的呢。孩子，那些天，我好累呀，脚边打死的青蛙堆得草垛那么高，打青蛙的木板上，青蛙的肉末越积越厚，木板也越来越重。我的双手全红肿了，腰像断了似的，可青蛙还在一只接一只地往岸上跳，我的耳孔、眼角、脸的全部、衣裤的皱纹中，全堆满了青蛙体内的液汁。到后来，我的身体外面结了一层壳，而且这壳越来越厚，青蛙跳上来，打一下，壳碴子掉下一些去，可又溅上一些来。

　　孩子，你开始不敢打，后来你却比我打得多，你的脸被青蛙的肉末遮住了，我甚至认不出你就是我的儿子。你打得多有力啊，孩子，一木板下去，啪的一声，一只或者几只青蛙就成肉饼了。噢，孩子，那时

262

候，我为拥有你这样的儿子而感到骄傲。听着你木板下青蛙的肉碎声、骨头的碎裂声，孩子，我就像听着你入睡时的呼吸声一样幸福，你小身体里藏着的那个有力的男子汉已经呼之欲出了，孩子。

后来，你也累了，我多想把你搂在怀中，让你睡睡，可青蛙还在一只接一只地跳上岸来，疯狂地扑向我们的村庄，我们只能拼命地打啊，一刻也不能停下。可它们实在是太多了，村长想出了一个办法，砍来柴火，抱来稻草，在大江边燃起了一堵高高的火墙。它们还是继续往上跳，它们被烧焦的气味，开始的时候，是多么的诱人啊，可渐渐地，变得令人恶心，整条大云江边全是呕吐的人。

孩子，那时候，我多想带着你，悄悄地逃走，可那怎么行呢？火墙没燃多久，孩子，大雨就来了，唉，那该死的大雨，它洗干净了我们浑身的青蛙皮、青蛙眼、青蛙肠、青蛙液汁、青蛙脚……也浇灭了火墙，青蛙又开始发疯地跳上来。全村的人，手中的木板，大多已经打断了，人们就用手捏，用脚踩，用嘴咬，用身体滚压，可是，孩子，我们最终还是失败了，青蛙占领了我们的村庄。我们的村庄，每户人家里，墙上，树上，菜地里，每个角落都是青蛙。那段日子，青蛙的天敌，那些黑色的蝙蝠，每晚都飞来，层层叠叠地在村庄里飞翔，填满肚子后，又层层叠叠地飞走。它们的振翅声、嚼食声，使整个村庄血雨腥风。孩子，当时，每家人都足不出户，守在火塘边，看着青蛙在屋子里密密麻麻地跳跃。拉二胡的瞎子，他开始的时候把二胡拉得很动听，可后来人们发现，青蛙更多了，他住的草棚，更是被青蛙山一样地堆积，挤塌了，他侥幸不死，却再也不敢拉二胡。

孩子，你听着，就是在那段日子，你的父亲，却天天踩着青蛙的脊背出门去，然后又很晚地踩着青蛙的脊背回家来，而且每天在家的时候，总像青蛙见到蝙蝠一样沉默。孩子，你的父亲，每晚回来，周身都是青蛙的眼、青蛙的肠、青蛙的心脏。开初我一直以为他出去，是去帮助拉二胡的瞎子重建草棚，可孩子，我错了，你的父亲，他每天出去，

263

是跟小寡妇张雪蓉约会。后来据村里人讲，他们在大云江的江岸上，因联合击打青蛙而动了情。你的父亲像雄蛙求偶一样，在打击青蛙的过程中，嘴巴里总是发出雄壮的高声叫鸣，而小寡妇在他的身边，也总像雌蛙一样地附和着，低低地叫。

孩子，那时候，我是多么爱你的父亲，他的眼、他的嘴、他的脊梁、他的手、他的脚、他的胸膛，处处都充满了力量和魅力。可那段日子，他总是天天出门，回来后又沉默不语，问他，他也不说话。有一天，他刚出门不久，孩子，我就踩着青蛙，远远地跟着他，结果，在大云江边的一棵梨树下，就看见了小寡妇张雪蓉，看见他们在青蛙堆里，疯了似的扭在一起，青蛙叫着，他们也叫着……孩子，看到这些，我的血冷了，一下子就倒在了青蛙堆里，青蛙爬满了我的全身，青蛙的叫声我听不见了，他们的叫声我也听不见了。孩子，过了很久，我醒过来，你的父亲和小寡妇还在叫着，被他们滚压的青蛙也还在叫着。孩子，当时，我没去打搅他们，踩着青蛙又回了家。

孩子，你应该记得，那天我回家的时候，你一个人坐在火塘炕上，周围全是青蛙，你蜷曲着身子，属于你的地盘正越来越少。孩子，你应该记得，我扑到炕上，抱着你，哭了很久。孩子，你应该记得，后来我不哭了，跟你说，我要去帮瞎子伯伯盖房子，拿着一把锄头，踩着青蛙又走了。孩子，其实，那天，我又来到了大云江边的那棵梨树下，当时，小寡妇张雪蓉已经不在了，就剩下你的父亲，坐在青蛙堆里，看着大云江，不停地抽烟。孩子，你的父亲，我走到他的身边，他也没发觉，我就在他的头上打了一锄头，然后把他的裤带解开，一锄头挖下了他的那东西，转身就走了。孩子，那一晚的青蛙叫得好响，天亮的时候，大雨就来了，接连下了三天。

孩子，你应该记得，三天后，太阳出来了，村庄里的青蛙，除了留下的尸骨外，竟然走得一只不剩，大云江的水面上金光闪闪。村庄里的人们燃起了鞭炮，敲锣打鼓，一派喜气洋洋的气氛。人们发现你父亲的尸体，孩子，你父亲的身体里还藏着几十只青蛙。不过，孩子，那几十只青蛙的颜色是黑的，个头很小。孩子，这种蛙是一种毒蛙，老辈人常取其身上的毒物涂在箭头上射杀豹子或狼，因此叫毒箭蛙。公安同志来破案，孩子，他们把我叫去，要我老实交代，可是，孩子，我知道三天的大雨以及青蛙的破坏，他们已经找不到半点证据，就抵死不认。

孩子，你知道吗？他们都说，你的父亲一定是我杀的，但最终他们还是把我放了。最让他们苦恼的是，你父亲的那东西，他们找了一个下午也没能找到。其实，孩子，你应该记得，那天我回到家，天已经黑了，堂屋里的青蛙叫得令人心烦，我不是煮了一点东西让它们吃吗，那就是你父亲的那东西。孩子，这事，我在心里，藏了整整三十八年，本想今夜就把它带到阴间去，可三十八年时间，我心中的青蛙，早已被蝙蝠吃光了。其实，你的父亲，那并不是他应得的下场。现在，我之所以讲给你听，是想让你知道，杀死你父亲的人，就是我，你的母亲。噢，孩子，那么多的青蛙，你看，它们来了，跳上岸来了……

蜘　　蛛

　　山中的日子，滴水的声音，鸟的叫鸣，花朵从根须往上爬，直到抵达枝头的脚步声，果实打伤松鼠——松鼠在树下的呻吟，风踩着叶子——叶子经络的断裂声，月光洗干净了狼的脸——狼站在山顶的哭泣声……1980 年秋天，当我结束了我的山中生活，我的思想却一直没有终止与山的契约：我给山下的安营扎寨的筑路人送去了一颗罕见的玛瑙——它通体透明，有一只花蜘蛛静止于孤独的中心。

　　也许被松脂困住的一瞬，它正准备捕捉前方的一只小飞虫，然而，这一颗巨大的松脂落下来了，罩住了它，并把它带到了腐朽的树叶深处——从任何一个角度，我们都可以看清楚这只美丽的蜘蛛，它像卡夫卡，那个被世界死死困住的奥地利人。

　　山峰与时间给了它一个梦，它被时间的松脂宿命似的抓住了。我们就置身在它的梦中，看着它。它正准备捕捉的那一只小飞虫，也一样地被它抓住了。它在梦中，最先吃掉的是小飞虫的脑袋，然后是身体和脚，它留下了小飞虫的翅膀，那是它必须留下的，它要用翅膀装饰它的网，它要用翅膀默默地与山峰以及整个世界讨价还价。因为它怕，它怕它猝然的出击是空的，它怕世间万物仍然威胁它、命令它，它怕它的死是真的死了，而它，活了一生，还不知道山有多高，异性有多销魂。

　　1980 年的秋天，我与筑路人生活了大约半个月的时间，我刚住下的第二天，一个筑路女工因为无故旷工，被工头惩罚了去山上捕捉带毒的红蜘蛛。女工在山上忙碌了一天，两手空空地回来，工头也没说什么，可这个淫荡的女工却痴痴地、做梦一样地对工头说："红蜘蛛，红蜘蛛，比月经还红。"

山　冈

　　没有人的时候，山冈的颜色非常单调，或者说非常纯粹。雪白的燕麦、褐色的石头，再加上红色的泥土。树很少，绿色十分有限，树的影子是黑色的，也很少。阳光可唤醒很多东西，可还是改变不了固定的黑色。以上罗列的一切，似乎显示了对比强烈的色彩感觉，可它们同属于"山冈"，因此，它们还是单调的，有一份寂寥始终串联着它们。这跟我们置身闹市而又仿佛孤身一人的感觉是近似的，它们已经被"山冈"所抹杀，就像人群已经被一个人所抹杀一样。

　　有一阵子，我的确喜欢过史蒂文斯的诗歌《坛子逸事》。圈内人都知道，这种喜欢，任何人都会将其视为一种群体行为，而非个人本性，这说明，这种喜欢，有着赶时髦、人云亦云的味道。田纳西州众峰之上的坛子，秩序，开辟，脆弱的诗歌材料，无一不是浮华年代的时尚词汇，更何况那是大师的东西，大师的旗帜上，有几个人的面容不是奴才的面容？《坛子逸事》与山冈有关，"美国的田纳西"的"山冈"，史蒂文斯的血，我的遥远的泪。诗歌语言中的真实，我诵读过程中的想象。如果史蒂文斯把那坛子，上了釉的坛子，放在中国的任何一座山上，那坛子一样地不朽，那坛子一样地可以让我的故乡云南所有的群山向它涌去。

　　曾经读过格罗塞的《艺术的起源》，他说，当我们的人种学和文化史把澳洲人还当作半人半兽的时候，其实人们已经在澳洲格楞内尔格的

268

山冈上面发现了许多艺术品位极高的图画。我突然想起这些，并不是说我对澳洲古老图画传达的艺术信息感兴趣，而是我对"山冈"感兴趣，云南也有许多画在山冈上的图画，年代也一样地久远，可我从不过问。翻过几遍的《东巴文化》大型画册，与山冈无关，因此我也就感觉不出我极力想把握的某种悲怆情绪，它们是漂泊着的东西，而山冈永远站着不动。

我有到山冈里去徒步的癖好，有树的山冈，到处是悬崖的山冈，开满野花的山冈，我文章开头描写的山冈，我都去过。有一年秋天，我还去了积满白雪并插着经幡的山冈，那些山冈上有很多玛尼堆，它们是山冈的山冈，那地方有黄颜色的僧人，他们是山冈的心。可我还是偏爱单调无比的山冈——藐视生命或信仰的山冈。有一回，雪白的燕麦收割之前，我曾经看见一群人在燕麦地里捉奸，被捉的人泪流满面，我也泪流满面。

正　午

　　有一阵阵空阔的风声从山冈上滚落下来，坐在峡谷底部的荒废了的水渠边，我感觉到羊群或者冬天的雪团在下落。多美的山冈，我的祖父埋葬在上面；多么厚实的山冈，我的姐姐埋葬在上面。那些短衣服的灌木，那些秃耳朵的石头，那些大嘴巴的泥土，它们此时正把风声推向我的这边，不是埋葬，它们带着清凉，带着我的祖父和姐姐的愿望，借风的流速，往下落。

　　在风的裂口上，我能清楚地看见遭人弃用的水渠，弯弯曲曲的堤坝，没有水，跟着风声，来到我的身边。在风声滚过的地方，红颜色的泥土上，遍布着许多星星点点的小花，在正午的阳光下，像姐姐小小的脸，像祖父明明灭灭的念头。

　　可是，风声总要过去，水渠是真实而具体的，却没有水，山冈上被埋葬的一切，它们来不到我的身边。我的身边只堆满了短小的叶片和昆虫的翅膀，微弱的光，是水的魂。水的魂，只闪耀着微弱的光，它们来自枝条和肩膀，枝条断了，肩膀丢了。

　　这正午的山冈上，风声也渐渐地停了，只有我的祖父和姐姐依然守在上面，泥土遮盖着他们，他们活得像死者一样。

一 座 桥

　　这座桥在云南的东北部，在昔日的风景中央。它独立的姿态让人无法将它和水联系起来，它沉重的闸门偶尔才在夏天涨水时提起，像一扇天空的门。平时它都被放在河沙上，它钢铁的身体牢牢地扎入流沙之中，当河床里的沙流空了，它也会漏水，像缺了门牙的老人，谈话时总会有口沫飞溅，而时光的故事也就由此开始。漏出的水引来下游的鱼群，不顾一切地往上跳，碰出肉的声音。

　　这是一座很美的桥，钢筋藏在水泥中。在它宽宽窄窄的裂缝中，先是墨绿色的苔藓，然后才是翠绿色的青草，柔软和冰硬之间，守桥人换了一个又一个，触电死的那一个，据说还跟半公里路以外的张家妇人有过一夕之欢。和死人睡过觉，张家妇人经常在黄昏神志不清，坐在满室环坐的亲戚中间发出饥饿的呻吟。

　　我们常常在夏天攀着光滑的桥身往上爬，坐在高处看着蓝蓝的水。爬上去，跳下来，上去是天，下来是水。上去时偶尔会摔下来，把腿摔断；下来时偶尔会摔下来，浑身被水打疼。这不像游戏，每一个做这种事的人都彻底投入。后来，来了一个高大的守桥人，他把所有能通向桥身的通道堵死了，用的是石头。我们就只能远远地看着桥，它的作用就仅仅只是拦住水了。这座云南东北部的桥，它的四个桥洞里，每天晚上都栖满了鸟和鸟的穷亲戚。而它所勾连的两岸，一边是原野，另一边也是原野，空荡荡的原野。设计者没考虑让它成为路，所以，张家妇人

271

说，那儿有个陷阱，一个孤单的类似风景的陷阱。有一年我和阿胡在桥下捉鱼，阿胡差一点被水淹没，而我的双手则被鱼翅戳得鲜血淋漓。

　　每年的夏天，漂满了上游城市各式隐秘之物的洪水都会涌来敲打闸门。守桥人看着洪水的模样，便从专用的楼梯往上爬，桥的顶部有一个巨大的铁皮盒子，盒子里躲着起吊闸门的黑机器，电钮动一动，闸门就轰轰隆隆地往上升，获得自由的水就发出千恩万谢的疯狂。有时候，洪水不大，闸门依然不动，我们就会在桥周围的河埂上打捞城市的浮物，那些新鲜的破玩意儿，诸如牙齿、避孕套、装脂粉的塑料袋子，捞起来，晒在洒满阳光的青草地上，有着一种令人眩晕的美。我们将其分类，然后比比，看谁捞得最多。有时候，云南的东北部大雨滂沱，洪峰一个接一个地扑来，而桥的专用电线又被风吹断，守桥人看着提不起来的闸门大声痛哭。洪水漫出河埂，在原野上撒欢，见谁灭谁，一路欢歌。这种时候，聪明的守桥人就会跑向村庄，喊来一群精壮的男人，用手摇动机器，把闸门提起来——男人们就笑：如此简单的东西，干吗要关在铁盒子里？

迷惑与散落

　　"土城乡"一度被改成了"新城乡"，后来又被恢复为"土城乡"。这种变化，在本质上，对一片土地来说，并没有起到更多的作用，尽管它暗示了时光的变迁和思想的交错。其实，自我记事以来，土城乡就在毫无保留地四处散落——它的子孙们，先是偶有出走者，后来就开始成群结队离开它，人们似乎都相信有更加肥沃的膏土值得自己去寻找。人的离开加剧了这块土地的虚空速度，但它依然像以前一样，每年秋天，让人们把最优质的出产——稻谷和苹果，几乎是无休止地搬走。它的河流依然在流向异乡，它的飞鸟、虫鱼、云朵、炊烟，毫无例外，也都在不停地向它四周的乡镇弥漫而去。

　　1976 年的春天，也就是二十九年前的那个春天，我读小学四年级，由于对那些相对于大自然来说毫无生机的课本缺少兴趣，我常常坐在土城乡与永丰乡交界的一条田埂上，看土城乡的蚂蚱飞进永丰乡，还有蚂蚁、蚯蚓、臭虫、蝴蝶、蛇、田鼠等等这些土城乡的生灵，它们都在迈着自己的步子，进入永丰乡。我想阻止这种单向的散落，让土城乡重归完整，但一切都是徒劳。把一只臭虫从永丰乡的土地上重新拿回土城乡，这只臭虫将率领更多的臭虫离开土城乡。正如我在后来的一篇文章中所说，流散是不会迷惑与散落停止的，除非一切都归于寂静。

威信县的灌木丛

应该有一种工具可以丈量出它的面积，如果这样的话，我们就可以测算出究竟有几百万亩孤独囤积在了金沙江的中游。这是数据的时代，我们已经不习惯采用笼统、含糊的概算方式。

一切都应该一针见血，准确到位。"巨大的孤独"这样的提法是浪漫主义时代遗留下来的残渣，我曾跟诗人危辰说过："这必须铲除！"他表示同意。而且，危辰还建议，关于云南威信县的灌木丛，不管是扎西镇的，还是水田乡的，都有必要一棵一棵地去数，然后分出其科属和种类，他认为"至少要分甄出雄的或雌的"。按照通常的做法，雄的上面系一根红飘带，雌的上面涂一点白油漆。假如这不是什么浩大的工程，我们就可以进一步细分，几百万亩孤独，有多少万亩可以系上红飘带，有多少万亩可以涂上白油漆。事实上，我们都在期待那一天的来临——威信县连篇累牍的灌木丛，它们有了标志，就像解除劳教后的囚徒重新有了姓名，而不用惧怕天空和大雾一再地压低。

宋朝的病

　　作为时间的亲人，我的朋友庞晃，几乎在昆明的每一座废墟中晃荡过，迷失过。世界一直在前行，他却一直在往后跑。用他的话说，他是在跟世界拔河，结果总是被世界手中的那根粗麻绳拖着跑，开始时拖在地上，激起漫漫灰尘，后来，就被拖得飞了起来，变成了世界手中的风筝。

　　庞晃迷恋一切旧的东西，旧窗子，旧门，旧凳，旧桌，旧柜，旧石墩……如果谁能帮他把一堵旧墙搬回他的家，他也一定会笑得发抖。不幸的是，他是一个穷人，不能像有些人那样，手指一片正在拆除的老城说："这儿所有有意思的旧东西我都包了。"然后用火车或汽车拉走，卖给老外。他只能像做贼一样，在轰天炸地的旧墙倒塌声里，在蘑菇云一样的尘土中，鬼鬼祟祟地去寻找他想要的一切。而且，他得来的东西一概不卖，精品放在家中，一般的就堆在租来的一间民房里。在我的印象中，个子矮小的庞晃，只有在给学生上课的时候是干净的，平常时间，不管在哪儿，他都满身灰尘，双手黑漆漆的，指甲壳内，更是被黑色的烟尘填得满满的。偶尔，他也会拖着伤腿，满脸是疤或脖挂打着石膏的手臂来到我们中间，笑嘻嘻的。当然，大家也倦于再问他为什么伤了，因为谁都知道，又是跟拆城的民工或者类似他那样的人，展开了一场夺宝战，战场上满地的砖头、椽子，抢起来就打，总有人要伤着。

　　有一段日子，昆明正义路拆得热火朝天，庞晃也就适时地消失了。

275

照我们的想法，他一定又在各个院落之间急急奔走，或匍匐在某堵墙下，等黑夜一来，工人收工，他便像箭一样地射出去，抱起早已相准的东西，一转身，就消失在茫茫的夜色之中。然而，事实并非如此，那一段时间，庞晃不得不中止了他一生的寻宝记，而是充满茫然与恐惧地徘徊在昆明的每所医院的皮肤科。他的妻子在跟一个朋友打电话时，不小心泄露了秘密：庞晃的脖子和脸，先是长出了一种奇怪的红点，继而疯狂地浮肿。更让人不可思议的是，昆明这么多穿白大褂的人，有着数不胜数的精密仪器，却没有谁知道他得的是什么病。有人吓他："老庞，你这症状，我看是艾滋。"庞晃赶忙脚下生风，到医院验血。又有人压低嗓门，嘴唇贴着他耳朵："老庞，听说泰国那边最近又出了一种新病，很多性产业工作者，先是脸红肿，最后全身变成水……"听得庞晃就像蹲在冰箱中。

事情传出来，庞晃也就不再遮遮掩掩，开始重新回到我们的生活中来，又粗又红的大脖子，又红又大的脸，而朋友们也乐于向他献偏方或替他遍访民间高人。其间，他喝下太多的糊涂药，也领教了太多的神神鬼鬼的世外高人的非常手段，苦不堪言啊。

转机来得很偶然。一天，朋友中一个很少说话的家伙，突然开口了："庞晃，我有一个舅舅，快九十岁了，是个中医，想不想让他看一下？"庞晃去看老中医的那天中午，满头银发的老中医正在郊区的一个小院里，秋天的梧桐树下，品着一壶号称是"龙马同庆"的普洱茶。沉默的人说："舅舅，这是……"话未说完，老中医抬眼扫了一下庞晃，本来还被百年普洱弄得不着边际的眼神，瞬间就精光敛集，无形剑一样暴伸出来，继而手抚长须，仰天哈哈大笑。他的笑声中，梧桐树叶又多落了几片："天意啊，天意，老夫等了一生，终于等来了第一个想医的病人。"

老中医告诉庞晃，庞晃得的是一种宋朝的病，传染病，可这病在朱元璋称帝那年就绝迹了，而且再也没有出现过。老中医还告诉庞晃，他从青年时代就开始研究这种病，一直以为自己练的是屠龙术，没想到世间还真的有一条龙。庞晃服了老中医的三服药，病很快就好了。庞晃一再坚持要付老中医一万元钱，老中医鹤发倒立，一再地把庞晃扫地出门。每次，庞晃出了小院，都听院中的老人喃喃自语："天意啊，天意……"

至于庞晃是如何患上这种病的，照老中医的分析，这种病一度在宋朝时的昆明城中流行过，某些细菌附在了旧宅的屋梁、椽子或其他什么旧的东西上，这次拆城，绝无仅有的细菌被庞晃撞上了。

庄　园

　　这是一幢地主庄园，足足有五十亩地那么大。以前，褐红色的大门口站着两对石狮子，石狮子的后面是两块高高的石舫。石舫上刻写着一副对联，右边一句是"贵而贫，民无求焉"，左边一句是"富而骄，子必祸矣"，此联引自清嘉庆年间进士梁章矩所著《归田琐记》。后来，庄园荒芜了，石联被县文化馆的人运走了，偌大的庄园也就被乡政府派用作粮仓。二十世纪七十年代以前，这座雕梁画栋、处处飞檐、色泽斑斓的粮仓曾经非常兴盛，那些铺着青砖或石板的院坝上，经常回荡着激越的脚步声。特别是秋天，上缴"皇粮"的马车更是不分昼夜地来来去去，马粪中散出的热腾腾的气息，使整个巨大的粮仓气氛吉祥而富有生机。

　　有一年，风调雨顺，盛产油菜籽的广阔的田野上，人们的劳作，获得了双倍的收成，把几十间大大小小的库房，也就是从堂屋到厢房，直至佃户和仆人小屋，全都装满了油菜籽。所有的门窗都用砖头砌堵得死死的，只在墙根和接近屋檐的地方凿了两个洞。墙根处的洞设置了机关，用于取用油菜籽；屋檐处的洞，则是用于往里倾倒继续运来的油菜籽，直到装得满满的。

　　一天晚上，两个守仓人，借着月光，在初夏澄明的夜空下面，以酒抒怀，喝得豪情万丈。就在他们准备回房歇息的时候，其中一个突然提议，要认真地看看粮仓中醉人的收成，于是两人就各自抬了一把楼梯，逐一地去看粮仓里的油菜籽。到第四间仓库时，一个守仓人把身子往屋檐下的洞里伸，没想到，醉意中搭的楼梯，一只脚伸在阴沟上，上面一用力，就往下滑，守仓人一惊，身子就往仓里送，力用大了，掉进了粮仓，一声大叫才喊了半截，就没了声息。然而，也就是这半声大叫，把在第五间仓房洞口上的另一个守仓人也同样地送进了粮仓。粮仓是丰收的海洋，静静地吞掉了两个守仓人。第二天，单位的人来上班，不见守仓人，见两把楼梯，都说这两个守仓人不负责任，人外出就是错误了，把楼梯搭在仓洞上不收起来，则是错上加错。许多天后，单位见两个守仓人依旧不回来，就在县报上登了寻人启事。三个月后，两个守仓人依然没回来，单位就在县报上登了开除两个守仓人公职的人事决定。可就在榨油季节行将结束的时候，榨油工人在取用四号五号仓库油菜籽时，发现了两具白骨架子，根据县公安局鉴定，他们就是那两个已被开除了公职的守仓人。从那以后，这个庄园粮仓差不多就弃用了。单位的办公地点搬走了，就留下从村里临时招用的老鳏夫老王看守空空的大庄园。

老王是一个沉默的人，勤劳的人，每月工资十八块，但他干得兢兢业业。没有领导来检查工作，他仍然坚持不睡懒觉，不养鸟，不准闲杂人员入库。每天早上八点钟，准时轰轰隆隆地开启厚重的大木门，晚上六点钟，准时轰轰隆隆地关闭厚重的大木门。中间的时间，他就坐在大门边，目光炯炯，不叹息，不打瞌睡，也不听收音机。门前生起蛛网，他就弄掉；院内有了灰尘或者落叶，他就扫掉。空空的粮仓，干净得像天堂。这样的日子，过了大约五个年头，老王看守的粮仓，因为盛产油菜籽的广阔的田野上，人们的劳作获得了双倍的收成，其他地方的粮仓装不下，调运了三卡车来，差不多装满了庄园的堂屋。沉默的老王，忠于职守的老王，就把自己的床搬到了堂屋隔壁的厢房。如此又过了两三年，三卡车油菜籽错过了两三个榨季，依旧没人来运走。开初，老王还多次托人带信给单位，说油菜籽快坏了，要赶紧加工，可每次都没回音。

后来，老王就不再带信了。此时的老王已经老了，以前一天就能清扫的大庄园，现在得用两天，甚至三天，而且每天都累得气喘吁吁。而且，现在的老王，每天得对付那数不清的老鼠和蛇。三卡车油菜籽没运来之前，老鼠是少见的；三卡车油菜籽运来的第一年，老鼠还不成群；三卡车油菜籽运来的第三年，老鼠就无法无天了。而老鼠多了，蛇就多了，并且大多是些红颜色的蛇。老鼠吃油菜籽，蛇吃老鼠，少下去的只有油菜籽，多起来的是老鼠和蛇。老鼠是一种好动的小东西，它们把肚皮填饱之后，就拼命地用它们尖尖的小嘴巴，不停地拱动石头砌成的墙壁。最初，老王每每听见仓里有动静，就费劲地吆喊，或者站起身来，爬上仓库檐洞，往里掷石块。接下来，见油菜籽其实已变成一堆废物，老王就托人买回了很多鞭炮，有了动静，就点燃一个。时间久了，老鼠习惯了鞭炮声，老王也就再不使用鞭炮，任老鼠胡作非为。有时候，庄园里每天都会爬出很多条蛇来，老王不怕蛇，相反会走上前去，对着蛇说："去，别在这儿爬，去把耗子全部吃掉。"而蛇也仿佛能听懂老王的话，掉过头，爬回仓房去了。年老的老王巡游在庄园里，就像一张落叶飘过天空，小而且渺茫。

这样又过了几年，大庄园除了有无数的老鼠和蛇之外，依旧干净得像天堂，按时开门，按时关门，没闲杂人员进入。最大的区别是，油菜籽更少了，散发着腐败的气息，老王的厢房与堂屋间的那堵隔墙，已经被老鼠拱动得每一块石头都松动了。而老王也终于摸清了蛇所集居的确切地点，那就是堂屋后面的那间仆人小屋。那儿生长着一棵不知名的大树，大树枝叶之繁茂，令人难以想象。并且这是棵奇特的树，每一根枝条都笔直地朝外长出，从大树的根部就开始生，枝与枝之间，距离惊人地相等，如果人们要爬上去，就像上楼梯一样简单。更令人感到神秘的是，据说这棵树，一旦被刀斧伤着，伤口处就会流出一种类似血液的浆汁。在这个粮仓兴盛的时候，据说有小孩子往上爬，下来后，每一个都流了很多的鼻血。不过，这都是传说，一般都不能当真的。仆人小屋就

280

坐落在这棵大树之下，阴暗、潮湿，有的地方还长满了青苔。

通过几年的观察，老王确信，这就是蛇的家了。有几次，老王在仆人小屋的门边见过蛇蜕下的皮，同时也见到过"蛇连交"，也就是蛇性交。按乡下的说法，见到蛇蜕下的皮的人，自己也得蜕层皮，而见到"蛇连交"的人，则离死期不远了。老王对这些，似信非信，不说话，也不找解脱之方，因为他心中已经有了更好的解决方式。在一个天气晴朗的日子，老王找来了一大堆柴火，把仆人小屋围了起来，然后浇了些煤油上去，点燃了。据后来老王跟赶来救火的单位领导讲，那一场大火，烧死了几百条蛇，红颜色的蛇占了大多数。单位领导没有批评老王，相反对老王长期坚守这座重要的粮食仓库，不喊累、不叫苦的工作作风给予了充分的肯定，对堂屋中那三卡车油菜籽的事则一个字也没提。只是面对整个大庄园所弥漫着的腐烂气息，领导拍了一下老王的肩头。老王的一把火，蛇真的少了。可这样的清静日子过了大约才半年的时间，老王住的那间厢房终于在一个深夜，因墙壁的石头错动，倒塌了，老王被埋在了里面，死了。

粮仓又变成了庄园，年复一年地锁着。

赣南七则

南赣的蝉

那一年，天下狼烟。王阳明在通天岩讲学，弟子六七人，蝉数枚。阳明先生年轻时也是一个神神鬼鬼之徒，此时他的心室敞亮了，杀尽心中贼，也让南赣山河之间的瘴气消散了不少。有弟子问儒、问道、问佛，只有南赣的蝉，一个劲儿地叫，什么都不问。尽管先生一再坚持心外无事，但还是隐隐觉得，这些叫蝉，似乎就是死去的山中贼，就是些孤魂野鬼。弟子陆澄曾经问他："有人晚上怕鬼，怎么办？"他的回答并不服众，明显的道貌岸然："如果平时行事合乎神明，有什么好怕的？"

南赣的蝉一直叫着。五百多年过去，我到通天岩，曾与某人说，到不了天国，也入不了地狱的鬼魂，全部都会变成蝉，它们的叫鸣，意在让人心不得安宁。所以先生诗曰："醉卧石床凉，洞云秋来扫。"某人一笑，接着说了一句："这些该死的蝉！"

宋城墙下夜饮

从郁孤台上下来，城墙就高大了，人就渺小了，世俗生活的底部，没有那么多的悲愤。江岸上摆着的是一张张可以狂饮的酒桌。一个老和尚赋诗曰："老僧笑指风波险，坐看江山不出门。"另一个老和尚则诗曰："人间诗草无官税，江上狂徒有酒名。"我喜欢后者。庞培、郑骁锋、葛芳、我，以及我的十岁小儿雷皓程，坐在了江边的酒桌上。花生、干鱼、鸭肝、一件啤酒。酒桌上的话题不能嗜血，但可以论道，以道诛心，道的偏旁部首里埋着数不清的人骨和刀枪，似乎是酒席之外的另一酒席。江风总是晚上才吹来，这些见不得太阳的风，或说这些被太阳驱逐到夜晚的风，它们在江面上赛跑，与江水形成并行的两支队伍。我们推杯换盏，江西酒薄，谁都不醉，木然地望着江面，不知道这条一次次浮尸千万的江，今夜，它是站在幸存者的一边，还是继续履行它秘密的使命。后来，晚风冲上岸来，带着雨水，将我们赶回了旅馆——那旅次中小小的避难所。

登汉仙岩

过一线天，两边通天的绝壁上长满绿茸茸的苔类植物，它们贴附、斜着针尖之躯，样子像经书里的文字。到了出口，巨石之下有几张茶桌，凉风里饮绿茶，味苦，香无。来自海南的散文家赵瑜，临风铺纸，默写《心经》。我内心无经，另桌写了"太初有道"四个字。

在白鹭村

我的心胸里有一群白鹭在飞。水做的，风做的，血做的，木做的，铁做的，气做的，骨做的，土做的，草做的，黑做的，死做的，火做的，空做的，纸做的，一大群白鹭。偶然进到一座家祠，香樟树的躯干长满苔藓，一大片竹林里，所谓七贤：落叶、野草、石头、塑料袋、腐殖土、影子和静默。出祠门时，见台阶下站着一个石狮子，头颅被削掉了一半，十分诧异。老乡长告诉我，这儿曾被征用为屠宰场，屠夫们在狮子头上霍霍霍地磨刀。

城市中央公园

赣州古城的地下排水工程由一堆汉字组成，这是汉字无所不能的功能之一。在中央金脊人工建造的城市中央公园则由一批符号组合在一起，这说明符号学的隐喻与象征主义，已经坐实为我们时代的文化灵魂。其占地一千零二亩，其中湖区六百二十六亩，水系三百二十三亩，引水渠五十三亩，这意味着有相应体量的镇静剂和致幻剂同时出现在人们的生活中。作为对反自然的修正，再造自然从根本上衍生了一大批景观设计与绿化公司，而它们又自然而然地与公园周边的地产公司媾和为一体，从而形成了尖锐的土地伦理学。当真的山水故乡消亡殆尽，这种替换方式无疑是强硬而又具有合法性的补救措施之一。为此，湿地、溪林、亭台、水面、水榭、广场、八月桂，乃至每天涌进公园的上万人的面孔，似乎都逃不掉"设计"的嫌疑，都曾经是规划图、效果图和施工图上的专业符号。

按照现代建筑学观念，城市是带状的，它拓展边界的进程中，遇到河流、山丘、寺庙、村庄，都要一一绕开，然而，如果我们事先就构建了一座城市中央公园，即城市的原点或说核心地标，其风险也就悄悄降临了——在一些才华平庸而内心充满建筑暴力的规划师的蓝图上，中央公园就是棋盘上的天元，他们会围绕天元不按棋理地在四周展开一轮又一轮的厮杀，也就是四面摊大饼，以中心象征主义荡平文化的多元性，让一座新的城市也迅速地沦落为脸谱化的集体主义大本营。

章江和贡江是自然之神散步的走廊，可一旦只有江面是空的、动的，一座壮丽的大城，人们也很难在内心将其视为故乡。那天黄昏，我和儿子坐在中央公园的一条长凳上聊天，儿子认为这座城市的心脏是郁孤台，并读出"青山遮不住，毕竟东流去"做例证。我认可十岁小儿的说法，但直面了这座公园的"人民性"，或说当我意识到这座公园以人民的名义建造又得到了人民的认可，什么也没说，而是指着一棵树问儿子："这是棵什么树？"儿子不知道。那是一棵香樟。

郁孤台上

登楼的人，帝子或平民，都熬不过江水。江水也在替换，但因为没有阶级性，一味地致力于史诗性结构，所以我们都觉得它们不变，拒绝变。其实这不变也是一种令人恐慌的暴力，静悄悄地就拆散了王阳明、文天祥和辛弃疾等人的骨架。知识分子都认为，少数人会借文字而永远活着，殊不知这活，是一种死掉的活，就像我们的活约等于活埋一样。死掉的活，活给活埋者看，这是地府里面才有的话剧……悟到这些的时候，我已登上郁孤台，不敢贪恋台上的清凉，吓得立即转身下楼。

石城县看荷花

荷花都有佛的气象，尤其是残荷。在看荷花时，能看见污泥的人，都是心理阴暗的人；看见荷花完美开放，却想着残荷的人，都是悲从心来的人。我一直想做荷花的邻居，看它露出水面，长高，开花，但我却只是一个江西省的过客，看到荷花时，它开得正艳，绿色里能滴出血。

土城乡鼓舞

一

在我有记忆之前，欧家营都是寂静的，仿佛有永远的暮色罩着。

记忆的来临，或说欧家营的景物、发生的事件开始进入我的身体，并无论怎么驱赶也赶不走的时候，是我四岁左右的一天。那一天，利济河两岸的白杨和核桃树的叶子，被密集的雨滴打得噼啪作响。有一条通往天边的利济河，就有一条通往天边的音响带。没有雷声，也没有闪电，利济河的狭窄的河床上，流水被一个滩涂所阻挠，也接受着一蓬蓬水草频频的弯腰致敬，作为矮处的景象，它们似乎没把雨滴的敲击当成一回事。雨滴打水溅起的水花圈，总是比最小的旋涡还小；至于那些落向滩涂的雨滴，它们的小躯体，一直都是沙砾的过客，一滑，小脚一滑，就隐身到了沙砾下的稀泥之中。它们也是通向天边的，它们组成的景象，就算连通了天庭，也不会轻易地解散。

那天，是我爷爷的出殡日。爷爷黑色的灵柩上站着一只鲜艳的公鸡，它们被人们高高地抬起，在利济河的河堤上朝着天边缓缓移动。灵柩的前面，是我们家族头顶孝帕的白色队伍，我大爹、二大爹、我爹、我姑妈及他们的配偶，包括他们已经能独立行走的儿女，低着头，泪流，泪流满面，步履沉重，人人都在内心的苦痛的簇拥下，与脚下的泥汀搏斗。穿着的草鞋，手柱的饰有白纸条的芒杖，往泥汀中插去，好像付出的都是全身的力气和意志，反之，却仿佛要把整整的一条河提起来。我的大爹走在队伍的最前面，他双手捧着装满了五谷杂粮的宝瓶罐，那里面装着爷爷今后维系千千万万年生命时光的粮食，他小心翼翼，如果脚下打滑，便先收腹，肩前倾，头低垂，死死地护住。男人泪少，女人悲声最多，谁都想灵柩里的人惊飞爬棺鸡，掀开棺材盖，像睡了一觉似的，翻身爬起来，继续统领这支白色的队伍。可一切都为时已晚，灵柩里的人，生命已走到了尽头。

在灵柩的后面，走着欧家营几乎所有的人，男的，女的，老的，少的。有的流泪，有的没流泪；有的是亲戚，有的不是；有的是爷爷生前的交好，有的不是。送葬的人群，心中永远没有是非标准，人已死，只剩下恩，没有怨，更没有诅咒。陪爷爷走人间的最后一程，这是每一个人的义务……

记住这一切，我后来分析，大抵是因为我看见了送葬队伍中忽前忽后，疯狂地跳着鼓舞的那几个青年男子。整个送葬的过程，因为岁数太小，我都一直被舅母抱着。开始时，舅母的泪水混合着雨滴，打在我脸上，再看着大妈、二大妈、姑妈和我的母亲及堂兄堂姐们大放悲声，不知是被阵势吓着，还是觉得别人都哭了自己不哭就不对，抑或真的对爷爷的离去感到悲痛，我也就跟着大哭不止，张得很大的嘴巴里，灌进了太多的泪水和雨水，呛得直打喷嚏。后来，看见了那十几个跳鼓舞的人，我的哭泣便告一段落，以致许多年后，我的舅母每每提及此事，都会笑着说："小孩子不懂事，爷爷去了，他还笑个不断，像遇上什么喜事似的。"

二

我的老家欧家营，隶属于云南省昭通市昭阳区土城乡。它坐落在云贵高原向四川盆地倾斜的大斜坡上，是乌蒙山的腹地。但是，众山行到此处，仿佛累了，一一地伏下身子，可能的短暂的休息便成了永恒的长眠，这也就使得在山的眼皮子底下，有了一块难得的平地。大地怀中的弹丸，群山皮肤上的泥丸，小小的一点，却成了昭通市昭阳区和鲁甸县几十个乡镇几十万户人家的息壤。欧家营就处在它的心脏旁边，像它的肺的一个组成部分。

难得的一马平川啊。山峦退到天边，成了太阳升起落下时的仪仗队，永远的黛青色，站在村子最高的地方看它们，它们也不是清晰的，似乎都没有几公里长的巨石和几十公里长的绝壁和峡谷。金沙江和牛栏江成了它们体内的肠道；一直往天上铺张的树木和荆棘，消失得无影无踪；飞鸟和狼，蛇和狐狸，蝴蝶和松鼠，更非肉眼所及。春天，人们只看见风暴从那儿吹来，把土地里的小生命、树枝中躲着的小胚芽，一一地召集在壁立的空气的广场上；夏天，那里是云朵的飞机场，同时又几乎天天都在举办雷霆和闪电的宏大盛宴；秋天，那里是寂静的，大雁的翅膀越扇越慢；冬天来临，那儿最先落雪，先是顶峰白了，接着是山腰，当山脚也白了的时候，欧家营的雪也下疯了。因此，在我的记忆中，山是被省略了的。在土城乡或欧家营生活的人们，抬起头来，是看天，不是看山；低下头去，是看田地，不是看深渊。每个人耕种的土地，田埂笔直，秧垄笔直，每一寸土地都没有坎坷和陷阱，白杨、苹果树、桃树、杏树、梨树、枣树、李树、核桃树、樱桃树、棕榈树，全都长在平地上，没有危岩上的青松，没有从石壁中吸收水分的竹子，最显示品格的植物，顶多也就是长在河堤上的白杨。如果说白杨有什么象征意义，那就是它们充当了防守河堤的工兵，落下的叶子，有一半被河水带走而不能魂归大地。

平地上的村落也因此像一幅建筑平面图。以欧家营为例，它无地势可借，就依着作为季节河的利济河，所有的房屋"井"字形排列，一律的土木结构，像泥土随意凸起的肉键。假如说，一栋单独的房子，其

288

形象酷似农民李雄心，那么，整个欧家营就是近八十个李雄心，静谧而又朴素地站在一起。它们绝少变化，用料、做工一致，结构、布局相同，体积、高差雷同，就连每年春节时家家户户张贴的门神，也一律的关羽和张飞；可能的差异就是辣椒串的多少，造饭炊烟升起的早与迟，门洞里人数的多与少，面容的千变万化（但表情又差不多）……令人难以置信的是，这些房屋并非出自一人或一伙人之手，建造它们的永远是它们的主人。这些离地面最近的房屋的主人，仅仅在建筑学上被同一股神秘的力量掌控着？实用主义竟如此不可思议地服从于集体主义？审美观竟奇迹般地孕育了克隆术？

相同的心理定式。人们在村子四周的土地上耕种，田亩上使用同样的农具、种子和肥料，多少比例的田亩种稻子，又用多少去间种蚕豆，一概都是统一的；有限的旱地，如果种植高粱和红苕绝对可以获得不错的收成，可人们还是清一色地种植苞谷和土豆，谁也不会想起高粱和红苕。收获了，大米怎么存放、怎么煮吃，苞谷怎么处理，土豆的吃法，一日三餐的食谱，每个人的饭量（分男、女、老、少），也大抵相当。每户人家都有近一亩的菜地，没有多少意外，所种的均是白菜、青菜、菠菜、豌豆苗、蒜苗、葱、香菜、韭菜、青笋、西红柿、刀豆和南瓜。粮食除养人外，每家基本上都另养一头牛、两头猪、一条狗和一只猫，外加几只鸡……有些年，政策号召种烟草，人们就种烟草，塑料薄膜、复合肥、烟草品种及整个种植和收获过程，均毫无二致，村庄里多出来的烤烟房，家家都建得像古代的微型碉楼；再过些年，政策又号召种水果，苹果或水蜜桃，每户人家辟出的地亩也没什么差别，在同一个农科员的指导下，育苗、嫁接、剪枝……也都是一样的，一样的金帅和红富士，一样的甜蜜度和一样的价钱。一样的，人们后来又铲除了烟草，连根刨掉了苹果树，在富裕之梦中列队行走的人们，最终又把家中富余的劳动力送上了进城打工的道路，一样地去落魄，一样地去往死里卖力，一样地去遭人冷眼并把最悲最贱的人生排练给人看。城市角落里的幽灵，生活沙场上的炮灰，犹如一堆碎玻璃，在古老的生存法则的字里行间，擦抹，来回地互相擦抹，发出刺耳的吱吱声。一样的，当他们返回欧家营时，差不多人人都身无分文，赖城市所赐，有的人还患上了性病……

差不多每年我都要回一趟欧家营，尽管它的线性的、看不见更多希望的变换，带给我的苦楚比欢快还多，可它还是像一个由蜂蜜营造出来的旋涡，其吸力也许引不回一只飞鸟，却能牢牢地把我卷回。我得探视父母，土地之慢，一再为他们的苍老提速；土地一直在向上升，他们一再地在矮下去；早些年，他们的脚边尽是青葱的苗圃，过去几年，他们的枕边也会多了许多落叶。就守着那几亩田地，目光从来不会离开看了一辈子的田垄、水渠、白杨，哪一寸土地有颗石头，这石头来自哪里；哪一条沟底埋着一个破碗，这破碗出自哪一户人家；哪一棵树干上有一道斧痕，这痕是谁留下的；哪一堵墙上有一片雨渍，这雨渍开始于农历何年何月何日的那场暴雨；哪一条小路晚上行走，走几步要用脚探一下，才不会失足……他们从不要别人提醒。生活之细，细得能记住任何一个村里死去的人的死期，以及墙角上有几个蚂蚁打出的洞穴。他们的世界正一寸寸缩小，而模型中历练出来的呆板的人生，又体味不出妙至毫巅的超然乐趣，纯粹是生命之小，毫无回归可言。去看他们，是孝道，更是慈悲；是一代人在另一代人身上觉察孤独与无助，更是两代人在一块儿共同排演历久弥新的生死活剧。血液中潜藏了无数道别和相守，只有一次次地用行动去表达，它们才属于生命。我的头发都白了，父母的头发还会黑吗？

在父母的土地上，我有过沉醉的时光。1991 年前后，在一篇题为《菜园》的散文中，我曾这么陈述："我家的菜园在村子的西北角，胜天河（欧家营旁边的一条人工小河）在那儿日夜流淌，水声中长大的杏子树远远地将它围着。然后才是几棵老棕树，一棵核桃，三棵苹果和一棵樱桃。迎春花的藤子年年新生，年年蔓延，年年也都被编织，结结实实地将那一片葱茏在杏子树的圈子里又围了一圈。马桑树扎成的小门上，铁丝早已生锈。各种树底下的菜蔬年年无收，只有树荫遮不着的地方，才有菠菜摇动着扇叶；才有青菜高傲地脆嫩；才有蜻蜓栖在萝卜缨子上像一个个小巧的风筝；也才有蚱蜢的长须扫过白菜的脸；才有蜜蜂躲在油菜的花蕊里誓死不出来；也才有雨前的蚂蚁搬家，小小的背脊上托着一团团白色的卵蛋往树底下跑；也才有花蜘蛛的小网子一次次被风吹散，或者一次次被锄头捣毁，又一次次重新拉起，捕捉一只只乱撞的水蚊子；也才有奇懒的菜虫把屎一坨坨地拉在菜脉上；也才有这个不同于凡尘的世界总是在有趣地组合着，变化着，消逝或新生着。"

我承认，我是一个生活的旁观者，从童年到现在，也许还得继续下去。

三

地势平缓之所，集体主义掌控的灵肉之地，小生命贴着地表喘息的小舞台，可食的植物变幻人间美景的角落，欧家营抑或土城乡，作为它的养子，我也感到有些费解：它凭什么孕育出了以乐致哀的疯狂鼓舞？

给爷爷送葬的那天，总共有十六个跳鼓人，四人一队，共四队。一队是"座堂鼓"，即我爹那辈人三兄弟花钱雇来的；一队是"后家鼓"，是我奶奶后家的人带来的；一队是"亲家鼓"，是我远嫁他乡的姑妈带来的；最后一队是"家祭鼓"，则是由家族的人们凑钱雇来的。他们体现了鼓舞的四种拜祭方式和家族史中四支血缘的流向。尽管每支鼓队跳出的舞蹈内容上没什么差异，也一律地是男人之舞，男人悲到极致的身体炼金术，但因来历多异而有着不同的性质。本家无鼓，悲何以幻变为乐，且在全村人心中就会有诸多的家族品德被抽掉；后家无鼓，铁打的一世婚姻，其质量就会遭到怀疑；亲家无鼓，繁衍史中的小小一环，极有可能出了问题；家族无鼓，则意味着一个家族丢掉了向心力，不能同

291

悲，哪来同喜？不痛悼死，哪会有沸腾的生？反之，四支鼓队会聚，昭示的则是一个家族集团的亲密与兴旺，大家都有信心在悲剧之中以乐致哀，以哀为契机，进一步打造出一个人人倾慕的黄金家族。

四支鼓队照例以鼓为步，行进在送葬队伍的最前面。如果变一个视角，我们不是从送葬队伍中翘起头去看他们，而是站在利济河两边的田野上去看，四支鼓队，他们是在以最癫狂的肉体方式，引领着一支心胸激荡而肉身又定格在零度以下的白色人队。摄影术从来都是一门删繁就简的艺术，假如这时我们以它切起两个画面，一个只有四支鼓队，一个只收留送葬的人，我想，以我贫乏、空泛的想象，是绝对难以将它们联系在一起的。十六个男人的舞蹈，十六只筒鼓（不是铜鼓），十六个人，在四分之二拍"咚才、咚才、咚咚、咚才"反反复复的节奏中，在利济河的河埂上，在滂沱的大雨里，直跳得泥泞往天上飞，把两边的树叶打得噼啪作响，以至于走在送葬队伍最前面的我的大爹，彻彻底底地变成了一个泥人。他白色的孝衣、孝帕，再也看不见一丝白色，手中的宝瓶罐也溅了厚厚一层泥浆。同样，十六个人，十六只筒鼓，一次次地被泥浆糊住，又一次次地在狂野的动作中把泥浆甩掉，节奏单一，舞步重复，情绪却非常饱满。鼓人一体，十六个人分四队，相互之间，或舞老牛擦痒，或舞双龙抱柱，或舞喜鹊登枝，或舞仙鹅抱蛋，或舞狗舔骚，或舞鲤鱼跃龙门，或舞大猴背小猴，或舞苦竹盘根，或舞蛇蜕皮，或舞童子拜观音，或舞猫拿耗子，或舞小牛拜四方，或舞公鸡啄架，或舞蛤蟆晒肚，或舞雪花盖顶，或舞蚂蚱亮翅，或舞黄莺夺食，或舞猴子捞月亮，或舞耗子抠油缸，或舞狮子滚绣球，或舞新人上轿，或舞老鹰叼鸡，或舞花鱼抢水……咚才、咚才、咚咚、咚才；咚才、咚才、咚咚、咚才；咚才、咚才、咚咚、咚才；咚才、咚才、咚咚、咚才……

每一个舞者的身体中，仿佛都关着成百上千的野兽，它们一再地发力，暴跳如雷，一刻都忍不住了，前仆后继地决心冲破这皮肉栅栏；它们把舞者的每一根毛发、毛孔，每一块肌肉，每一寸皮肤，每根手指、脚趾，眼睛，鼻子，嘴（包括舌头、牙齿、牙龈），屁眼，生殖器，耳朵，脚底，手纹……全都当成了突破口，狠命地冲击。这涌起于内部的力量，均匀地、强势地鼓荡着舞者，欲炸，欲裂，欲飞，唯有舞，唯有跳，唯有不停地释放，源源不断地把野兽放出来，抢食遍地的悲和飘满空中的哀。身体的高潮是恒定的，就像永不熄火的炼钢炉，只有当我爷爷的棺木落入地中，一切才戛然而止，一切又将回归原有的现场和秩序。

舞者身后的队伍，依然缓缓流动，人们说，它像一条白色的河，白色的，夹杂着黑色的哭。雨水没有停下来的意思，使每一刻时光都布满了暮色。队伍行到通天的半路，孝子孝孙们一条线似的跪下，让灵柩在头上来回移动三次，所有的祈望，只愿亡人有皈依，灵位高矗，不要漂泊。之后，送葬的队伍就地解散，大路上只剩鼓队和加快了步伐的抬棺人，颠颠簸簸中渐行渐远，直到雨幕徐徐拉上。

四

没有丧事，土城乡的筒鼓是哑巴。

但似乎又没人视它们为禁忌之物，那些打破了的筒鼓，人们稍事修补，或做凳子用，或做米桶，也有人将鼓面的牛皮清理干净，将木箍子往屋后的地下一插，修起个不起眼的小水井。有鼓破了，就得做新鼓，一支鼓队四只鼓，缺一不可。做新的筒鼓，梧桐树的材质最好，重量轻，音色响，取一截，先解成板，再刨削成长约四十厘米、宽约五厘米、厚约一厘米的木片，用木楔或竹楔串箍为直径二十八厘米左右的圆筒，筒里放几粒铁粒子，两头用最好的牛皮绷上。制作工艺更考究一些的，当木筒箍起，还要像法国波尔多的木匠制作葡萄酒桶一样，在筒中点一堆火，收尽木材中的湿气，然后又将其用酒水浸泡，让木缝死死地结合，然后再晒之以阳光。阳光晒过，才用木胶精心填缝，最后上几道木漆，使之可做镜子。当然，为了防止舞者忘我的大力击打而导致鼓身炸开，通常人们还会在鼓身上箍几道细钢筋或八号铁丝。但事实上，再坚固的筒鼓也——被打炸，正如再优秀的舞者也避不开另外的舞者为他跳鼓的那一天。

鼓是好鼓，却不常跳。为此，当我四岁时迷上它，我就成了欧家营之后的岁月中每一个亡失者年龄最小的守灵人。孝歌沉沉，悲声苍茫，白色的纸幡令人意志变薄，纷飞的纸钱冷冰冰地明灭不休，特别是那暗夜里摆放棺木的灵堂，棺木下那盏蓝焰的过桥灯，它照亮的并非阳关大道而是黄泉路……这样的场景往往令人避之不及，可我始终拒绝不了那上祭时分的鼓舞、招灵时分的鼓舞、发丧时分的鼓舞。咚才、咚才、咚咚、咚才……鼓舞一起，土城乡所有的苹果树上马上就落满了尘土，土城乡所有的悲马上就得到了化解。没悲，真的没悲。当跳鼓人的肉腱子鼓起一团团火，当他们躬腰抱鼓，双脚右横移一步，左横移一步，向前跨一步；当牛形、虎形、鸟形、龟形、蛇形……轮番呈现，哪儿还有悲？乐，没命地乐，以死的方式乐，以葬礼的仪式乐，乐得心如槁木，乐得痛感全失。咚才、咚才、咚咚、咚才……

有一回，一户曹姓人家发丧，时间选在拂晓，土城乡一片漆黑，欧家营也只有曹家的门前亮着一盏汽灯。为了看鼓舞，我在曹家的草垛里候了一夜，可是，当鼓舞跳起来，我却什么也看不见，尾随着一个个送葬的黑影，只听见黑暗处传来一阵阵鼓声和舞者跺地的响声。觉得无聊，靠在利济河边的一棵核桃树上就睡着了。醒来时，阳光照亮了大地，利济河的河堤上一个人影也没有。

建水追忆

　　第一次去建水是上世纪九十年代初。那时候我是一个无所事事的行吟诗人，有空的话，我会从昆明坐客车到会泽县，然后步行去巧家县。去干什么？去找邹长铭先生喝一顿酒，然后醉醺醺地离开。金沙江气势汹汹地在身边流着，与一个年龄比自己大二十多岁的文学长者一边斗酒，一边海阔天空地神聊，长者有魏晋风骨，小子不知天高地厚，这倒蛮有古趣和古风的。"人间诗草无关税，江上狂徒有酒名。"我与长铭先生的交集，这句清代僧人宋启祥的诗句，说出的何止是我们内心的傲慢与独立、饮酒风格的近似和无羁，更多的还是一个老文人和一个小文人之间掏心掏肺的彼此敬重。当然，那时候我乐此不疲的事情，还是往尘土飞扬的公路旁一站，见到大卡车开过来，就招手。孤独的大卡车司机们，都会把头伸出车窗："你要去哪里？"我则反问："你要去哪里？"管他去哪里，我跳上车就跟着他走。以这种方式，我到过云南、贵州、四川、重庆的多少县城多少小镇，我记不起来了。记忆里，到过什么地方，没到过什么地方，已经无足轻重，最让我屡屡思念得碎心的还是上世纪九十年代风暴来临前公路上的孤单与宁静、田野和远山之间的黄昏、菩萨诞生之日清晨才有的空气透明度、干净的风、纯净的人心和目光、谈论着梦想的陌生人……

　　去建水，坐的当然也是大卡车，印象中是 1992 年。也就是在这样一个星期天，一辆大卡车开了过来，我招了招手，司机问："去哪里？"

我问："你去哪里?"他说:"建水。"我便跳上了大卡车。那个时候不一样,公路上没有这么多悍马、路虎、宝马、奔驰,大卡车跑上一阵,遇到的车辆并不多,大卡车像一个统领空气兵马远征的大将军,威武,豪迈。而且,车一出昆明东,平展展的、绿油油的沃野便扑面而来,头伸出窗外,拂面的风是香甜的,绸缎一样。给人感觉,大地上的神灵还没有逃走,它住在每一颗玉米、稻子、青草、树木的体内,住在每一粒石块、尘土、水滴、霜花的体内,住在每一只麻雀、蝴蝶、青蛙、瓢虫的体内,它教给大家的词汇只有这些:美丽、健壮、自由、顺其自然。

暮色涌进滇南,大卡车停在了朝阳门下,司机说:"你下车吧。"跳下车,从飞速的绿色山川之梦里脱出身来,我给司机和卡车鞠了一躬,便心花怒放但又怀有一丝不安地扑进了建水城。像对其他陌生的地方心怀好奇与想象一样,最初的时刻,我也没把建水当成"滇南邹鲁"来看待,在我眼中,它就是一座汉文化拓边时的天边的桥头堡,与安南府、交趾之类没有太多的区别。在西双版纳雨林中做田野调查时,我问香堂人:"哪一座山是蛮砖?"他们回答:"这儿没有这座山。"又问:"哪一座是倚邦?"他们回答:"这儿没有。"再问,回答都一样。后来才知道,他们认为,蛮砖、倚邦之类的山名,都是汉人叫的,他们有他们的叫法,汉人叫出来的山名,他们不接受。到了建水,我以为这种汉文化开疆拓土时软性的征服与反征服现象也一定存在,征服与反征服之间也一定存留着几百年甚至上千年的一座座文化迷宫,以及时空错乱的一个个生活现场。可是,这个旧称惠历、临安的所在,当你走过翰林街、太史巷、圆觉寺巷、红井街、东林寺街……你并不会觉得这儿是天边,相反你的心会怦怦怦地剧烈跳动,一街一巷、一砖一瓦、一寺一庙、一井一亭、一院一园、一坊一楼、一草一木、一联一画、一花一虫,就连走着或停下的每一个人,他们说的每一句话,都是文化乡愁和精神返乡途中向往的动人心魄的样子。老者恋残局,女子井边上,生活的现场细碎、亲切、安稳;同时,在日常生活的底部,处处都是仁、义、礼、智、信，门上的对联和墙上诗歌出自匿名者，却可以进入教科书教人活着，如何才能活好、活舒服、活通泰、活得无冤无仇的生活教科书，不是现在课堂上那种。从街巷的规划布局到房舍的设计筑构，这座城市的观念和手法都是旧的，过去时的，为人着想的。仿佛筑成之始，人们想到的只是筑家，而建水这地方，已是人们颠沛流离一生之后，见到的最适合放下兵刃、卸下重负、立地成佛和安身立命的最好息壤。城邦有何用，家才是灵肉的天下。所以，一块础石放下，放到的是这块础石最欢喜的泥土上；一座房子开建，建在的是这所房子最想在的水井边；一座亭子修起来，也必然是修在鸟儿都会读书的土丘上；文庙可小可大，但一定要选址于能养活孔子灵魂的风水宝地……精心算计但又暗合天地机理，这家，这城，无疑就建在天人合一的"一"字上。人在那儿，生老病死可以不用挪身，游学出仕者，走出去了，肉身回不来，灵魂也会回来。生活的必需品，透亮的阳光空气和水，从来不争朝夕的光阴，和睦温暖的世戚旧僚和邻居，天赐的沃土，人人心目中都供养的礼、义、廉、耻，市井之间，应有尽有，什么都不缺。似乎张、王、赵、朱、李、陈，显族或小姓的先祖们，在安家造城之时，就已经认定这是人世的天国，再也不需含辛茹苦八方去找寻了。这已是故乡的终点，是人们所能找到的水土之极。而事实也一再地证明，耕田而食，这儿的每粒土，绝不亏待人；读书养性和出仕，这儿文风鼎盛，白丁稀少，俨然道成于肉身的乌托邦。

那一次建水行，我一直住在巷道深处的一家小旅店里。守店的是一个白发老者，每天早上起来的第一件事便是写书法。他追随"二王"，但谈得更多的是乾隆二十九年到临安府做过太守的王文治。他说，唐和唐之前的中国书法，刀戟有声而柳叶传情，写到无我处，如李太白写张旭"笔锋杀尽山中兔"；若写到忘情处则情迷意乱，写字的人涂血悲歌，字字都是亡灵，如颜真卿的《祭侄文稿》。老人说，他相信王羲之写字，笔在手中，当是幻如刀剑，且浑身任何一个器官全都调动起来了，身体即是一场风暴、一阵海潮、一场战乱。最让人沉痛的是，文武同宗的绝技，唐之后便没了，现在习"二王"，仅仅是皮毛，一点真功夫都学不到了。晚明时，倪元璐有荒山野林气象出现，苍郁高古，节气器张，又惜留世日短，命丧于趋向大师的中途。如此崇尚如"公孙大娘舞西河剑器"一路的书道，但让老人喘不过气来的还是风流倜傥、逸秀天成的王文治。他觉得王文治的书法，虽然有董其昌的影子，却是道法于唐人之《唐人书律藏经》，隐裂玉断铁之气，扬风动绸缎之形，续文心雕龙之神，人欲仿之，心性、修养、境界不逮，毛皮都难获取。难能可贵的是，王文治的书法，可列于庙堂，亦可铺张于普通人家的门洞，于庙不秽，于家只雅，是为天工。之前，我对王文治这个文章太守稍有了解，知道这人是乾隆二十五年的一甲探花，写诗，有人曾将其与袁枚、蒋士铨和赵翼并论，书法，则将其与刘镛媲美，所谓"浓墨宰相，淡墨探花"。但这个历史上的文化大人物由翰林院侍读赴临安任知府，时间只一年左右，任上虽也视学课士，遍访民生，甚至设坛祈雨。其任上诗作《岁暮遣兴》曰："悯农曾记设斋坛，早戴伊耆蜡祭冠。岁俭减租宁有补，春来添线喜无寒。荞花被野微红糁，豆荚依村远绿宽。便与官家作田畯，儿童休作使君看。"诗里凸显的王文治无疑就是一个有着菩萨心肠的书生太守。特别是当他巡察到个旧锡矿，见市井繁华、驮马竞走的景象，他为之喜；又见山筋地脉尽断、矿工生不如死的场景时，忍不住写下了这样的诗句："却怪山灵不自爱，韫璞藏辉岂难守。故将财货眩愚蒙，自取镌劂求击掊。"国运之需，发展的代价，诗人内心的矛盾，诗中尽显，现在读之，也有着强烈的现实主义意义。但是，到任第二年底，缅北战乱，"艰难为外吏，辛苦向兵间"，王文治成了平乱军中的粮草官，他的"菩萨心肠"一下子便由兵车行之苦、瘴疠引发的病痛折磨和战士的惨不忍睹——取代，他崩溃了，骨子里立马就冒出了"无心封侯"的念头，借钱粮交接过程中的一次亏缺案，求其老乡云南布政使钱度为其周旋，辞官而去，一点也不挂念身后的炮火硝烟、生灵涂炭，从此过上"优游林下，诗书一生"的好日子。借此公案，我与旅店的老人说，王文治是大才，书生和诗人的酸劲、傻气上来时，他神游八荒，心系黎民，可一旦大难当头，需要他赴汤蹈火、舍生取义时，他退避三舍了，人才并无大用，远不及市井中屠狗辈。同样，清朝诗人陈佐才，袁枚在《随园诗话》中对其赞赏有加，可这人以"把总"的下级军官身份，戍守大理巍山，一生不弃，京都召其而不往，到死，叫儿子凿一个山洞当坟，封藏而长眠。生前，这人写下诗篇无数，其中一句"壮士从来有热血，秋深不必寄寒衣"，天下皆知。与陈佐才比，王文治格与德两输。让人吃惊的是，我的言说根本没有说动老人，老人也不在意我对王文治的不敬，哈哈一笑，铺纸，置墨，捉笔便书王文治《初入滇南有作》一诗："一入滇南岭渐平，中原回望转关情。蒙蒙秋雨秋风夜，得得千山千水程。昨日羊肠真绝境，此生蛇足是微名。毁车恨不从兹去，无限烟波钓艇轻。"一挥而就后，老人轻拂白须，仿佛自言自语地说，王梦楼来临安为官，非出己愿，也不想以此谋升迁，他在《雨夜入马龙州》一诗中还有句"旁人苦羡宦游乐，到此应悔虚名误"，他之所以来，无非是王命所逼，不得不来。来了临安，一年足矣，走了，方能成就诗书大圭。照建水人的理解，我们宁要一个可以千古流传的诗书大师，未必需要一个得一时之势的临安贤太守。他的风雅、闲适、人性和安心，他不要河山仕途只求纸墨天趣的个体操守，往大处说，是中国古代文人传统中的道中道，往小处说，这乃是一个人的精神洁癖的极致。最后，老人还说，建水出的进士二百多人，但他最敬仰的还是刘沫、缪宗周、萧崇业、包见捷等辞官归故里、闭门耕读者，认为他们乃是"临安风骨"的缔造者，是建水文脉的供血人。这些人便是王文治的同类，没有他们，临安或说建水，只能算是一个边关之城，断然成不了文献名邦，当然也就不会形成道统千年而又活色生香的日常生活传统。

　　老人是匿名者，无名氏，他一生习书法，却连县上办的书法展都没想过要去参加。像这样的人建水有多少，我不得而知。对他来说，不显山露水，也许心里才装得下山山水水。这样的人一多，一座城也才会有灵魂。九十年代末，再去建水参加一个笔会，重看孔庙、朱家花园、团山、燕子洞，在孔庙的泮池边和在燕子洞的大厅里都想起这个老人，再根据记忆去找那小巷、旅店和老人，却怎么也找不到了。犁庭扫穴的造城运动，让建水也一度跟着只争朝夕，力求旧貌换新颜。有时，我倒是觉得，像建水这种永恒的故乡一样的地方，新的当然需要，但旧的或许更需要。建一座崭新的大城，到旷野上去，几年时间就修起来了，可你拆掉旧的想建一个故乡，拆了就没了，要重建，花一百年时间可能都不够。

与众多的中国城镇比，一些匿名的小巷、旅店和老人虽然消逝了，但它是幸运的。它的市井大都得以存活，孔庙、朱家花园、制陶术、文风、静悄悄的生活，一如既往地朝着旧的方向延伸。热火朝天的世界跑步前来报到，任何城镇却天翻地覆，那儿的人却只是选取了他们想要的那一部分，并搁置在城外的山野上。一个县的灵魂仍然被他们用千年的人间烟火供养在旧城里，死死地护守着，仿佛在等伟大的造物主前来验收，并给他们赐福，给他们送旌旗。

火车与菜市场

　　菜市场名叫"田园里农贸市场"，就修在铁路边上。它是带状的，一直跟着铁路走，我由南向北走了一趟，大约有一公里长。我的左手边是一排平房，在东华小区七层高的楼房下，显得阴冷、发霉，像后娘养的。但它们都师出有门，清一色地有着铺面，很正规。我的右手边，一道高高的铁栏把铁路隔在外边，铁栏和铁路只隔着几米，铁丝网上粘着旧报纸，挂着烂箩筐，从有漏洞的地方往外看，铁轨、枕木、路基、荒草、塑料袋、纸杯、烂纸……都清清楚楚；铁栏下一溜临时小摊，没铺面，也没编号，一个摊挨着一个摊。

　　我在中间走，地上有点滑，而且随时都得给载物的单车、面包车、安了轮子的箩筐让路。我很想再次描述一下里面的气味，但气味很多，不知从哪一味下手。我又想一个铺面接一个铺面、一个摊位接一个摊位地认真看，看有什么东西适合我的胃口，可看来看去，也没什么让我心动。这儿一样地隶属昆明，就算它想花样翻新，四面地州送来的东西也不可能专供这里，任何一个菜市场，只有彼此货物相同，才能叫菜市场，否则就该叫超市或批发市场。相同，除了相同，我们别无选择。唯一不同的，是这儿有铁路，其他菜市场没有铁路。火车一来，轰天炸地，整个菜市场一下子就暗了下来。那时，我刚好走近一个卖猪肉的摊位，摊主是个瘦高个，他右手提刀，左手提着猪心肺，扭头去看火车，看过了几千次的火车还值得看，证明他是外省人。他看火车，我看他肉案上还冒着热气的肉，那切成条状、块状的肉，在火车经过的那段时间，一直在案板上往上跳，哐啷，哐啷，哐啷，火车响一下，肉就跳一下，肉跳一下，就挤出一滴血来。火车过去了，肉也就安静了，瘦高个扭转头来，一脸寡白，哗的一声，把猪心肝丢进脚边的箩筐。又咣的一声，把刀扔在案板上，手在衣服上擦了两下，掏出一支烟，吸了起来。翻眼看见我，瘦高个探过半个身子，问我："陆良的乡下猪，买一点小炒？""陆良的？乡下的？"我边问边往另一个肉摊移。移过去，一看，满案都是猪肠子，飘着胸腔的味道。

"刚刚那列火车，是不是拉客的？"一个女人的声音。"不，好像是拉矿石的。"一个男人的声音。一男一女显然没看见火车，从他们人手提一只褪光了毛的鸡的情形分析，火车开过时，他们正在杀鸡。他们应该是一对夫妻，而坐在鸡毛堆旁那满脸鸡毛的一岁左右的小男孩，应该是他们的孩子。"拉矿石的？拉什么矿石？"女人一边把鸡递给顾客，一边扭头问男人。"如果不是拉矿石的，就不会闹出这么大的动静。"男人一边回答女人，一边把鸡递给顾客。他没说火车拉的是什么矿石，女人也没再问。

我忽然想买一只鸡，而且买鸡的愿望如此地强烈。你看，鸡栏里这些鸡，它们多好啊，黑的很黑，白的很白，黄的很黄，花的很花，乱抓一只，都可以清炖、红烧、卤制、爆炒，可我最终还是没买——一个没有下肢的小乞丐，六岁左右，脏得像堆垃圾，双手逮住我的裤子，目光从地面射上来。他是从菜市场的另一头一路摩擦过来的，有着脏水和烂菜叶的路面清晰地留有他的擦痕，一些地方还有血迹。他的双腿也许是被截去的，只剩下五寸左右，结了厚厚的痂，但有着一条条红色的裂口。在纷纷避让的人群里（有人装着没看见他），他逮住了我。我想，他是无辜的，他的行为是正当的，他有权逮住我，我没有理由对他的愿望佯装一无所知，但我又不知道，对他来说什么才是最好的解决方式。一元钱？十元钱？一百元钱？而且，他是一个集体，一个阶层，流落在一个个菜市场，以及任何人多的地方。是的，我只能给他一点零钱，一次贸易的找补，生活的零头，可当我的手，在腰包的角落探索到那枚硬币，我感到抓住我裤子的手已经松开，仰视我的目光已经他移。他已经失去了耐心，半截身躯已经移到卖鸡人的鸡笼前，双手扶着鸡笼，一脸天真地望着一只只鸡在笼子有限的空间里，拥挤，互啄，发出并不畅快的叫声。

菜市场的中段，许多铺面以前被租用过，现在空着，里面黑洞洞的，塞了不少的弃物，藏污纳垢。在其门楣上，一些招牌仍然挂着：道口扒鸡、夫妻肺片、宜良烤鸭、河南小磨麻油、野生蜂蜜、贵州羊肉汤锅……它们的字里行间均跑着一列火车，跑得很快，好像有什么东西在背后疯狂地追赶。就在这些铺面前，停着些用担子挑菜卖的农民，他们来自郊外，菜蔬都是自己种的。除了卖菜，有几个还卖水果和鸡蛋，以及鹅蛋。他们卖的菜，成色，脆嫩的程度，往往都赶不上大棚里批发出来那些，叶边通常有黄圈，棵苗也很短，而且到处是斑点，一看就是贴地而长的植物。但这些植物，仿佛练过举重，叶脉粗大，片叶厚实，一天不上水，也不会败软，它们是老年人和有过农村生活经验的人的抢手货。卖鹅蛋的是位中年妇女，卖梨的是个中年男人，他们的担子紧挨着，两人看上去很熟。男的笑着说："你的蛋又白又大啊。"女的笑着不搭腔，伸手就在男的胸口上捶了一下。男的装着很悠闲，从扁担上跨出来，站在路中间，眼睛往菜市场的两头东张西望，待靠女的近了，猛然弯腰，一抱就把女的抱了起来，大笑。女的拳挥脚舞，引得周围的卖菜人一阵起哄，买菜人则纷纷闪开。

这时，又一列火车驶过。是一列刚出站的火车，我觉得它像列地铁，有很长的一段路要跑。它照例卷起了风，让菜市场起了波澜，而且，我已隐约地看到，它迫使铁路与文艺路交会处的道口暂时中断了交通，许多准备横穿铁路的人，手里提着菜，仰起头，看着它如此近距离地在眼前飞过。它制造的风，吹得光头的头皮发凉，吹得长发的人头发飘舞，吹得所有的人衣角翻动。我希望它一个急停，就此打住，但它没有，很快就跑掉了。我想让它带一捆韭菜去远方，但不知怎么交给它。我还想，如果它是一列空火车，我可不可以把它全身涂红？涂红了的火车，就算空着，跑起来也有别于白火车、黑火车和蓝火车。但它的确没有空着，像这个菜市场一样。

在菜市场上，最后让我驻足的是两个人：一个是卖麻雀肉的，另一个是卖蛇酒的。他用一根竹竿挑着上百串麻雀，他用四个玻璃缸装着四条蛇。麻雀在竹竿上甩来甩去，仿佛活着，在飞，实际已经死了；蛇已经死了，可在酒里面，仿佛还活着。

转了一趟，我什么也没买。转回家，不敢跟妻子说我去过了菜市场，因为家中冰箱中的食物已经被吃光。妻子说，没菜了，我赶紧跑到了离家最近的一个菜市场，一个圆形的菜市场。所买的菜如下：七两白菜，五两豆腐，三两肉末，二两蒜苗，二点五两生姜，六个辣椒，两个番茄。我本来想买一只烧鸡，琢磨了一下，又放弃了。

三甲村氏族

三甲村隶属于云南省昭通市昭阳区某乡，有七十二户人家，十二个姓氏。有一条河从村中流过，其堤坝曾为古道，村里人大多从道上来。

之一：常姓

常姓属地：平原郡，今山东平原县以南。

姓氏来历：据《通志·氏族略》记载，常姓姓源有二。一是源自姬姓，卫康叔的裔孙食采于常地，其子孙就以邑为氏；二是黄帝的宰相名叫常先，其子孙便以常为姓。

常姓人家，村里只有一户，三代单传，村里人戏称他们的儿子常飞为"油罐系系"。系系的意思为绳子，意指如果拴油罐的绳子一旦断了，油罐子就将摔碎，整个家族也就到此为止。这种玩笑很歹毒，但常飞的父亲常云龙不以为意，他很清楚，在一个个庞大的家族面前，弱小意味着什么。

常云龙的祖上传下了一门绝活，他站在村子中央的院坝上，高声一叫，就能轻松地把声音传遍村子的每一个角落。因此，土地承包以前，常云龙一直是生产队长的传话筒，要出工了，生产队长就叫他高声一喊，惊飞尚在梦中的鸟，也喊醒熟睡的社员。收工的时候，他站在田边或地角，一声"收工了"，常叫得禾苗直颤。所以，有一种说法，村里的苹果熟了，村民够不着高枝上的那几个，也懒得用竹竿打，就让常云龙站在树下叫两声，苹果就会落下来。常飞也继承了父亲的衣钵，刚到五岁，就被队长安排了去金灿灿的田野上驱赶麻雀，结果胆大的麻雀被赶飞了，胆小的却被吓死了，弄得一田埂都是麻雀的尸体。到了读书的年龄，常飞不是体育委员，却是全校学生的领操人，为学校不用放喇叭节约了许多电费。

这个声如洪钟的家庭，现在没了用武之地，在村子里过得更加无声无息。

之二：卫姓

卫姓属地：河东郡，今山西夏县北。

姓氏来历：卫氏以国为氏，周文王之后。

卫继庆、卫继华和卫继尚的祖父曾是滇川道上的马锅头。上云南，下四川，以贩卖盐巴、布匹、茶叶等起家，1948 年在昭通城半边街置庄园一座。后因厌倦了颠沛流离的日子，改换门庭，把昭通街上晃荡的游医集合起来，办了一家医馆，以野技、秘技、巫技为人治病。其医馆中有一个姓张的医生，以治妇科闻名，所用配伍药物，都是些干枯的花朵，以瓣为单位。这个人曾到昭通修女医院门前设案向西医挑战，尽管没人跟他较量，仍被传为美谈。

1950 年，卫氏医馆不复存在。马锅头的大儿子留在了留学的法国；二儿子在从广州赶回家的路上，死于抢匪之手；三儿子卫东非率全家十五口人搬出庄园，移住位于三甲村的坟山看守人所住的房子，重新做了农民，并与其两个妻子生下了卫继庆、卫继华、卫继尚三兄弟。

卫氏三兄弟后来各自成家，且有了十多个分支。他们新造的房屋一律围着祖上的坟山，像一个圆圈。他们不贩、不医，最大的嗜好就是在农闲之余扎各种颜色的灯笼，点亮了，在晚上提着，在房前屋后急急奔走。春天来的时候，卫继尚偶尔也会扎一个老鹰状的风筝，让他的女儿卫红到村子里去放。他们几乎不与村里人往来，儿子娶外乡人为妻，女儿嫁异乡人。

传说卫氏家族的坟山上埋着成筐的金条，有人去挖过，一无所获。倒是挖出来的棺木漆水一流，几十年了，不腐，不烂，不结青苔，被村里的木匠赞叹了很多年，估计还会继续赞叹下去。

之三：葛姓

葛姓属地：梁郡，今河南商丘市南。

姓氏来历：源自夏朝葛国。其本为嬴姓之后，因国亡而改姓，以纪念故国。

葛家的女儿都是美女，这有些令人不可思议。因此，多少年来，县乡干部到三甲村来，一直都在葛氏五家轮流食宿。葛雄的女儿娟娟，葛富的女儿萍萍，葛玉的女儿露露，葛伟的女儿美美，葛发的女儿芬芬，村里的年轻人曾用她们的名字编成了五首山歌：

一

涓涓的水呀出山坡，

坡上住着小哥哥；

哥心干渴想喝水，

可是干部不准喝。

二

平平的稻浪波连波，

一只秧鸡来找窝；

立夏找到七月半，

找到了干部的公文包。

307

三

牡丹花上露水多，

露水滴滴都是药；

采取半滴医哥病，

干部摘花笑呵呵。

四

哥想美美一起过，

小碟儿想成大铜锣；

半夜起来敲锣唱，

干部罚哥干苦活。

五

芬芬像月天上坐，

明亮的光儿照山河；

爬上树尖哥想你，

干部说哥是蛤蟆。

其实干部远没有歌中那么霸道，有个别的动了邪念，却也未必得逞。村里的年轻人之所以这么唱，无非是攀不上，就把怨气全撒在一茬茬的干部头上，以泄心头之火。不过，葛氏家族的五个女儿都嫁了另外一些干部，这也倒是事实。并且，因了这些关系，葛氏家族的十八个儿子，除了五个考取中专或大学由国家分配工作外，其他都在城里谋了活干，有的当保安，有的当建筑工人，有的开药铺，有的当司机。现在，村子里那几栋葛家的房子都闲置着，屋顶上长出了青草。

之四：鲍姓

鲍姓属地：上党郡，今山西省长治县。

姓氏来历：《元和姓纂》中记载，鲍姓出自姒姓。夏禹之后鲍叔在齐国做官，后被封于鲍，其后代以其封地为姓。

鲍家在三甲村是大姓，十五户人家，一家一栋房子，形成一个以三株杏子树为圆心的大天井，村里人呼其为鲍家天井。鲍家天井以狗多狗恶著称，如果没有大一点的事，外姓人家很少去。偶有乞丐和货郎到村里来，也绝少深入进去，如果非去不可，就得有鲍太旺这样的好人引路。

鲍太旺是鲍氏家族中年纪最老的，老得连村里的许多人都不知道他究竟活了多少年了。在一些年近花甲的人的记忆中，他一直就鹤发童颜地活着，在那饥馑的年月，他也从不因为吃了上顿没下顿而萎靡不振，相反每到夜晚就提一把二胡，坐在杏子树下，拉一些欢快的曲子，直拉得鸡不叫狗不咬人入梦。

不过，鲍氏家族中，除了鲍太旺这一异数外，更多的子孙都是些孽种懒汉和糙哥。在三甲村的当代史上，杀人被枪毙的、强奸妇女被判刑的、偷牛偷粮被拘留过的、横行乡里无恶不作的、嗜赌如命输了房子的、不学无术以巫技骗人的和拐卖妇女儿童的一类人，几乎都出自鲍家。试举两例：

1980 年初冬，鲍成万的两个儿子，一个八岁，一个五岁，一块儿病了，症状是只会眨白眼，说胡话，且处于半昏迷状态。鲍成万先是将其送到医院，可转了一圈，嫌医疗费用太高昂，便背回村里。鲍成万的托词是：两个孩子是鬼附体，医生没办法。于是，他就用他的方法为孩子治病，先是请巫医来驱鬼，不愈；接下来便把两个孩子的衣服全剥光了，放在杏子树下，用冰冷的河沙埋至脖子处……弄了几天，孩子仍不见好，已经气若游丝。鲍太旺因此找到鲍成万，希望鲍成万把孩子从河沙里刨出来，再送到医院去。鲍成万则一口咬定孩子身上有鬼，鬼不驱，做什么都是白搭。结果，两个孩子在冬天的第一场雪飘落下来的时候，死掉了。据说，死前的每天每夜都曾偶尔发出过微弱的哭泣声。

与鲍成万的草菅人命不同，鲍成云纯粹是个不知廉耻的人，偷、赌、嫖、抢，百毒集于一身。从二十世纪八十年代中期开始，他便骑一辆破单车，天天到城里的建筑工地上去打工。这本没有什么不好，但与其他人进城打工挣钱养家不一样，他出去打工从来不见一分钱，钱都被他花光了。孩子上学没钱，妻子向他要，话不好听，立即便对妻子拳打脚踢。春耕大忙时节，家里没化肥，妻子希望他能用打工的钱买几袋化肥，他立即便把家里的猪或者粮食拉去卖了，但却不见化肥。更有甚者，在外滥嫖，染了淋病，还传染给了妻子，为了医病，家里稍微值点钱的东西都被卖了，家徒四壁。有一段时间，他还把一个卖淫女子带回家来住，妻子无语，只好求鲍太旺。鲍太旺给他两耳光，他不敢怒，但也依旧我行我素……

1999 年夏天，鲍太旺死了，全村人都去祭奠，鲍家天井第一次挤满了人。为鲍太旺送葬的那一天，村里有人断言，鲍家天井的未来将不可思议。更有人说，送鲍太旺的那天，天井里那三株杏子树上已经爬满了毛毛虫。

之五：钱姓

钱姓属地：彭城郡，现江苏铜山县。

姓氏来历：《通志·氏族略》载："颛帝曾孙陆终生彭祖，裔孙孚，周钱府上士，因官命氏焉。"即钱姓是以官名为姓。

钱天阳的父亲叫钱明阳。钱天阳是"天"字辈，钱明阳是"明"字辈。

钱天阳的妻子名叫欧阳秀芬。他们共养育了四男二女。儿子分别是钱俊阳、钱发阳、钱朝阳和钱贵阳；两个女儿分别是钱阳芬和钱阳芳，都是"阳"字辈。

钱天阳的爷爷的名字中有没有"阳"字，谁也不知道，其儿女的名字中会不会又有"阳"字，我们将拭目以待。但就目前而言，这是一个亮堂堂的家族。我翻了一下商务印书馆 1985 年版的《现代汉语词典》，1335 页有对"阳"字的注释：

阳（陽）：Yáng ①我国古代哲学认为的两大对立面之一（跟"阴"相对，下②到⑦同）：阴阳二气。②太阳；日光：阳光/阳历/阳坡/朝阳/向阳。③山的南面；水的北面：衡阳（在衡山之南）/洛阳（在洛河之北）。④凸出的：阳文。⑤外露的，表面的：阳沟/阳奉阴违。⑥指属于活人和人世的（迷信）：阳宅/阳间/阳寿。⑦带正电的：阳电/阳极。⑧指男性生殖器。⑨（Yáng）姓。

本版《现代汉语词典》还罗列了二十三个与"阳"有关的词条，并做了注释。它们分别是：阳春、阳春白雪、阳春砂、阳电、阳电子、阳奉阴违、阳沟、阳关道、阳光、阳极、阳间、阳狂、阳历、阳平、阳畦、阳起石、阳伞、阳燧、阳台、阳痿、阳文、阳性、阳性植物、阳韵。其中"阳性植物"的注释是这样的："在阳光充足的条件下生长得很好的植物，如松树和一般的农作物。也叫喜光植物。"

钱天阳一家三代都是农民，勤劳朴实，乐于助人，家庭殷实，与村中每户人家都保持了良好的邻里关系。钱天阳老了的时候，由于四村八寨偶有狂犬病发生，政府倡导灭狗，家中的守门狗未能幸免。没狗守门，钱天阳很不放心，便用收音机守门。具体做法是，买一个肚子很大（可放 2 号电池）而价格低廉的收音机，使用电筒用旧了的电池启动，每逢下地或外出，便将收音机打开，然后才关门而去。照他的分析，一旦小偷上门，听到收音机响着，就万万不敢下手。他的分析是对的，他的做法效果很好，但他从来不对外人透露。

之六：甄姓

甄姓属地：中山郡，今河南登封市西南。

姓氏来历：甄氏以技能、职业为姓。甄本来是制陶所用的转轮的名称，后来成为掌管制陶业的职官名。

三甲村共有六户甄姓人家，老老少少四十多号，大都是些缺少幻想、老实厚道的庄稼人。别人种地，他们种地；别人闲着，他们闲着。有的人家干些小买卖，或收辣椒到城里去卖，或倒腾贩卖鸡鸭火腿，他们都从不参与跟风，就连政府号召在房前屋后栽几棵苹果树，他们都没有响应。村里有一户人家的一个儿子，读书很有出息，读完大学分在了浙江工作。有一年，这人一片好心从浙江带来了几百斤稻谷种子，说是最高产的良种，如果种了，每亩田至少可以增收几百斤谷子。村子里的许多人家纷纷争购，并一一撒种、栽插，特意将节令踩得比其他年份还准，祈求秋后有个好收成。甄氏人家却拒绝了那户人家的好心肠，像往年一样，撒旧种，栽旧苗，不敢奢求太多。夏天到了，其他人家的田里种植的稻子发疯似的分苗，长势好得匪夷所思，甄氏人家一度感到很后悔，可随着节令的推进，他们又成了村里人中心里最踏实的人。因为那来自浙江的水稻，只长苗，不怀胎，没花，没籽，最终只是一亩接一亩的草。饥荒蔓延了三甲村，甄氏人家却平平静静地过了一年。后来，有一位县里的农技员到村里来，告诉人们浙江种子为什么不能在云南高寒山区种植，还顺便表扬了一下甄氏人家。

不过，甄氏人家也出了个异数，此人一度成了三甲村的象征。有时，村里人外出，被问及是什么地方的，刚报出村名，别人就会恍然大悟："噢，与甄泥人是一村的。"甄泥人即甄友来，从出娘胎起，就是个傻子。因其傻，便从不下地，整天都在村子里转悠，村子里转烦了，就跟着过路的人去别的村子转，几十年下来，把远近二十公里内的村庄都转遍了。有些年，昭通平原上活跃着几支勘探队伍，一村一寨地搭起塔一般的井架就往大地深处打眼子，钻出来的泥巴、石块、煤炭，一节一节地有序地排放在田野里，像唯美主义巨神拉出来的屎。当时，人们都知道一个叫王进喜的人，所以一直以为这些吃白馒头的男男女女在钻石油。

甄友来理所当然地每天都泡在勘探工地上，勘探队员累了躺在草垛上休息时乐于拿他寻开心，他也乐于混两个馒头填肚子。时间久了，见了的事情，甄友来就会拿到村子里来逢人便讲："哈哈哈，那些人在草垛里日……"村里的男人听了，会说："友来，慢慢讲，讲细点。"女的则先一嗔，然后破口大骂。有的女的还会以为是甄友来在调戏她，私底下与伙伴说闺中话时还会说："别看甄友来傻头傻脑的，鬼着呢。"到此，大家应该清楚了甄友来是怎么一个人，如果要给他定性，确定个角色，他其实是三甲村的信使。勘探队不是常驻村民，生出点事，人一走，风就来了，很快就会被吹散，甄友来也不会把亲眼所见的事日长月久地挂在嘴边。更多的时候，他是在义务流布村里的信息，谁家夫妻打架，谁家在揍不听话的儿子，谁家与谁家因什么而提斧捉刀，谁家的狗病了、鸡丢了，谁家的门被撬了……事无巨细，他都会是第一目击人，接着就迅速地告诉全村人民。至于逢着村里有红白喜事、生子造房这类大事情，除了传送信息外，他还会整天待在现场。白喜事时，大凡都有亲友哭得死去活来，有人会怂恿甄友来："友来，你也哭啊。"友来早已是这种场合里的行家里手，先叩头，后作揖，再点香，烧上一刀纸钱，抱着棺木就是一通号哭，历数死者之好，比死者的亲友还练达；哭腔之悲戚，音调的穿透力，也非死者亲友可以相比。不过，哭声停后，甄友来也会犯些让死者亲友勃然大怒的错误。村里人有一习俗，棺木底下要放一盏油灯，命名为"过桥灯"，意指死者可在这灯的照耀下，走过奈何桥，重新投胎转生。此灯绝不能熄，到了棺木搬出家，朝坟山送，还得由孙子辈的人端着、护着，直到死者入土为安再送回家，三天三夜后方可熄灭。可哭累了的甄友来，常常会钻到棺木底下，倒头便睡，稍作翻身，就把灯弄灭了。这非常的不吉利，它意味着有的投胎者根本还来不及变成牛形、鸟形、人形、虎形等等，灯光一灭，超度之旅就戛然而止了，投胎者往往刚变成似人似兽的样子。为了让死者得以顺

313

利转生，死者家属得重新找师傅来为死者超度。至于村里有人娶媳妇，闹房的时候，甄友来往往会取代新郎官的主角地位，闹房的人常会给新嫁娘出难题："亲亲友来的嘴！"或者抱起活蹦乱跳的甄友来，往新娘子面前送，然后指着友来的裤裆问新娘："说吧，这东西叫什么？"村子里的媳妇们，差不多有三分之一亲过甄友来的厚嘴皮，也差不多有三分之一为甄友来那玩意儿命名过，而且名字无奇不有，当然，偶尔也有实话实说的，引得闹房的人笑得死去活来。

但是，这些都不是甄友来被人特别是被异村人叫作"甄泥人"的原因，直接原因是，甄友来每到一处都喜欢捏泥人。他捏的泥人曾摆满了异村的村头，也无数次地摆满过三甲村的道路，抑或某几户人家的小院或窗台。他无师自通，兴之所至，边捏边自言自语。挖地人、锄草人、劈柴人、担水人、烤太阳的人、拉二胡的人、睡觉人、吃饭人、赶集人、骑牛人、哭或笑着的人……见到什么人他就捏什么人，形象惟妙惟肖，生动异常。见到草垛里忙乎的勘探队员后，他曾在勘探工地上用钻出的泥土捏了两个交媾中的一男一女，并送给当事人，那两人窘迫了一阵，最终还用一块红布包起来带走了。因为捏泥人，甄友来也被人狠狠地揍过一次。传说有一回，他拉了一泡屎，合土捏了一个老头，有人认为他捏的老头是其父，大怒，把他打得鼻血长淌。

甄友来的爷爷死的时候，甄友来没像其他人死时专捏死者的形象，他在他家的院子里捏了近百头牛，一律都是耕地时躬身向前用力的牛。他的父亲非常不高兴，找来一把铁铲，准备将这些牛清除掉，他冒了一句："这是爷爷，他变成牛了。"其父听了一怔，没说什么，低头转身进屋，在灵柩前跪了一夜，多烧了许多纸钱。

之七：徐姓

徐姓属地：东海郡，今山东兖州东南。

姓氏来历：徐姓源出嬴姓，与黄姓同源，都是伯益的后代。伯益之子若木，曾被夏禹封侯于安徽，立徐国，历夏、商、西周，灭于春秋。

徐仲金一家是搬迁户，他们的故乡在西面的阿鲁伯梁子和狮子山组成的巨大屏障之西。在那地方时，徐姓是个大家族，有祠堂，有坟山，有一口远近闻名的徐家水井。几百户人家屋檐相连，血脉也相连，兴旺，和睦，过着世外桃源般的日子。后来政府斥巨资修建一个名叫"渔洞"的大水库，徐家坪子所在的山坳，处在了淹没区。几百户人家就这么被拆散了，抛了祖屋，分别哭着走向了陌生的地方。

徐仲金一家来到三甲村，尽管三甲村土地肥沃，犹如膏腴，但他们总觉得脚下的土地是冷的。加之他家的房子建在村外，炊烟飘不进村来，村里人家的饭香他们也闻不到，所以，开初几年，他们差不多都不跟村子发生关系，其房屋倒像是三甲村用来护秋的。特别是在秋天刚到的时候，大地上到处都是比人还高的玉米林，风吹林响，夜里一盏孤灯，让村里人看见，心里都很不是滋味。"遍山的麦子无人收，山神也是空灶头；遍山的麦子无人收，青草滴下清明愁……"一阵阵月琴声，一声声哽咽的歌声，传进村来，人们都知道徐仲金一家又思念故土了，那儿的麦子正金灿灿地布满山岗。

哪儿的黄土不埋人？异乡的黄土。一样的现象，滇东北有许多高寒山区，天寒，地冻，根本不具备人居条件，政府有组织地将其间居民往富足的西双版纳和思茅等地搬迁，可有的人去了，又悄悄返回。问他们为什么这样，他们低着头，用脚尖死死地抵着石块，仿佛想把自己的身躯放到石头里去。也有坦白的，开口就说："那些地方真的很好，往土里撒一把种子，庄稼就齐刷刷地长出来了，但是气候太热了，浑身无力。"许多人都说，如果徐仲金一家的房子不被水淹掉，他们难说也会在某个晚上悄悄地搬回去。不过，徐仲金倒真的回过几次老家，据他的儿子徐诚讲，什么都没看见，就看见了水，水上还有许多野鸭。

徐诚来到三甲村时刚好七岁。这是一个非常聪明的孩子，在村办的单小里读书，从一年级开始，成绩就很好，甚至表现出诸多异禀。一年级开始，当他学到"学习"这一词语，他就把他的名字改成"习诚"，他认为习字的意义不错；到了二年级，觉得"毛主席"意味着伟大、光荣、正确，他又把名字改成"席诚"；上了三年级，老师说，人要坚强，他又把名字改成"锡诚"，他认为锡是金属，很硬；上了四年级，老师常说，一寸光阴一寸金，要懂得珍惜，他又把名字改成了"惜诚"。之后，他还把自己的名字改过"吸诚""悉诚"等等，直到知道有一个英雄名叫林则徐之后，他又把名字恢复为"徐诚"。他为自己改的姓，大多是近音，按普通话标准是不成立的。徐诚改姓名，老师也不管，因此一度成了村里孩子们中间流行的时尚。常飞曾改为"嫦飞""肠飞""长飞"等，郑云海曾改为"挣云海"，邓清曾改为"凳清"，刘小花曾改为"流小花"……

徐诚后来考上了大学，现在昭通市某机关工作。据村里一些去求他办事的人讲，他是个沉默寡言的人，待村里人不冷不热，但有一点同他父亲很相似，喜欢弹月琴。徐诚工作后，很少回乡下的家，最近几年，其父母相继过世，他也没像其他人家操办丧事一样大动干戈，而是把父母都火化了，葬在阿鲁伯梁子最高的一个山头上，从那儿可以看到一片荡漾在其故乡之上的水面。他们家在三甲村的房子如今已彻底荒废了，到处都是鸟粪和蛛网。由于迄今为止他仍是三甲村唯一考出去的大学生，村里一些上学的孩子都很崇拜他，于是孩子们在他家那两扇破朽了的木门上，分别用粉笔写下了这么两行字："徐诚故居""向徐诚同志学习"。

之八：赵姓

赵姓属地：天水郡，今甘肃通渭县西南。

姓氏来历：赵氏出自嬴姓部落，祖先是帝舜时的柏翳的十三世孙造

316

父。造父乃周穆王的驾车大夫，因助周穆王驾驶兵车救国有功，封邑赵城，其后便以封地为姓。

现在的社长，以前叫队长，再远一点叫甲长，不管怎么叫，他都是管三甲村的。有一段时间，村子里除了队长或社长外，还有一个长，叫妇女队长。妇女队长自然都由妇女担任，但管事很少，那时不搞计划生育，她更像一个配相。《五朵金花》流行的时候，村子里干活特别卖力、天生就是劳作能手和在某一方面有特殊技能的女子，一般都被叫作"金花"，而"金花"又往往是妇女队长的最佳人选。在历任三甲村妇女队长的女子中，有一人一口气生育了十三个孩子，除了夭折的三个外，养大了六男四女，村里人都叫她"生娃娃金花"，也有人叫她"生产队长"。

这个"生产队长"的丈夫姓赵，村里统管全局的队长也姓赵，叫赵声伟。赵姓的人家在三甲村虽然仅仅三家人，却"统治"了三甲村近三十年时间。赵声伟的哥哥赵声海，在赵声伟当队长之前，一直当队长（最开初叫贫协主席），后来到了大队（现叫村公所）当大队长，空出的位子由其弟填充。任妇女队长的李美英的丈夫赵庆才，虽然年纪跟赵声海差不多，却是赵声海和赵声伟两兄弟的晚辈，其爷爷和赵声伟的父亲是两兄弟，赵声伟的父亲是老幺，幺房出老辈。赵庆才一生都没在村子里捞上一官半职，但其日子过得甚至比两个堂叔还滋润，比如挑大粪、插秧、挖地一类的苦活、重活、脏活，从来都不与他沾边。春风吹来，村里的其他男人都在土窝窝里挣扎，他却被安排了给村里的耕牛"进补"。买些补药合着黄豆大米一块儿熬，再放些猪油和红糖，熬熟了，就用一个长形的木瓢往牛嘴里灌，让一头头牛吃个够。有时，他还会在每头牛身上克扣一点补品，悄悄地带回家，让他那一群孩子饱餐一顿。牛养得皮毛泛油，他的孩子也养得活蹦乱跳。为牛进补的工作搞完，春耕大忙开始了，赵庆才背包一打，上水库看水去了。所谓"看水"，指的是二十世纪六十年代时，水库里的水都是按立方分配至村的，谁都不能多，谁也不能少。为了防止有的村去放水时多放了，另外一些村的耕种就会出问题，所以，每一个村都会派人去水库上守着。一般情况，这是一个清闲活，十里八村的"皇亲国戚"集在一起，除了放水时跟水利局的人交接一下，并提前通知村里，说清楚水什么时候开闸，有可能什么时候流到村边的河道，请将拦河坝或石桥上的铁闸关死蓄水而外，大伙儿都是在睡觉、讲黄段子、喝酒和聊天。当然，看水人在水库上打架的事也时有发生，而且一旦打起来，往往都是朝死里打。赵庆才去看水，却从来没发生过打架的情况，这跟其大叔赵声海是大队长不能说没有关系。

倒是有一年，天下大旱，水库里的蓄水少得可怜。串联村庄的河道上，隔上里把路，就有各村派出的民兵守着，以防本村少得可怜的水被其他村截流。朝中有人的三甲村仍派出了赵庆才去看水，不言而喻，三甲村得到了和往年一样多的水，在水库上时，也没人跟赵庆才理论，但水一入河道，沿途各村都举全村之力截流。有的村，拦河坝因为没有提前筑好，不惜拆下门窗，搬来老人的寿木，不管男女老幼组成人墙截水。人们死死相抱，里三层外三层结成人墙，人墙前面就立着门窗和寿木，差不多是在以一种向死的方式实施截流，等水流到三甲村，已经所剩无几，用来滋润土地的嘴皮都不够。对赵庆才来说，这是一场意外，他放完水，又重新回到看水的小屋里呼呼大睡，他根本不知道他放水的时间已被日日跟他在一起的其他村的看水人，悄悄地或说是撇开了他到处传播开了。当他被其小叔赵声伟一脚踢醒时，已是次日凌晨两点左右。从接下来所发生的事来看，三甲村并没有谁看不起赵庆才，有的甚至觉得他是三甲村里最有血性的男人。当他知道他所放出来的水几乎都被河道沿途各村截流了，他甩脱小叔的手，操起枕头下捂着的斧头，一头就扎进了夜色。那一天晚上，他把河道沿途八个生产队队长家的大门全劈成了几大块。沿途各村的人都听见了他一路的狂呼："还我的水来，还我的水来……"有人甚至说，他的声音就像在喊魂。由于没伤人，且事出有因，赵庆才只被派出所拘留了十五天，放出来时，村里与他相处很好的人，还买了一百多串鞭炮去接他，在那八个村里狂放，也没人敢出来说三道四。之后，赵庆才再没外出看水，而是当了村里的电费收缴员，一直到现在。

不过，他斧劈八个生产队长家的大门这事，还是给赵家带来了毁灭性的打击。赵声海因以权谋私，大队长一职被革，被安排了去大队上开办的加工厂守门，其妻赵美英的妇女队长一职也被免了。唯一保住职务的只有赵声伟，但在饥馑的乡村里，其代价也不小——赵家三户人，每家的猪厩里都少了最大的那头猪，它们都被卖了，借以用钱去打点。

之九：王姓

王姓属地：太原郡，今山西太原。

姓氏来历：王姓来源繁多，除少数是赐姓王而外，多数以爵为姓。

王姓人家足有二十八户，他们的房子一排依着流过村子的河堤，坐南向北；另一排与之对应，坐北向南，从而形成一条只容牛车过的小巷，三甲村人称之为"王家巷巷"。

王家除耕作外，每户的主人或男丁都是世袭的木匠，且差不多都是六指人。针对这一现象，曾有一家报纸的记者做了专题采访，所写的《三甲村的六指人家族》曾被视为奇文。

作为奇文的品质，不在于六个指头或六个脚趾，而在于这个家族"黑暗的技艺"。他们精于木艺，所住的房屋、所用的桌椅和床，却十分粗糙，且全由另外的木匠所做。他们只为死者或生者做寿木。并且，由于这个家族的存在，三甲村以及周边十村八寨的寿木与其他地方的都不同，红颜色，刻满了各式花纹，大头和小头还镂空。死者为男性，大头镂空花案为骑鹤西游；死者是女性的则为瑶池赴宴；如果死者未满花甲，是短命鬼，棺木颜色变黑，大头和小头不镂空，也无图案。

319

王家巷巷一直都很清静，他们各户之间似乎也不大走动。除了白天必须下地外，到了晚上，有订货任务的人家就关门在灯下通宵达旦地赶工，没有活计的人家就早早关门，熄灯睡觉，不管邻居的动静有多大，都没人干涉。不过，与其他地方不同，三甲村人从来不把寿木视为凶物，如果谁早起，遇到异乡人从王家巷巷里搬运寿木，相反会觉得这是喜事临门的吉兆。因此，虽然大家都不愿到王家巷巷里走动，却从没人与王家的人刻意保持距离。倒是王家的人，大多性格内向，仿佛有意识地在回避着什么。有人说是六指所致，也有人说不是。说是的人能感觉到王家人的自卑，说不是的人则能察觉到——王家人有一股异力，这异力安排着三甲村的生命秩序。

　　不过，这一切都是二十多年前的事了，从二十世纪八十年代开始，王家二十八户凡十八岁以上的男丁，将近一百二十号人，全都涌进了昭通城，那儿正大兴土木。这一去，有的人发了大财，有的人则换了一身行头和染了一身恶习，也有的人染上淋病梅毒，负债累累，最后还有一些人则丢了性命。"黑暗的技艺"带给他们的，各人有别，尽管他们赖以依靠的东西是绝对相同的。

之十：韩姓

　　韩姓属地：南阳郡，今河南南阳市。

　　姓氏来历：据《通志·氏族略》载，韩姓乃以国为姓。其最初由姬姓分化，周武王之子唐叔虞被封于唐，其后裔韩武子在晋国做官，受封于韩原，其后裔韩虔后来同晋国的赵氏、魏氏"三家分晋"，建韩国。

　　无论用怎样的词语来叙述一个家族的衰落速度，都显得很残酷。但是，让人无法回避的是，有的家族的确在短短的几十年间，在某一地域，迅速地由兴旺走向了寂灭。几十年的时间，不是一部家族史的时间底线，它应该只是一个中途的点，短暂得几可省略。可是，如果必须为三甲村的韩氏家族写一部家族史，其时间跨度的确只有四十多年。二十世纪四十年代的三甲村，一度被村边通省大道上往来的贩夫走卒们称为韩家庄，如此称谓的原因倒不是说韩家在三甲村人丁兴旺，而是因为韩家是三甲村的象征。二十世纪四十年代以前，三甲村虽然旁边就有一条通省大道，道上的马帮和挑夫日夜络绎不绝，但村里却很少有人背井离乡，从通省大道上走向异地。而且，那时候卫氏家族也还与三甲村没太大的关系，村里人偶尔见到卫家的马帮也不会感到额外的亲切，只有见那些赶马人，喝醉了酒，牵着马尾巴，踉踉跄跄地走过，才会觉得有些好笑。但是，抗日战争爆发之后，随着韩氏家族在三甲村购地置房，落地生根，三甲村原有的宁静就结束了。

　　说来也很有趣，韩氏家族落根三甲村，全是因为一件意外的事情。韩家本是四川成都一家大商号的经营者，一直从事着驮运四川自贡的盐巴上云南，然后又驮运云南西双版纳杨聘号茶庄的茶叶下四川的独门买卖，其马帮足有近百匹马，且清一色都是善走山路的云南小马。赶马人沿路寂寞，干下些寻花问柳的事，这本不是什么大不了的事情，甚至有的人为了路边的某个女子操刀相搏，遗尸异乡，抛下一堆野坟在道上，也没人大惊小怪。可偏偏这年夏天，韩家的马帮路过三甲村，一个赶马人借马匹饮水之机，摸进了一个寡妇的家，并且站着进去就再没站着出来，他被一个在寡妇家养伤并与寡妇同居了的哥老会小弟，一刀就了结了。按照常情，韩家对这样的事完全可以不闻不问，可韩家大爷或许是感到了乱世潜藏着的危机，有心想往云南这片从没战乱的天堂之国搬迁，所以就躬身由北向南而来，对外的借口是处理赶马人被杀事件。

　　韩大爷到了三甲村，望着一马平川的田野，又见蝴蝶、蜻蜓和蚂蚁在村子里毫无惊惧地活动着，他那副久历江湖的苍老心肠一下子就变软了。他没为难杀死赶马人的哥老会小弟，相反给了那人一笔钱，叫他领着寡妇远走高飞，然后就把三甲村临河的几十亩沃土全都买下了。接着，只用了一年左右的时间，韩氏庄园便修筑完毕，几十号家眷也骑着马从四川成都来到了三甲村。韩家变卖了马帮，不再做贩运生意，除了雇人种地外，只捎带做起了收粪卖粪的营生。

三甲村离昭通城只有几公里的路途，那时候的昭通城是一个串联滇川黔三省的大都市，在云南，其城建规模和繁华程度仅次于昆明，而且由于其没有战乱之扰，仍然显现出商铺林立、会馆接寨、人潮涌动的气象。与其他山中城邦不同的是，昭通城四周沃野千里，尽是良田，农村经济十分发达，堪称滇东北的一大粮仓。清朝时曾有人于凤凰山下建一"望海楼"，乃"昭阳八景"之一，所谓望海，今日再登此楼，望见的全是滚滚稻浪。很显然，在没有化肥的年代，韩大爷能断然变卖马帮做起大粪生意，其扮演的角色，与现在的化肥商人没有什么区别。

韩大爷做大粪生意，投入几等于无。他把置下的几十亩土地分出三分之一，挖成一个个紧挨着的像鱼塘一样的大坑，然后把昔日门下的赶马人组成收粪队，天天都进昭通城去收粪，特别是在夏、秋、冬三季，把昭通城所有厕所里的粪便全收到三甲村来，囤积在坑中，并根据不同的品质分成甲、乙、丙三等，春天一来，便向十里八乡的农民出售。

据年轻时曾是韩家收粪队队员的一位老人回忆，韩家做粪便生意，在昭通城居民和政府相关部门的眼中，纯粹是在做一件功德无量的大善事。之前，城外的农民只会在春耕时节来临之前进城收粪，夏、秋、冬三季的粪便只好往沟河里倾倒，昭通城因此常弥漫着一股股臭味。因此，韩家开始做这生意时，受到了广泛的欢迎和支持，甚至到了春天，四周的农民进城来收粪，大多数的居民都宁愿以几等于无的价格卖给韩家，而不愿多收一点钱而卖给农民。也就是说，韩家的生意形成了垄断性经营。当然，尽管韩家收粪支出不多，但也有其规矩，收粪时，收粪队队员都要用手指蘸一点粪水在舌头上尝尝，以便分出等级。常规是，出自深宅大院的味辛辣，是甲等；出自平民的味生涩且常陈搁，是乙等；而屠宰场一类场所中的粪，味淡，力道不足，是丙等。因为要尝粪

322

便，所以韩家的收粪队伍，开始时几乎几天一换，极不稳定，且人人差不多都患有呕吐症，但慢慢地队伍也稳定下来了，而且并非全都是些走投无路的人，相反有的人因拥有这份工作而感到庆幸，因为工作并不累，收入也不低，走街串巷，得到的都是笑脸，偶尔有的大户人家不仅不要钱，还会送些旧衣旧物甚至粮钱美食。

每到春天，三甲村都很热闹，前来韩家买粪的人昼夜不息。韩家获利比做贩运时还丰厚，这连韩大爷也感到有些始料不及。所以，每年春节，韩家都会打开一座粮仓，凡三甲村住户，家家都可无偿取走三升大米。同时，韩家还会遣人去四川宜宾或云南昆明，找来川戏班子或花灯队，在韩家庄园外的场坝上夜夜唱戏，一直到元宵方歇。村里人去看，不仅不收钱，场坝边还放了两大缸茶水，任人取喝。

韩大爷后来是被枪毙的，其大儿子韩兴国，"文革"期间也死于上海其所在单位，是自杀。现三甲村还留有其血脉，只一家，是二儿子韩兴蜀。韩兴蜀现在八十岁左右，与其妻蒋凤岚一生厮守，膝下无儿无女，是五保户。两位老人在土地下放之前，男的是宰猪匠，喜喝生猪血；女的秉承家传，每天早起，在村子里捡牲畜粪便以换取工分为生。韩家庄园一度被用作粮仓和学校，二十世纪七十年代毁于一场大火，其废墟上现种满了苹果树。

之十一：许姓

许姓属地：高阳郡，今山东临淄县西北。

姓氏来历：许姓乃炎帝神农氏后裔，后裔中，姜文叔曾被周武王封于许，建许国。许国势弱，常搬迁，故许氏后代流布各地。

许姓人家的老祖是个赌徒，民国初年，输掉了贵州老家的房屋和田产，一副挑篓，一边放大儿子，一边放一对双胞胎，过毕节、镇雄、彝良，穿州过府，经三甲村时，向一户甄姓人家讨水喝。甄姓人家的小媳妇刚好也在哺乳期，奶水又旺，见担中双胞胎嗷嗷待哺，便抱起分别将其喂了个大饱。许姓两夫妇深受感动，又见村边河中鱼虾成群，便搭了个窝棚住下，以捕鱼为生。

三甲村旁边的河名叫利济河。这条河现在已经改变了，像一条文具工厂里巨大无朋的墨汁生产线。水是黑的，河床是黑的，河堤也是黑的。如果还要形容的话，我想，它应该是黑夜的巢穴，也就是说，三甲村一带的黑夜，当太阳升起，根本没有沿着天空逃跑，而是卷起身体，一头就钻进了利济河。唉，如果说这条河仅仅是黑，倒也没什么，它还脏，成了名副其实的昭通城的一根大肠，所有必须排泄的东西，全汇集在里面。当然，只要时间稍微松动一下，往回倒流二十年，利济河就不是这个样子，它一年四季碧波荡漾，在下雾的早上，河边的泥洞中，手一伸去，就可捞起成捧的鲫鱼。许氏三兄弟许英才、许英武和许英勇，只要在河边倒置一个竹编的捕鱼篓，半个小时过后，就可捕到满篓的抢水的石头鱼。人们用二十年左右的时间就改变了一条河流，这种疯狂，令人有些不可思议。

河流被改变了，三甲村人就说："捞鱼摸虾，饿死全家。"意思是指鱼虾少了，许氏兄弟还想靠捕鱼为生已经变得不可能了。再说，别说鱼虾没了，就算有，它们在黑水中也会主动漂出水面，对伸去捉它们的手和网视而不见。

许氏三兄弟及其子孙们以前捕鱼主要有三个途径：一是用鱼网捕利济河里的鱼；二是用"须笼"捕稻田里的鱼；三是采取空干与利济河相通的大小沟道里的水，让鱼不捕自降。这里需要简单交代一下"须笼"这种捕鱼工具，它由口、脖、肚三部分组成，口极大，圆形，有的直径达两米，有的也可小到五寸左右，不一而足。它接纳水流，也接纳水流中的鱼。其脖子是关键部位，口部由两层竹篾编成，到脖子处，一层连肚子，一层则分离出来，形成渐渐变小的通道，且不再编为一体，任一根根竹篾自主地靠惯性前伸，形成极有弹性的小口，让鱼可以一滑而入，却没法再游出来。其肚子说白了就是一个仓库，从脖子处进来的鱼全集合在此，只等人届时打开须笼的屁股倒入盆中。

除了在利济河里捕鱼没人干涉外，在稻田里和沟道中捕鱼，都是极不光彩的事。在土地下放以前，稻田里的鱼是生产队的公有财产，沟道是村里人浇灌自留地的蔬菜的取水源，一旦被空干，村里人就会破口大骂。像利济河一样，以前的稻田里鱼儿很多，没有农药，鱼多且肥，因此，不仅许氏三兄弟，就连其他村民，嘴里淡了，也常想把某块田的埂子挖个缺口，用须笼捕些鱼回家打牙祭。三甲村人常说："一个小鱼煮十二碗汤，三个小鱼就可讨一个婆娘。"三个小鱼办一场婚宴，传达的信息，有饥寒，也有对鱼类的调侃似的向往。因此，每到夏末秋初，稻田里的鱼肥了，常有人借月黑风高或白天没人走动时，挖开某块田的埂子，不管稻子正是养穗时刻不能有所闪失而放水捕鱼。那时，村里除队长常巡视稻田外，还有专人负责全村所有的稻田用水工作，凡见到有人不到节令恣意放水捕鱼，除了把捕鱼工具用锄头挖烂外，还要在村民大会上通报批评。尽管如此，偷捕的现象仍时有发生，见正在灌浆的稻田被人把水放干，专职管理员有时会痛苦得放声大哭，哭完后，就来到村里破口大骂，有时还会指桑骂槐，诅咒具有很强的指向性。多年的经验告诉他，偷捕者不过就是那么几户人家，之所以不能公开地骂，是因为没有现场抓获。秋天来了，稻谷熟了，村干部就派人放水捉鱼，捉了的鱼用篓筐挑着，一户一户地分，三甲村的黄昏因此飘满了鱼的香味。次日的清晨，阳光照耀着村子里的每一片屋顶，也把村庄每一户人家门前的鱼鳞照得银光闪烁。

许氏三兄弟现在都已经老了，儿孙成群，但多年的水上作业，因为水的滋润，使他们看上去比同龄人要年轻一些。不像其他人家，分家之后兄弟间便很少来往，他们兄弟仨却常凑在一起，鱼少了，依然天天编须笼、补渔网、谈捕鱼的往事。每到兴头上，还会扯着嗓门唱许家人象征性的黄调："大姐姐来大姐姐，你屁股底下开了一条裂。你吃了多少干黄鳝，你淌了多少黄鳝血？"声音苍老干枯，却极富挑逗意味，路过的村妇听了，吐一泡口痰，低头远去，三兄弟却笑得满脸牙龈。特别是那对老双胞胎，几十年了，模样仍然别无二致，两人同时笑起来，老让人觉得一个是人，一个是鬼魂。

之十二：施姓

施姓属地：吴兴郡，今浙江吴兴县。

姓氏来历：施姓出于姬姓，鲁惠公之子字施父，曾为鲁国大夫，传至鲁惠公之五世孙时，为了与其他家族区分开，他们便以其祖的字为姓。

施成清是劁猪匠，施成法是泥水匠，施成威是石匠，施成义是补锅匠，施成才是弹花匠，施家五户，当家的都有一技之长，在村里实属凤毛麟角。不过，这都得感谢其父施奇松。施奇松是个瞎子，一生时光都抱着一把二胡，坐在村边大道上边拉边唱，过路商贾听他一曲，丢几文钱，没钱的听听拍拍屁股走人，也有的匠人听了，觉得一走了之有些丢面子，便以手艺回报。劁猪匠教会了其大儿子劁猪的手艺，泥水匠教会了其二儿子泥水手艺，石匠教会了其三儿子錾磨打碑手艺，补锅匠教会了其四儿子补锅手艺，其五儿子则成了弹花匠的徒弟。对此，施瞎子感到很满意，天下大旱饿不死手艺人，五个儿子学的都是独门功夫，自己满眼漆黑，给了儿子们的却是光明之途。

施成清手提一个小铜锣，在十里八村走来走去，小锣一敲，村里人就喊"劁猪匠来了"，按住几只小公猪，让他劁，劁一个五角钱，在二十世纪八十年代以前，日子过得满桌子的猪腰花。改革开放了，乡下实行科学养猪，三个月就出栏，不用劁了，施成清的小铜锣哑了，日子过得十分落魄。

施成法和施成威，二十世纪八十年代以前虽有让人叫绝的好手艺，却很难用上。后来，昭通城大兴土木，乡下人热衷修坟筑碑，一个进了城，一个去了石厂，两人都挣了不少的钱，最先在三甲村建起了小洋楼。

施成义学会的补锅手艺，自始至终都只局限于为村里人家搞义务劳动。现在，由于塑料用品的普及，加之村里人的锅烂了，一般都不会再修补，其手艺几等于无。

施成才自拜弹花匠为师，便离开了三甲村，至今下落不明。

施瞎子现在还活着，白发齐肩，坐在村边道上，不再拉二胡。如果有人问他："施大爷，吃了没有？"他便答："上一顿吃了，下一顿没吃。"

图书在版编目（CIP）数据

喜茫茫空阔无边／雷平阳著. - - 北京：中国文史
出版社，2021.1

（政协委员文库）

ISBN 978 - 7 - 5205 - 2341 - 7

Ⅰ．①喜… Ⅱ．①雷… Ⅲ．①散文集 - 中国 - 当代
Ⅳ．①I267

中国版本图书馆 CIP 数据核字（2020）第 201020 号

责任编辑：牟国煜

出版发行：**中国文史出版社**

社　　址：北京市海淀区西八里庄路 69 号院　　邮编：100142

电　　话：010 - 81136606　81136602　81136603（发行部）

传　　真：010 - 81136655

印　　装：北京新华印刷有限公司

经　　销：全国新华书店

开　　本：720×1020　1/16

印　　张：21.25　　　　字数：290 千字

版　　次：2021 年 1 月第 1 版

印　　次：2021 年 1 月第 1 次印刷

定　　价：66.00 元